战火情天系列

激蕩太平洋

彼得·海洋 著

暨南大學出版社
JINAN UNIVERSITY PRESS
中国·广州

图书在版编目（CIP）数据

激荡太平洋/彼得·海洋著. —广州：暨南大学出版社，2015.12
（战火情天系列）
ISBN 978-7-5668-1667-2

Ⅰ.①激…　Ⅱ.①彼…　Ⅲ.①长篇小说—中国—当代　Ⅳ.①I247.5

中国版本图书馆 CIP 数据核字（2015）第 263354 号

出版发行：暨南大学出版社

地　址：中国广州暨南大学
电　话：总编室（8620）85221601
营销部（8620）85225284　85228291　85228292（邮购）
传　真：（8620）85221583（办公室）　85223774（营销部）
邮　编：510630
网　址：http：//www.jnupress.com　http：//press.jnu.edu.cn

排　版：广州市天河星辰文化发展部照排中心
印　刷：佛山市浩文彩色印刷有限公司

开　本：787mm×960mm　1/16
印　张：21
字　数：410 千
版　次：2015 年 12 月第 1 版
印　次：2015 年 12 月第 1 次

定　价：49.80 元

引　子

从没有见过像日本这样充满谎言、欺骗、虚伪，不知廉耻的国家。他们好话说尽，坏事干尽，连做梦都没有想到，地球上有这样的国家！

——美国前国务卿赫尔

1868 年明治维新以后，日本就决定以武力称霸亚洲。总的决策是：先吞没朝鲜、中国东北，进而吞并中国，最后将美国、英国、荷兰等国在南、中、北太平洋的全部区域占领！

1937 年 12 月 12 日，日军占领中国南京前一天，美国驻中国大使馆人员逃离时，乘坐一艘炮艇，挂美国国旗仍被日军炸沉，美国海军作战部长威廉·李海提出联合英国海军共同绞死日本海军的建议，但被罗斯福总统拒绝！

1939 年 9 月，美国海军向总统报告，日本向越南、老挝、柬埔寨入侵，这样有可能引起美日战争。然而时任美国总统的罗斯福并不关注这个报告。

1941 年 11 月 7 日，美国国务卿赫尔告诉总统日本军事攻击会在什么时间、什么地点发生，形势很严峻，罗斯福不理。

1941 年 11 月 22 日，中国驻美大使胡适电告重庆的蒋介石，美国对日采取妥协政策，蒋介石说那中国完了！

11 月 25 日，美国国务卿赫尔给蒋介石发电，希望中国对日本妥协！

11 月 25 日，英国首相丘吉尔给美国总统罗斯福发电，希望美国收回对日本的妥协政策，否则中国完了，日本对英美的威胁将大增。

11 月 25 日，罗斯福告诫部下，12 月 1 日左右最危险，日本惯用奇袭伎俩，要加紧研究对策！

11 月 26 日，赫尔接见日驻美大使野村吉三郎，表示不妥协，并要求日本从中国及印度无条件撤军。

美国对日本发出最后通牒。

12 月 6 日，罗斯福给日本天皇写了封友好信，12 月 7 日发到日本电报局后，日本军部故意在晚上 10 点才送到美国驻日本大使馆。8 日上午，美驻日大使格鲁立即电告日本外务大臣东乡，要求连夜拜见天皇，但被拒绝。

这时，东京传出日本将突袭美太平洋舰队司令部珍珠港的消息。但美国驻日使馆的工作人员充耳不闻。

1941 年 12 月 8 日 6 点（夏威夷时间 12 月 7 日），日军飞机起飞，目标是美国珍珠港海军基地，8 点发起攻击！

下午 2 点 5 分，日本驻美国大使野村吉三郎向美国国务卿赫尔送达了日本对美国的通牒。赫尔读完后愤怒地说："从没有见过像日本这样充满谎言、欺骗、虚伪，不知廉耻的国家。他们好话说尽，坏事干尽，连做梦都没有想到，地球上有这样的国家！"

下午，罗斯福由长子搀扶着走进美国国会，发表了六分钟的讲话："……1941 年 12 月 7 日，美国遭到日本蓄意已久的攻击，这个日子将永远是美利坚合众国的国耻！"

美国当天对日宣战。

目　录

第四卷　血染中途岛海空

第五卷　陈尸数万的塔拉瓦环礁激战

第六卷　马里亚纳海空的较量

第七卷　激战在菲律宾海空

第八卷　逼迫日军牛岛满中将自杀的血战

第一卷　美军太平洋舰队的覆灭

日舰集结于千岛群岛，预示了美军瓦胡岛空军的覆灭；日军水平轰炸机和“零式”战斗机的升空，给美军大型舰队带来了毁灭。海空战持续了95分钟，以美军惨败、日军全胜而告终。

是谁在导演这场毁灭性的战争？日本军国主义是朋友还是敌人？

美国人应该记住这一惨痛的教训！正因为这一战，美国才有了国耻日！

珍珠港事件之前，日本特使来栖三郎（左）赴美谈判

第一章　决意战死的大将

小引

山本五十六是日本海军大将，在众多将军反对声中，他还是执意与美军对着干。一批好战的青年军人拥护山本五十六，在他们狂热的野心中，似乎每个人都想变成一枚枚炸弹，将美国军人歼灭在太平洋！

1941 年 11 月 18 日，日本海军先遣编队向夏威夷进发，突击编队于 11 月 26 日从单冠湾出航

1941年10月中旬的某个深夜，淡淡的月光洒在日本东京城高大的建筑群上，显出几分凄凉。阴森森的西北风，吹得银座大街上的红绿灯招牌“呼呼”作响，不夜的都市生活，在银座的大街和酒吧显得格外热闹。

东京，日本帝国的军令部正谋划着一场重大的战争灾难！

日本国军军令部总长永野修身大将的作战指挥部里，灯火通明，由少尉以上军官组成的临时警备队，严格封锁着进出军令部的各道门，没有永野大将亲笔签发的通行证，谁也别想进来。

永野大将没有坐着，他反背着手一声不吭，而日本海军联合舰队司令官山本五十六海军大将，气鼓鼓地盯着他，显然，两人刚才为某项大决策发生过矛盾，双方互不相让。永野大将只好说：“好吧，您看有谁支持您！”

“总长阁下，您不要固执了。为了我日本军人的荣誉，请您把内定的主要战将找来。如果他们绝对支持我，就请您批示我的作战方案吧！”

永野听着，见其固执地坚持自己的意见，只好请参谋长通知有关主将速来，共议大决策！

军令部总长永野大将与日本海军联合舰队司令官山本五十六海军大将的矛盾交点，是永野坚决不同意山本突袭美国太平洋舰队的主要基地珍珠港的计划。

山本司令官极力主张率舰队摧毁美国太平洋舰队，但这并不是他个人的意愿。第一次世界大战期间，日本军队与协约国军共同对德军作战，日本攻占了德军盘踞的中国青岛，并成为战后的军事强国。日本三军战将得意地宣称：“未来的太平洋是日本军人的天下，绝不允许他国舰队在这一海域的存在！”

“我日本帝国国防的作战计划是，打击日本帝国未来的头号敌人美军！”这一决策早在1918年就已经决定了。

而现在，永野军令部总长违背日本老一代将领的意志，其目的是什么呢？山本百思不解。

记得1939年9月14日晚上，永野大将和山本大将同桌共饮，半醉的山本突然放下筷子，举起满满一杯酒对永野说道：“将军阁下，来，为德国在欧洲战争取得的辉煌战绩，干杯！”

“慢，”永野突然也神情激昂，一把按住山本举起的酒杯，“欧洲眼看都要被德国征服了，而我们大日本帝国厉兵秣马。今后该怎么办？”放下酒杯的山本被这突如其来的询问弄愣了，永野是什么意思呢？时年55岁的山本，在他还是“日进”号装甲巡洋舰少尉时，正赶上日俄战争。一天清晨，他跟着战舰，借助海雾的掩护，准备偷袭俄国战列舰。途中，他的同学山西金郎突然对他说：“山本先生，此战可能失败，我俩快想办法寻找一条潜水逃跑的路吧！”

少尉候补生山本一听大吃一惊，气愤地一把掐住山西的衣领：“你知道吗，

1894 年的黄海海战，1904 年的旅顺口大战都是我们全胜。日本帝国海军所向无敌。你这个临阵脱逃的败类，我不能让你活着！”说完，一剑刺进山西的胸部。

一股鲜血喷射出来，洒在战舰的甲板上。

“山……山本，你……你不得好死！”山西号叫着倒在甲板上。

“你是日本帝国多余的军人！”山本吼叫着抱起山西，“嘿”的一声，将尚未完全断气的山西甩进茫茫大海……

山本此举备受舰长赞赏，他也由此官运亨通。当日本海军大学校长到海军军官中选择教官时，战后的山本走进了军校的讲台，并有机会留学于美国。1925 年，海军航空兵司令官赤石佳次少将，在众多的军官简历表中选中山本时，他将山本叫进自己的指挥部。一进门，赤石司令官盯住他说道：“山本先生，我请你担任航空兵教导队队长，你能胜任吗？”

山本一听马上严肃起来：“将军阁下，难道您不信任自己的眼睛！”

赤石佳次少将非常欣赏山本的性格。同年，当他的同学希望他推荐一位日本帝国驻美国海军武官时，他毫不犹豫地力荐山本担任了这一可以开阔眼界的职位。当山本五十六 1936 年回国任海军省次官，1939 年初升任日本海军联合舰队司令官时，他深感自己大显才华、为日本帝国海军建功立业的时机到了。他决意要让全世界的政界巨头知道，日本帝国海军中有一个山本五十六，是威胁美国乃至世界海军势力的军事专家。

现在，永野军令部总长问他日本海军的战略目标，他联想起 1936 年日本“五相会议”决定的“南进”战略决策，便皱紧双眉用筷子夹了块生鱼片放到嘴里，津津有味地咀嚼着，不想很快回答。

“山本先生，你不是一直在跃跃欲试，企图趁世界军政首脑瞩目欧洲战场的时机，实施我日本帝国海军南进战略决策，夺取盛产石油的东南亚，攻占太平洋上的战略要地，控制西南太平洋吗？现在，你把这些雄才大略放到脑后啦？”

山本听着，不动声色地喝了口酒，苦苦地一笑后才说道：“总长阁下，我说话算数吗？”

“只要你的计谋有利于日本帝国建立‘大东亚新秩序’，我一定采纳你的决策！”

“好，”山本“呼”地挺立站起，“我们要想使东南亚的资源成为日本帝国永恒的财富，首先必须攻占菲律宾，而菲律宾又是美国的殖民地……”

“山本先生，”永野打断他的话，“这很清楚，南线大炮一轰，必定激起美国对日作战。那时，我方舰队肯定是配合南线陆军，美国以夏威夷为基地的太平洋舰队，也肯定会配合陆军主力出击。照你的意思，这会使我方海军舰队处于腹背受敌的境地！”

“完全正确，总长阁下。”山本神情激昂，“我日本帝国攻占东南亚的最大障碍是美国军队，只有彻底歼灭美太平洋舰队，才能大胆放心地占领东南亚!”

“干，干杯!”两人异常兴奋地痛饮至深夜，一个大胆的军事设想处于紧锣密鼓之中。

转眼进入1941年的又一个深夜，山本傲慢地走进军令部中永野修身总长的作战指挥部，只见永野正两眼注视着“截击行动作战方案”的文件，他忙小声地问：“总长阁下，是你找我?”

“前天的政府首脑御前会议精神，你知道吗?”永野抬起头，单刀直入地问。

“知道，打败美军在太平洋的部队。”

“你知道就好，请你看看，这是我和参谋们谋划的作战方案。”

从永野总长手中接过作战方案，山本两眼眨都不眨地皱眉细看，并陷入了沉思。自从政府决定“不辞对英美一战”后，日本战略研究中心的高级战略战术专家，聚于一堂，集思广益地研究海空军怎样有效快速地协调作战，打败美国太平洋舰队。军令部总长永野修身海军大将始终认为，是战列舰决定海上的胜负。而这个作战方案又充分体现了传统保守的战略思维。看完后，山本长长地叹了口气说：“总长阁下，给我看这个作战方案的目的是什么?”

“提出修改意见，论证实施的战术。”

“我很直率地说出我的见解，你能耐心听吗?”

“作为一个高级军官，无论部下说得对还是不对，我都应该认真听。”

“好，”山本的情绪顿时调动了起来，“你提出的这个精心制订的作战计划，无非仍是黄海大战和对马大海战的海战模式，有所区别的是，现在有航空军和航空母舰配合水面兵力作战。意在美太平洋舰队、珍珠港基地的兵力出动之前，占领东南亚的相关地区。如果美太平洋舰队出动，我海军将在西太平洋将敌舰队聚歼！我的理解对吗?”

“完全正确。只要珍珠港的美军舰队出击，我海空军利用优势战列舰对其实施截击歼灭!”永野大将忙赞扬地补充道。

“总长先生，我绝对不同意你的作战方案!”山本几乎用咆哮的声音说道。

“那么，你能提出比这更有实战价值的方案吗?”永野忙道。

山本又开始他深沉的思虑了：“总长先生，你知道，我是极力主张向东南亚和太平洋进军的。但是，我在美国充任武官时就发现，美国科技和工业很发达，国力雄厚，而我日本帝国的人力物力都不能与美军进行长期的消耗战。特别是夏威夷基地的太平洋舰队，是巨大的潜在威胁。如果真正打起仗来，实施你制定的这个战略战术，主要海军兵力将在南线作战，如果美国太平洋舰队根本不动，而转向西太平洋进攻我军。那么，我海军或空军都来不及部署了。”

“既然有这么严重的后果，你有什么补救战术呢?”

“很简单，当我海空部队在南线攻击美军的同时，调去主力海空部队，摧毁美西太平洋舰队，解除我军后顾之忧!”

永野总长无法改变已制订的作战方案，要求山本按他的作战意图制定具体的作战实施战术，山本断然拒绝了。而要求永野签订他提出的作战方案，两人今夜发生了他俩之间有史以来最大的一次矛盾。永野只好请南云忠一等将领来说服山本，希望他放弃使用海空突袭摧毁珍珠港的战略战术。

没过多久，一辆辆卧车将一批日本海军高级将领请来了。山本大将走到被他指定、担任突袭珍珠港编队司令官南云忠一海军中将跟前，很客气地向南云点了点头说：“将军阁下，永野总长先生认为，我们制订的突袭珍珠港作战方案不能实施，而要否定，你认为呢?”

冷静而善于官场周旋的南云海军中将，此刻两眼斜视着永野修身总长，沉默了片刻才说：“司令官阁下，我原先是同意你制订的作战方案，但通过图上作战演习，我现在改变了原来的认识。袭击珍珠港的作战方案应该否定。”说完，他抬头扫了一眼永野。

永野听着，朝山本道：“司令官阁下，你应该全面审视你的作战方案。”

南云海军中将的回答并不是完全没有根据的。日本海军大学设有图上作战演习课程，山本借这个机会，进行了两次演习。这样，别说永野，就连海军战略战术研究专家都出面反对山本的作战计划，只有一批青年海军军官在支持山本。

山本铁青着脸盯住南云中将，他万万没有料到南云会反对。在他突袭珍珠港的作战方案中，南云被编为突击编队司令官。

“司令官阁下，我完全同意你的作战计划。只是太冒险了，弄不好我海军舰队将会全军覆灭!”第一航空舰队参谋长草鹿将军也小声道。

“将军阁下，不仅是我们，就是军令部也有这样的顾虑呢。”担任第 11 航空舰队司令官的冢原将军也叹着气说。

“我也不能接受司令官先生制订的作战方案。”第 11 航空舰队参谋长大西泷治郎海军少将补充着。

山本那血红的双眼转向大西少将，然而大西却沉默不语。当山本第一次将自己偷袭珍珠港的考虑，向他透露并指令其考证是否可行时，大西少将立时找到 36 岁的飞行专家源田实海军中佐。很快一个报告送到了山本手中：

偷袭珍珠港，发挥航空兵在战时的空中轰炸威力，胜利是有望的。但这一冒险失败后的灾难，也是不可想象的。总之，我是支持……

连最初研究、制订这一作战计划的大西都反对，山本的心情顿时沉重了。他环扫诸位将领，又看看永野总长，突然长长地叹口气道：“将军们，先生们，”他语气深沉而极富爆发力，“1932 年 1 月，诸位也许还记得当时美国海军用航空母舰上的飞机，进行突袭珍珠港的演习。从此，我时常在寻思，航空兵使用鱼雷攻击战列舰肯定会达到预定目标，果然，在 1940 年的一次实战演习中，航空兵舰载机突袭舰队，使多艘战列舰被击沉，航空母舰受到重创。当时，我对我的参谋长福留繁将军说过，能不能用航空兵突袭美国海军珍珠港基地呢？福留繁将军赞许道‘完全可以’。当时诸位全部在场，难道忘啦？”

包括永野在内，大家都不吭声。

“将军们，”山本突然提高嗓门，“我们只有先发制人，突袭珍珠港，摧毁美国太平洋舰队，才能实施日本帝国军队的战略战术，夺取东南亚丰富的石油资源。我的作战计划是很冒险，但不能踌躇。没有冒险的战争，美军就永远会侵犯我日本帝国的利益。今天，我正式宣布，不批准我用航空兵突袭珍珠港的作战计划，那么，日本海军联合舰队司令官的职务，谁想干谁来干，我是决意辞职的！”山本一边夹着公文包，一边说：“将军们，明天见！”说完，就气冲冲地要走。

“慢，”永野大叫一声，“这是你最后的要挟吗？”

“将军，这不是要挟，是为了维护我日本帝国的利益！”

“你要是失败了呢？”

“总长阁下，没有轻易获取的胜利，如果各路将领坚决执行我的命令、团结作战，又有天照大神保佑，胜利会向我们招手的！”山本挺直身板一字一顿地说道。

永野沉默片刻，才道：“好，我同意。快准备！”

第二章　东京不该死去的间谍

小引

潜入日军山本五十六身边的美军情报官山田大雄少佐，不仅拥有美国妻子，而且拥有丰厚的美金。然而，日军反间谍情报官已经暗中盯上了山田，美国人失去了安插在日军中的一双眼睛！

制订袭击珍珠港计划的山本五十六

就在军令部总长永野修身海军大将正式批准山本五十六海军大将偷袭美国太平洋舰队珍珠港基地计划后不久的一天晚上，天下着雨，雷声和闪电交织在暴风雨中，一辆黑色轿车从美国驻日本东京的大使馆悄悄地驶出来，停在一条并不引人注目的小街边。车内走出一男一女，在雨中撑着伞，欣赏这大自然给地球洒下的汗粒。两个多小时后，这两人不知是出于什么原因，突然拉开车门钻进车内，汽车尾部冒出一股淡淡的青烟，然后顺着帝国大街驶向海边公园……

此刻，一辆日本军事情报局的小轿车，悄悄地远远跟着，情报官田畑新六中尉皱紧双眉，小声对正驾车的竹下龙次说道："离远点，不能出问题！"

执行今天的跟踪任务，田畑新六中尉可是将脑袋拴在裤带上要的呀！今天晚上，也就是一个小时前，他从羽田机场刚刚回到指挥部，谍报队长加南中佐急切地迎上来："中尉先生，军令部有任务。快进去！"

跟着加南中佐（相当于中校）走进内室，桌上放着两支无声手枪和两把锋利的短刀，凭过去的经验，田畑新六知道这是执行暗杀任务。军令部情报官明代中佐跟他是老相识，不等田畑新六开口，就逼住他问："中尉先生，你不会见了这些玩意儿就胆寒吧？"

田畑新六中尉忙眨了眨眼睛说："中佐先生，为我大日本帝国效忠，我什么时候畏惧不前了呢？"

明代中佐顿时脸上浮出淡淡的微笑："你应该明白，中尉先生，山本司令官和永野军令部总长都十分欣赏你。"

"中佐先生，具体任务呢？"田畑新六中尉忙道。

明代中佐放下手中的一个文件夹，将桌子上那部军用录音机的按钮拧了两下，才说："请你注意，我给你的命令都在这里！"

随着磁带旋转的沙沙声和静电的干扰声，录音机中传出一个急促的声音：

"……麦克少校吗？"

"朋友，你是谁？我是麦克少校。"

"啊，海豹，我是海狼，有一只肥狗马上要送给你吃，明白吗？"

"明白，海狼先生。"

"什么时间呢？越快越好哩！"

"好吧，一个小时后我出发，还是老时间、老地点我等你好吗？"

"好，再见！"

听完这段偷录下来的电话对白，田畑新六立时明白，这是一个代号叫"海狼"的间谍，向美国驻日本大使馆麦克少校，即代号"海豹"的家伙递送情报。于是，他带上助手旋风般赶到指定地点，监视美国驻日大使馆的动静。

在海边公园的西南角，有一棵合人围的大枫树，若是明月高挂，群星点点时，这里是情侣集会的最佳地点。然而今夜却没有一个人影，只有风在愤怒地吼叫。

突然，大枫树那粗大的身躯上有微弱的电筒光晃了两晃。没过一会儿，美国少校情报官挽着谍报员安娜小姐的胳膊缓缓地走过来。一个黑影从石缝中冒出来，麦克少校很快就认出黑影："山田大雄先生，为什么这么长时间没有一点你的消息？"

"少校先生，"山田走过来，"正因为这样，我才赶回来向您报告，凌晨我就要离开东京！"

山田大雄少佐是山本大将的海军作战参谋。当他还是海军中尉时的一次偶然机会，在舞场认识了美国驻日本使馆翻译依丽特小姐，两人相恋三年后结成夫妻。当去年2月，依丽特小姐回国探亲不幸车祸身亡后，她的妹妹戴维娜小姐决意嫁给他。不久，在巨金的诱惑下，戴维娜促使丈夫走上了间谍的不归路，并在美国为他购置了一幢古罗马式的洋楼。山田大雄在妻子的指导下，从事间谍工作，他的上级就是麦克少校。当他这次跟着山本上舰后，山本不允许任何军官跟家人有任何联络，更不准回家。山田大雄今夜赶回东京，是因为山本要他赶回东京送报告给永野军令部总长，他忙挤了一点时间约麦克见面。

三人走进一个石洞中，安娜小姐在洞口黑暗处潜伏着注视四方，麦克津津有味地听山田大雄报告山本部队的异动。

"少校先生，"山田少佐皱紧眉头，"山本的指挥舰是'长门'号战列舰，过去他的办公室里挂着各种作战地图，而现在，他的作战室只挂夏威夷美国海军基地的地图，这些地图上醒目地标着锚地、油库、武器库、防御工事，还标着水深、海空巡逻、潜艇、无线电通信，这些表面现象会不会潜伏着什么阴谋呢？"

面对山田少佐的提示，麦克少校双手托腮沉思不语，他知道不久前，跟美国总统罗斯福私人交情最深的日本前将军野村吉三郎，已调赴驻美大使。当他乘船赴美时，麦克混在记者群内，故作认真地问："大使先生，我们都知道您是海军上将，那么，您能不能就美日两国海空部队在太平洋上的利益，谈谈您独到的见解呢？"

野村大使面对这一尖锐的提问并不惊异，用早有准备的神态微笑道："记者先生们，朋友们，从整个世界局势看，日美双方的利益是一致的。两国间没有理由不谋求和平。即使将来双方在某个局部利益上有不同看法，我也将倾力说服双方政府友好协商，绝不以战争手段来解决我们的矛盾……"

想着这个场面，麦克心神不安，他忙问道："山田先生，据我所知，野村大使在美国，与我方交谈60余次，双方未达成任何协议，是不是用假和谈，掩盖正在策划的战争呢？"

"日军海空部队正向太平洋战区集结，可说明您的判断是对的。"山田说，

“我南云舰队正在鹿儿岛海面，实施超低空俯冲训练。”

“啊，”麦克大吃一惊，日本舰队在佐伯湾、单冠湾演习，这个情报太重要了，“这个地方四面是山，舰队出口很狭窄，地理结构形似珍珠港，莫非山本在准备偷袭珍珠港？”

“不是很清楚，”山田忙回答，“在内海和九州海区的海空部队都正在训练……”

“不，山田先生，”麦克站起来，“在濑户内海和九州的海空部队频繁的活动，那是给我们做样子看的。那是山本制造一种主力部队仍然在濑户内海的假象，由此掩盖他蓄谋发动对珍珠港的突袭。你马上赶回去观察动态，我立即派安娜小姐与你太太保持联络！”

“少校先生，我一走就很难回来了呢！”山田为难地说道，“情报怎样送出来呢？”

“微型电台使用方便吗？”

“可以试试！”

“好！”麦克扫了一眼夜光表，“情报太重要了，我得马上回去报告，再见！”

与山田分手后，麦克和安娜快步向轿车走去。

山田少佐望着雨雾中他俩渐渐消失的背影，急速地朝公园东面走去。

雨还在下，风还在刮，雷声和闪电交织着，黑夜显得格外阴森森。

田畑新六尾随山田少佐走到公园东门时，突然加快了步伐。山田听到背后有快而轻的脚步声，顿感情况有异，忙弯下腰假装系鞋带，斜扫到后面有几个人向他快步走过来，突然听到几声沉闷的枪声，紧接着是汽车的轰鸣声，不等他反应过来，田畑新六大吼一声：“站住，举起手来！”接着，一些人包围了过来。

山田少佐见大事不妙，但想反抗也来不及了。同时他断定，麦克少校的命运跟刚才的枪声有着直接关系。他只好服从命令高高地举起双手，两眼扫视着田畑新六：“先生，你们几位是情报部的官员？”

“走！”田畑新六挥舞着手枪，“出卖日本帝国的败类！”

“啊……”山田突然扑向田畑新六，“轰……”

两颗绑在身上、弦勾在手指上的炸弹爆炸了，四具死尸横在暴风雨中。加南中佐和明代中佐赶到时，车中受了重伤的麦克少校和安娜小姐，也因失血过多停止了呼吸。为了掩盖杀死麦克及其同党的行动，不给美国以此为借口找日方的麻烦，两个中佐商量决定毁尸灭迹：“快，把他们送到化学室处理！”

汽车载着死尸走了，明代中佐对加南中佐说：“我军中是否还有美国间谍很难预料，请你马上向永野总长报告。我急需报告山本司令官！”

黑夜中，两辆汽车，载着两个中佐，向不同的方向快速驶去！

第三章　执行命令的南云中将

小引

山本的命令由南云忠一中将执行，这个原不想与山本合作且一心想巴结永野大将的家伙，见永野大将都让山本三分，便见风转舵，又开始讨好山本，于是他坚决执行山本的命令，担任攻击美军太平洋舰队基地的突击编队司令官！

珍珠港的美军并没有感受到危险正在迫近

“将军阁下，东京密电！”

南云中将正坐在地图前，听到通信参谋的报告，忙道：“送过来！”

南云中将从通信参谋手中接过电文：“12 月 3 日正式执行‘攀登新高山’计划。”

望着只有他自己才能明白的密令，南云海军中将不知是出于什么原因，突然将密令装进口袋，抬头大声道：“通知作战参谋，一律到第 3 号作战室集合。快！”

“马上执行您的命令！”

“慢，”南云叫住通信参谋，“今晚我舰的晚餐，一律按特等待遇制作！”

“是，将军！”

目送走通信参谋后，南云中将朝手枪中压进一颗颗子弹，然后又将锋利的佩剑反复看了看，自言自语地咬牙道：“不杀死几个家伙，我才不信呢！”

辽阔的海空中云缝里不时冒出刺眼的太阳，辉映着大海碧绿碧绿的浪花，战舰在无边无际的大海中前进，波涛哗啦啦地咆哮着冲击战舰的钢板。南云走到舰桥上举目观察远方的舰队，心潮如同海浪般翻涌，此刻，他在寻思什么呢？

早在 11 月 8 日的凌晨，南云就被山本司令官的电话叫醒，被命令即刻赶到舰队司令官作战指挥部。早就被指定为攻击珍珠港突击编队司令官的南云海军中将，自从跟山本发生矛盾，不同意突击珍珠港后，无论大小事山本都不跟他通气了。得罪了顶头上司，准备投靠军令部总长永野海军大将的南云，正处于极度痛苦之中，他知道，永野总长同意了山本的作战方案，按照正常手续，军令部批准后必须送政府最高统帅部审批，那么，政府已批准了山本的作战计划吗？不然，深更半夜来电话干什么呢？

南云按时赶到山本的作战指挥部时，山本面如土色，双眼布满血丝，显然他一夜没有合眼。

“司令官阁下，”南云小心谨慎地走过去，“有作战任务吗？”

山本不知是出于什么原因，连扫都没有扫他一眼就突然大吼一声：“带进来！”

随着这声咆哮，四个卫兵架着一个高大的海军大佐走进来。南云扭头定眼一看，正是十天前失踪的肥源村森，忙惊异地说道：“司令官阁下，肥源大佐是忠于帝国的军人！”

山本斜扫了他一眼没有吭声，而是用目光逼住肥源大佐。肥源反而毫无惧色地盯住山本，嘴唇颤抖而一字不发。

肥源大佐是南云中将作战参谋之一，他接到研究进攻珍珠港的作战任务后，向南云中将提交了证明作战计划很难成功的报告。这一报告他搞了一式十份，其中一份送到了军令部总长永野海军大将手中。当永野大将10月19日批准作战方案，并立即上报政府最高统帅部时，山本害怕肥源再次向最高统帅部和永野陈述，忙秘密逮捕了他。南云不知内情，派人到处寻找失踪的肥源，山本只好示人传出，说肥源大佐跟东京一个商人家的小姐跑到香港去了。

现在，肥源的出现，南云中将立即明白其中的政治因素。然而，无论他怎么求情，山本根本就不把他放在眼里，看来，肥源今天是凶多吉少了啊！

"谁反对我的作战方案，在背后刁难耍阴谋，我不管他过去对帝国的贡献如何，一律处死！"山本显然是说给南云听的。

"司令官，"南云忙上前一步，"肥源大佐……"

"南云将军，"山本冷冷地迎住他的目光，截断他的话，"为了我日本帝国的兴盛，为了完成日本海军东进的战略，我希望你按我的决策，处死所有反对我的战略战术的人，无论他们职务多高都是没有意义的！"

南云听了不再吭声，他看出肥源大佐的舌头被细而结实的麻绳束住了，说不出话来，只好向肥源沉痛地使了个同情的目光，好像在说：大佐先生，是我将你送上断头台的啊！

"给他刀，自己切腹吧！"山本咬牙切齿地说道。

"唰"地一下，一个卫队撕开了肥源大佐胸前的上衣纽扣，肥源的上身露了出来。

一把锋利的刀递到了肥源手中，他愤怒地看了看山本，又扫了一眼左右持枪的卫队，他明白，只要稍有异动，几支对着他的黑洞洞的枪口就会同时喷出火舌，子弹会击中他的生命中枢。

"啊……"肥源咆哮一声，举起短刀，自己刺中自己的腹部，一股鲜血冲喷出来……

南云几乎立不住了，他转过身面向墙上的作战地图，闷声不悦地悄悄叹气。

肥源的尸体被拖出了门，山本突然脸上露出得意的微笑，走到南云中将背后，伸出右手拍着他的肩头说："将军阁下，"他语气缓慢，充满傲气，"我帝国政府三军最高统帅部决定，本月（11月）底，如果我国政府提出的谈判条件，美国仍然以种种理由拖着不答应，我国政府将执行我偷袭珍珠港的作战方案！"

南云中将听着忙扭过头说："司令官阁下，将不会再有变化吧？"

"从现在开始，我海军联合舰队，马上准备出发！"

"整体作战方案和具体战术实施研究了吗？"

山本并没有回答南云，而将其引进内室，一张刚刚制定完毕的作战地图出现在南云将军眼前。南云顿时明白，一贯阴险、刁钻的山本，早就背着他亲自制订了具体作战方案，现在他终于明白很长时间看不见山本大将的参谋长渡边先生的

原因了！

“根据军令部和我的意见，你仍然担任突击编队司令官。还有什么意见吗?”山本问。

南云品着山本刚才所说的话，慌忙道：“司令官阁下，吉川先生有情报发回吗?”

“我很感谢吉川先生为我的作战方案提供了宝贵的情报！”山本一听提到吉川猛夫海军少尉，显得异常得意，“如果都像吉川先生这样支持我就好了！”

吉川猛夫确实是山本值得骄傲的情报官，虽然他只是日本海军的少尉，但由山本亲自派往日本驻夏威夷领事馆进行监视，并改名为森村正。他经常肆意放荡，挽着年轻貌美的女郎作掩护，以游览夏威夷风情为借口，遇到特别值得他注意的美国海军基地的情报都刻进心中。同时，他寻找一切可以利用的机会，飞行于珍珠港空域。从 1941 年春开始，他就不间断地向山本提供大量情报。山本大将的参谋们就是依据这些情报研究、制订作战计划的。

南云中将听着山本司令官刚才一席话，显然品出山本批评他的味儿。他不敢正面顶撞，因为永野总长都让他三分。于是，南云沉默了一会儿又问：“司令官阁下，美国方面有什么异动吗?”

“来栖特使已经到达美国，奉政府的命令，野村大使和来栖特使都在绞尽脑汁，向美国提出多种和平建议，不给美国一种谈判无望、马上开战的印象。从外交上看，我们的骗局达到了麻痹美国的目的。”山本大将一字一句地说道。

山本司令官所说的来栖，被日本军政界称为美国通，他的妻子是美国女人，其岳父在美国上层有较高的政治地位。他奉命前往美国帮助野村大使谈判，使美国认为日本人是有不要美日开战的诚意的。

“南云将军，”山本见其沉默，忙问，“你能提出一条攻击路线吗?”

“司令官阁下，我想听听您的高见。”南云中将说完苦苦地一笑，“我所了解的情报太少了。”

山本司令官朝标有红色箭头的地图一指：“我海空部队袭击珍珠港，我认为有三条航线可供挑选。南路航线和中路航线，气象条件对我有利，海浪小，风速低，舰队加油快，航速也快，这是有利的一面……”

“不能，不能走！”南云中将忙截住山本的话，“这两条航线我早就派潜艇侦察过了。其一，整条航线与美军所占领海岛太近；其二，航线上商船特别多，而我大型舰队一露面，就会前功尽弃了！”

“对，”山本司令官忙答道，“你跟我的研究完全相同。北路航线看起来风浪大，雾浓，气象条件很恶劣，会对我舰队海域加油、航行带来诸多困难。但这些困难经我官兵努力，还是能克服的。所以，我决定选择这条距美军占领海岛远、

冬季基本无商船来往的隐蔽路线。你认为呢?”

“权衡利弊，当然是隐蔽的北路航线好。我同意，但整个路线和兵力部署一定要协同，指挥要到位。若有某个位置不协调，后果也是严重的!”南云中将说着，燃起了一根香烟。

山本司令官一听南云是诚意合作，沉思片刻后才说：“18日，担任我舰队先遣队的潜艇在松下村田少将的指挥下，从佐伯湾、横须贺两港口分两批出发。还像往日一样伪装成日常巡逻，沿着南部航线和中部航线，向夏威夷方向侦察航行，其战略目的是随时报告美军太平洋舰队的一切活动。”

“司令官，美军反侦察潜艇，在这两条线上也很活跃呢。”

“我知道。”山本大将显然不同意别人对他的战略战术提出疑问，用三个字就打发了南云中将。南云中将只好又沉默地听，不想再多言自讨没趣了。

山本司令官继续说：“空袭部队是这次胜负的关键力量，应由6艘航空母舰担任；警戒部队，我决定由9艘驱逐舰、2艘高速战列舰、1艘轻巡洋舰、2艘重巡洋舰组成；先遣巡逻部队，是3艘装备精良的袖珍潜艇；补给部队，由8艘油船担任。总之，你的突击编队在22日之前，必须极其隐秘地赶到择捉岛以南的单冠湾集结。请你看看你的突击编队出发的总体计划。”

南云中将急忙从山本大将手中接过作战参谋拟好的作战计划：

……11月26日晨6点，借助海雾的掩护，突击编队全部从单冠湾出航，出港后编队是：6艘航空母舰排两列，居舰队中航行，8艘油船同时排两列，尾随航空母舰后跟进；所有战列舰、巡洋舰，在航空母舰两翼护卫航行，担任警戒的9艘驱逐舰，应分开在舰队外围搜索前进，在舰队260英里前面，3艘袖珍潜艇应随时向旗舰报告各种驶近舰队的舰船。舰队要保持14节的航速，循北路航线，北纬42度、西经170度航行。航行中24小时对空警戒，袖珍潜艇对海域警戒。舰队一律保特无线电静默，但要始终保持接收东京发出的敌情通报，特别是对夏威夷的敌情通报和其他……

读完具体作战方案后，南云中将深感此战任务艰巨，知道这是决定日本海军命运的一战，打好了，今后日本海军会称霸太平洋，他也将成为震惊世界的战将；打败了，日本海军将会瘫痪。他再次审视般地看了看后，抬头问：“司令官先生，具体攻击时间定下来了吗?”

“根据吉川少尉的报告和我通过其他途径了解的情报，美军太平洋舰队很有活动规律，星期一开进训练海区，周末返回珍珠港，官兵上岸休假。从上述情报可以看出，星期天早上，美军戒备最麻痹。所以，我决定让你在12月7日清晨

发动偷袭！”

南云中将听着沉思着。

“啊，对了。12 月 2 日，天皇陛下还要例行公事地主持一个御前会议，将作出政府早就下达对美作战的决定。你收到我的密令后，可向舰上官兵通告，此战出击是偷袭珍珠港，有反对者则就地处死。明白吗?”

“司令官阁下，南云中将会使珍珠港遭到毁灭性攻击，我要让美国太平洋舰队至少瘫痪一年！”

“将军，我等待你震惊世界的凯旋！”

……

现在，南云中将走进战舰的第 3 号作战室时，官兵们都用询问的眼光盯着他，南云环扫了一下众官兵，突然激昂地扯起嗓门：“日本帝国的军人们，为了我们大日本帝国的利益，现在，我收到山本司令长官的作战命令，12 月 7 日清晨 7 点钟突袭珍珠港，摧毁美军太平洋舰队！”

“啊，梦想实现了！”

“歼灭可恶的美国舰队！”

“效忠天皇陛下！”

……

军舰沸腾了，没有一名官兵反对。

南云中将高兴极了，他万万没有料到官兵们对突袭珍珠港如此感兴趣，喜欢刺激的日本青年官兵此刻亢奋的情绪无法用语言表达。

“作战参谋官，”南云走出作战室，“舰队通过国际日期变更线后，再加一次油。然后通知 8 艘油船快速返航。我舰队航向转往东南，速度 29 节，向瓦胡岛快速逼近，明白吗?”

“明白，司令官阁下！”

“同时，你马上通知空中突袭总指挥官渊田美津雄中佐到我的作战室！”

“司令官阁下，渊田中佐昨晚研究战术一夜没合眼，现在刚刚上床……”

“我命令你通知他，啰唆什么！”

值日作战参谋官忙转身跑步去执行命令。

南云中将望着甲板上一架架战机，急切地等待渊田中佐……

第四章　渊田中佐的第一攻击波

小引

日军空中攻击指挥官渊田美津雄中佐率领的机群，经过艰辛的航行赶到美军舰队上空，但没有找到航空母舰，正焦急时，发现美军多艘战列舰，于是他向各路攻击机群指挥官下达攻击命令！

被击中的美军战舰

1941 年 12 月 7 日，夏威夷时间清晨 6 点 55 分，36 岁的日本海军中佐渊田美津雄，指挥第一攻击波 183 架战机，一架紧跟一架地从 6 艘航空母舰上呼啸着冲向海空，渊田中佐在战机舱中，两眼注视着颠簸的飞行甲板，战机的马达轰鸣刺耳，那显眼的绿色信号灯，在拂晓前的黑暗中闪烁着。红绿灯控制交通原本是美国人在 1904 年发明用在马路上的，现在却用在军事上了。

“将军阁下，再见!”渊田要在战舰上空指挥战机，编好战斗飞行编队后，绕舰队一圈，向南云中将道别，然后闪电般掠过“赤城”号旗舰，直向攻击目标瓦胡岛冲击。

今天，南云海军中将选中渊田海军中佐担任偷袭珍珠港的空中总指挥官，是经过反复思虑的。早在 1940 年 11 月 11 日深夜，还在他担任日本驻伦敦海军武官时，英国皇家海军的“卓越”号航空母舰，以舰载“旗鱼式”双翼鱼雷轰炸机为首，奇袭了驻泊在塔兰托的意大利海军基地，炸沉、炸伤多艘意大利战舰。围绕着这次空袭取得的战果，渊田中佐认真地作了研究。回国后，他向山本出谋划策，山本在他的说服下，向军令部海相提出：“……根据渊田中佐研究英军空军突袭塔兰托基地的战果，我们可仿效，用舰载机偷袭夏威夷火山岛（又称瓦胡岛），摧毁美太平洋舰队……”

当山本大将命令大西泷治郎海军少将研究偷袭珍珠港时，是渊田中佐具体制订作战计划的，他曾在中国战场为日本帝国空军立下了显赫战功，高层对他提出的作战方案很是欣赏。

12 月 2 日，南云中将将他请进自己的作战室。

“中佐先生，东京发出的密令已经到了，官兵都是支持的，此战只许胜利!”南云说着顿了一下，“你有信心吗?”

“司令官阁下，第二波攻击最好是 200 架战机。”

“不行，只能出动 171 架。其余的战机要以防万一。”

“如果是这样，第一波与第二波的攻击时间最多间隔一个小时!”

“好，你 7 点 55 分发起第一波攻击，8 点 55 分发起第二波攻击!”南云向他下达了最后的作战命令。

12 月 6 日中午 11 点，渊田中佐正在与几个飞行员研究轰炸航空母舰的技术要点时，耳机中传来南云的声音：“渊田先生，我舰队已经到达美军巡逻战机的巡逻区域。凡发现敌军战机，一律打下，绝不能让其跑掉!”

渊田中佐一听，马上下令道：“执行第一波攻击的英雄们，进入一级准备!”

飞行员们这时都注意到，日本编队的旗舰“赤城”号航空母舰的下桅顶，已经有一面著名的东乡“Z”字信号旗在迎风飘扬；同时，这面旗的左旁也升起了印有“DG”的信号旗。官兵们看到这两面旗，立刻明白这是说：“帝国兴衰，在此一战，全军将士应奋勇作战！”

又快速航行了十几个小时后，12 月 7 日拂晓，南云中将又对渊田中佐说道：“中佐先生，我舰队已经进入珍珠港北部 200 海里！”

“将军，渊田明白！”

尽管海雾很浓，海空无法分开，但各战斗指挥员还是注意到，“赤城”号航空母舰的半桅上扬起了战旗，这是命令各艘航空母舰上舰载飞机，立时作好起飞的准备，同时，又是命令担任警戒的舰只立刻执行作战方案，赶到各自的警戒海域。

接到命令的 6 艘航空母舰，马上缓缓转向，开始逆风航行，这是为舰载机提供起飞的条件！

现在，渊田中佐率领机群赶向战区，他在无线电台中不时地放出暗语，那意思是：按编队搜索前进，不能掉队，快！

拂晓时的美军奥帕纳雷达站被海雾罩住。茫茫的海雾中这座位于瓦胡岛最北端的战略要地，显得异常孤独，毫无生气。中士洛克哈特正在值班，他的对面坐着埃利奥特上士。上士正在阅读一本来自旧金山的军事画报。

“上士先生，您快看，有情况！”中士洛克哈特突然惊叫起来。

埃利奥特上士急忙放下手中的画报仔细一看，顿时心惊肉跳：“喂，中士先生，什么时候发现的？”

“可能……可能是 7 点 03 分吧！”

“混蛋，为什么不早说呢！”

“你不也在这儿看书吗，上士先生！”中士反驳道。

埃利奥特上士没有与中士继续争执，迅速抓起电话：“喂，接情报处理中心！”

电话很快就接通了。

“情报中心吗？”

“对，我是正在值班的泰勒中尉！”

“中尉先生，我是奥帕纳雷达站的埃利奥特上士，我向你报告，7 点 03 分时，我的雷达荧光屏上，出现大批飞机目标，飞行方向是瓦胡岛！”

泰勒一听，马上回答：“上士先生，你难道忘了前几天一份我军兵力调动通报吗？”

“我记得，中尉先生，通报上称有一批我军 B－17 轰炸机，正从西海岸出动，来瓦胡岛驻防。但是，中尉先生，我军飞机为什么选择拂晓时的大雾气象转场呢？”

“上士先生，你别神经质了。那是我们自己的飞机，别来电话打扰我了！”泰勒中尉说完，生气地挂上电话。

受到上司批评的上士气愤地盯着雷达荧光屏：难道真是我们自己的飞机吗？

海风不大，但天气有些凉。坐得有点不耐烦的埃利奥特上士，总感到有些担心，忙又说道："中士，大批飞机越来越近了呢！"

"你别担心了，上士先生，泰勒中尉的回答已经作了记录。你又不是他的上司，真见鬼！"中士说着也抓起一本旧画报就翻，不再望雷达荧光屏了。

每到星期天，从星期六晚上一直到星期一的清早，美军太平洋舰队的珍珠港基地，完全沉醉于假日的宁静、安闲及和平的气氛中。今天照例是这样，美军航空母舰、重巡洋舰没有进入珍珠港停泊，而其他 113 艘舰艇，全部以福特岛（指珍珠港）为中心停泊于四周，舰上的官兵，有的入舞池，有的早早地带着女人走进夏威夷皇家旅馆……

瓦胡岛上，美军的几个军用机场上，战斗机、轰炸机、侦察机、鱼雷机都整齐地排在机坪上。机场四周保护战机场的高射炮阵地上，一门门大炮都伸长脖子，偶尔能见到炮手晃动一下，然后他们又走进炮兵掩体，继续他们没完没了的天南海北的调侃。大多数的雷达站更出人意料，他们关闭雷达，干脆跑到了岛上的妓院……

渊田中佐指挥的 183 架战机，正在高速超低空向瓦胡岛美军舰队逼近。渊田中佐扫了眼时针，现在是 7 点 30 分，按照多次侦察和谍报获悉，这个时间美国海军官兵刚刚吃过早餐，正向军舰的甲板聚集。8 点整，各舰官兵按惯例进行每日的升旗仪式，这个轰炸时机，渊田中佐是不会错过的。

"中佐先生，您看！"耳机中传来鱼雷攻击机领队、海军少佐村田寿男低沉的声音。

渊田海军中佐听到村田海军少佐的提示，将战机朝下压了 400 米。战机呼啸着在云层中穿行，时而透过厚而阴沉的云缝，他发现旭日的金光辉映着碧绿的海水。然而，无论他怎么睁大双眼，都无法寻找到海岛、舰艇和其他美军踪迹。

"中佐先生，正前方大约 1 000 米处，发现白色长带！"村田少佐报告着。他驾驶的战机，时而从云缝中冒险闪出来，观察空域与地面的动态。

按照村田海军少佐的再次提示，渊田中佐急忙将战机再压低 200 米。突然，战机正前方的下面，冒出一条白色的长带，这是由海岸边沿的浪花形成的。渊田中佐向各战机中的飞行员发出这样的暗号：战机群按战略部署，已经到达瓦胡岛北部海岸线！接着，他又下达命令："机群跟着我的指挥领机，向右，保持编队高速前进。目标，瓦胡岛西部沿岸带！"

"注意，领机高空 3 000 米处，有两架战斗机出现，国籍不明！"

渊田一听，就知道是海军少佐板谷的声音，忙大胆地指挥着："板谷少佐，命令 7 号战斗机掩护 11 号战斗机，升高查明两机动态，若是敌机，只要它们没有发现我机，千万不要惊动它们，注意跟踪！”

海军少佐板谷，指挥的是高速战斗机（又称“歼击机”）群，接到命令，他立刻指挥7号和11号战斗机，向高空冲击。

没过一会儿，渊田中佐耳机中传来板谷的报告：“中佐先生，3 000米高空你机群上的两架战机，是我两架俯冲轰炸机……”

“混蛋，他们怎么能不按编队乱飞呢?”

“因机械故障升高排除！”

“有故障立刻返航，快！”

“已经排除正归队！”

渊田悬到嗓子眼的心总算放了下来。他深深地叹口气缓和地问：“村田先生，我机位置明白吗?”

飞在最前面的鱼雷攻击机指挥官村田少佐，听到渊田的询问，忙小声而明快地回答：“中佐先生，机群已经顺利通过瓦胡岛中心地区！”

一听说飞过这一地带，渊田中佐的心既紧张又喜悦，他急忙拿起高倍望远镜查看，但什么也看不见。当他的战机向前再飞2 000米时，飞机完全飞过了瓦胡岛的中部平原。这时，他惊异地叹道：“啊，珍珠港，攻击目标到了！”

的确，当机群按编队刚刚飞过中部平原时，珍珠港，这座美国太平洋舰队的最大军事基地，已经映入日本战机战斗员的眼帘，他们几乎同时咬紧牙，自言自语：“美国佬，送你们见上帝的时候终于到了！”

渊田举着高倍望远镜一言不发地望了一会儿，突然命令道：“升高1 000米，左向前60度！”

战机呼啸着爬高，霎时间渊田中佐的望远镜中出现了珍珠港的全境，军港的空中阳光灿烂，万里无云，淡淡的海雾在港口上空飘荡着，极富魅力。高射炮阵地上依稀可见炮手走动的身影。一辆辆装满炮弹的汽车正停在高高的大炮旁……

“中佐先生，美国的航空母舰呢?”

“报告中佐，军港内没有一艘航空母舰！”

这样的报告使渊田中佐极其失望，他窥视着军港码头的一艘艘美军战舰，确实没有找到航空母舰的影子。炸不到航空母舰，就达不到摧毁美太平洋舰队的目的，怎么办呢? 他寻思着，数着军港上的美军战舰：“好，8艘战列舰都在，一艘不少！”

“中佐先生，只发现8艘战列舰！”村田少佐报告。

渊田中佐扫了眼时钟，正好是7点49分，他瞪大双眼下达着作战命令：“村田少佐，请你马上占领有利空域，发射的鱼雷要准、狠！”

“村田执行你的命令，中佐先生！”

"板谷先生，我命令你在预定作战区域随时扫荡威胁我机群的一切敌机!"

"渊田先生，板谷执行命令!"

"高桥先生，你指挥的俯冲轰炸机群，立即升高，占领最佳空域!"

"明白，中佐先生!"高桥海军少佐回答完，忙率领高速俯冲轰炸机升高，进入攻击方位。

霎时间，日军攻击编队战机协同进入各自的战斗方位。当第一批鱼雷攻击机在村田少佐亲自率领下，刚刚飞临美军战舰上空的刹那，渊田对无线电台授话器大吼一声："攻击!"

第五章　实施轰炸的村田少佐

小引

美军上下一致认为日本人不过如此，于是平时傲慢至极。当日军战机投下一枚枚重磅炸弹，他们在与上帝拥抱时才知道，死亡是多么惨痛！美国人终于领教了披着人皮的狼的日本人的狡诈。

1941 年 12 月 7 日，日本突袭珍珠港

7点50分，鱼雷攻击机空中指挥官海军少佐村田，听到无线电拍发的“突突突”进攻信号，忙率领机群呼啸着下降高度，瞄准着一艘艘美军战列舰。

此刻，美军“亚利桑那”号战列舰上的基米特海军中校，正倚在甲板上哼着美国西部流行的牧歌。突然，他惊异地注意到，珍珠港那无际的蓝色空域，出现了一片轮廓模糊的星星点点。他忙眯着双眼盯住越来越醒目的黑点：“啊，是一大群飞机！”自从来到珍珠港，在战列舰上充当舰炮指挥官，基米特中校对机群飞近军港，掠过战舰上空并不感到惊异，他习惯了呼啸轰隆的战机声，抬头朝空中飞行员挥了挥手：“飞行员弟兄们，早安！”

“哒哒哒……”一阵刺耳的机枪扫射，使基米特中校从睡梦般的想象中惊醒过来。霎时间，他敏感地意识到大祸临头，忙大吼一声：“快，敌人来了，敌机来了！”他呼叫着冲上炮兵指挥室，“开炮，快开炮，空中是敌机！”

“轰……”一颗炸弹击中前甲板，一门主炮被爆炸的硝烟淹没，两个正坐在炮弹箱上谈心的炮兵，被炸得血肉横飞。

“弗斯迪！”基米特中校不顾死活地扑上去，一把抱住一个中校，“弗斯迪，我们遭到日机突袭了！”

弗斯迪中校是“亚利桑那”号战列舰副官。他也是与基米特一样，都认为是自己的战机群而麻痹大意，如今遭到攻击时才如梦初醒。他挣脱基米特，一把抓住他的领口：“开炮，对空开炮，快快快……”

“快，快开炮！”基米特再次冲进炮兵指挥室，拿着电话呼叫。

“轰隆隆……”两颗巨大的炸弹在前甲板上炸开了花，一股黑色的浓烟腾空而起，火焰四射，基米特看得很清楚，一股气浪将弗斯迪中校甩到了一门大炮旁，他在炮火中挣扎着试图站起来，当他两手死死抓住炮位时，突然一架战机“呼”地冲下，“哒哒哒”一串机枪扫过，只见他双手抱住头“啊”地倒在炮弹箱上。

“快，开炮！”无论基米特中校怎么呼叫、呐喊，炮兵们仍然都藏在内仓，只有一个少尉带着两挺冲锋枪对空扫射俯冲的日本飞机。

“纳昌门斯少尉，为什么不用重机枪？”基米特奔过去大声质问。

“中校先生，你怎么不开炮？”纳昌门斯少尉扭头吼叫着反问，“你简直没有长眼睛！”

是的，战列舰上几乎所有的大炮都遭到毁灭性的轰炸，前后甲板和左右配备的近程对空火力，也几乎全部被摧毁，炮手、机枪手和舰上的指挥官被日机火力杀伤大半，其余的也都不见进入战斗岗位。

“舰长，舰长呢？”基米特中校大声问纳昌门斯少尉，“他跑到什么地方去了，怕死鬼，为什么不组织对空火力！”

“中校，他在9号舰仓，9号，你听清楚了吗？”

“好，我找他！”基米特抢过一挺机枪就向9号舰仓皇奔去。

黑压压的轰炸机群向美军战列舰倾泻大量炸弹，战机的机枪在疯狂地扫射，一门门机炮向战列舰开火。珍珠港的这个清晨是炮火的天下，硝烟使人呛得张不开嘴、睁不开眼，流出的泪水如同胶水，轰隆隆的爆炸声震耳欲聋，整个珍珠港在颤抖，大海的浪涛声如同在哀鸣……

基米特中校怒气冲冲地闯开9号舰仓门时，9号舰仓中挤满了官兵。

“混蛋，你们还在这里等死，快进炮位，快！”

“你才是混蛋，大炮早就被摧毁了，到炮位找死吗？”舰长瓦尔肯伯格迎上来，“快进来，我们的援兵会到的，不能找死！”说着，舰长瓦尔肯伯格上校一把将基米特拉进仓，“怎么样，别的舰遭到攻击了吗？”

“不清楚，”基米特眨了眨眼睛，“上校，立即组织轻武器对空扫射，不然日本人要炸沉战列舰的！”

瓦尔肯伯格上校狠狠地朝仓里拥挤的官兵扫了一眼：“一群怕死鬼，他们服从命令吗？”说着，他抱起一挺机枪，“快，跟我上甲板对空反击！”

“不去的我用机枪点名！”基米特中校吼叫着，冲出门，对着空中朝下俯冲的日机狠狠地扫射。

浓烟滚滚的战列舰上，大炮全部被摧毁了，只有由几十挺轻武器组织的火力网在向日机射击，勉强支撑着……

现在，正盯着攻击“亚利桑那”号战列舰的日本战机，是村田海军少佐。当他发现战列舰上的大炮根本就没有反击飞机的能力时，断定炮火对飞机的威胁已经不存在了，但战列舰本身没有遭到致命的打击，忙大声喊道：“目标弹药仓，鱼雷攻击！”

日本高速鱼雷攻击机，在当时来讲其性能很好，特别是超低空飞行时的鱼雷发射，准确性很高。当村田从右侧正准备发鱼雷时，突然舰上机枪密集的子弹疯狂扫射过来。他忙大呼：“注意，美舰有对空的反击火力。歼灭它！”

“村田先生，我14号机，尾部中弹，油箱燃烧！”

村田扭头一看，小野少尉的14号鱼雷攻击机正拖着黑色的浓烟，然而他仍然不顾一切地操纵战机，向“亚利桑那”号发射鱼雷。

无论小野少尉如何倾力效忠日本帝国，他投下的鱼雷都没有给“亚利桑那”号战列舰致命的打击。

“跳伞！”村田少佐见小野的飞机已经起火，忙大声命令道。

“日本帝国万岁，天皇陛下万岁！”小野呼叫着，驾着浓烟滚滚的鱼雷攻击机冲向美“亚利桑那”号战列舰。

望着小野战机自杀性攻击行为的村田少佐高呼：“大日本帝国的英雄，小野先生……”

村田少佐的呼叫尚未完，小野的重型鱼雷攻击机因机上弹药爆炸，战机“轰”地凌空爆炸了。爆炸的飞机残片“哗啦啦”地倾倒在“亚利桑那”号战列舰上。

“集中攻击，快!”村田号叫着，“为大日本帝国的勇士小野先生报仇!”

一条鱼雷击中了“亚利桑那”号战列舰舰首，撕开了长长的裂口。村田少佐一看同伴攻击成功，急忙对着战列舰中部的机枪火力投去一弹。顿时美军机枪手被炸得不见踪影，机枪火力随即被消灭了。

“快，对着中部攻击!”村田少佐命令着。

一架俯冲轰炸机，突然向战列舰中部高速俯冲，两颗炸弹准确地击中战列舰的中部，火光和浓烟伴着惊呼和哭叫，舰长瓦尔肯伯格上校和他的机枪手们阵亡了……

村田少佐并不知道舰长见了上帝，他透过浓烈的硝烟，发现战列舰后甲板上有很多美国官兵在跑动，五条小救生艇，已经冒着密集的机关炮扫射放到了巨浪翻滚的海中。村田少佐由此判断：很可能是美国水兵要弃舰而逃。于是，他又向机群再次下达命令：“击沉这艘战列舰!”

“亚利桑那”号战列舰上有美国海军官兵 1 167 人，想凭借五条救生船，冒着炮火逃跑是相当困难的，而且村田少佐绝不会轻易放过这艘战列舰。

“鱼雷攻击弹药库成功!”村田少佐的耳机中，传来使他振奋的报告声。

村田少佐注意到，如同火山般的“亚利桑那”号战列舰的尾部正在下沉，舰首高高地昂起来，满载着美国官兵的五条救生艇，在巨大的水柱中全部底朝天，海浪将一具具死尸掀上空中……

“鱼雷攻击机群注意，鱼雷攻击机群注意，‘亚利桑那’号战列舰正在下沉，立即集中火力攻击‘俄克拉荷马’号，快快快。攻击‘西弗吉尼亚’号的编队不变，攻击‘加利福尼亚’号时损失的一架战机由第六编队的 107 号战机补位；攻击其他战列舰的编队不变，同时注意扫射救生艇!”村田少佐大声下达命令。

日本鱼雷攻击机很有战斗序列地攻击着，这当然得益于村田少佐的指挥。

“注意，攻击‘俄克拉荷马’战列舰中部!”村田少佐下达着具体作战命令。随后，几架鱼雷攻击机同时在选择攻击方位。

“村田先生，我俯冲轰炸机已经占领有利攻击空域!”

村田抬头一看，高桥少佐正率领俯冲轰炸机支援他来了。

“右下方，攻击!”村田少佐对高桥少佐喊道。

连被两条鱼雷击中处于危难中的“俄克拉荷马”号战列舰的官兵，正在舰长的指挥下避弹，突然又遭到四批高速俯冲轰炸机的连续攻击。巨大的水柱突然将战列舰上的水兵抛向水中，一个巨浪般的水柱打过来，随着两颗巨型炸弹的吼叫，舰上的419名官兵，异口同声“啊呀”一声，“俄克拉荷马”号“呼”地倾翻了过去，底朝了天。满舰的水兵顿时埋葬在水墓中……

“祝贺，天皇陛下的英雄们！”村田少佐兴奋地呐喊，“快，集中攻击‘加利福尼亚’号……”

眼下远在5 000英里外的日本濑户海柱岛锚地的山本五十六海军大将，还不知道他的部下村田海军少佐正率领鱼雷攻击机拼死为他效命。不过，这位联合舰队司令长官正在舰队的旗舰“长门”号上坐卧不安，拉着他的参谋长渡边将军，一盘又一盘地下棋，驱赶内心的焦急与不安，并不断地发信号与南云海军中将保持联系。当南云中将收到渊田海军中佐发回的暗语“托啦、托啦、托啦”和“虎、虎、虎”时，南云立即给山本发去密码信号：偷袭成功了！

“长门”号是舰队旗舰，通信少尉接收到这封电文，异常兴奋地跑进指挥部：“司令官阁下，南云将军来电，突袭成功！”

“发电告诉南云将军，不要高兴得太早了，立即组织力量，进行更加毁灭性的进攻。第二波攻击要快！”山本大声道。然后又坐下来继续与渡边参谋长下棋，神情异常安静、专注。

正浴血激战的村田少佐，率领他的鱼雷攻击机群，像山本希望的那样，在不断地扩大战果。当渊田中佐在领机中听了村田少佐简短的空中报告后，几乎不相信，但客观事实又摆在面前：美军的8艘战列舰中，“亚利桑那”号、“俄克拉荷马”号、“西弗吉尼亚”号以及“加利福尼亚”号全部被击沉；“内华达”号被鱼雷击中，前后主炮各击中一枚炸弹，虽然没有沉没，但也跟“马里兰”号和“田纳西”号一样受到重创；“宾夕法尼亚”号被炸卧于船坞里动弹不得……

“第一攻击波45分钟结束，返航！”渊田中佐命令着。

第六章　微笑的将校官兵

小引

轰炸，再轰炸！日军各类战斗机和轰炸机群，将美军炸得血肉横飞。这一刻美国人才知道日本人笑脸后面的凶残，只有炸弹才能教训那些对日本军国主义认识不足的政客们！

1941 年 12 月 7 日 8 时 55 分，日军第二攻击波 171 架飞机开始进攻。在此之前，美军认为日本海军没有能力实施远距离航母突击

“嗡……”日军第二攻击波于8点55分开始，171架战机在微弱的防空火力反击中，有组织、有计划地赶到了珍珠港美军基地空域。飞在最前面的是水平轰炸机。领队是日本空军战功显赫一时的西村一行少佐（他后来在中国东北战场与苏联空军作战时，死于长春上空，时为中佐空战队长），目标是继续轰炸陆基场上的美国飞机。当他刚刚到达美军编号为302机场上空时，耳机中传来这样的呼叫：“西村注意，在你左前方发现美歼击机群！”

西村一听大吃一惊，刚才出发之前他所得到的情报是：陆基飞机基本无能力起飞，此行是炸机场没有被摧毁的敌机和航空站！

“赤石先生，我轰炸机左前方发现敌歼击机群，请求掩护！”

赤石少佐受命率领由39架“零式”战斗机组成的空中突击队，专门打击美歼击机，掩护水平轰炸机进攻美军机场和航空站。接到敌情通报，赤石少佐忙喊道：“快，302机场左前方上空，发现敌情！”

赤石少佐赶到302机场上空时，3 000米空中有20余架美国歼击机，正要向盘旋在1 000米低空寻找轰炸目标的日本水平轰炸机实施攻击。凭借高度的优势和“零式”战斗机的良好性能，机群又在数量上占有绝对优势，赤石首先从上空高速俯冲攻击！

美国太平洋舰队总司令部的官员和美军最高决策首脑太麻痹大意了。关于远东太平洋地区的态势，在第二次世界大战进行了两年多时，美国西点军校远东战略研究室的辛格博士，就曾郑重地告诫过白宫的决策首脑：“……在日本与美利坚合众国的政治、经济矛盾越来越紧张的局势中，美日关系日趋恶化。那么，日本人的心腹大患——美国太平洋舰队，特别是珍珠港军事基地，绝不能疏于戒备……”

白宫的官员们读完这份报告，请尼南多斯特上校给这位战略博士回了封信。其中有一段是“……无论美日关系恶化到什么程度，日本帝国出于多方面因素，绝不会将矛头指向我国……”

“没有见地的将军们，你们彻底地从思想上解除了武装，总有一天美国军人的血会教训你们的！”辛格博士恼怒地吼叫着。

1941年1月12日晚上，美国驻日本大使的秘书格鲁向美国总统罗斯福汇报完工作后，沉思片刻又说：“总统阁下，目前美日关系处于不战不和的相持阶段，但恶化的趋势不会很远，如果两国真的动用武力，那么，日本有可能首先偷袭珍珠港，摧毁我太平洋舰队！”

罗斯福听完很不耐烦地抬起头，盯住格鲁说道：“秘书先生，无论是珍珠港，还是夏威夷都有重兵；日本人就是有吃天的胆子，也不敢冒犯我太平洋舰队。你所听到的流言蜚语，全是无稽之谈！”

格鲁秘书只好怏怏作罢。即使在今天清晨，处于和平气氛中的珍珠港，遭到日本航空兵的突然袭击，美国战机被炸得无力从机场起飞，战舰在军港不能起锚，所有的地对空火力不能发挥威力，先进的电子通信设备如同一堆废铁，珍珠港海陆空三军基地完全处于被动被炸毁的情况下，美军太平洋舰队总司令官，仍然在同美夏威夷战区陆军司令官打高尔夫球。8 点过后的狂轰酿造出血肉时，总司令官才从夏威夷总部发来加急电报：“注意，日本航空兵偷袭珍珠港基地，而这绝不是演习！”

第一攻击波的 45 分钟，总算炸醒了美国的将军们。同时，山本海军大将，也收到南云海军中将发回濑户内海的电报：“司令官阁下，我航空兵第一攻击波奇袭成功。正出击第二攻击波，特潜部队也已经出击……”

现在，日军赤石少佐的“零式”战斗机，终于在空中缠住了美国“水牛”式战斗机，一场血淋淋的空战将水平轰炸机解脱出来，西村少佐急忙超低空飞行，窥视到 302 机场东侧的停机坪上，几十辆汽车正忙着将完好但因机场跑道炸坏而不能起飞的战机“呼”地拉进机库。

“先炸汽车，再炸飞机！”西村命令着，呼啸着将两颗炸弹，一颗丢进了汽车群，一颗丢进了飞机群。机场里顿时硝烟弥漫，弹片横飞，血肉四溅。西村少佐亲眼见到美国官兵被炸得惨不忍睹的场面，激动得按捺不住了，忙大声道：“快炸，快攻！”

“西村先生，左前方有两个高炮阵地，我方 9 架战斗机遭炮火攻击，其中 3 架凌空爆炸，1 架重伤返航！”赤石少佐报告。

西村急忙爬高发现，赤石的“零式”战斗机，正在向美军高炮阵地俯冲扫射。不过光凭战斗机的机炮攻击，是不能摧毁高炮阵地的。

“二、四中队，跟我向左前方高速低飞，轰炸敌高炮阵地！”西村通过无线电台，向水平轰炸机编队下达命令。

一架架水平轰炸机，向美军高炮阵地投下一枚枚炸弹……

而大批日本俯冲轰炸机，在攻击第一攻击波中没有受攻击和创伤的军舰……

一艘由两人驾驶操纵的日军袖珍潜艇，也潜入军港码头，对美国军舰实施着鱼雷攻击，成功率极高……

4 个多小时很快就过去了，当时针指到 7 日 13 点整时，作战参谋跑到南云海军中将的作战指挥室，将一份战报快速交给他：“司令官阁下，请批示舰队下一步的行动！”

南云中将急忙接过战报，上面显目的字立时映入他眼帘：

……由渊田海军中佐指挥的突击航空兵编队，对美军海军珍珠港基地，进行了第一、第二次突袭，所出击的两波一共354架战机，已返回各航空母舰的有330架，另有……

南云司令官读完战报，心情异常兴奋，他忙问：“渊田先生呢？”

“报告司令官，渊田先生右大腿一处受轻伤，正在包扎伤口！”

“村田先生呢？”

“村田少佐也返航了，目前位置不详。”

“赤石先生呢？”

“赤石少佐在美军302机场上空轰炸扫射敌高炮阵地时不幸阵亡。”

南云中将听着垂下眼皮，他对“零式”战斗机领队的死亡感到沉痛……

“西村少佐呢？”

作战参谋也垂下头，不想将后面的话说出来。

南云中将当然明白他要说而没有说出来的内容。他背着手踱了两步，突然拔出佩剑问：“有作战不力、中途借口返航的吗？”

“司令官阁下，尚未发现日本帝国官兵中有这样的孬种！”

南云“嗯”了一声收回佩剑：“我编队已经达到预定作战目标，战果显赫，命令全舰队按预定编队，快速撤出战区！”

“是！”作战参谋又问，“具体时间呢？”

南云中将扫了眼手表说：“25分钟以后！”

13点36分，各舰指挥官注意到，编队旗舰“赤诚”号航空母舰的桅顶上，升起了改变编队航向的信号。

“快，向西前进！”

“转向西……”

“转向西……”

无线电的信号也传入了各舰指挥官耳中。没过一会儿，日本海军中将南云率领他的突袭编队，转过舰头向西部方向疾进。他站在“赤诚”号指挥塔的舰桥上，脸上露出了少有的微笑……

第七章　美国罗斯福总统的眼泪

小引

人们应记住历史，读史使人聪慧，读史使人明理，当今的美国与日本是盟友，但千万别忘了当年美国总统的泪……

就在日本帝国主义三军共同庆祝日本海军联合舰队的辉煌胜利，山本大将在国际军政界成为名噪一时的名将之花的欣喜日子里，美国总统罗斯福，正在白宫审读一份来自国防部的报告。

罗斯福总统宣布，美国与日本已处于交战状态

……日军偷袭我太平洋舰队珍珠港基地，击沉、击伤我大型舰只21艘，中、小型舰船23艘，摧毁各种飞机311架，击伤209架，我官兵死伤3 615人……而据最新情报，日军对我珍珠港偷袭的时间只有88分钟，对我舰发射鱼雷53条，炸弹109吨，日军损失各类飞机仅29架，潜艇6艘……

罗斯福，一个上当受骗的美国总统，饮恨倒在沙发上悄悄地落泪长叹。当国防部的官员赶来时，他已在国防部送来的惨败报告上批写了这些话：“12月7日，应作为我国‘国耻日’载入美国三军史册。美利坚合众国的军人们，应该永远记住这个悲愤的日子，我和我的国民们，都有权利和义务，并且也有责任誓雪国耻……”

一场使美国海军蒙受沉重打击和巨大耻辱的战争结束了，这一突袭，使美国太平洋舰队瘫痪半年，这就是历史上著名的偷袭珍珠港战斗的幕前幕后。人们从此记住了策划这次战争的日本海军大将山本五十六！

第二卷　惨败在马来海的英军舰队

1941 年 12 月 10 日，血腥残酷的太平洋战争才刚刚开始两天，马来半岛关丹附近海域，英国的“威尔士亲王”号战列舰、“反击”号战列巡洋舰，突然遭到日本海军岸基航空部队的袭击，这便是惨败在马来海的英军舰队。

英国人，别忘了日本军国主义对你们的凶残！

珍珠港受到袭击时，美机才起飞了 29 架，由于仓促应战，这些飞机不是被日机击落，就是被自己的高炮击毁

第八章　残毒的小泽中将

小引

日本上层军官争权夺利的暗战是世界军界有名的。为除掉某位大将的心腹而想尽绝招，这是日本军人杀人灭口惯用的伎俩，然而英国间谍总相信金钱的力量，这是间谍们的可悲之处！也正是这样，小泽治三郎选择了利用金钱的力量，除去心头之恨。

1941 年 12 月 4 日凌晨，集结于中国海南岛榆林的日军马来部队的登陆部队海军中将指挥官小泽司令，急步从指挥部的作战部赶来，一脚踢开电讯部的大门，圆睁着一双布满血丝的眼睛问：“中尉，那个英军少校呢？”

由于没有准备，珍珠港受到袭击时，舰只正密集停泊在港内，基地飞机也是密集停放

“报告将军，被俘的英国间谍基若姆少校，根据您的命令，正在巡洋舰上休息，专门派浅田吉安小姐陪同他。”中尉急忙回答。

“一小时后，我们将直扑马来半岛登陆地。我无法断定他是否真正投靠我们，所以，请你把他带来再见我一次，生死就看他今天的表现！”

“将军，浅田吉安小姐也来吗？”

“没有必要，她的职业不宜在这样的场合出现！”

中尉转身拿起无线电台授话器，跟巡洋舰长通话，请他急用小艇将被俘的英国间谍送来。

对于今天的行动计划，小泽海军中将和他的同事们是经过详细研究而制定的。为了保密，于前天深夜12点正式召开少佐以上军官会议通告，小泽一想起前天深夜的战前动员会议，心中便涌起一股无法用语言表达的滋味。

前天晚上，军官们按照通令步入会场，唯有小泽中将的战术研究官海军大佐丰门多肥不见到会，其他该到会的已全部入席，小泽只好一方面令人去叫丰门多肥大佐，另一方面准备开会。当他简述完太平洋战区局势后，突然话锋一转，提高嗓门问道：“有人反对我军在马来半岛登陆作战计划……”

“将军阁下，”丰门多肥大佐快步走进来，“我并不是反对您的作战计划，而是说……”

“大佐先生，你不要认为你是山本大将派来的巡视官就自居高傲。这里是小泽中将的司令官本部。是你指挥他，还是他指挥你作战？这里的一切都由他向日本帝国负责！”一位少将站起来，迎住丰门大佐挑衅道，语言中充满对小泽的讨好。

丰门大佐的来头并非一般日军军官，在海军学校读书时，他就以有山本这样一个表叔而自居，目中无人，毕业后一直跟随山本充任参谋官。太平洋战争开始前的一天晚上，山本突然单独召见他。一进门，山本阴沉着脸问：“你打着我的招牌，要娶百吉的女儿为妻？”

百吉是东京有名望的巨商之一。百吉跟山本交情很深，常常带着他第三个女儿到山本家作客，丰门早就相中百吉的这个女儿了，只是苦于没有求婚的机会。不久前的一天，正当丰门在山本家拜访时，百吉的这个女儿突然打电话来找山本，山本不在，丰门接了电话，他就利用这个机会在电话中跟这个漂亮的姑娘表示了爱慕之心，并邀请她下午出来转转。这件事山本怎么就知道了呢？

丰门断定这个姑娘把他对她所讲的已全盘托出，只好说：“我说我表叔是海军大将，我跟着他前途光明，冲着这一点你嫁给我也是幸运的！”

山本听完没有立刻回答，而是长长地叹口气说：“小泽中将的军中，需要一名我最信任的战术研究官，你必须随时将小泽中将的动态报告给我。你执行这一特殊使命，是不能向外透露半点音信的！”

“我明白，就是暗中监视小泽，防止他背叛国家！”

“是防止他背叛我，不坚决执行我的命令！”山本说着长叹口气，“他跟海军部的上层人物关系复杂，我不能不派心腹去监视他！”

“是！”丰门兴奋地一挺健壮的胸脯。

“娶妻的事别慌，百吉跟我非一日交情，他的这个女儿暂时拒绝你也好，你也无牵无挂，等战事告一段落，我会安排你在东京与她完婚，那时我便是证婚人，明白吗？”

“明白！”

“有些事，的确需要打我的牌子才能做好。我名义上派你去小泽司令部任战术研究官，实质是打我的牌子监视小泽，小泽也是有心计的家伙，遇事要多长几个心眼！”

“是。”丰门多肥完全领会到山本的真正意图。

自从丰门多肥走进小泽司令官的战术研究室，小泽中将就认定他是山本大将派来监视他的特务，只是苦于无处下手赶走这只狼。

终于，小泽制定出马来半岛登陆作战的全部战略战术，并且，由他担任马来半岛登陆部队指挥官。当他将自己的战略计划告诉丰门多肥大佐，让其研究考证是否利于实战时，丰门多肥翻开笔记本，又看看左侧挂着的地图，一字一顿地说道：“自从今年7月，我们以咄咄逼人的气势进逼法属的印度支那南部，英国首相丘吉尔有些什么异态呢？”

“你看，这是7月25日晚上11点，丘吉尔批复的一个文件，其中一段你应该记住。”小泽中将说着递给他。

丰门大佐接过一看，文字下面打着圆圈符号的是这样的一排黑体字：

……据远东情报处报告，日军于7月进入法属印度支那南部地区，对于日军的侵略态势，法国维希政府已经默许了。为保住我们英国在远东特别是东南亚地区的殖民利益，我国政府决定，在远东水域保持一支强大的主力作战舰队，以牵制日军继续南侵……

“英国人因奔波于欧洲战事，一直拖到10月份才组织好这支远东舰队，他们称这支部队为Z舰队。”小泽中将见其读到这里，便补充说道。

丰门大佐放下这份过时的情报问：“英国人的这支Z舰队作战能力有情报证实吗？”

“据支那情报站两次报告，12月2日，新任英国Z舰队司令官、皇家海军前

任副参谋长菲利普斯海军中将，已经奉命指挥‘威尔士亲王’号和‘反击’号两艘主力战舰，开进了新加坡海军港。”

“就这么一点力量不值得我们惊异!”

“不，新服役的‘无敌’号航空母舰，也编入了这支远东舰队!”小泽忙答道。

“将军，据我所知，‘无敌’号航空母舰在加勒比海西印度群岛触礁了，不能投入作战!”

“我知道，大佐先生。但昨天我又得到最新情况，‘无敌’号航空母舰在美国诺福克支修复后，现正在大西洋航行途中，估计很快就会与Z舰队会合。”小泽说。

丰门大佐听完沉思着，过了一会儿才预感到事态的发展将对日军不利，便说道：“将军，在这支英国舰队到来之前，英国人在远东的海军力量是4艘巡洋舰、16艘驱逐舰、7艘潜艇。现在又赶来两支主力舰，我们不能不警惕英国远东舰队的威慑力啊!”

“你害怕了，大佐先生?”

“请你不要误会。我是认为我们必须作好准备向海军本部请求增援，美、英在太平洋和印度支那地区的海空力量是不能低估的。”

“我已经请示过海军本部，决定以25军为基本力量，调动4个师和800架飞机（实际包括海军岸基航空部队共799架飞机），组成马来攻守部队，只有横扫整个马来半岛，才能为我大日本帝国军队南下杀出一条血路！也只有刀戈相见，美、英等国才会乖乖就范!”

“将军，实际作战往往与研究的计划相距甚远!”

小泽中将白了他一眼：“军人的信心就是胜利的保证。你没有战胜美、英部队的决心和信心，就会动摇我军高级将领的雄心，如果是这样，我建议你还是回到你表叔那儿，充任他的战术参谋吧!”

“将军，你……你……”

“就这样决定了，你在五天内启程回本土!”

然而，丰门大佐没有按期离开，他要继续待在小泽的“心脏”——战术研究参谋处，看看小泽到底敢把他怎么样!

没有赶走监视他行踪的间谍，小泽心中也不快，跟丰门的斗争，实质是跟山本争权夺利的斗争，军中的山本派、小泽派、近藤派之间的派系斗争此起彼伏，其核心都是争权夺利。

今天，小泽要让山本派来的军官们看看，他小泽有敢作敢为的胆量!

“报告将军，情报处长木森大佐赶到!”一个身材高大的军官快步走进来，自我介绍着。

小泽中将扭头瞥了他一眼问：“英国间谍呢?”

“已经在我的办公室!”

“安排好了吗?”

“很顺利!”

小泽中将点了点头。这时，他看到一批奉命赶来的军官已经坐满了会议室，丰门大佐快速地坐在前排左起的第九个座席上，不停地垂头抽烟，又不时地用眼光扫视首席位置。小泽中将也快步走到首席位置上但没有立刻坐下，他环扫四周突然大声喊道：“将军们，日本帝国的军人们!”他咆哮着。

众军官不知道小泽中将将要干什么、说什么，个个都睁着双眼盯住他大气不敢出。

“在我们即将出发之前，有人将我军出击的情报，以 15 万美金卖给了我们的敌人!”小泽中将阴沉着脸说。

“将军，这个坏东西是谁?”

“我不知道，但有人知道，”小泽中将说完扭头大吼一声，“带进来!”

以商人身份在海南搜集日军情报的英国情报官约尔曼，是在用微型照相机拍摄日军巡洋舰时，被日军反间谍情报官捕获的。他不但会讲汉语，而且精通日语和朝鲜语，其比较看重生命和金钱，虽对日本女性来者不拒，但并不受她们的诱惑。现在，他由日本情报官木森大佐带着走到了小泽中将左侧。木森大佐拍了拍他的肩头问：“你是英国情报官吗?”

“我是英国谍报机关派往远东战区，搜集军事情报的情报官。”

“你在被我军俘获之前，得到的最重要情报是什么?”木森说着语气突然加重，“你只有老实交代你在我军中建立的情报网，我们才会留你的性命!”

英国间谍点了点头，目光在众军官中寻找，过了一会儿，他的目光盯住了一个人，扭头对木森大佐说：“大佐先生，代号‘406’的间谍正坐在我面前!”

“啊，他是谁?”众军官惊异地异口同声问道。

“就是他，你们的战术研究官丰门大佐!”

“你!”丰门的脑袋几乎要爆炸了，“你血口喷人!”他吼着冲上去，一把掐住他的衣领。

“大佐先生，是铁是金，会有东西证明的，你慌什么。”木森大佐冷冷一笑，“在座的这么多人，他为什么只指你呢？约尔曼先生，有你说话的机会。”

“前不久，我以 15 万美金购买了丰门大佐提供的这份情报，现在，我念给大家听听……”

……以第五师团为主的登陆部队，将分乘 20 艘运输船，由 5 艘重巡洋舰、1

艘轻巡洋舰、14 艘驱逐舰护航，在小泽中将的亲自指挥下，直扑马来半岛预定登陆目标，出发时间是 12 月 4 日上午 7 点 19 分。

同一天，南方部队司令官近藤海军中将，也亲自率领 2 艘战列舰、2 艘重巡洋舰、1 艘驱逐舰，驶离中国台湾马公基地，对小泽中将的登陆作战实施侧翼支援。潜艇部队已经进入马来半岛以东水域，他们将伺机打击可能干扰日军登陆的英国舰船。

“混蛋，混蛋！”丰门大佐气愤地吼叫着，“这么机密的情报到了这个家伙手中，绝对不是我的原因。这个家伙认错人了！”

“没有认错人，那天我亲自交给你 15 万美金的！”

“钱呢，15 万美金可不是小数目。我放在哪儿了？”

“在这儿，大佐先生！”木森将丰门的皮箱提过来，“大家看，丰门在铁一样的事实面前还不认账！”

丰门的皮箱被打开了，大叠大叠的美金出现在众人面前。

“这些都是我亲手交给他的！”英军间谍大声说道。

“这……这简直是……”

“是什么？”木森提着手枪逼近丰门，“这是死刑的根据，死刑！你懂吗？”

“怦怦！”两声枪响，丰门双手捂住胸口倒在血泊中挣扎，口不停地张动着但一会儿就没有了声音。

处死了丰门大佐，会议室一时间处于死一般的寂静之中。木森大佐在小泽中将的眼色示意下押走了英国间谍。小泽中将这时如释重负般地舒了一口气，大声说道：“丰门大佐出卖的情报没有送走，被我截了回来，所以，按原作战计划执行不变。快，准备出发！”

一阵骚动过后，军官们相继离去。木森大佐反而快步赶回来：“将军，全部处理完毕！”

原来，小泽中将利用这个英国间谍作伪证，又将一沓美金装进丰门的皮箱里，哄骗了众军官。为了防止漏底，木森大佐又根据小泽中将的命令，将英国间谍推入大海，杀人灭口。

处死了丰门大佐，小泽中将心中似乎蒙上了一层阴影，虽然有英国间谍的供词为证，有那么多在场的军官作为证人，但万一山本穷追不舍怎么办呢？

“出发，出发，按时出发！”小泽不敢想太多太远，急忙下达出发命令。

大洋的海浪在咆哮，日军舰队在海浪中乘风破浪向目标赶去，小泽中将将用胜利告诉山本和日军总司令部的将军们：这次胜利，如果不是他处死了英国间谍和出卖情报的丰门大佐，日军肯定损失惨重！

第九章　先喜后怕的亮九少将

小引

英军舰队是一支具有强烈反间谍意识的军队，他们在新加坡军舰的锚地，用货轮伪装成军舰，让日军高空侦察机上当受骗，然而，这一绝招已被日本人识破，一艘日军潜艇尾随英军舰队悄悄行进！

被袭击后的珍珠港

1941年12月9日上午11点30分，位于越南西贡的日军司令部一片繁忙。日军作战部长亮九一雄少将皱紧眉头、背手立于作战地图前，63张黑白照片和一份刚刚由航空情报处送来的情报摆在桌子中间。

“将军，海村中尉已经来了。”作战参谋定洪二郎中佐对亮九少将报告。

“你跟海村研究过吗？”

“海村中尉一口咬定，他亲眼用高倍望远镜观察到后，才进行有效距离的照相。”定洪中佐说道。

亮九少将沉思片刻后说：“叫他进来！”

海村海军中尉是日军中较有建树的空中侦察机飞行员，在多次空中侦察中，都为部队行动提供了可靠的情报。特别是突袭珍珠港一战，他16次飞行于美国海军基地上空，将美军基地的情况全部拍摄下来，为日军捣毁珍珠港立下了显赫战功。山本五十六在接见他时，亲自将两枚勋章挂在他胸前，拍着他的肩头说：“在日本帝国的军史上，是海村的功绩改写了日本海空军的历史！”

现在，海村已从少尉晋升到中尉军阶了，他能否再立战功，就看他是否能真正拍摄到英国战舰“威尔士亲王”号和“反击”号的踪迹了。

终于，他有了一个在亮九少将面前显示才能的机会，看来从中尉到大尉的晋升阶梯又为他架好了。

这刻，海村中尉走进了亮九少将的办公室，神情异常兴奋，犹如一位凯旋的大将军一般神气十足。

“报告亮九将军，海村中尉奉命赶到！”

亮九脸上毫无表情地向他点了点头，伸手拿起地图示意棒交给他：“这是一张马来海区军事图，你能将英军两艘战舰的位置指给我看吗？”

“能！”海村决断地回答，走到地图跟前。

“将军，就在这儿！”海村毫不犹豫地用示意棒指着新加坡港内说道，“以相片为准，请将军审视！”

再次看完照片，亮九又拿起情报，一排黑体醒目字再一次出现在眼前：

根据海村中尉所拍的63张照片和他本人亲眼所视，英军“威尔士亲王”号和“反击”号两艘战舰没有离开新加坡港。

“将军，完全可以执行‘00—’号作战计划！”定洪中佐进言道。

亮九少将没有立刻表态，他来回踱步在作战地图前，突然抬头盯住海村中尉说：“中尉先生，你能断定美国人没有使诈吗？”

“将军，这是照片，照片是高空侦察机拍摄下来的，这是最科学的证据，你

还怀疑科学技术吗?”海村冒犯般地说了一通。

“好吧，你可以去休息了。”亮九少将说着一屁股坐到椅子上，扭头对定洪中佐说，“请记录作战命令，快!”

作战参谋定洪二郎，急忙拿出电文纸写命令。

亮九少将将目光盯住正面的作战地图，“西贡嘉定”四个字此刻显得异常夺目。

第一航空部队驻西贡嘉定的海军第22岸基航空队指挥官，我是亮九少将。根据侦察，英军“威尔士亲王”号和“反击”号两舰正在新加坡港。为歼灭英国战舰，夺取马来海域的制海权，我命令你们，出动水平轰炸机105架、“96式”陆上攻击机70架、“一式”轰炸机20架、“零式”战斗机36架，于今天下午6点25分起飞，突袭新加坡港内的英军这两舰，若不能炸沉，也必须炸成重伤，使其丧失作战能力。出发前25分钟再联系一次，出发后保持无线电静默……

这份特急电令很快用密码拍发出去。

再说日军海军中尉海村，他从亮九少将处出来后，便跑到老朋友鱼雷攻击机中尉元木建树的宿舍，两人庆功般长饮。现在是下午5点50分了，元木中尉想到老同学又有了晋升的机会，便意味深长地说道：“海村君，怎么好事都朝你怀里撞呢?”

海村一昂头一杯酒落肚，得意地将杯子底朝天摇晃着说：“6点25分，我航空兵将突袭新加坡港，奇迹嘛，就由我来创造!”

“海村君，海村君!”门外传来了焦急的声音。

两人一愣，海村首先站起“唰”地拉开门，是定洪中佐喘着粗气跑了过来。

“什么事呀，中佐先生?”海村急忙迎上去问。

“快，少将召见!”

“什么事呢?”

“快去，去了就知道了!”

海村带着浑身酒气味，向亮九少将的办公室跑去，心里气愤地骂道：“混蛋，真扫兴!”

亮九少将此刻气鼓鼓地背手挺胸立于办公室中间，一把长而锋利的剑放在他右侧的桌子上，一块四方的油布卷在剑的旁边。海村一进门，就注意到这两件东西，顿时身上直冒冷汗，浑身不由自主地颤抖起来。他忙强打精神说道：“报告将军，海军中尉海村奉命赶到!”

亮九少将一反上午的欣喜神情，阴沉着脸一言不发，只是立着不停地叹气。

不知是炮兵修理厂的工兵在试射修理的炮呢，还是炮兵部队的新兵在实弹射击，105 毫米口径的大炮的轰击声显得异常震耳，高射机枪也不知为什么突然狂叫起来，把司令部四周打得天昏地暗，这更使海村心里的恐惧加深了，他扭头望了一眼定洪中佐，好像在问：中佐先生，我犯了什么事呢？

定洪中佐白了他一眼，神情也异常恶狠。

“将军，海军中尉海村忠于帝国，请求下达最新作战命令！”海村跨前一步说道。

“定洪君。”亮九少将咬着牙说道。

“将军！”定洪中佐急忙“啪”地立正，“请下命令！”

“海村中尉需要明白！”

“是！”定洪中佐应了一声回头说，“海村君，你应该认识这两件东西吧？”说完，向桌子上面指去。

望而生畏的剑和那块叠着的油布，使海村胆怯地后退一步，嘶哑着嗓门问道：“将军阁下，我犯了什么罪？”

“把将军给你送行的东西接过去，快！”定洪指着桌子说道。

“不，我没有犯罪，没有犯罪！”

“混蛋，你必须尊重将军，快！”

按照日本军人的习惯动作，海村中尉急忙走到桌子跟前跪下，伸手将那块叠着的油布拖了下来，双手将油布抱在怀里作了一个 360 度的旋转，望着亮九少将问道：“将军，这是为什么？”

亮九少将一言不发，狠狠地迎住他的目光，双手仍然反背着，腰里挂着的那支手枪和那把佩剑，这时也显得格外残忍、凶狠，似乎都威胁着海村的生命。

“海村君，你还犹豫什么，到时候了！”定洪中佐进逼一句。

“中佐阁下，这到底是为什么呀？”海村哭样地哀求着问。

望着跪地求生的海村中尉，亮九少将心里更烦躁了，他狠狠地干咳一声，定洪中佐又忙向海村进逼一句：“日本帝国的军人，是世界上最有勇气的武士，你应该尊重武士的名誉，海村君！”

海村“呼”地从地上站起来：“将军，我有什么罪？”

“混蛋，跪下，快跪下！”定洪中佐拔出左轮手枪冲上去，左手掐住他的衣领，“立即行动！”

愤怒的海村中尉只得又跪下，将刚才甩到地上的那块油布慢慢展开，两行泪水“唰唰”地朝下滚。

亮九少将望着海村的动作，没有发出一点声音，但他的两眼闪着凶光，门外的卫兵都挺立着，用双眼盯住海村中尉，他们都明白这里将要发生什么事。

海村终于把油布全都展开了，他跪在油布的中心，阴沉着脸垂着头。

“还有什么，你难道不知道？没有这样的勇气，你还配做日本帝国的军官！”定洪中佐说道。

海村仍然垂着头，不理会定洪中佐，他在想着他的心事和对策。人生一世，草木一春，莫非就这样被打发了……

“海村君，难道你等着我送到你手里吗？”

“定洪君！”海村又“呼”地站了起来，“这点小事何必要劳驾你呢？”说完，他两步跨到桌子跟前，伸手抓起那把锋利的长剑，然后回到油布中间，“嘶”地撕开上衣，露出毛乎乎的胸腹部，突然大声说道，“酒足饭饱，就这样走我并不遗憾，遗憾的是我什么都不明白，就这样死有些太……哎！”他一跺脚。

定洪中佐此刻不知道为什么，把目光转向亮九少将。

按照亮九少将处死部下的习惯，凡对其有功的部下，他都准备好一块大油布、一把长剑，让其自己将油布打开铺在地上，然后举着长剑在油布中心剖腹自杀，显示日本军人武士道的精神。一般来说，自杀者必须是跪地拿油布、长剑，以充分表现其痛心犯罪的悔恨心情，并表示心甘情愿地去死。

亮九少将见海村这般痛苦，不知出于什么原因，他开腔了：“定洪中佐，海村君有必要死个明白！”

“是！”定洪中佐扭过身，从桌上的文件夹中取出一张纸，走到海村跟前说：“海村君，你自己看吧！”

海村愣了一下忙接过来看：

总指挥部：“伊－65”号潜艇指挥官清水中尉报告，今天15点15分，我们在第809号海区内，发现英国Z舰队“威尔士亲王”号、“反击”号正向我登陆部队行进，航速26节。英国人为了迷惑我高空侦察机拍照，故意将两艘大货船停在新加坡港内原上述两舰停靠的泊位上……

“天啊，我发回了错误的报告！”海村拿着潜艇发回的电文惊叫起来，“我罪该万死，罪该万死！”

“中尉先生，”亮九少将这时开始发话了，“这份电报足足耽误了两个多小时才传到我们在西贡的司令部。你知道吗？英舰几乎都是大口径的旋转炮台，没有炮击死角，只要它发现我兵力全部分乘在20艘运输船上，齐射半小时就能击沉我所有运输船和补给舰。我整个第五师团官兵，包括小泽中将在内都会凶多吉少！”

“将军，我一看就知道登陆部队吉凶难卜。但你要知道，我将英国人作为佯装停在港内的两艘大货船认定为主力舰并不是我的罪过，而是高空侦察机拍照不准，情报处凭黑白照片也没有分辨出来，我怎么能承担这个责任呢?”

亮九少将又是一声不吭。

“将军……”定洪中佐对着亮九少将耳朵嘀咕几句。

亮九少将拧紧眉头沉默了一会儿，挥手大声道：“把海村送军事法庭!”

只要一送去军事法庭，就有求生的希望了，海村心中一喜，由四个军人押了下去。

海村一出门，定洪中佐急忙说道：“将军，时间太紧迫，不能再犹豫了!”

亮九少将点了点头说：“命令部队在马来半岛东岸滩头阵地登陆和卸载武器，补给的部队两小时内必须疏散。今夜无论气象条件多么复杂，第 22 航空队必须出动 53 架携带鱼雷的攻击机，全力搜索英国舰队确切的方位!”

“将军，是否出动 5 艘潜艇配合‘伊 -65’号潜艇跟踪英舰?”

“来不及了，立即执行命令吧，不然我登陆部队有可能全军覆灭。到那时，你我有一百个脑袋也不管用。快去吧!”

“是!”

望着定洪中佐匆忙离开的背影，亮九少将的心情异常沉重，他夹起文件，急忙向司令官办公室赶去，他不知道日军西贡司令官将会如何训令他呢，会不会也给他安个失职的罪行处死他呢?

第十章　将军的遗憾

小引

英军菲利普斯将军善于突袭战，这是他引以为豪的战略战术，然而正是这一战术导致了英军与日军在太平洋较量时的失败，他只好率舰队返航，偷袭成泡影，可噩梦紧接着来了，日军的潜艇尾随着他的舰队随时进行攻击！

美国公众通过广播收听总统讲话

就在日军少将亮九惊恐之时，英军战将菲利普斯海军中将，正忧心如焚地立在战舰的雷达屏幕跟前，两眼盯住屏幕一下也不眨，通信参谋不停地报告着、记录着：“……攻击区东309，发现敌水上飞机一架……攻击区东605，发现敌水上飞机一架正向我航行方向高速逼近……攻击区左翼方向，发现敌水上飞机一架……”

“快，请参谋长哈德上校，还有作战处长都来……”菲利普斯中将失去了惯有的冷静大声说道。

远航的战舰最怕突然袭击，特别是当遭到航空火力突袭时损失会更惨重，这一点菲利普斯中将早就明白，他当初就是准备用偷袭、奇袭战术摧毁日军舰队的。

早在12月6日上午9点30分，菲利普斯中将赶到马尼拉，同美国亚洲舰队司令托马斯·哈特海军上将举行会晤。哈特上将欣喜地迎住这位原英国皇家海军副参谋长，两人客气寒暄几句后，就磋商日军步步紧逼的严峻局势。谈兴正浓时，菲利普斯中将的参谋长哈德上校神情紧张地走进来，将一封电报交给他，菲利普斯中将忙垂眼读电文：

12月4日，集结于中国海南岛的日军马来部队的主力第五师团，在日军小泽中将的统帅下，分乘20艘运输船，由5艘重巡洋舰、1艘轻巡洋舰、14艘驱逐舰护航，正向选定的马来半岛登陆地前进。日军南方部队司令官近藤海军中将，同时率领2艘战列舰、2艘重巡洋舰、1艘驱逐舰，离开位于中国台湾的海军基地，该舰队的主要作战任务是，对小泽中将登陆作战实施侧翼支援。日军潜艇部队已进入马来半岛以东水域，其作战目标是伺机打击可能攻击日登陆部队的英国舰只。其余海军陆基飞机近800架，已处于一级备战状态……

“哈特将军，”菲利普斯中将把电文交给自己的参谋长哈德，面对着美军上将说，“我们已经收到日军正从海路大举压境的紧急报告，我必须马上赶回新加坡迎击敌人，请等待我们凯旋的消息！”

一架战斗机将菲利普斯中将送回新加坡的海军基地时已经是下午2点了，他一走进作战指挥部就急忙问值班参谋：“中校先生，‘反击’号是昨天（5日）开往澳大利亚的吧？”

“是的，将军阁下，它的航速是25节，我刚刚还跟‘反击’号舰长取得联系。”值班参谋忙回答。

“快，电传我的命令！”菲利普斯中将说。

电传机上出现作战命令的字样，几个通信参谋有的作记录，有的拿起无线电授话器。

菲利普斯中将板着脸沉思片刻后，便一字一顿下达着作战命令：

"反击"号舰长：你在开往澳大利亚途中时，日军登陆部队和大批航空兵，正从海路、空路向我大举进逼，大有决一死战之决心，请你收到此电报后，火速指挥"反击"号和另两艘驱逐舰返航，12月7日，也就是明天，必须返回新加坡基地待命……

下达完这个电令，菲利普斯中将立刻召开紧急战时会议，研究、制订打击日军的最佳作战方案。整个会议中，他始终宣扬这次对日作战的英国利益，要求每个军官记住：大英帝国在远东的大片殖民地，绝不能轻易地让日本人夺走。英国军人战死远东是伟大的壮举！

当天，2艘主力舰和4艘驱逐舰立即投入一级紧急战斗准备中。

新加坡是一个海岛，一年四季处于海风的呼啸之中，12月6日夜，风显得更加大，搅拌得菲利普斯将军更加烦躁，日军目前已到达什么海域？为什么侦察报告还不见回复？

1941年12月7日上午11点整，侦察报告送到了菲利普斯将军手中：

据我最新情报表明，日军小泽中将亲自指挥的登陆部队，正在以26节的速度驶往……

读完这封侦察报告电文，菲利普斯将军深信此情报真实可信。于是，他忙对参谋长哈德上校说："上校先生，你认为我们什么时候出发最为合适呢？"

哈德已经读完电文，了解到日军所到达的位置，忙说："将军阁下，如果情报绝对准确无误，那么我们明天，也就是8日晚上，2艘主力舰、4艘驱逐舰应悄悄离开新加坡，对日舰实施突袭！"

"还应命令驻守森巴旺（位于新加坡附近）的一个'水牛'式战斗机中队，待命进行空中支援，马上发报通告！"

"是！"哈德上校回答完，立马将命令记录交给了作战参谋。

"将军阁下，"哈德上校沉思片刻后说道，"我舰队明晚悄悄出航，很难逃过日军潜艇和飞机的搜索。你要知道，日本在越南的西贡附近，集结了一支规模陆基飞机，这是一支可怕的力量呢。"

菲利普斯中将冷冷一笑说道："上校先生，日本的鱼雷攻击机与我们英国的'剑鱼'式鱼雷攻击机是一样的半径作战距离。我断定，日本的鱼雷攻击机不可能远离印度支那基地，飞越半径400海里，赶到日军登陆滩头阵地，攻击我阻击其登陆部队的舰队。"

"将军阁下，日本人有时做的事是我们很难预料的啊！"

“你的意思是我们不出击?”

哈德上校迎住少将的目光，没有作任何表示。

“当日本人大张旗鼓地登陆时，难道我们待在港里无所事事吗？我要用快速度和军舰本身对空炮火的优势，出其不意地攻击其登陆部队!”

“既然日本人能做些无法预料的事，我想我们英国人照样会做些无法预料的事。”一个作战参谋在一旁如是说。

一切都在短暂的时间内决定了。哈德上校忙执行菲利普斯中将的作战命令，向各有关单位通报。

按照菲利普斯将军的决定，1941 年 12 月 8 日晚上，英国 Z 舰队出发了，他们一路保持无线电静默，官兵们忍受着亚热带夜晚的沉闷、潮湿向北快速驶去。

再说就在菲利普斯中将率部赶去截击日军小泽中将的夜晚，日军第 22 航空队的 53 架鱼雷攻击机、水平轰炸机和“零式”战斗机从西贡机场起飞后，很快就消失在茫茫夜空之中。由于执行作战命令匆忙，飞行员们都没有接到识别自己方面军舰的方法、规定和信号，而且他们向南飞行的洋面上，空中云层无边无际，能见度极低，致使日军飞行员始终没有发现英国舰队。同时又有接近一半的飞机由于气象问题被迫中途返航，其余飞机像无头苍蝇在空中回旋乱转。

已经是午夜了，带着副油箱的日军水平轰炸机驾驶员村树少尉，用最低高度贴近海面搜寻时，突然发现了一道道航迹，这令他一下子精神大抖，猛将机头昂起升高，然后一个急速回旋，冲着航迹再次俯冲下去。这一回他看得异常清楚，忙拍出下面的电文：

在洋面 433 战区东，敌舰队正以 26 节的速度航行。

村树少尉报告。

电文发出，很快日军的各种飞机向村树指定的 433 战区以东赶来。当几乎所有的飞机赶到目标区后，一直跟踪英国舰队的村树大声说道：“各机注意，我是村树少尉，我马上空投两颗照明弹指示目标!”

“明白!”飞行员们异口同声地说道。

两颗照明弹悬挂海空，将海面的舰队照得一清二楚。飞得最低的村树突然发现，舰队的前后都飘扬着太阳旗。他忙大声说道：“各机注意，敌舰正挂我国旗作掩护，准备潜逃!”

“村树先生，马上联络，不能立即攻击!”有一个老谋深算的飞行员提醒道。

村树急忙打开了对洋面联络的电台频率，直接大声询问：“洋面舰队，洋面舰队，我们是日本帝国第一航空部队第 22 航空轰炸大队，请回答!”

很快，洋面传来信息。

村树接着拉起机头，向各机报告：“洋面舰队是我军小泽中将的旗舰重巡洋舰和由他率领的巡洋舰部队。小泽中将命令我们天亮前必须停止搜索，以免造成混乱和损失！”

一场误会结束了，小泽中将同时也改变了航向，他命令道：“改变航向，我们应去同南方部队主力会合。快！”

其实，这时的英军菲利普斯指挥的舰队也看到了这两颗照明弹，双方相距仅5海里，但彼此都没有察觉到对方就在眼前。

现在，3架日本水上飞机进入英国战舰雷达屏幕，菲利普斯中将把参谋长哈德、作战处长和其他成员请来了，经过研究，他非常遗憾地对大家说：“我们已经失去偷袭日本登陆部队的战机，再这样下去，我们有可能遭到日军的反偷袭。快，传我的命令，全部部队返回新加坡集结待命！”

菲利普斯中将的遗憾留在了马来洋面。但是他没有想到，一艘日军潜艇正在向他返航的航道水域搜索前进，一场恶战就在眼前。

第十一章　决定命运的行动

小引

日军与英军在太平洋上较量，各有得失，但擅于耍阴谋的日军在英军将军的脖子上套了根绳子，牵着英军在大洋中耍来耍去，而英国菲利普斯将军却还在得意着……

珍珠港事件后，美国出版的宣传画“仇敌”

1941年12月10日凌晨1点22分，日军“伊－58”号潜艇正在水下60米处搜索航行时，忽然雷达和声呐几乎同时发现了目标，艇长西村奉和中尉急忙大声命令道：“追击，升艇！”

一艘潜艇从水下爬上了水面，借助海雾的掩护，西村利用潜望镜观察了一会儿后，马上发电：

近藤中将：我们在您指定的海区搜索，现在发现英国Z舰队，请求围歼。

发完电报，西村中尉扭头问通信兵：“英舰发现我们了吗？”

“报告中尉，英舰没有发现我们！”

“你是如何认定的呢？”

“敌舰保持无线电静默航行，我们观察它足有10分钟不见其有反应。”

西村中尉满意地点了点头，对懂英文的观察员问道：“喂，哪条舰离我们最近？”

既懂英文又是鱼雷攻击手的次安少尉，急忙利用手中的高倍望远镜观察了一会儿，扭头说：“中尉先生，离我艇最近的是英军‘反击’号战列巡洋舰。”

“敌‘反击’号与其他舰的距离呢？”西村中尉问。

“‘反击’号航行于整个舰队的最后，可能是担任后卫掩护任务，可以想象其战斗力较强。”次安少尉说。

“传我的命令，与敌‘反击’号保持攻击距离。”

潜艇大模大样地半截浮在洋面，与英舰“反击”号保持在鱼雷攻击范围内。

今天海面的浪特别大，西南风刮得海水冲击的浪柱足有十几米高，日军潜艇在洋面上与巨浪搏斗。西村中尉利用潜望镜观察着，他要选择一个最佳攻击时间和最佳攻击位置！

“次安，次安君！”西村突然呼叫道。

次安少尉急忙靠近：“中尉先生，现在攻击？”

“你看，从左前攻击怎么样？”

“不行，左前攻击易暴露我艇目标，敌施放深水炸弹将影响我攻击力！”次安用专家的口气说道。

西村很不耐烦地扫了他一眼：“你快选择攻击方位，还要等到什么时候！”

次安少尉挨了西村中尉的训令，头上虚火直冒，跑回鱼雷发射仓，对着几个鱼雷攻击手咆哮：“准备，快填弹！”

“加速！”西村中尉命令着。

潜艇在高速前进，次安少尉和他的鱼雷攻击手正在选择最佳攻击位置。

风，越来越大；浪，越来越凶。夜雾将整个战舰和海色混成一团，令人分不

清哪儿是海，哪儿是舰。“反击”号仍然在以26节的航速前进，丝毫未察觉有日军潜艇正准备攻击它。

“减速！”

潜艇“唰”地慢了下来。

“放！”西村大吼一声。

一条鱼雷带着日本军人的希望在洋面上劈浪前进，向英军“反击”号冲去。

一分钟，两分钟，三分钟……时间在无忧无虑地溜走。

“次安，次安，第一条鱼雷没有击中目标！”西村生气地说道。

次安少尉急忙举起望远镜，英舰仍然在航行，航速未变。

“艇长，”次安少尉对西村说，“敌人还没有发现我们，是不是再抵近发鱼雷攻击？”

“刚才发射的第一条鱼雷呢？”西村中尉问。

“很可能是质量问题，或者打歪了。”

“哑雷太多了！准备再攻！”

在这一时期内，日本军工不知是什么原因，无论是潜艇还是舰船，所发射的鱼雷都有很大一部分不爆炸。为此，日本军工中开展了一次反战大清查，把很多技术工人作为反战分子处死了。

“唰”地又有一条鱼雷向“反击”号快速冲击。次安少尉举着望远镜跟踪鱼雷。五分钟早就过去了，又未闻鱼雷攻击的爆炸声。

“再抵近攻击！”西村中尉命令道。

潜艇“呼呼”地向前冲去。

“放！”

“放！”

“放！”

三条鱼雷同时向“反击”号发起攻击，五道雪白的亮光也同时向潜艇射来。

“下潜！”西村中尉命令着。

日本南方部队司令官近藤海军中将收到西村中尉拍发的敌情通报后，心情异常兴奋，他立即用电话通知日军南方部队司令部作战部长亮九一雄少将，请其根据新的敌情通报，马上制订一套全歼英军舰队的作战计划。

亮九少将望着地图上英军舰队所在的位置沉思片刻后，便对正立在身后的作战参谋定洪二郎说：“命令部队主力马上高速南下，追歼英国舰队……”

“报告将军，‘伊－58’号潜艇艇长西村中尉急电！”

“念！”

“‘伊－58’号向英国舰队‘反击’号发射五条鱼雷，但无一命中。我艇在

下潜追踪中，因气象条件恶劣，于6点16分失去追赶目标。”

亮九少将听完这封刚刚拍发来的电文，知道情况不妙，急忙说：“马上将电文通报给近藤司令官！”

通信参谋答应一声便回头离去。

“定洪中佐！”

“将军阁下……”

“第22航空队的木南大佐走了没有？”

“将军，木南大佐正在作战部，下午就走。”

“快把他叫来！”

木南大佐是第22航空队刚刚提拔的队长。前任队长因机械事故，于11月23日在西贡以西35公里处机毁人亡，他的死才使木南大佐有了这一次晋升的机会。木南走后，定洪中佐就来补位，担任了亮九少将的作战参谋（相当于副官）一职。

木南走进老上司的办公室时，一切都是那么熟悉。他正要向亮九少将问候一句，还没来得及开口，亮九就迎住他微笑的目光说道：“木南先生，你一到任，我马上就要交给你一块硬骨头啃！”

木南大佐“啪”地立正：“将军阁下，我从士兵到大佐完全是您的栽培。只要是您下达的作战任务，无论多么艰巨我也决心完成！”

亮九少将走过去，拍了拍他的肩头说：“我们已经发现了英国舰队……”

“啊，在哪个海域？”木南大佐迫不及待地问。

“在这一海域，”亮九少将指着地图说，“我军主力舰正高速南下追击……”

“我的作战任务呢？”

“你的任务是，”亮九少将说，“6点25分，也就是再过5分钟，你派出9架侦察机，对新加坡英军海空部队实施强行侦察。立即发报，快！”

一封拍往侦察机中队的作战命令电文2分钟就发完了。

“8点15分，我主力舰将放弃追击，由你的航空队和潜艇部队继续完成这一全歼任务！”亮九少将说完望着他又问：“你准备怎样打好这一仗呢？”

木南大佐说：“将军，我想分三个攻击波发动攻击！”

“说下去！”

“根据您所讲的情况，我‘伊-58’号潜艇失去了追踪目标，但我想航空兵很快就会找到目标。”

“嗯，有道理！”

“只要发现攻击目标，我甲、乙、丙三批战机，分三个攻击波共90架飞机，其中50架挂攻击鱼雷、40架装重磅炸弹，你看行吗？”

“好，很好，你马上去执行这个作战方案！”

“是！”

木南大佐匆匆地走了，他知道亮九少将在等待他胜利的消息呢。

日军航空兵、潜艇部队和近藤的主力舰都在忙于找菲利普斯中将决一死战时，英军却并不知道。昨夜，菲利普斯中将意识到已经失去突袭日军登陆部队的良机后，下令返回新加坡，舰队正要直航新加坡时，一封来自新加坡大本营的电报到了菲利普斯将军手中，他拿着电报看：

菲利普斯将军阁下：我军刚刚搜集到情报，日本军小泽中将指挥的一支登陆部队，正在新加坡以北 180 海里的关丹登陆。

读到这里，菲利普斯将军突然精神大振，他忙对参谋长哈德上校说：“上校先生，上帝给日本安排的坟墓在关丹。你看看！”

得意如春风拂面而来。哈德上校读完电文也笑了：“将军，我们到关丹聚歼日军？”

“对，我们应该抓住这一战机，这个时机太难得了。实力和机遇才等于胜利！”菲利普斯中将说到这里，又一挥手说道，“命令舰队绕道驶往关丹海区，舰队继续保持无线电静默！”

“将军，我们的行动是不是马上电告新加坡的我军司令部？”哈德上校问。

“他们把日军在关丹登陆的情报发来，就明摆着让我们去关丹，再发电有什么意义呢？再说司令部对日军在关丹的登陆，肯定会作出相应的反应，无疑将有一大批战斗机为我军掩护作战！”

哈德上校被中将的分析折服了，舰队仍然保持无线电静默向关丹高速前进。

清晨，菲利普斯将军的舰队赶到了关丹附近海区。哈德上校根据各舰搜集的情报向将军报告：“关丹没有日军踪影！”

“混蛋，为什么这样的消息不真实呢！”

“将军，现在生气又有什么用呢？既然我们在这一海区扑了空，恐怕敌人有什么阴谋，我们必须火速返航驶往新加坡！”

“为什么这样说呢？”

“既然司令部提供情报，称关丹地区有日军登陆，为什么到现在还不见掩护我舰队的航空兵呢？可能电文有诈，再不走，如果陷入敌航空火力，后果将不堪设想！”

“上校先生，我看你是得了恐战症！”菲利普斯中将感到脑门在冒火，怒道“命令一架水上飞机出动侦察，一艘驱逐舰向四周侦察！”

菲利普斯中将派出的飞机和驱逐舰，经过 2 个小时的侦察没有发现敌人，由此导致 Z 舰队犯了致命错误。死亡正在逼近！

第十二章　战死在马来海域的坦南特上校

小引

日军终于在大洋上发现了英军“反击”号战舰，一条条鱼雷、一枚枚重磅炸弹直逼英国军舰，日军轰炸机和鱼雷攻击机火神般地冲向英军战舰，人与钢铁的血拼成了铁与铁之间的厮杀。

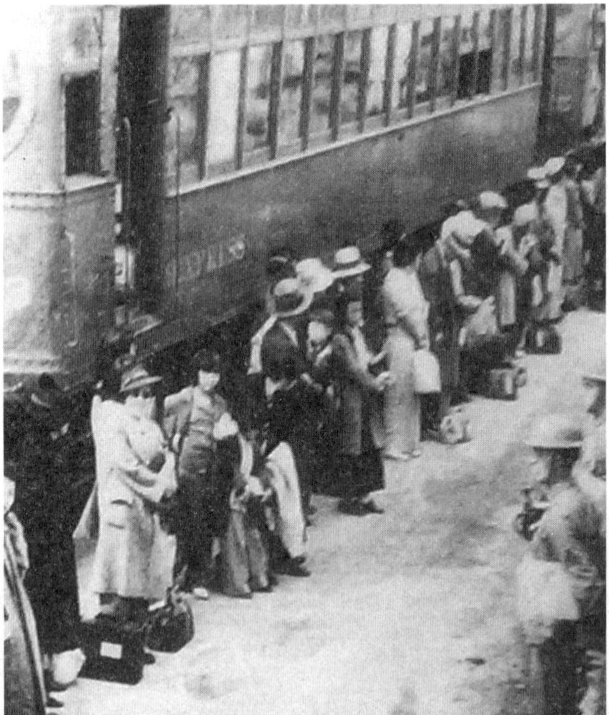

旅美的日本侨民被视为不可靠种族，美国政府把他们集中起来统一居住

日军第22航空队队长木南大佐指挥出击的战机，带着笨重的副油箱，经过远程飞行快到达新加坡了，然而仍然没有发现攻击目标。

日军第五轰炸机中队长福田大尉正驾机飞行于海空，这时耳机中传来第二攻击中队队长的声音：“福田大尉，我第二中队已经抵达新加坡附近海域，仍然没有发现目标，由于达到作战半径尽头，再继续搜索油料有限，我机群正在向基地返航，你注意这一海域动态！”

“福田大尉明白！”他回答着，拉起机头大声说道，“第五轰炸机中队跟着我，向新加坡方向搜索飞行！”

“大尉先生，仍然带着副油箱，如果突遭英国‘水牛’式攻击机袭击怎么办？”一个飞行员问。

“先带着副油箱飞行，跟上！”福田大尉回答。

无边无际的海雾罩住了海空，日军飞机的无线电台全方位搜索空中的一切电波，这跟英舰保持无线电静默完全是两回事。日军无线电台既要搜索英舰电波，又要保持与自己的机群互通信息，耳机始终在嗡嗡作响……

“报告，报告，我是日本帝国空军第三号侦察机帆足海军少尉，我是日本帝国空军第三号侦察机帆足海军少尉，我发现两艘英军战列舰在关丹东南70海里洋面，我发现两艘英军战列舰在关丹东南70海里洋面，时间是11点45分，时间是11点45分。”

这一声音振动着福田大尉的耳膜时，如同朝他血液中注射了一支兴奋剂，他顿时精神大振，急忙对帆足少尉说：“帆足少尉，帆足少尉，我是第五轰炸机中队长福田大尉，我是第五轰炸机中队长福田大尉……”

“帆足明白，帆足明白，你离关丹东南有多远距离，你离关丹东南有多远距离？”

“我很近，我很近，请你盯住敌舰，请你盯住敌舰，等我到达后引路，等我到达后引路！”

“帆足明白，帆足明白，请保持联络！请保持联络！”

“福田大尉明白！”福田大尉回答完，忙对自己的轰炸中队命令道，“各战机注意，各战机注意，攻击目标在关丹东南70海里洋面出现，攻击目标在关丹东南70海里洋面出现，没有命令不得投副油箱，没有命令不得投副油箱！”

日军第五轰炸机中队由于油料充足而高速向战区赶去，大海也发出阵阵如同愤怒般的咆哮。

“大尉，大尉，目标在我机左前方出现，是一艘战列舰！”飞在最前面的日机海军少尉库陆报告。

福田急忙加大油门冲了上来与库陆并列飞行，在空中旋转一圈后，大声问：

“库陆君，是一艘什么号战列舰?”

“你等一会儿，大尉!”库陆猛拉机头，战机因背着副油箱不得不吃力地爬高以逼近敌舰。

“库陆，库陆君，敌炮火封锁高度为 1 000 米，飞到 1 000 米以下时必须抛弃副油箱。”

“库陆明白!”

库陆在一定的安全区内旋转两圈后急忙报告：“大尉先生，大尉先生，根据敌战列舰舰首英文字母，我确定它是英军‘反击’号战列舰!”

“福田大尉明白，敌舰航向、航速呢?”

“敌舰正以 26 节的速度向新加坡方向前进，甲板上各种兵器已经作好对空射击准备!”

“库陆君，其余舰呢?”

“目前只发现这艘舰，因雾太大，距离较远无法看清。从目前情况看，‘反击’号是在担任另一艘舰的掩护舰。”

福田大尉听着，他不像别的日军指挥官那样，在战局或敌情对自己绝对有利时，傲慢地进入一种“思维盲区”。他此刻完全清楚，仅凭自己的第五轰炸机中队来攻击这艘“反击”号战列舰，若遭到猛烈的对空射击，不但未能炸伤敌人，反而使自己的战机受到重创而不好向木南大佐交代。于是，他调整电台频率呼叫：“我是第五轰炸机中队指挥官福田大尉，我中队已进入关丹东南 70 海里空域，发现攻击目标，请报告离战区最近的是哪个攻击中队。”

“嗡嗡”的耳机中传进一片混杂的声音，福田大尉无法判定是些什么人在呼叫、呐喊，转动一下电台频率后，一个熟悉的声音传进他耳门：“福田大尉，我是第三鱼雷攻击中队吁金大尉，我中队正紧跟在你中队后面，第二中队和第一中队也已发现目标，木南大佐电令我随你中队跟进，作为你的中队预备队进行第二波攻击!”

“吁金大尉，我是福田大尉，谢谢你的合作!”福田大尉听到增援中队紧跟着，胆子更壮、更大了。他旋风般地拉起机头大吼一声：“各机注意，投副油箱，向敌舰‘反击’号攻击。第一波超低空接敌，第二波高空寻找最佳方位，第三波跟着我，注意观察敌舰对空火力的位置，跟紧第二波不放！攻击，冲!”

咆哮的轰炸机身子一抖，投下副油箱后抢占位置高速俯冲向英舰“反击”号攻击，时间是 1941 年 12 月 10 日 12 点 45 分。

英舰“反击”号战列舰舰长坦南特上校，此刻正立于战舰指挥台上，双手抱着高倍望远镜观察着日本轰炸机，日机机身一抖，笨重的副油箱抖落下来，这是轰炸机开始攻击的信号，也是他的舰炮开始射击的信号。

“各炮手注意，各炮手注意，这是日军的轰炸机，没有鱼雷攻击机出现!”坦南特向攻击手们通报。

“哒哒哒……”高射机枪首先在舰首开射了。

3 架摆开的日本轰炸机正在爬高，这是高速俯冲前的准备。坦南特上校大声喊道:“火炮注意，高射机枪注意，敌机要高速俯冲轰炸了!”

“嗡……”3 架轰炸机冲上战舰上空，隆隆的炮声和“嗒嗒”的机枪声欢迎着这三架日机，8 颗 250 公斤的炸弹从机翼下“呼”地朝战列舰坠下来。

“全速左转舵，全速左转舵。”坦南特上校是一名老牌的舰长，丰富的作战经验告诉他，丝毫的迟疑都会带来灾难。

战列舰“呼”地旋转着，一批炸弹坠进大海“轰”地炸开了，掀起的海水形成的浪柱足有五六十米高。

“轰……”

“舰长，舰长，一枚炸弹命中我舰的右舷机库附近的主甲板，爆炸引起了冲天大火!”战舰参谋官思京梅中校跑过来焦急地说道。

坦南特上校抬头一看，主甲板上浓烟滚滚、烈焰冲天。

“快扑火，快扑火!”坦南特大呼。

扑火中队的官兵冲了上去，大火很快就被扑灭了。

这时坦南特上校发现，刚刚投完炸弹的日本轰炸机正在昂头作迂回旋转，继而又有 4 架日本轰炸机从高空向舰首冲来，黑色的重磅炸弹挂在机翼下显得那样醒目、狰狞。

“打，快打!”

密集的炮火封锁住了日军轰炸机的航路。

“舰长，有鱼雷攻击机!”

坦南特急忙循声望去，只见日军一个中队的鱼雷攻击机（即第二鱼雷攻击中队）正贴着洋面向战舰冲来。

“避雷，左转 150 度，右转 100 度，前进，右旋转!”

九条鱼雷，如同九条蛟龙劈开海浪向战列舰冲来，然而坦南特上校奇迹般地使这艘老舰躲避开了。

“炮火封锁鱼雷攻击机的航路!”坦南特上校命令道。

“舰长，”一个作战参谋匆忙跑进来说道，“刚才是敌轰炸机中队把我舰炮火力吸引住以此来掩护鱼雷攻击机攻击我舰!”

“我知道，上尉先生，你立即到舰尾部去，那里有一门炮为什么不开火？坏了立即修复!”

“是!”作战参谋快步跑向尾部炮位。

空中，日本战机黑压压的一片从四面八方向“反击”号包围过来，看来只有一段段地反复封锁航路才能摆脱困境，炮弹密集得像暴风雨一般向日机倾泻。

舰尾的一门四管炮发生了故障，急得炮手们满头大汗，这门炮原本可以独当一面，现在却不能攻击，舰尾炮火就显得极为虚弱，很快会被敌机攻破，作战参谋毫无办法，只好命令一个中队的官兵，在舰尾架起了 6 挺高射机枪、13 挺重机枪和 9 挺轻机枪，配合其他炮火攻击来犯日军飞机。

舰尾部火力总算得到解决，坦南特上校命令战舰快速向新加坡驶去。

“参谋，现在是几点钟?”坦南特大声问。

“13 点 27 分!”一个作战参谋回答。

“你看，敌机又一个攻击波开始了!”坦南特上校担忧地说道。

这时，日军第八鱼雷攻击中队正快速冲了过来。

“舰长，舰长，有七条鱼雷正向我舰两舷攻击!”

“大动作旋转 180 度，大动作旋转 180 度!”坦南特决断地命令道。

战列舰如同一条巨龙在海浪中突然大动作旋转 180 度，七条鱼雷被坦南特上校再次出色地避开了。

“修复舰炮，速射，速射!”满头大汗、左胳膊被炸弹片削伤的坦南特上校命令着。

“反击”号的官兵很快就修复了被炸弹炸坏的火炮。坦南特上校跑出指挥室大声问:“作战参谋，我舰有什么大问题吗?”

“报告舰长，我舰作战能力和航行能力都未受到影响。”一个作战参谋答道。

“快，打破无线电静默，向新加坡司令部发报，请在森巴旺待机的‘水牛’式战斗机立即增援!”

“舰长，跟菲利普斯将军联系一下，再……”

“菲利普斯中将所在的‘威尔士亲王’号我几次都联络不上，他们可能也不轻松，快走，脱离战场!”

“舰长，8 架鱼雷攻击机向我舰右后舷方向攻击了!”

坦南特上校大吃一惊忙喊道:“左转 150 度，左转 150 度!”

战舰神奇般旋转，又一次巧妙地避开了驰来的八条鱼雷。

“舰长，一架日机向我左舷发射鱼雷一条!”

“右旋转 180 度!”

“轰……”

这一回，右旋转 180 度还没转过来，那条鱼雷就命中了军舰中部，坦南特正要询问军舰情况，担任观察任务的作战参谋又一次惊叫起来:“舰长，舰长，9 架鱼雷攻击机正从不同方向对我舰实施强行攻击!”

坦南特上校来不及发出命令，只听到“轰……轰……”连续的爆炸声传来。

“舰长，我舰连中四条鱼雷！”

“舰长，弹药舱中弹爆炸！”

“啊……”坦南特上校腹部中弹，战列舰尾部首先下沉。14 点 03 分，“反击”号顷刻沉没了。坦南特上校临死前还在呼叫：“菲利普斯中将，你必须指挥‘威尔士亲王’号为我舰报仇！”

第十三章　菲利普斯将军舰队的覆灭

小引

大英帝国与大日本帝国谁更强大？这是要用舰炮与炸弹来衡量的。“威尔士亲王”号战舰遭受到了日军的倾力轰炸，一场舰炮与航空火力的较量开始了。悲哀的英军中将菲利普斯将军从硝烟中冲了出来，看见一批批官兵阵亡了，他们死时还紧抓住手枪……

美国妇女参战

菲利普斯中将所指挥的“威尔士亲王”号战舰的确并不轻松，它也遭到了灭顶之灾！在“反击”号首先遭到攻击时，菲利普斯将军并不知道这里发生的激烈血战。他正立于战舰的指挥部里生闷气，因为他派出的一艘驱逐舰和一架水上侦察机，花了 2 个多小时也没有侦察到日军行踪，反而引来了日本大批攻击机。

“哈德先生，情况怎么样?”菲利普斯中将见参谋长一脸焦虑地朝他跑来，忙迎上去不安地问。

“报告将军，据观察员报告，有两个中队的日本鱼雷攻击机正向我舰高速驶来!”哈德上校说。

“命令舰长里奇海军上校，亲自指挥炮兵打下敌鱼雷攻击机!”

“将军，里奇上校正在舰首的炮位上!”哈德上校说。

“将军，”观察哨兵大声说道，“敌机已经进入其鱼雷攻击的有效射程!”

担任攻击“威尔士亲王”号的日本鱼雷攻击机是两个中队，即第十中队和第十二中队。第十中队富天中一大尉飞在全中队的最前面，高度为 2 000 米。他环视左右后，对第十二中队指挥官河水大尉呼叫道：“河水大尉，河水大尉，英舰是‘威尔士亲王’号，是个大买卖!”

“大尉先生，根据战前情报，英军前海军副参谋长，现为英军远东舰队 Z 舰队司令菲利普斯中将正在这艘战舰上呢。”

“好，我们今天请菲利普斯将军下海饮水吧!”

当两个大尉正在空中利用无线电台对话时，一架鱼雷攻击机突然拉起机头大声喊道：“富天大尉，富天大尉，敌军完全没有航空火力，但敌舰对空火力封锁了我所有航线!”

富天中一大尉这时才清醒过来，他急忙拉起机头，猛将飞机向右旋转，同时扭头发现，英军战舰四周是繁星般的炮弹在纷飞。如果想高速突进英军舰对空火力网，必将机毁人亡。他眼睛眨了一下，脸上泛起冷笑，对着电台大声命令道：“河水大尉，请你马上占领我机空域，掩护我机群执行九号作战计划!”

“好！我机群马上补位!”

富天大尉又猛一蹬机舵说道：“第十中队请注意，第十中队请注意，我中队执行九号作战计划，我中队执行九号作战计划!”

日军第十中队鱼雷攻击机“呼”地向海空飞去。

“威尔士亲王”号舰长里奇海军上校，此刻奉命专门指挥所有火炮对空射击。他立于舰中心的炮位指挥台上，不停地调动各种火炮封锁日军飞机的轰炸攻击航道，与此同时，哈德上校正指挥战舰拼命加速向新加坡基地行进，试图尽快脱离战区。

“里奇舰长！”

“什么？”

“你看！”

里奇上校只顾封锁高空日军飞机航道，经观察哨兵一提醒，忙低头一看，一群日本鱼雷攻击机，突破由高射机枪和重机枪组成的密集低空火力网，几乎贴着洋面向英舰飞来。英舰官兵看惯了像笨牛一样的英制“剑鱼”式双翼鱼雷攻击队，对日本鱼雷攻击机风驰电掣般的速度大吃一惊。

“舰长，舰长，鱼雷，鱼雷，有八条鱼雷攻击来了！”观察哨兵惊呼着。

里奇舰长注意到了，日军鱼雷攻击机逼近“威尔士亲王”号后，发射的八条鱼雷在镜面一样的海浪中划出一道道白色的雷迹，驰向舰身中部。

“左旋转150度，右旋转150度！”里奇上校大声命令道。

巨大的舰身在快速旋转。

“轰！……轰！”两声巨大的爆炸声震耳欲聋。

“怎么样，哈德上校？”里奇上校大声问。

“舰长先生，我舰避开了六条鱼雷，但左舷后部、舰艇中部各中一条鱼雷！”哈德上校回答。

“是毁灭性的吗？”

“舰长先生，你没看到霎时间掀起的两道夹着浓烟的巨大水柱高达七八十米吗?！”哈德生气地反问道。

里奇上校急忙通过电话了解舰身受伤情况，这时菲利普斯中将手握手枪，带着作战参谋和几个卫兵气势汹汹地走了过来。里奇上校急忙“啪”地立正报告：“将军，日军第一攻击波持续了近40分钟！”

“情况怎么样？”菲利普斯中将阴沉着脸大声问。

“将军，”里奇只好回答，“我舰左舷后部中的那条鱼雷，致使舰身受到了严重破坏！”

“能抢修吗？”

“不可能！”

“为什么？”

“鱼雷爆炸的巨大震动和冲击，使左舷两个螺旋桨大轴严重变形……”

“单凭这些你就断定无法修复？”

“将军，主锅炉舱和主机舱的巨大动力可以使大轴继续高速旋转，但被打坏了几个隔舱壁，汹涌的海水如山崩海啸般通过方圆几米的破口涌向舰内。由于大量进水，左舷主锅炉舱和主机舱全部停止了工作。你看，这是哈德上校刚刚派人送来的通报，他让我马上送给你。”

菲利普斯中将盯住报告中的一段：

> ……8 台发电机已有 5 台无法工作，舰上大部分电源中断，无照明和机械用电，舰尾排水系统相继失去动力，致使舰横倾 10 度，舰尾后半部电话通信中断，大部分通信设备被炸坏，舰后部四座双联装 133 毫米炮失去动力，无法转动作战，弹药舱已进水，舰对空火力明显削弱，我舰无力反击，只能招架后撤了……

“快，快把哈德上校找来！”菲利普斯中将焦急地说道。

“将军，”一个作战参谋跑过来报告，“我舰右舷后部连中两枚 500 磅炸弹，哈德上校阵亡！”

“什么？”

“刚才我舰右舷后部连中两颗 500 磅炸弹，哈德上校在组织火力反击时中弹阵亡！”作战参谋重复说道。

“其余有伤亡吗？”

“死伤官兵 79 人。”

菲利普斯中将愣住了。

这时，又有一个中尉跑过来对里奇上校报告：“舰长先生，我舰航速从 26 节下降到 15 节，向左横倾增加到了 15 度。”

“混蛋！”

“敌第二攻击波开始了，敌第二攻击波开始了！”观察哨兵大声惊叫。

“鱼雷，鱼雷……”

“轰！”

“轰……”

“报告舰长，我舰右舷连中四条鱼雷！”一个负伤的少尉跑过来报告，“其中一条击中外侧螺旋大轴，航速顿减到 8 节！”

里奇上校脸色苍白，他跟着负伤的少尉赶到右舷时，只见海水从破口涌进舰内。这虽然使左倾的舰身恢复了平衡，但因大量进水，超过了舰尾部的浮力，迫使舰尾部开始下沉，没过一会儿舰身又加速向左倾斜了。

“舰长，舰长，我舰正上方又发现大批日军轰炸机！”

“集中所有火力射击，快！”

正面空中的是日第七轰炸机中队，这 9 架轰炸机从云缝中冒出来，因舰炮火力猛烈，它们不敢降低高度，从高空投下的 18 颗炸弹无一命中。

“威尔士亲王”号吃力地向新加坡爬行，舰上的 1 611 名官兵中，已经阵亡 327 人，其余活着的官兵都在与死亡搏斗。

14点19分，日军第六轰炸机中队突过英舰火力网，从3 000米高空投下9颗500公斤的炸弹，其中一颗命中了甲板，炸开了主甲板，舰上最后的第十号主锅炉被彻底地摧毁了……

这时，突然出现10架英国“水牛”式战斗机在“威尔士亲王”号上空盘旋，中队长艾·罗兰西上尉急切地向新加坡拍发电报：

……14点56分，也是我们“水牛”式战斗机赶到关丹战区时……

第三卷　中将辉煌灿烂的勋章

合众国际社佩布尔比奇1993年9月28日电：

美国儿童捐献铝制品，用来制造飞机

“二战”英雄詹姆斯·杜利特尔27日在他的加利福尼亚家中去世，享年96岁。在第二次世界大战中。詹姆斯表现得英勇无畏，他身先士卒，驾机轰炸日本东京，此举重新振作了美国人在珍珠港事件后的低落士气。当时，杜利特尔率领一队B－25轰炸机从一艘航空母舰上起飞，首次轰炸日本东京。这次攻击真是令人难以置信，杜利特尔的英勇业绩使他赢得了国会授予的荣誉勋章。电影《东京上空30秒钟》就是以此为蓝本拍摄的。

战争结束时他已成为一名中将，但最使他出名的就是那次空袭东京了。

杜利特尔70多岁时还常常在晚上观看电视播放的《东京上空30秒钟》。他评论说："演得不错，只是扮演我的演员把我塑造成一个粗暴的家伙。可我一直认为我是个和蔼可亲的人。"

第十四章　上将交给上校的命令

小引

1941 年 12 月 7 日，日军轰炸了美军太平洋舰队基地后，美国总统罗斯福定这一天为美国的国耻日，与此同时，美国精心策划着对日本进行报复性轰炸……

美国参谋长联席会议制订对日本作战方案

1942年1月的一天晚上，大洋彼岸的美利坚合众国首都华盛顿正下着倾盆大雨，猛烈的西北风摇动着树木、电线杆，又粗又长的电线发出如鬼哭般的怪异声，大地一片凄凉。

此刻，美国海军部长欧内斯特·金上将的办公室内灯火通明，欧内斯特·金上将在沉思中来回踱步。他的办公室左侧的意大利纯牛皮沙发上坐着弗兰西斯·劳的海军上校。劳的海军上校的心弦绷得紧紧的，一种企盼的目光始终注视着上将。30分钟快过去了，欧内斯特·金上将还不开口，对他的战略方案始终没有表态，他再也忍耐不住“呼”地站了起来，重申着自己的主张。

“将军阁下，”劳的上校语气坚定有力，“我认为，我们应该启用陆军航空兵的中程或远程轰炸机，从航空母舰上起飞，因为这一作战方案，即可以突击日本主要政治、工业、军事中心，又可以使我航空母舰保持在日本陆上轰炸机作战半径之外。我恳请你研究这一大胆而又可行的作战方案！”

“坐下，上校先生，我这不是正在考虑吗！”欧内斯特上将摆摆手说道，“你得给我一点时间，这么大的行动我能随便通过吗？这是要经过罗斯福总统同意的，不是小打小闹的战斗啊！”

劳的上校只好又回到自己的位置上坐下，翻阅着一厚夹子来自东京的敌情通报。

月初，也是这样风雨交加的一天晚上，劳的上校刚刚送走妻子回到办公室时，桌上一张纸条吸引住他，他忙拿起来：

上校先生：战争使你很难有时间与妻子团聚一会儿。我不忍心打搅你们美妙的刹那。现在，当你读到这张纸条时，想必你刚刚吻别爱妻又伏案为美利坚合众国而忘我工作。上校，我急切地盼你来一下，我断定你那被称为化学脑袋的智能，会给我们海军带来光明。

海军上将欧内斯特·金。

读到海军部长亲自留下的留言条，劳的上校显得异常激昂、兴奋。作为一个上校作战参谋，他为能受到上司如此厚爱而深感欣慰。他深知今后的政治生涯，一半靠自己努力，另一半全靠上司的脸色。多年的军人生活已使他看透了政治舞台，上司说你行，你可一夜间成为将军；上司不欣赏你，你再有本事，他不用你，你照样是该干什么就干什么，即使是年资达到晋升的时间，他也会找各种借口卡你。这就是官场上看不见的战线。劳的上校意识到这一切，所以在寻找一切机会显示自己的军事战略才华，尽量以最快的速度讨好上司，使自己尽快地跨进将军的行列！

匆忙地赶到欧内斯特·金上将的办公室时，部长阁下刚刚送走一批客人，还

有一批将军正在接待室里等待接见。其中一位是劳的上校的好朋友，飞行作战参谋邓肯。劳的上校跟他点了点头，直接走进这位海军部长的办公室。

“啊，上校先生，”欧内斯特上将高兴地迎住他，但刹那又皱紧眉头，“我不是请作客先生，你先扫一眼总统阁下的训令吧！”

劳的上校接过来一看：

海军航空兵，舰队的将军们：日本人几乎在太平洋及远东地区教训了我们，无论如何，一定要回击日本人，否则，我作为美利坚合众国的总统，不好向国民交代！……

“上将先生，”读完罗斯福总统讲话纪要中的这么一段，劳的上校抬头盯住欧内斯特·金上将，“自从1941年12月7日，日本帝国偷袭我珍珠港海军基地大获全胜后，他们又在菲律宾等地连连取胜。对于这一战争现实你怎么看呢?”

“你问我，上校先生?”欧内斯特·金部长反问道。

“对，我想听听你比较客观的分析。”劳的上校敏锐地作出反应，“从某种意义上讲，我们掌握的敌情有限，思考问题和提出作战方案往往比较片面。”

欧内斯特·金上将点了点头说：“在东南亚地区的海军实力，表面上看我们的海军实力有些削弱，其实我们的航空母舰和重巡洋舰没有损失。有支柱力量，就有了与敌人周旋的本钱。再说我军的素质无论从什么角度来衡量都比日本人高。我想太平洋最终将成为我们的天下和日本军人的坟墓！”

“将军，问题是现在要实施罗斯福总统回击日本的战略战术和具体实施方案！”

“我找你，正是要你考虑这个问题，三天内拿出作战意图！”欧内斯特海军部长连忙说，“怎么样，时间紧吗?”

“紧是有点紧，但没有时间要求，就没有压力啊！”劳的上校苦笑了一下，“将军，再见！”

“三天后见！”欧内斯特上将握住上校的手，“记住，上校先生，只有三天时间！”

……

现在，是第三天的晚上了，劳的上校果然将大胆的作战方案拿了出来，尽管尚未论证，但这一设想打开了部长阁下的思路，他的思绪飞快地在这个方案上回旋。

“好吧，”欧内斯特上将终于停止了踱步，扭头大声说道：“邓肯先生！”

飞行作战参谋立即跨了进来。欧内斯特指着作战方案说：“请你马上与劳的上校一起论证这一作战设想，五天内必须拿出具体作战计划！”

第十五章　给罗斯福总统的报告

小引

美军航空兵力在当时虽不是世界强悍之首，但弗兰西斯·劳的上校告诉罗斯福总统，他也要给日本法西斯以毁灭性教训，仗是这样打的……

珍珠港事件后，罗斯福向丘吉尔保证，美国视德国为头号敌人，其次才是日本

吃完深夜的餐点，时针敲打了两下，这钟声告诉将军们已经是深夜2点了。将校们又回到了海军部的作战指挥部，一间不太大但特别典雅的办公室内，四周挂满了美军必备的军事地图。而今天挂在正面的是日本及其太平洋地区的地图，地图上各种标记显示出它的价值、机密性！

今天是邓肯飞行官与劳的上校的具体作战方案送交给欧内斯特部长研究的第七天了。持不同意见的海军航空兵作战参谋克拉思上校，对劳的上校的方案提出百分之百的反对。为了缓和一下大家的情绪，调整一下思路，欧内斯特·金上将建议先吃完夜宵后再讨论，他自己也想多听听将校们各自的见解。另外还有一个原因是，他已电话通知陆军航空兵司令部，请司令阿诺德上将尽快赶来，想听听这位南征北战的航空兵专家有什么高见。阿诺德将军的司令部离海军部尚有一定距离，此刻他正在向海军部赶来的途中。

又回到桌面，欧内斯特上将对一直沉默的飞行参谋邓肯说道：“上校先生，还是你先说说吧。”

“上将阁下，”克拉思上校忙接住话说道，“请你注意我的存在，我可是你专门请来的作战参谋。”

“既然这样，上校，你也可以先讲讲，重申你的见解。从某种观念上看，我认为你的意见代表着一部分人的看法！”欧内斯特上将说，“请讲吧。”

克拉思上校敏锐地向左右两边扫了眼，然后站了起来走到一幅巨大的军事地图前，用地图示意棒指着地图说：“请先生们注意，从地理位置看，我国与日本中间相距着辽阔的太平洋，而这一天然屏障使我们想报复日本将要付出巨大的代价……”

“上校，能讲具体点吗？”一个作战参谋忍耐不住地截住他的话，“节奏快一点吧。”

“中校先生，你急什么！”欧内斯特上将忙压制住作战参谋的催促，“既然是研究，我们就允许每位先生将想要讲的都讲出来，供大家进一步参考。”

克拉思上校敬佩地望了上将一眼，他很感激部长阁下的领导艺术，继续说：“劳的上校应该考虑到，飞机航程短是不可能执行轰炸东京的命令的！”他说着，环扫一眼各位，“我可以念给大家听听我们收到的可靠情报。”说着，他念了起来：

海军部：我已到达指定地点，与0096取得联系，据0096侦察报告，日本海军大将山本五十六，自偷袭我珍珠港海军基地后，与其他日本官员一样终日惶恐不安，担心有朝一日美国大批轰炸机为报仇而集中轰炸日本首都东京。所以山本五十六无论多忙，每天都要先过问东京的气象情况。如果天气不好，就会给东京增加几分安全感。另外，山本五十六下令，在离东京约650海里处，专门建立了舰艇瞭望哨。这艘担任瞭望哨的是“日本”号舰艇。其目的是防止我军突袭……

读完这份情报，人们都静静地皱眉不语，各自都想竭尽全力发挥才能以献出报复日本的良策。

劳的上校与邓肯飞行参谋官在耳语，不时地作出异样的表情。这一切克拉思上校都看在眼里，但他又不能这样说：“你们不要思想开小差，注意听我讲话！”

“先生们，”克拉思拉长了语气，提高了嗓门，“再从我们所了解的情况看，日本人的巡逻舰船始终在距离日本海 800 公里处来回游弋，假若我们使用舰载机攻击，航空母舰最近也要停在距日本东京 880 公里以外的海域，而舰载机往返是 1 760 公里，还不包括在空中轰炸的时空距离。所以，我认为在这样的距离内，舰载飞机根本就无法执行如此远程的轰炸任务。我们只能寻找其他的手段打击日本人，以报珍珠港之仇，实现罗斯福总统给我们的作战命令。”说完，他回到了自己的座位上。

“上校先生！”听到背后洪亮的声音，人们几乎同时扭过头去。

“上将阁下！”欧内斯特·金上将热情地说道，“欢迎你，我们正等待你的到来呢。”

“我已经来了一会儿，克拉思上校的发言我听完了，”阿诺德上将说，“我作为陆军航空兵司令，认为克拉思上校的见解过于保守。在未见到劳的上校的作战设想之前，我也起草过一份类似的方案，这可谓英雄所见略同啊！”

“阿诺德司令，”欧内斯特上将微笑着问，“你最有说服力的理由是什么？”

“我请一位中校先生回答先生们提出的问题，”阿诺德上将说完回过头，“请杜利特尔中校进来！”

军政界，特别是空军的官兵们，对杜利特尔中校是非常了解的。他是一位勇敢的美国空军飞机试飞员、飞机竞赛机驾驶员、工程师、行政官员，1917 年他初学驾驶飞机时，驾驶的是双翼飞机。后来飞机由活塞式向喷气式换代时，又是他帮助美国战机跨进喷气机航天时代。

在美国，他创造了飞行史上很多个“第一”：第一个完成外筋斗飞行表演的飞行员；第一个一天内就飞越美国全境的飞行员；第一个没有地面控制指挥，完全借助仪表飞行的飞行员。这些创举是飞行史上一次次里程碑式的进展，彻底改变了军用和民用航空的历史。1921 年，在比利·米切尔将军主持的一次大胆的飞行表演中，一群美国轰炸机炸沉了一艘缴获的德国战舰，杜利特尔就是其中的一名轰炸机驾驶员，这次飞行表演显示并证明：空中打击力量，将决定未来的海上争夺战！

读过当年头条新闻的人都知道，杜利特尔的精力完全放在了飞行事业上。他

从小就立志当一名飞行员。当他从美国麻省理工学院获得博士学位时，他的论文答辩就包括了试飞飞机，即将飞机的时速提高到几乎能让飞机在气压的重压下散架的程度。

杜利特尔参加了第一次世界大战，1930年他脱下战服，任美国壳牌石油公司航空部经理。当第二次世界大战的战火在欧洲燃起时，他再也无法安闲地坐在在经理的椅上，于是便于1940年7月再次应征入伍。由于他飞行专业过硬，又对技术颇有研究，平时做事风风火火，经人力荐，阿诺德上将就将他调到身边任作战参谋，负责处理飞机和飞行器具的技术问题。

前天上午，海军部长欧内斯特·金上将把劳的上校提出的作战方案送到陆军航空兵司令部时，阿诺德读完马上与欧内斯特上将取得联系后，欧内斯特上将便希望阿诺德上将物色一位富有冒险精神又有良好飞行技术的飞行员，阿诺德上将立刻想到杜利特尔中校，忙对副官说："快，把杜利特尔找来！"

杜利特尔中校到了，阿诺德上将与他长谈四个小时后满意地笑了。

现在，杜利特尔中校走进这样严肃的军事会议时，"唰"地所有的目光投向了他，他也几乎是与每位将校的目光相碰之后，才坐到阿诺德上将的右侧位置上，等待着阿诺德上将的安排行事。

"先生们，"阿诺德上将环扫着众将校说，"现在，我请我的飞行参谋詹姆斯·杜利特尔中校回答先生们共同关心的问题！"

众人都将目光投向杜利特尔，这位已经46岁的中校若无其事地挺腰坐着，没有过多的表情变化。

"杜利特尔中校，"阿诺德上将说道，录音机在沙沙地录下他们的对话，"请你正面回答我的提问！"

"将军阁下，请问吧，只要我能从飞行技术这一角度出发，不使先生失望才好！"杜利特尔中校微笑地说道，"请提问吧。"

"请问中校先生，"阿诺德上将故意提高嗓门！"目前我们所有的飞机中，什么型号的飞机能载2 000磅炸弹？"

"将军阁下，据我掌握的情况，只有B－23和B－25两种飞机，但必须进行改装。"杜利特尔毫不犹豫地回答。

"那么这两种飞机都能在不超过75英尺（22.8米）的跑道上起飞吗？"

"不，只有B－25飞机可以，因为它的机翼展是67.7英尺（20.6米）；而B－23飞机的机翼展是93英尺（28.3米）。"

"B－25的续航能力如何呢？"

"经过改装后可达到2 000英里以上！"

"你能对B－25飞机提出具体改装要求吗？"

“能!”杜利特尔回答得既流利又坚决。

所有的将校们都听着，但又都在沉思，克拉思上校几次想发问，都因从技术的角度找不到基数，只好忍住了。他自言自语地说道：杜利特尔中校，你的具体方案是什么玩意儿呢?

“现在,”欧内斯特·金上将站起来说道，“我命令组建一支海军特遣舰队，它的作战任务是轰炸日本东京。杜利特尔中校的任务是，立即着手改装 B－25 型轰炸机，挑选和训练轰炸机组人员!”

一个大胆而又精心设计的行动报告，由两位上将亲自送给罗斯福总统。

第十六章　上尉等待的神圣时刻

小引

进攻东京的准备正紧锣密鼓地进行着，然而，使命在身的中校万万没有料到，一个就在他身边的男人，从口袋里摸出手枪正对着他，意图一枪结束他的性命，中校面对黑洞洞的枪口……

美国航空母舰从大西洋赴太平洋的作战海区

1942年3月末的一天晚上，杜利特尔中校刚刚从会议室走出来，迎面走来了飞行员乔治·威明尔上尉，威明尔劈头就问：“中校先生，你把我开除了？”

“上尉先生，”杜利特尔忙微笑着回答，“我是说……”

“你认识这个吗？”威明尔上尉将乌黑的手枪口顶住中校，“进去，到你的会议室谈判！”

一贯和蔼可亲的杜利特尔面对枪口并不惧怕，而是继续微笑地说道：“好吧，我们进屋谈吧。不过你的手枪顶错了地方，应该对着我脑门！”

“中校先生，你乐观什么，我不会对着你的脚丫子开枪！”威明尔上尉怒气冲冲地吼道。

3月的夜虽然不是十分寒冷，但的确有点凉，吹在威明尔上尉燥热的脸颊上的夜风是那样舒服、凉爽，杜利特尔中校坐着一动不动，像没有发生刚才的那一幕一样自个儿喝着咖啡。

“中校先生，你应该明白我来找你拼命的目的。因为你把我当成了怕死鬼，一个畏惧作战的逃兵！”威明尔上尉实在忍不住，继续从肺腑中吐出实言来缓解内心的不快。

杜利特尔中校还是沉默不语，然而他的脑际在回旋着威明尔上尉给他的第一印象……

那是杜利特尔接受命令赶到航空兵部队挑选飞行员的一天晚餐后，他正在空军一个机场外面的球场边散步，突然听到球场左侧的几个飞行员的对话，只听到一个飞行员在大声骂：“我们在珍珠港的海军基地被日本人偷袭，损失巨大，有谁组织我们反击日本人的疯狂？日本人自突袭珍珠港后，又相继攻占香港、关岛、马来亚等地，直接威胁我远航部队的安全，我们为什么还待在这里不出击？还有，据最新情报，日本海军大将山本五十六，为解除我国航空母舰对日本本土的威胁，又拟定了攻占我在中途岛的海军基地的计划，企图全歼我航空母舰，达到称霸太平洋的目的。先生们，我们找罗斯福总统去，请求出击，扫荡日本人的威风，重振我军在珍珠港事件后的低落士气！”

“好样的！这才是美国军人的军魂！”

几位军官扭头一看，正是大名鼎鼎的杜利特尔中校，急忙都“啪”地立正敬礼。

“上尉先生，请你马上跟我走！”杜利特尔盯住威明尔，“寻找你这样的飞行专家正是我神圣的任务！”

在机场指挥官的办公室里，杜利特尔劈头就问：“参加轰炸东京的机组，你敢吗？”

“敢，哪怕死在东京上空也心甘情愿！”威明尔上尉惊喜地表态，但很快又

皱紧眉头问道，“中校，你不是骗我的吧？”

“上尉先生，我什么时候骗过人呢，这是事实！”

“中校先生，不是我不信任你。我们团长、师长、军长、总司令一到我们队视察，都宣称一定要报复日本人，但总不见实际行动。上司们说的大话太多了，我们这群当兵的被骗怕了，你知道吗？”

“这次是动真格了，不过什么事都别太急，这么大的事要有一个研究、制定战略战术的过程，明天你跟我一起去训练基地！”杜利特尔说着伸出手握住他的手，“注意保密！”

威明尔上尉默默地点了点头。

1942 年 3 月 3 日，24 名集中训练的机组人员全部到基地报到。这些经过严格挑选执行九死一生任务的飞行员，没有一个人犹豫、退出，在集中训练的紧张的 30 天中都能出色地完成训练科目。然而，就在准备飞往阿拉米达海军基地，进入“大黄蜂”号航空母舰并向东京进发的时候，威明尔上尉得到消息，他被除名了，这使他极其伤心、悲愤。飞往东京，为美国军人报仇，洗去美国蒙受的耻辱是他神圣的职责！

……

让我们回到杜利特尔中校的办公室吧！杜利特尔中校一字一顿地说道：“上尉先生，我再给你重复一次，由于我们计划选用的‘大黄蜂’号航空母舰，装不下 24 架 B－25 型轰炸机，所以只能选 16 个机组参加作战，并不是不信任你们，请原谅，我要说的全都说完了，晚安，威明尔上尉，为美利坚合众国争光的机会有的是！”

上尉默默地收回了手枪，自言自语地说道：“好吧，我等待那神圣的时刻！”

第十七章　日本海军大将的命令

小引

美军大型舰队的出现并没有让阴险的山本五十六海军大将惊慌，这似乎正是他意料之内的事。山本计算了一下，推断出美军进攻东京的具体时间，他计划在东京上空再创奇迹！

1942 年 4 月 18 日清晨，东京的空中飘浮着阴沉沉的云，星月时而从云缝中冒出来晃一下，时而又隐进云中。

美国海军部长欧内斯特·金上将等人在研究海战形式

第十七章　日本海军大将的命令

日本海军大将山本五十六此刻没有睡意，他刚刚从日本首相东条英机那儿研究完战局回来，情报官小野就匆匆地追上来说道：“阁下，一分钟之前收到的情报！”

“什么情报？”山本不当回事地问，因为他一天不知道要看多少份情报，往往这些情报水分很重，只不过是下级向上级证明他们是在努力工作而已。

“阁下，是我巡逻艇发回的紧急情报！”

“是‘日本’号发回的？”山本吃惊地反问。

“对，您快看！”小野少校将一个情报夹送到他手中。

在明亮的日光灯下，山本戴着老花眼镜读着：

今天清晨6点15分，在位于东京以东700海里处，发现一支庞大的美国舰队，其中2艘航空母舰，8艘驱逐舰，2艘巡洋舰，2艘补给油船。

日本九号船长清水一秀报告。

读完情报，山本抬起左胳膊扫了眼手上的金壳手表，现在是4月18日清晨6点30分，他忙伏桌观看了一会儿地图后直起身子说：“记录我的命令！”

“是！”作战参谋西村中校回答着，忙拿出笔。

“命令，”山本一字一顿地说道：

广岛湾驻军司令官：请立即派出4艘战列舰起航，前往东京以东700海里处迎敌；横须贺港驻军司令官，请你立即派出6艘巡洋舰、10艘驱逐舰前往东京以东700海里处迎敌；另歼击机90架、轰炸机116架应立即作好升空迎战准备。

日本帝国海军大将山本五十六命令。

下达完舰艇、航空兵的作战命令，山本大将沉思片刻冷冷一笑，对赶来的又一作战参谋说：“通告，立即发出通告，东京全城区今天（18日）上午举行一次防空演习！”

“将军阁下，”作战参谋村树忙问，“敌人庞大的舰队马上就到了，现在举行防空演习……”

“村树中佐先生，美国人的舰队不会进攻我水面舰的！”山本说，“他们是来偷袭东京，打政治仗的！”

“我们得立即出击，把他们的轰炸机歼灭在甲板上呀！”

“在东京上空收拾他们！”山本得意地说，“不过不是今天，按正常计算，美军舰载飞机续航能力很低。美军舰队距日本本土，达到舰载机作战半径时，才能发动攻势。这样必须是明天，也就是19日拂晓，美军才有可能飞上东京上空！”

“好，今天搞防空演习，明天敌人空袭时演习就可达到立竿见影的防空效果，我立即传达将军的命令！”村树中佐赞扬道。

第十八章　提前升空的轰炸机群

小引

升空的美军 B－25 战机直冲东京空域，然而这次已经偷袭不成了，日军破译了美军来往电文，大批对空炮火正等着美军送上一架又一架战机。但美军仍奋不顾身地直奔东京。

1942 年 4 月 18 日 8 点 20 分，美军中校杜利特尔跨进轰炸机的座舱。舰队指挥官海赛尔大声下达命令："轰炸机立即起飞！"

停泊在军港内的美国"企业"号航空母舰

杜利特尔中校启动发动机，使得 B－25 战机在甲板上发出震耳欲聋的轰鸣声，只见杜利特尔一拉操纵杆，战机便昂头冲向茫茫长空……

按照原设计要求和技术参数，B－25 战机是不可能完成如此艰巨的远程轰炸任务的，然而杜利特尔在飞机原设计大体不变的情况下，进行了实用性改装。在飞机的机舱和炸弹舱里，装满了一定规格的附加油箱，连飞机机腹炮塔也换成了油箱。除满载炸弹外，飞机的自卫武器只有机背上一挺双管机枪、机头一挺单管机枪，尾炮被撤下来换成了一根如同炮管般又粗又黑的木棍子，这看上去像是一门炮。按照杜利特尔中校的介绍："这是借以吓唬日本飞行员的！"

经过改装的 B－25 战机，1942 年 3 月 1 日由杜利特尔亲自驾驶一架赶到"大黄蜂"号航空母舰上试飞，试飞非常成功，达到了他所设计的要求。

4 月 1 日，当杜利特尔中校率领队伍赶到阿拉朱达海军基地时，16 架 B－25 战机被吊上"大黄蜂"号航空母舰甲板，杜利特尔与他的机组人员都亲切地在这儿抚摸着战机，相聚一堂，等待出击时间。

4 月 2 日，满载战机的"大黄蜂"号航空母舰，在 4 艘驱逐舰的护送下，带着 1 艘油料补给船，从加利福尼亚海湾驶出后直奔目的地。

4 月 8 日，美国海军上将威廉·哈尔西将军指挥的第 16 特混舰队从珍珠港出发了。这支舰队以"企业"号航空母舰为核心，由 2 艘巡洋舰、4 艘驱逐舰、1 艘油料补给船组成，是美军在这一海域较有打击力量的舰队！

4 月 13 日，哈尔西上将的第 16 特混舰队与"大黄蜂"号航空母舰舰队会合。然而不幸的是，他们侦知到这两个舰队在行进中来往的电报，被日本人于 4 月 10 日截获。

4 月 18 日早上 6 点吃完早餐，杜利特尔将机组官兵全部集中到舰后甲板上，用低沉有力的语气说道："先生们，我现在给诸位发布敌情通报！"

军人们个个昂首挺胸瞪大双眼盯住杜利特尔中校。

"日本人已经通过截获我来往电文侦察到我方计划，在敌有准备的情况下，我们将冒死长途奔袭东京。大家还敢不敢出击？"杜利特尔问。

"敢！"军人们异口同声地回答中校的问话。

杜利特尔中校无比兴奋，他扭头环扫大海的长空，又看看被航母掀起的山头般的海浪，继续说："今天凌晨 3 点，我'企业'号航空母舰前方已发现日本舰队，天刚刚亮时，我航空兵侦察到敌舰的准确方位，同时，我截获了日舰发回大本营的明码电报，电报称：'0630 在犬吠崎以东略 700 海里处，发现了美军航空母舰！'"

"把敌舰先干掉！"有人愤怒地吼道。

"安静，先生们，"杜利特尔中校抬起双臂挥舞着，"按照我原先制订的攻击

计划，将我机群分为5个机组，每组3架轰炸机，其中一组作预备队。每机带爆破弹3枚、燃烧弹1枚，于明天也就是19日黎明进入东京，集中轰炸其工业区后，再分头轰炸东京、横滨、名古屋、神户、长崎，但这次偷袭计划已经破产了。现在，我们是在敌人地面有充分的炮火准备、天上有战斗机截击的包围情况下，于今天早上8点20分起飞，比预定的时间提前一天，距离远了近200英里！”

“服从命令！”机组人员再次激昂地回答。

……

8点20分，杜利特尔中校第一个飞离甲板。他驾机绕“大黄蜂”号航空母舰飞行一圈后，校正了飞行方向，破雾向目的地快速冲去！

舰队指挥官海赛尔在指挥战机一架接一架地升空，当9点20分16架B－25全部飞离甲板、编队远航后，一个作战参谋在电台耳机中报告：“海赛尔先生，我正前方日本舰队已经出动，轰炸机已升空，目标是我们！”

“作好反击准备，舰队返航，动作要快！”海赛尔大声命令道。

护送的舰队返航了。杜利特尔中校与他的机组义无反顾地向东京赶去！

无线电保持静默，B－25轰炸机的轰隆声渐渐消失在长空，油箱里的汽油在渐渐变少，飞机在7 000米高空按预定目标、航向前进。

“嗒、嗒、嗒！”杜利特尔中校的耳机中，传出第三机组的电台信号。这是原定的暗语，意思是“有情况”。

杜利特尔向第三机组左前方靠过去，发现在第三机组左下方大约3 000米的空域有飞机活动，从方向看是跟踪追击“大黄蜂”号的敌机。杜利特尔中校忙通过电台，向各机组发出“嗒嘀、嗒嘀”的信号。这个信号一传进机组人员耳朵，他们立即译出是这样一段话：保持高度、距离，加大油门向目标前进！

第十九章　永垂不朽的将士

小引

死亡之行的飞行轰炸，让美国军人喷吐复仇的烈焰，他们在日军的高射炮火力中投下黑色的炸弹……

美国“大黄蜂”号航空母舰上搭载着的陆军 B－25 型轰炸机

12点30分，日本首相东条英机乘坐一架飞机到异地视察。这是一架没有武装的飞机。飞机冲出跑道腾空而起升上长空时，东条英机正两眼注视着窗外，他的心情既高兴又有些紧张。根据山本五十六大将的报告，明天拂晓之后可能会有美国轰炸机突袭东京，而今天东京城举行了盛大的防空演习，明天空军和地面炮火将收拾掉所有的美国轰炸机与其他飞机，教训美国总统罗斯福：大日本帝国有能力征服美国，征服大东亚和全世界！

飞机向机场欢送的人群绕圈致意。当这一礼节性飞行刚刚结束绕圈正向8 000米高空冲击的刹那，东条的秘书金福美子突然在飞机中大声惊叫："美国轰炸机，美国轰炸机来了……"

原来12点25分时，杜利特尔中校的机群已经进抵东京北郊上空，东京的市民和地面防空部队、空军全然蒙在鼓里，他们几乎都看到了这队机群，听到了机群的轰鸣声，认为是上午防空演习的继续。当杜利特尔中校将高度从7 000米下降到4 000米时，正好掠过一所东京的学校，操场的师生还热烈而又兴奋地向他招手欢呼呢。

现在，杜利特尔在日本机场与日本首相东条英机的飞机相遇，一下子彻底暴露了。他闪电般一蹬机舵，飞机"呼"地冲向东京市区，冲向攻击目标，但他担心飞机机群失控，便打开电台大声喊道："机群注意，校正航向！"

"是！"机组人员异口同声地说道。

战机校正好航向后加大了航速！

"先生们，美利坚合众国的军人们，复仇的机会终于到了，到了！"杜利特尔中校在电台中唤起机群更大的攻击热情，"一定要对准目标狠狠地炸，狠狠地炸！"

"是！"机群中的机组人员异口同声地回答。

杜利特尔中校笑了。他一咬牙抱住飞机的操纵杆左转机舵后，飞机便呼啸着转向，当飞机飞近目标的刹那，他用力一按电钮，顿时黑色的炸弹和巨大的燃烧弹向目标坠落。当他拉起机头扭头扫视目标时，"轰隆……"，巨大轰鸣声在地面响起；大地被黑色的浓烟罩住，一片燃烧的火焰映红了四周高大的建筑群……

东京的攻击目标击中了，名古屋的轰炸也展开了，神户以及其他攻击目标也炸开了……

"进入东芝工业区！"按照标图，杜利特尔中校发现了东京最大的工业区——东芝工业区！

"攻击！"

"中校，敌人地面高炮开始射击了！"一位驾驶员报告。

"避炮攻击，避炮攻击！"

"中校，敌歼击机群正向我高速赶来！"

“怕什么，轰炸完按计划返航！”杜利特尔中校大声回答。

轰炸机群在向预定目标水平轰炸，地面腾起一股又一股黑烟，火焰在燃烧、扩散！

“中校，投弹完毕！”

“投弹完毕！”

……

电台的频率是清晰的，每个飞行员、领航员、投弹员、通信长说的每句话、吐的每个字都能注进杜利特尔中校的耳朵。现在各路战机胜利地完成了任务，他扫了眼手表，从投弹到攻击完毕仅用了30秒，却用了一个漫长而又艰巨的准备阶段。眼下终于迎来了投弹攻击成功的回音。杜利特尔中校猛地拉起机头，“再见了东京”！他大声说完，扫了眼东京地面，加大油门命令道：“撤，按预定目标撤！”

日本“零式”战斗机的航程和续航能力都无法与美机B－25相比，他们赶到东京上空的是7个中队，黑压压的一片攻击机，但是晚了，16架美军B－25战机在杜利特尔中校的率领下，早就消失在茫茫天际。东京地面和空中飘浮着浓烈的硝烟味……

五天后的一个晚上，日本海军大将山本五十六匆匆赶到日本首相宫邸。首相东条英机阴沉着脸迎住他一言不发，一股愤怒的烈焰在东条英机黑色的西服里燃烧。过去他对山本大将是信任的，特别是偷袭珍珠港的成功，对日本海军、航空兵在太平洋地区的作战起到了鼓舞士气的作用。然而现在，日本的首都遭到美国人空袭，并且美国人都能安全撤离战区，这是对日本军人士气的一次巨大打击，挫伤了日本武士的精神！

“大将阁下，”东条英机终于说话了，“你知道敌机的情况吗？”

“首相阁下，您看这份来自中国的报告！”山本五十六将情报递过去。东条英机接过情报：

轰炸我日本东京的是美军杜利特尔中校率领的16架B－25轰炸机。他们轰炸完我东京后，经13个小时的长途飞行，其中有14架迫降或坠毁在我占领的中国地区，8名机组人员被我生俘，近日将送往东京受审（其中3名被处决，1名后来死于狱中。作者注）。5名机组人员在迫降时跳伞死去。另有70名美国机组人员，包括杜利特尔中校在内，被中国民众援助后送往了重庆……

“让他们都跑了，这本身就是我们的又一大失败！”东条英机读完情报大声吼道。

“首相阁下，我一定要报仇！报仇！”

“怎么报?”

“暂缓进攻澳大利亚和印度，首先攻占美军基地中途岛!”

“好!”东条英机一拍桌子又站起来说道：“你必须调遣航空兵，加强国内防空，集中兵力攻击中国沿海机场!”

“是!”山本大将忙回答。

就在山本制订再次举兵进攻美国又一大型海军基地计划时，杜利特尔中校回到了美国，受到美国高级官员英雄般的热烈接待。哈尔西将军将花篮献给他时大声说道：“军人们，杜利特尔中校是世界上最勇敢的军人，国会已授予他荣誉勋章，并决定越级晋升他为准将!”

杜利特尔笑了，不久，他又驾驶 B－26 飞机飞往北非，参加那里的反法西斯血战!

现在，杜利特尔将军已于 1993 年 9 月 28 日与世长辞了，这位勇敢的反法西斯战士永远是美国人民心目中的英雄!

反法西斯英勇献身的将士永垂不朽!

第四卷　血染中途島海空

本卷首次披露在太平洋血战中，被日军称为“将军之花”的日军海军大将山本五十六，率领一支当时声称要扫平太平洋的巨型舰队与美军第16特混舰队的较量。美军舰队官兵，从士兵到将军、从海军到空军的密切协同，使得山本大将哀叹、南云中将哭泣、山口少将自杀。全文真实再现了太平洋战争中最残酷的海空大战一幕，具有较强的战场立体感，读来欲罢不能。

日本航母特遣舰队司令南云忠一

第二十章　第18号作战命令

小引

山本五十六突袭了珍珠港，使得美国人举国悲伤，之后美军组织了一批空中敢死队空袭日本各大都市，使日本人从狂欢中跌入对山本的疯狂憎恨之中："你不炸人家珍珠港，美国人就不会炸东京。山本，都是你惹的祸，你要收拾这一残局!"

中途岛美军基地

1942 年 3 月 5 日晚上的东京仍有几分凉意。这时，一辆轿车闪电般地驰进海军联合舰队司令部。昏沉沉的灯光下，日本海军联合舰队司令长官山本五十六海军大将从车内走出来后就急匆匆地直奔自己的作战指挥部，当随行副官急步上前正要问他什么时，山本大将扭头急促地命令道：“快，请南云中将，有紧急命令！”

日光灯的光线照在山本的脸上，显现出异样的光彩。此时此刻，作为日本海军的高级战将，他的心情难以平静，那么，他激动什么？又有什么事值得他兴奋的呢？

山本大将设计和指挥了偷袭珍珠港一战，足以使他飞黄腾达。在那举国欢庆的时刻，山本并没有沉浸于狂喜之中，反而日夜忧心忡忡，有时整天整夜立于军事地图前沉思，有时又找陆军首脑了解各战场的情况，分析情报机关传回的所有情报，特别是美军的最新动态。他给他的下级的训言是：胜而不狂，败而不悲，准备再战！

珍珠港大捷后的一天晚上，山本大将一个电话将南云中将请进了自己的作战指挥部。南云不知为何这么急请他赶来。当他急匆匆跨进门时，山本大将咬着牙盯住他问：“中将阁下，听说你已经举行了四天庆功大会？”

南云不知山本要追问什么，但看他的神色显然是对自己不满，忙一笑说：“大将阁下，珍珠港大捷，我日本军民载歌载舞欢庆，况且我军是有功官兵，庆祝胜利也是鼓舞士气的一种方式，为何不可呢？”

“请讲”，山本突然长叹口气客气起来，继续说，“中将阁下，我并不反对你举行庆功。但我想，一个真正忧国忧民的军人，一个富有战略头脑的高级军事指挥官，就算他指挥的部队征服了全世界，也绝不能被胜利冲昏了头脑，高枕无忧啊！”

“司令官阁下，”南云喝了口副官递到手中的茶，“我完全同意您的意见，军人随时都要有危机意识，但我认为也不能神经过敏，把什么事都看得太严重。我们自己也应该轻松一下啊。”

山本大将听着，并没有立刻反驳南云中将。自从珍珠港偷袭成功后，不光是南云，几乎所有日本将领都认为，美国如果想继续保持在太平洋地区拥有一支海空力量，就重新组建太平洋舰队，那么至少需要三五年才能对日本有所威胁。由于这种认识的传播，日本朝野特别是海军官兵轻敌的思想意识发展到了沸点，现在，南云中将无法与自己的思想意识保持一致，山本大将只好一字一顿地对南云说道：“将军阁下，据我所掌握的资料分析，美国的军火生产潜力是极其惊人的。如果美国军政首脑决意要从海上与我军较量到底，我想我军的前景并不十分乐观，特别是海军胜利的希望非常有限。”

“既然司令官把我海军的前途看得如此悲观，您认为我军今后的战略战术应怎样调整呢?”南云中将皱着眉头追问。

山本大将有所思地说道：“将军阁下，我反复考虑，目前美军太平洋舰队处于瘫痪的情况，几乎没有战斗力，我军应马上再组织一次强大的海空力量，彻底摧毁这支舰队。特别是美军的几艘航空母舰，留着它们将后患无穷，只要达到这一战略目的，那么太平洋地区的战争就算结束了。我今天请你来，正是研究这一战略目标。”

南云听着，深感山本大将确实是老谋深算，然而，他没有表现出敬佩的神情，而是沉思了一会儿抬头望着山本大将说：“司令官阁下，如果实施您的战略目标，那将会是一个很大的行动，是不是请永野总长共同研究再向天皇陛下报告呢?”

“我想先听听你的意见再进行下一步行动。”山本大将说着站起来，“明天的会议上请你提出来好吧?”

南云中将点了点头，这时军令部总长永野海军大将的副官匆匆赶来截断了他们快要结束的谈话。

果然，没过多久，山本大将的忧心变成了现实。

3 月的一天下午，山本大将在他的作战指挥部召开高级军事会议，军令部总长永野海军大将也参加了会议。山本大将跟南云中将嘀咕几句后，南云中将站了起来，环扫着各位将领说：“将军们，刚才我们反复议论美军太平洋舰队在中途岛的活动，我想其目的是，第一，为美巡逻飞机在珍珠港地区的活动提供前进基地；第二，为美军太平洋地区海军建立补给基地。”

“这个理解有必要再深入一些吗?”山本大将补充一句，站起来指着地图说道，“大家请注意，中途岛距珍珠港和夏威夷都是 2 100 公里，由于它正处于太平洋航空线的中间点上，故称中途岛。至于中途岛的地理位置，作为军人，我们从战略角度看，这里就是美军太平洋舰队的前哨阵地，如果我们轻看了这个小岛，也许就意味着我们会失败……”

“南鸟岛急电，司令官阁下!”通信兵跑步进来报告。

山本大将急忙截住话，接过电报：

……美军太平洋舰队“企业”号航空母舰上起飞了多架轰炸机，对我南鸟岛实施突袭轰炸。据初步统计，炸毁我停机坪上的飞机……

美军对南鸟岛的轰炸，日本部队损失是很惨重的，据战后田康一雄大佐回忆：“……中午，我和其他军官一样，饭后刚刚入睡，防空警报突然响起，我忙

翻起一看，一群美机正朝我停机坪俯冲，一个个重磅炸弹在机群中爆炸，摧毁了一批还未上天的战机。我呼叫着冲上高射机枪阵地，一股热浪扑面袭来，紧接着是一声巨大的轰击声。机枪阵地被炸毁了，还有油库和机场弹药库几乎同时爆炸起火。我从炮弹箱边爬起来时，只见两个飞行员倒在血泊中，其中一个对我说：'大佐先生，您轻敌了，没有指挥好……'"

山本大将虽然后来没有机会见到田康一雄的回忆录，但他断定这是南鸟岛指挥官轻敌思想所带来的灾难。回到家里，他躺在床上怎么也不能入睡，想象着南鸟岛的惨景，陷入了深深的回忆中……

早在山本大将还是一个刚刚走上舰艇的青年军官时的一天上午，山本正与炮手擦炮膛，突然舰长大声命令道："各就各位，东京湾洋面出现一支俄国舰队，我第二舰队准备作战！"

山本所在的舰艇急速驶向指定海域。

东京湾洋面出现俄国舰队，东京居民认为这是日本海军第二舰队司令长官上村海军中将的无能所致。激怒的群众成千上万地冲向上村将军的住宅，用石头击打他的住宅以表愤恨，可见当时的民心！

既然上村海军中将的住宅被砸，那么将来一旦美国人开始报复，把战火烧进东京或其他城市，到那时日本国民又会怎样对待他山本呢？偷袭珍珠港的功臣英雄，立刻就会变成千古罪人……

第二天上午，山本大将赶到军令部，再次向永野总长陈述了摧毁美太平洋舰队势在必行，不能再犹豫了。

然而，实施一项战略目标是需要时间和准备的。就在山本大将奔波备战时，又一个使他恐惧的想象变成了事实。

4月18日9点20分，美军詹姆斯·杜利特尔中校率领16架B－25轰炸机，从美太平洋舰队的"迈克"特遣舰队的两艘航空母舰"企业"号和"大黄蜂"号上起飞了。杜利特尔中校在空中编队绕舰一周后，通过无线电对飞行员们说道："先生们，为在珍珠港遇难的官兵报仇，轰炸东京！"

轰炸机群用早就设计好的巧妙的飞行路线向东京冲击，杜利特尔中校和他的同伴都充满必胜的信心。

杜利特尔中校的这次远征轰炸是极有战略价值的。当日本海军大将山本导演了偷袭珍珠港大战后，美军惨败的沉痛消息一传到美国，五角大楼的将军们就心惊肉跳，三军将领几乎是异口同声地吼叫："我们即使在战场上不能炸死山本这个战争魔鬼，也要采取相应的战略手段，激怒日本公民起来惩罚他！"

将军们的愤怒很快便成为现实，4月2日清晨5点10分，美海军"企业"号和"大黄蜂"号航空母舰编入"迈克特遣"舰队，带着复仇的特殊使命，用最快的航速驶入太平洋。仅仅花了半个月时间，就抵达日本海军的远程警戒线附近。

轰炸机群在保持队列的情况下，高速飞行着，杜利特尔中校悬着的心突然松弛了一下，因为飞机上的电子自控仪表告诉他，他的机群已经安全闯过日本内防圈，马上就进入轰炸目标区。他急忙回头扫了眼后面的战机，自从几个月前他们接受这次远征轰炸任务后，就一直接受紧张的训练，指导训练的米斯力上校也随机到达了航空母舰上。临行前米斯力上校还握着他的手交代说："中校先生，我想再提醒你一次，你的 B－25 型轰炸机的性能完全能保证您执行完任务，但是，你要闯过日军的防空火力网，进入东京、大阪、名古屋、神户，攻击日本这些大都市，并不是一定要摧毁战略设施，而是要炸出日本国民对日本军方的敌对情绪，使日本国内动乱，造成巨大的国内外压力！"

"上校先生，我认真地计算了一下，我们要飞行 600 多海里才能闯进东京，总航程是 2 000 多海里。我们有足够的信心和力量达到您所制定的目标！"杜利特尔毫不犹豫地说道。

米斯力上校很高兴，他与每个飞行员拥抱送行，当飞机向遥远的水天线冲击时，他仍然立于航空母舰的飞行甲板上，凝视着机群渐渐消失的黑点……

杜利特尔中校完成预定的轰炸任务后，山本大将的心头压上了一块黑云。当东京城区上空炸弹的硝烟还在弥漫扩散，救火的车辆正在奋战时，他已经匆忙赶到了军令部，一进门，军令部总长永野海军大将迎住他，两眼射出愤怒的凶光。山本大将低垂着头、左手托着军帽，听候发落、训导。

"美国人的飞机飞越了两千多海里，轰炸了我们这么多地方，你难道就没有责任吗？"永野大将厉声问道。

山本大将不敢吭声。

"我知道你不好向我交代，可是我怎么样向天皇陛下交代呢？"永野大将继续叹口气，加重语气说道，"你知道这种政治后果会是什么吗？"

山本还是不吭声，他无法用语言表达内心的沉痛。

"你已经两次向天皇陛下请罪了，你今天去是第三次了。你准备用什么行动，保证不会有第四次呢？"永野大将问。

山本大将抬起头："总长阁下，我要向天皇陛下请求，把我国的海洋防卫圈向东推进，夺取中途岛、阿留申群岛的西部，请您也支持我的申请！"

永野大将沉思了片刻后才说道："请你今天就向天皇陛下写好夺取这一地区的报告，要快！"

"好，我要让美国人认识一下，我山本活着就是为了打败他们，摧毁他们的太平洋舰队！"山本大将挥舞着双拳咬着牙说道。

南云中将快步走进来了，山本大将忙收回思绪，眨了眨眼睛，迎住南云中将说道："中将阁下，天皇陛下给我们下达了《大本营海军部第 18 号命令》……"说着，将第 18 号命令书递给南云中将。

这天晚上，军令部总长永野大将奉天皇的谕令发布了这个命令，山本大将兴奋了，因为指令中命令"……联合舰队司令长官与陆军协同，占领中途岛和阿留申群岛西部……"

南云中将读完第 18 号命令书后，近藤海军中将也赶来了。山本请他也看完命令书，就急忙拉开准备好的作战地图，开始了大战前的紧急研究。

第二十一章　执行“米号作战”计划的舰队

小引

尽管山本五十六大将对捣毁美军太平洋舰队残存兵力信心十足，然而他的团队中有人对与美军作战心有忧虑：若此役失败，不仅偷袭珍珠港的光辉一扫而光，而且也许会葬身于太平洋……

杜利特尔航空队起飞

太阳即将从水天消失的时候，蔚蓝的太平洋海域映出晚霞金色的余晖。日本联合舰队攻占中途岛突击部队指挥官近藤信竹中将，此刻正立于旗舰的指挥塔上，举着望远镜向茫茫大海眺望。突然，电台授话器中传来山本大将激昂的声音：“中将阁下，我们已经进入战区，请舰员一律处于戒备状态，准备作战！”

“司令官阁下，我突击部队按您的命令，以战列舰为核心组成环形队列，舰队正以最大航节的航速向东南方向推进，5 到 10 分钟舰队进行一次反潜蛇行运动，请您放心！”近藤中将急忙回答。

山本大将对这次中途岛大战信心百倍，但也格外小心谨慎，他要在日本海军的战史上留下又一辉煌的墨迹！

5 月 5 日，山本接到第 18 号作战命令，5 月 10 日午夜 12 点 40 分，山本突然通知所有参战将领开会。近藤中将奉命赶到这个秘密会场。进入会场的第一道警卫由警察担任，任何高级将领都必须下车检查，并换乘由警察指定的汽车进入；第二道警卫是由航空队军官组成的军官警卫队；第三道警卫由海军军官巡查警卫担任，并由山本大将的卫队带领参加会议者进场，所有随身武器必须交出方能进入会场，参加者一律不准带副官和其他随行人员，显然今夜的会议要求绝对保密。近藤信竹中将刚刚在指定的位置上坐定，山本大将就盯了他一眼，好像是说他来晚了。这时近藤中将才发现，所有该到会的几乎都到了，他忙向山本大将微微地点了点头，表示歉意。

“英雄们，天皇陛下的将军们！”山本大将每当要宣布作战命令时，总习惯跟他的将军们说这样满怀激情的语言，“为占领中途岛，彻底摧毁美太平洋舰队残部，现在，我宣布‘米号作战’计划！”

昨天晚上，近藤中将到南云那里走动，南云请他吃夜点时对他讲过：“近藤先生，司令官这次命令联合舰队进击中途岛，不外乎就两个战略目标：其一，占领中途岛，为将来进攻夏威夷美军海空军基地建立前进基地，控制向西部运动的美军部队；其二，占领中途岛后，又可直接威胁美太平洋舰队残部的安全，美军尼米兹总司令必然会率部与我决战，这样我就诱出敌人，将美国人全歼于太平洋！”

近藤中将边听边品味着：中途岛是太平洋中部的较大海岛，战略价值确实很大，若是真能一举攻占，就可以利用岛东部的 8 个火山岛以及珊瑚礁作为进攻美军的跳板，拔掉美军在太平洋对日本威胁最大的海军基地和空军基地——夏威夷，将日本的防卫线向东扩展。

“南云先生，”近藤中将越想越兴奋，但马上又皱着眉头疑虑地问，“向中途岛进攻，我北翼有危险！”

“据我所知，司令官阁下将部署部队向阿留申群岛运动，保护我主攻部队北侧，牵制美军，使他们首尾很难兼顾。”南云忙解释道。

“是不是……”

“我海空力量雄厚，只要各部协同有方、努力作战，就会胜利的。”南云乐观地笑着说，“请喝酒!”

近藤喝着酒，却感到格外苦。这一夜，他失眠了。

现在，山本大将所讲的，正是南云给他透露的，这说明山本与南云的关系是很亲近的，顿时，近藤中将深感自己受到了山本大将的冷落，政治前途很不乐观，他长长地叹口气，心中感到不悦。

“司令官阁下!”

近藤扭头一看，是海军中将细萱戊子郎站起来向山本大将提问。

“根据你刚才的陈述，美太平洋舰队目前的水面作战兵力，只有三艘航空母舰和一些巡洋舰了，那么我们这次征战的海军兵力总数有多少呢?”细萱中将问。

山本大将对性子较急躁的细萱海军中将点了点头说：“我们这次出击的有航空母舰 8 艘、战列舰 11 艘、巡洋舰 24 艘、驱逐舰 68 艘、潜艇 21 艘、作战舰与后勤补给船共计 212 艘，还有飞机 698 架。”

“司令官阁下，请你重复一下‘米号作战’计划。”近藤中将刚才在想别的，没有听清楚，他站起来问道。

山本大将会同海军大本营和其他兵种的高级军官，对中途岛大战计划进行了精心设计。现在，他同意了近藤中将的要求，再次重复“米号作战”计划的具体实施要求：“第一，6 月 3 日，我北方地区部队组织强大的海空力量，对美军太平洋舰队控制下的阿拉斯加岛荷兰港的海军、空军基地实施毁灭性的空中轰炸，一定要使美军这两个基地的指挥系统混乱，起到掩护我军在阿留申群岛西部的阿图岛、吉斯卡岛登陆的战略目标。第二，完成上述作战任务后，我进攻中途岛的航空母舰，应马上向中途岛前进。若美太平洋舰队还击，我主力战舰必须立刻增援，力争全歼胆敢迎战之敌。第三，我军攻占中途岛后立即将该岛建成空军基地和海军补给基地，在中途岛与阿留申群岛之间的中心地带，由从阿留申群岛来增援的部队驻守，作战任务是打击美军北部地区来往的海空军。第四，进攻中途岛的行动时间为‘N’日，也就是 6 月 7 日。为了防止美军谍报机关破译我密码，我们在‘N’日的前两天发动攻击。诸位将军都记住了吗?”

“记住了!”大家异口同声地答道。

“详细作战命令，参谋部明天通知。”山本大将说着，目光转到坐在第二排第三个将军的脸上，“南云中将，”南云忠一海军中将匆忙站立于原地，这是日本军人接受上司下达命令时一种机械的姿态。

“请你指挥由航空母舰组成的第一机动部队，发挥火力猛和大的优势，不但

要摧毁美航空母舰，还要尽最大努力，歼灭中途岛美海军、空军的有生力量，为其他部队歼敌创造一定条件！”山本大将命令道。

“请司令官放心，哪里有我指挥的部队，哪里就有美军的惨败！”南云忠一中将雄心勃勃地回答。

山本大将满意地抽动了几下脸上的横肉，又说道：“细萱戊子郎海军中将！”

“请司令官将最艰巨的作战命令下达给我！”细萱戊子郎陆军中将讨好地挺立着说。

“中将阁下，中途岛大战的任务都很艰巨，”山本大将走近他，“我北方地区集结的部队由你指挥，攻占阿留申群岛，并将 2 670 名陆军官兵送上阿留申群岛。部队抵达后，要尽最大努力牵制和迷惑这一地区的敌人，掩护和保证我主力攻占中途岛！”

“司令官阁下，我陆军部队官兵绝不辜负您和海军官兵的希望！”

“很好，”山本大将点头说着，目光一转，“小松辉久中将！”

以刁钻、凶猛著称的小松海军中将急忙挺立。

“由你率领 16 艘潜艇担任这次战役的先遣部队，负责对珍珠港和中途岛进行侦察、封锁，掩护大部队前进！”

“一定完成司令官交给的作战任务！”

山本大将对小松中将寄予了无限希望，朝他点点头后才对另一名将军说道：“近藤信竹中将。”近藤中将应声而立。

“你的作战任务很艰巨，你率领袭击中途岛的主力部队。你的主力由掩护、支援、运输和水上飞机四个集团组成。同时还要将我 5 200 名陆军官兵安全送上中途岛作战。明白作战意图吗？”

“完全明白司令官的战略，具体作战部署明天提交您审定！”

“将军们”，山本大将故意放大音量说道：“我率领由战列舰组成的主力，这是我联合舰队的精英，作战任务是拦截所有增援中途岛、阿留申群岛的敌对部队，并将其歼灭在大洋中！”说着，他扫视大家，沉思片刻又继续说道，“岸基航空兵对我进攻岛实施毁灭性空袭，主要轰炸目标是中途岛和其他岛上的机场、通信阵地、炮兵阵地和港口军事补给仓库，对阿留申各岛只是佯攻。我所有联合舰队的 6 个特遣队，必须于 6 月的第一周内到达各指定战区，不得以任何借口和客观因素拖延时间！”

山本大将宣布完“米号作战”计划，并将作战任务下达给各战将后，5 月 20 日，他将海军作战舰一律集结在柱岛。5 月 21 日，他又亲自率领联合舰队在公海实施实战模拟演习，极为满意地向天皇陛下报告了演练中各部队协调作战的盛况。天皇陛下非常欣赏山本大将的军事指挥天才和胆识，赏赐他米酒。25 日，山本大将在自己的旗舰“太和”号上请各路战将同饮天皇赏赐的米酒，预祝此役战绩辉煌。

5 月 27 日是日本海军的节日，这是为纪念东乡海军大将在对马海战中勇克俄国舰队而创立的海军节。虽然东乡大将的战绩已经过去了 37 年，但至今庆贺仍然像当年一样轰轰烈烈。今天，山本大将继半年前的珍珠港大捷后，又亲自统领他的联合舰队远征中途岛，他深感自己肩头的重担。

7 点 55 分，山本大将凝视着南云海军中将的旗舰，南云的旗舰是一艘新型航空母舰“赤城”号。8 点整，他将发出起航的信号。

旭日的光辉洒在广岛市南部的柱岛峰上，也辉映着山本大将的“大和”号旗舰。这艘 68 000 吨位的战列舰四周集结着 68 艘战舰。这些战舰上装载着联合舰队的大部分水面兵力。一大清早，官兵们就又唱又饮，整个战舰内部充满武士决斗的气氛，山本大将很赞赏军人临战前的这种喧嚣，他认为这是临阵增加军人勇气的必备手段。

时针指向八点整，“赤城”号信号旗升上了桅杆：按时出发！

接到命令的战舰从锚地出发了。

停在外围的驱逐舰出发了。

巡洋舰战队出航了。

战列舰队起锚了。

航空母舰缓缓地移动了。

日本海军庞大的联合舰队，以 16 节的航速向丰后水道轻快地驶去……

“各战舰炮位注意，各舰员注意，丰后水道马上就要到了，这里是美军潜艇经常伺机伏击我舰的地方，有很多暗礁能掩护美潜艇，请作好反潜准备！”南云站在指挥中心向舰队发出命令。

这时，吴军港海军航空兵的 3 架水上反潜飞机，拖着浮筒飞向丰后水道，南云只顾凝视着远去的反潜飞机，无暇扫一眼濑户内海一晃而过的小岛……

午后，南云舰队安全驶过丰后水道东部，进入太平洋，山本大将的命令立刻传进南云的耳朵里：“南云将军，进入太平洋水域后急速改变舰队队形！”

在丰后水道，各驱逐舰分开进行反潜搜索前进。现在改变队形是早就拟订的方案。南云接到命令后马上大声喊道：“我舰队组成环形队列前进！”

很快，4 艘航空母舰组成两路纵队，“赤城”号和“加贺”号在右，“飞龙”号在左，担任航空母舰内圈警戒的是“筑摩”号和“利根”号重巡洋舰。这两艘舰始终处于航空母舰的左右斜角前方；“雾岛”号和“榛名”号战列舰，行驶于航空母舰的左右斜角后方。而“长良”号轻巡洋舰、12 艘驱逐舰则担任航空母舰的外围警戒，并由“长良”号担任前导舰。

“报告司令官，南云舰队环形队列组成，正以20节航速驶向战区!”

“南云将军，注意敌人潜艇跟踪!”

“南云明白!”

……

夜，海雾茫茫，近藤中将不能入睡，他指挥的中途岛主攻部队是5月29日最后一批从柱岛锚地起航南下东进的。对于这次的“米号作战”，山本大将信心十足，但他的心中也充满忧虑：难道美国太平洋舰队总司令尼米兹上将，真像山本大将想象得那样愚蠢?

沉思着，总感到危机四伏，心惊肉跳……

“近藤将军，司令官询问到达目标了吗?”

“快报告司令官，我舰队临近战区!”近藤急忙说道。

“准备作战!”山本大将大声命令道。

第二十二章　埋伏待机的特混舰队

小引

尼米兹上将是新上任的太平洋舰队司令，他从罗斯福手中接到指挥棒后，便快速组织情报网，破译日军情报，并决定派老战友斯普鲁恩斯将军给山本一记重拳！

又是一天过去了，6 月初的太平洋中部水域，气候突变得异常恶劣，强大的台风掀起如山头般的巨浪，轰隆隆地冲击着高速前进的战列舰。

日本“苍龙”号航空母舰

今夜美太平洋舰队第16特混舰队指挥官斯普鲁恩斯少将无法进入梦乡，他站在旗舰的作战指挥部，黑夜和浓雾困扰着他的航行，但他必须按时赶到战区，否则全舰必将覆没！

“嗒嘀嘀，嗒嘀嘀……”无线电波冲击着海空，飞向了斯普鲁恩斯的指挥部，这些由神秘英文和阿拉伯数字组成的语言，是美军为防止日本破译而启用的新密码。

不一会儿，作战参谋罗切福特快步走了进来，这位来自西点军校的中校教官平时的行为和说话都很谨慎。他走到斯普鲁恩斯的背后，小声地说道：“将军阁下，尼米兹总司令给您的特急电报！”

一听说是尼米兹上将的绝密电报，斯普鲁恩斯少将急忙扭过头，双眼盯住中校说道：“中校先生，念！”

“将军，这是一封自阅电文。”

斯普鲁恩斯少将扶了扶金丝眼镜架，译好的电文立时映入眼帘：

斯普鲁恩斯少将阁下：据我截获的日军情报，日军小松辉久中将指挥的16艘潜艇，准备在你驶往指定战区途中突袭你，你应克服气候恶劣等困难，提前赶往指定战区。当敌潜艇到达预定战区时，你早已离去数日，由此使他们无法知晓你舰队的踪迹，否则，第16特混舰队将会全队覆没……

读完电文，斯普鲁恩斯少将抬起头问道：“中校先生，各舰距离如何？”

“正常！”

“航速？”

“正常！”

“命令前卫舰，注意搜索，我舰队已进入作战区，飞行员和舰员一律到位！”

罗切福特中校快步走进通信舱，向各舰指挥官传达少将的作战命令。

目送走中校，斯普鲁恩斯少将一屁股坐在作战指挥部的沙发上，双手托住腮帮陷入沉思：不得不承认，山本大将是日本海军将领中的一代奇才，这位既富有战略头脑又富有战术经验的日本海军联合舰队司令官，会跑进尼米兹上将设定的埋伏网吗？尼米兹将军，万一您的预料和实际情况有误，我第16特混舰队和第17特混舰队都会覆没，您明白后果吗？

斯普鲁恩斯少将对这位比自己小4岁的尼米兹上将总司令略知一二。尼米兹是一个遗腹子，在美国得克萨斯州菲德烈堡的山区度过了他贫困的童年。1901年，仅有16岁的尼米兹，就考入了安纳波利斯海军军官学校，之后在亚洲舰队的旗舰“俄亥俄”号上实习，并戴上了少尉军阶。当第一次世界大战的硝烟正

在大西洋上弥漫时，他坐上了美军大西洋潜艇部队参谋长的位置，在这个位置上，他充分展示出了卓越的军事才华。1920年，他率部赶到珍珠港建立美军潜艇基地，不久，便荣升上校。上司对他富有战略战术的头脑很欣赏，选派他进海军战争学院进修。进修期间，他发现美国海军传统的编队作战很不科学，于是研究出环形作战编队。第二次世界大战开始后，美军航空母舰实施了这种编队，效果很好。后来，其他各国海军也相继采用了这种队形。由于卓越的军事才能，1939年初他戴上了少将军阶，晋升为美国海军部航行局局长。1941年底的一天晚上，上司交给他这样一张留言条：

尼米兹将军，罗斯福总统请您明天下午3点整准时到他的办公室，具体事宜参谋处已经给您安排了，明天下午2点整，请您按时赶到海军参谋处，祝您好运……

对于总统的召见，尼米兹并不感到激动，反而极为不安，美国海军在世界上处处遭受不利，特别是在太平洋地区与日本海军交战后损失惨重，而他对这一地区又比较熟悉，莫非……

按时走进白宫，尼米兹怀着惴惴不安的心情与罗斯福握手。在进行了较长时间的交谈后，12月15日罗斯福总统发布文告，任命尼米兹这位56岁的海军少将为美太平洋舰队上将总司令。接到命令后不久，尼米兹亲自登门拜访比他长4岁的斯普鲁恩斯少将。两位将军客气一番后，斯普鲁恩斯少将开门见山说道："总司令阁下，您能在这一期间荣升上将，并担任美国庞大舰队的总司令，受到罗斯福总统如此信任，我很高兴。但是，据我所知，我太平洋舰队目前仅有三艘航空母舰，其他水面舰作战能力也不太强，况且舰队官兵上下悲观失望的气氛很浓。您担任这一没有进攻能力的舰队总司令，我为您今后的征战感到困惑！"

望着老朋友极其友善的目光，听着他真诚的关心，尼米兹若有所思地一笑说："将军阁下，你对我的诚意和对太平洋舰队的认识都很重要。但是我认为，在目前舰队面临困境时，我们舰队高级将领一定要有战略思维，只有共同开发我们的智力，合理使用现有装备，有计划地对敌实施军事打击，我想我们才会从小到大、从弱到强地再次在太平洋兴盛起来。日本海军不可怕，但我们还是要谨慎。你认为呢？"

斯普鲁恩斯少将并没有被尼米兹上将的语言艺术征服，临行前他皱紧眉头，握着尼米兹上将总司令的手说："如果总司令能将濒临瘫痪的舰队复兴，我将为您的事业出生入死！"

"谢谢你的倾力相助，将军阁下！"尼米兹热泪盈眶地拥抱着斯普鲁恩

斯少将。

斯普鲁恩斯将军终于迎来了为尼米兹上将倾力作战的日子。

1942 年 4 月下旬的一天晚上，尼米兹总司令将斯普鲁恩斯少将请进了自己的作战指挥室。斯普鲁恩斯少将对尼米兹上将走马上任取得的战果非常敬佩。他指挥以三艘航空母舰为后盾的舰队，使用舰载机和陆基飞机协同作战，空袭拉包尔获得成功，在珊瑚岛海域与日本海军的近距离作战中又一次取得胜利。特别是 B－25轰炸机偷袭东京等城市，使山本大将神经错乱。这种“打了就跑”的战略战术取得的战绩，极大地激励了悲观的美太平洋舰队官兵。今天，尼米兹上将请他，莫非是有更重要的军事行动？

斯普鲁恩斯少将带着复杂的心情走进尼米兹上将作战指挥室。尼米兹上将像往常一样热情地迎接他，不等他坐下就乐呵呵地说道：“将军阁下，我要向你通报一份极其绝密的军事情报！”

“啊，”斯普鲁恩斯少将愣了一下，“总司令阁下，您真精明、幸运！”

“我们破译了‘AF’两个日军密码字母，日本人的目的是进攻我中途岛，打击我这一地区的前进基地，”尼米兹说，“山本已经下了决心！”

“您怎么样印证山本的‘AF’两个字母就是指我中途岛前进基地呢？”斯普鲁恩斯少将急忙问道。

“我们发现‘AF’这两个字母在日军无线电中频繁出现……”尼米兹上将详细地陈述了整个破译情况。

原来，尼米兹上将是位非常重视情报技术的海军将领。他一到太平洋舰队任职，就组织罗切福特中校、莱顿海军中校，充分利用现有电子技术设备，建立了美海军太平洋舰队作战情报研究中心密码破译组。认真负责的罗切福特中校来自美国西点军校，对各国三军密码颇有研究，特别是珍珠港遭日军偷袭后，他将日军密码再次细心地深入攻译。最近一次，他发现日军密码中“AF”两个字母出现得极其频繁，经他破译，推断“AF”字母是指中途岛。然而军事上关系到胜败存亡的作战命令和计划，并不能以推断的结果为根据。罗切福特忙用美军易被破译的英语密码发了封电报，称中途岛上制造饮用水的美军设备出了故障，请求支援。不久，配合工作的美军第 14 海战区司令官布洛克少将回复电报：“……我供淡水船一艘，正赶往中途岛……”

不出罗切福特中校和莱顿中校的意料，美军又破译了日军在威克岛上发出的密码电报，电文是“……‘AF’淡水供给设备出故障，一艘淡水船紧急赶往‘AF’……”

尼米兹上将截获这一重要情报，立刻命令罗切福特中校严密注意日军电码的动态。5 月 24 日上午，罗切福特匆匆地赶到尼米兹上将面前，将一份破译的完

整报告交给了这位太平洋舰队司令官：

尼米兹上将总司令：据我们破译验证，日本海军联合舰队海空军，将于6月3日攻击阿留申群岛港的军事设施；6月4日，日本海军舰载机将全力攻击中途岛，日军的进攻方向是西北部，方位32.5度，我们会在离我中途岛175英里的水域发现目标，这个时间是中途岛时间6点整……

尼米兹上将非常详细地向斯普鲁恩斯少将陈述了整个战前情报内容后，斯普鲁恩斯少将并没有立刻作出反应，他沉默着、寻思着：山本大将又会采用偷袭的方式，企图打掉我太平洋舰队的前进基地？

“将军阁下，”尼米兹上将打破两人间的沉默，“哈尔西中将自空袭东京回来一直生病住院，我想请你接替他的舰队司令职务。”

斯普鲁恩斯少将是指挥舰队的护卫分舰队司令官。他知道，第16特混舰队的“企业”号和“大黄蜂”号航空母舰返回后，舰队司令官哈尔西中将住院多日，“约克城”号航空母舰在珊瑚海海战中被击伤，正在抢修。这么薄弱的舰队抗击日本庞大的舰队，是极不容易的。

“总司令阁下，”斯普鲁恩斯抬头问，“我的作战任务呢？”

“我把我太平洋舰队的主力全部集中于珍珠港，命令在南太平洋运动的‘大黄蜂’号、‘企业’号两艘航空母舰急速回来，中途岛上守备部队急需的大炮、弹药、铁丝网、沙袋和其他作战物资已全部备齐，部队正日夜在滩头演习，所有B－17、B－25轰炸机都在修理、改装为鱼雷攻击机，前天又运到一批战斗机和轰炸机，目前岛上飞机已达128架。”

“兵力布局呢？”斯普鲁恩斯少将问。

“已经重新布防了高射炮阵地，以对付日舰载机。对距中途岛100海里、150海里、200海里的水域，专门设防了三道弧形潜艇巡逻线，打击偷袭的敌潜艇和水面舰。”尼米兹上将津津有味地陈述战术布局。

“那么我的作战任务呢？”斯普鲁恩斯少将问。

尼米兹沉思片刻后，满面笑意地说道：“山本要占领中途岛，企图再一次在日本军政界和民众中树立自己战无不胜的将军形象。他将集中主力摧毁中途岛的海空军力量，从而最终夺取中途岛。我决定将计就计，设下包围圈。由你率领由‘大黄蜂’号、‘企业’号2艘航空母舰、5艘重巡洋舰、9艘驱逐舰组成的第16特混舰队，由弗莱彻少将率领由‘约克城’号航空母舰、2艘重巡洋舰、6艘驱逐舰组成的第17特混舰队，在6月4日之前到达中途岛东北200海里的洋面列阵埋伏，歼灭主攻的南云中将！”

斯普鲁恩斯少将在想：那个200海里洋面，无疑是在日军空中攻击机航程之外。日本海军舰队的确很庞大，但其所有舰船上都没有先进的电子雷达装备，而美军在中途岛基地和航空母舰上的雷达，可在日舰没发现美航空母舰之前，早先一步发现日舰，进行攻击！

“司令官阁下，什么时候出发？”斯普鲁恩斯少将考虑了一会儿抬头问。

“5月28日，你从珍珠港出发，弗莱彻将军于30日上午出发，6月3日你们加完油同时驶往战区！”

“好！”斯普鲁恩斯咬着牙说道，“将军阁下，我们应该教训一下山本了！”

自然，以上是战略准备阶段的事了。而现在，真正的好戏就要开唱了。斯普鲁恩斯按捺不住内心的兴奋，只觉得周身的血流在加快运行速度。这时，只听见身旁的罗切福特中校说道：“将军，我舰队已进入中途岛东北指定战区！”

“命令各舰，准备偷袭日本舰队侧翼。”将军下达了命令。

中途岛海空大战的枪炮即将轰鸣。

第二十三章　焦急不安的南云海军中将

小引

友永是日军轰炸中途岛美军基地的空中指挥官，途中被美军空中战斗机围攻，进抵中途岛空域后美军又用密集的炮火迎接他。面对美军有准备的围攻，他要决一死战！

日本航母特遣舰队前往中途岛海域

6 月 4 日早上，雨后的太平洋水域阳光灿烂，一群群信天翁在南云舰队的后方盘旋，唱着一支支只有它们自己能听懂的歌儿。今天，没有风，大海异常平静，海浪轻轻地拍着舰船厚厚的钢板，发出击掌般的“哗哗”声。

然而，这种平静却孕育着一场恶战的暴风雨，它将使这悠闲安静的大海躁动！

“电台注意，电台注意，友永出击快两个小时了还没有回音，立即与他联系！”南云中将站在旗舰“赤城”号的舰桥指挥部里，焦急地大声吼道。

电台“嗒嘀嗒嘀”得响，电台兵忙得大汗淋漓，就是不见友永大尉的回复。

“你们知道吗，第一攻击波在中途岛不成功，惊动了敌人空防部队和飞行部队，我们的代价就更大了！”南云中将背着手，对作战参谋们教训着。

作战参谋们都垂下头不敢吭声，也不敢看他一眼。南云突然走近作战参谋野田寿男大尉，一把揪住他的衣领吼道：“野田君，是你力荐友永大尉担任第一攻击波的总指挥。你说他有智有谋、勇敢善战，现在他出击两个小时都没有一点音信，如果他和他的战机被歼，我不会放过你这个混蛋！”

野田大尉直挺挺地立着接受训骂，心里却在念叨着：“友永君，你……你怎么……”

就在这天凌晨，眼看山本计划的作战出击时间快到了，南云中将为了谨慎起见，在这之前与作战参谋们研究了一个通宵。突袭轰炸中途岛上的美军飞机，到底能不能取得胜利呢？经过大家的共同研究，南云中将得出这样的结论：美国舰队根本就不知道日本会进攻中途岛，其理由是美军飞机和潜艇都未在日舰队附近出现；只要突袭机群灵活作战，一定能全部摧毁中途岛上的美军飞机、高炮阵地和其他防空设施，在可能的情况下还可摧毁美军滩头阵地，这对陆军登岛作战是有力的帮助。如果上述成功，飞机还可以马上打击赶来增援的美军水面舰和飞机，同样可以达到全歼美军的目的。

基于上述判断，南云相信突袭中途岛是完全正确的。他问作战参谋野田寿男大尉：“野田君，我舰队距中途岛还有多少海里？”

野田急忙回答：“还有 230 海里。”

南云沉默了一会儿又问：“友永大尉担任第一攻击波总指挥可靠吗？”

野田大尉与友永大尉是同乡，中学时也是同学，又是同时入伍征战、同时进入飞行学校。野田在袭击珍珠港时右胳膊受伤，从飞机驾驶员的座舱里走出来，担任南云的作战参谋。他力荐友永打头阵，只是想让友永多一个建功立业的机会。现在，他感到南云中将太不信任自己了，心中很是不悦，但又不敢表现在脸上，只好说：“司令官阁下，我对友永大尉是了解的，他头脑冷静，胆大勇敢，飞行技术过硬，能冲出困境，在珍珠港偷袭中奋勇作战，表现得异常出色。所以，我认为只有他能指挥今天的第一攻击波，请您最后定夺！”

南云又沉默着，没有立即表态。

“司令官阁下，友永是位出色的轰炸机飞行员！”野田又补上一句。

“你认为什么时间出击对我们最有利呢?”南云问。

野田大尉望了望窗外黑沉沉的天才说：“黎明前的时间比较好。”

“昨天我验证了一下时间，4 点 45 分左右，就在这个时间出发！”

海面上的太阳起来得特别早，南云一直看着手表。当拂晓前洋面的雾渐渐消失的时候，他也不再看手表了，突然大声命令：“出击！”

随着“赤城”号和“飞龙”号扩音器中发出南云的作战命令，36 架水平轰炸机、36 架俯冲轰炸机、36 架“零式”战斗机，从航空母舰上急速升空，呼啸着向中途岛美军飞机场、炮兵阵地凶猛地扑去，大有炸平中途岛之势。

率领 108 架战机的友永大尉，深感第一波攻击的成败对自己今后政治前途的影响。待飞机在空中编队飞行了一会儿，他谨慎地用无线电台通告各机：“各机注意，我机正处在美军领空，注意搜索前进！”

“大尉先生，飞行正常！”飞行员们异口同声地回答。

友永对掩护轰炸机的指挥官下达命令：“战斗机编队注意，现在是 5 点 20 分，我机距攻击目标仅 150 海里，发现美机，快速反应掩护！”

“战斗机明白！”

“俯冲轰炸机注意，到达战区后，要准确摧毁美军机坪上的飞机及其飞行设施！”

“俯冲轰炸机编队明白！”

“水平轰炸机重点攻击机场、高炮阵地和通信设施……”

就在友永大尉正在向他的飞行大队再次下达作战命令时，美军迪菲克中尉驾驶着一架水上巡逻机发现了友永的机群。迪菲克中尉是个富有作战经验的水上巡逻机飞行员，他借助海雾的掩护冲进一块黑云，日机闪过后，他悄悄地尾随跟踪。当友永的机群距中途岛攻击目标仅有 30 海里左右时，迪菲克中尉“唰”地一拉爬升杆，突然升到日军飞机的上空，狠狠地一按电钮，一颗带降落伞的巨大照明弹突然悬挂在日军机群的上空，将友永的机群照得雪亮雪亮，这无疑是向美军报告了日军机群的到来，不久就见一架架美军“野猫”式战斗机（共 26 架）向日机冲来。

友永大尉一看他的机群进入了巨大的危险区，感到莫名其妙：美军战斗机怎么在这一空域埋伏着呢？南云将军不是亲自告诉他，美军根本就不知道今天会偷袭吗？

原来，前一天（3 日）上午 10 点，山本大将正站在“大和”号舰桥上注视远在 1 500 米外的驱逐舰时，作战参谋匆匆交给了他一封电报，这是来自掩护中

途岛输送船队的部队指挥官田中的电报：

总司令阁下：今天9点我部在距中途岛650海里的西部海域，正掩护中途岛输送舰队前进时，被一架美军搜索机发现……

读完电报，山本大将又将电报交给作战参谋，作战参谋急忙问："通报南云将军吗?"

"被敌人发现，说明南云的战斗打响了，通报他有什么用呢?"山本大将说道。

山本大将并不知道，他作出的这一决定是绝对错误的！

因为3日下午，在高速驶向中途岛东南方向的南云中将的舰队，正将接近美军中途岛潜艇巡逻警戒线。南云始终认为美军没有发现日军的舰队行踪，如果山本大将跟他通报，说美军搜索机发现了日军舰队，那么他就不会在今天凌晨作出"……美军没有发现我舰队……"的错误判断，也不会使友永大尉遭到美军战斗机的空中伏击。

还有一种情况山本大将也没有向南云通报。3日凌晨2点40分，日军北方部队在细萱戊子郎海军中将的带领下，起飞35架飞机，突袭阿留申群岛东部的荷兰港，因气候恶劣草草收兵。接着下午，9架美军B－17轰炸机从中途岛起飞，导致日军运兵舰队的空袭也没有成功。这些行动不但没有达到牵制美军的战略目的，还暴露了整个战略战术。南云中将只顾拼命向中途岛赶，他怎么知道这些情况呢，况且各部互不通气！

友永大尉更不知内情，他只有一个念头，击落美军"野猫"式战斗机后，完成轰炸中途岛的战略目标！

"各战斗机注意，美机从高空居高临下攻击我轰炸机。"友永大尉摆脱两架"野猫"式美军战斗机后，急忙大声对自己的"零式"战斗机机队下达作战命令。

日军"零式"战斗机凭着性能优势，对从3 000米高空俯冲下来的美国"野猫"式战斗机进行攻击阻截。美军战斗机空中指挥官迪威特中校，指挥自己的战斗机拼杀，双方战机在近距离内互相扫射！

"迪威特中校，我的飞机中弹！"

"快跳伞！"

"中校，有三架'零式'战斗机冲向您！"

迪威特扭头扫视，左右方和后方各有一架日机直朝他扑来，在他正要采取紧急措施的刹那，左侧的日机突然凌空爆炸，他一看是自己的同伴击中的，正要祝贺时一架日机猛扑上去，将他同伴的“野猫”式战斗机击落，飞行员跳伞后在长空中缓缓下坠。这时，迪威特中校避开了日军的进攻，占据了有利空域以扫视空战战场，发现自己的“野猫”式战斗机根本就不是日本“零式”战斗机的对手，眼下在空中继续战斗的“野猫”式作战飞机仅有几架了……

友永大尉一见自己的战斗机缠住了美军战斗机，大胆地呼叫：“轰炸机，跟我按预定目标前进，高速！”命令下达完，他发现在硝烟弥漫的空域，日轰炸机群的72架飞机很快突出战斗机作战区，急忙又呼叫道，“各轰炸机注意，我战斗机掩护机群正与敌激战，我们失去战斗机掩护，注意安全接近目标！”

中途岛机场和其他各军事设施上空几乎被密集的弹雨封锁，友永大尉率领轰炸机群赶到中途岛上空，寻找到了轰炸目标，他超低空飞行时发现，美军机场上没有一架飞机，而各反空袭阵地上高射机枪、高射炮却在喷吐着火舌，随时都有可能击落他的轰炸机。但是，为了执行南云中将的作战命令，他只好大声命令：“俯冲轰炸机，寻找机会立即超低空轰炸目标！”

接到命令的俯冲轰炸机群，透过美军炮火的强大火力网，超低空地将250公斤的炸弹投向美军机场的飞机跑道、停机坪和机库上，腾起一股股黑烟和火光……

“轰炸机注意，攻击、轰炸美军炮兵和高射机枪阵地、通信设施，快！”

轰炸机从3 000米的高空冲下来，到达1 000米的高空时，将500公斤的超大的炸弹集中倾注进美军阵地，顿时，整个美军防空部队阵地浓烟滚滚、烈焰冲天……

南云中将是无法了解友永大尉是怎样出生入死地在空中作战的。他恨友永是否故意封锁中途岛空袭的情况，从精神上折腾他。所以，南云中将把满腔愤怒倾泻到力荐友永充任第一攻击波总指挥官的野田大尉身上。

“司令官阁下，友永拍回的紧急电报！”另一个通信参谋匆匆跑进作战指挥部。

南云愣了下，忙用双手接过来：

司令官阁下：中途岛美军早有作战准备，我们机群在距中途岛近30海里处遭美军战斗机伏击。美“野猫”式战斗机估计损失20余架，我轰炸机仅炸毁一些无关紧要的军事设施，密集的地面火力使我军根本无法寻找轰炸目标，请求迅速进行第二波攻击……

“怎么办？”南云中将读完电文，盯住参谋长草鹿问道，“应该马上出击！”

草鹿参谋长正要说什么，突然空袭警报刺耳地惊叫起来。野田大尉焦急地大呼：“敌机冲来了，敌机冲来了……”

第二十四章　惊恐中留下遗恨

小引

日军舰队驶入了距中途岛不远的海域，这正是自投罗网进入美军舰队的包围圈。不仅如此，美军损失了几十架轰炸机后，南云误判美军实力，一群战斗机同轰炸机挂满弹、加满油停在甲板上，然而，噩梦就从这里开始了！

日本柱岛内海锚地集结的舰队

南云中将的焦急迎来了一声凄凉嘶叫的空袭警报。作为在海域中正航行并进入战区的高级指挥官，对战斗机和轰炸机互相配合掩护袭击舰队的严重后果，南云海军中将自然是知道的。他不敢怠慢，急忙举起高倍望远镜朝前沿观察，前卫舰队的一艘驱逐舰听到报警后，已经急速升起了“发现敌机”的旗语。南云中将急忙命令各驱逐舰施放烟幕报警、开炮！

日本战舰的舰员官兵，正日夜守卫在自己的炮位上，战斗机、轰炸机的飞行员披挂完备地坐在皮椅上待命。在南云中将的命令下，各舰密集的炮火向美机喷射，战机全部发动了……

正在逼近南云中将舰队的4架美军B－26轰炸机，由美军爱迪顿斯中尉率领，标准队列。面对日本舰炮的疯狂攻击，勇敢的爱迪顿斯不免心中有些不安。一般情况下轰炸机出动一律都要有战斗机护航，掩护实际轰炸目标。可是今天，上司却一架战斗机也没派给他护航，他只好采取自我保护措施并寻找机会轰炸，他对另外三位同伴命令道：“不能强行攻击，要避炮，寻找战机，跟着我！”

满载弹药的轰炸机沉重地贴着海面超低空飞行，一发发炮弹和一串串高射机枪弹织成的火力网，封锁了爱迪顿斯前进的空域。

“再下降，冲过火力网，逼近日舰！”爱迪顿斯中尉命令着。

4架轰炸机再次降低高度，冲过了日舰炮的火力网，直向南云的“赤城”号舰逼去。

南云中将一看，连忙大声命令道：“战斗机出击！”

日军“零式”战斗机是当时较为先进、性能较好的舰载机，也是日本海军航空队的主心骨。执行今天空中指挥作战的是日军海军中尉云山一雄。接到出击的命令，云山中尉当即率领“零式”战斗机冲上硝烟弥漫的空中。这时日本军舰的大炮仍在向空中集中齐射，炮弹在云山中尉的机旁炸开，闪着刺眼的火花。如果继续炮战，有可能击中自己的“零式”战斗机，因为这样的先例已经有很多了。云山一雄中尉对地面火力指挥中心大声喊道：“司令阁下，美轰炸机没有战斗机护航，而且轰炸机也只有4架，我战斗机有能力打掉它们，请暂停炮火，否则，我‘零式’战斗机就无法展开战斗！”

很快，舰对空炮火减弱了，美军爱迪顿斯中尉一见炮火没有刚才猛烈，急忙命令其他三架轰炸机：“跟上，对准目标进攻！”

就在爱迪顿斯中尉按电钮的刹那，云山一雄中尉驾驶着“零式”战斗机朝他左翼“呼”地俯冲过来，爱迪顿斯匆忙避战，他发射的炸弹没有击中目标，两发炮弹从他飞机下面掠过。好险呀！疾风般的“零式”战斗机，对他的轰炸机产生了巨大威胁，他想再向目标攻击是不可能了，想摆脱眼前这架日机也有困难，只好巧妙地与日机在空中周旋。

"轰隆……"

2 架轰炸机被日机击中凌空爆炸了，另一架正拖着长长的黑色浓烟向大海栽去，4 架轰炸机只剩爱迪顿斯中尉的一架了。此刻，他深恨指挥官不派战斗机来掩护，从而造成严重的损失，只好胡乱丢下鱼雷，借助空中弥漫的硝烟未散作掩护，匆忙逃跑……

南云中将亲眼看到 3 架美军轰炸机被"零式"战斗机摧毁，而自己无一伤亡，扭头对野田大尉说道："通告战斗机起飞，加强战斗巡逻，攻击美岸基飞机的进攻!"

战舰上的舰员一个个都紧张地奔忙着，南云中将立于地图前思考着：美军中途岛上到底有多少架飞机?

"司令官阁下"，舰桥瞭望哨兵大声报告，"水天线上右舷 20 度，有 6 架美军'复仇者'式鱼雷攻击机，正高速超低空向我逼来!"

南云没有心情继续审视地图了，急忙抬头朝水天线上右舷 20 度的方向凝视：美军轰炸机怎么这么快又赶来了？难道他们就不知道轰炸机没有战斗机护航，成功率很低吗？是不是什么地方还潜伏着危机?

日军前卫分队的驱逐舰和巡洋舰上的大炮急促地吼叫着，庞大的战列舰上的主战炮弹发疯般地咆哮着，高射机枪"嗒嗒"地喷射出一串串火舌。然而，由美军乌克拉少校率领的 6 架"复仇者"式鱼雷攻击机，不顾灭顶之灾的危险，高速向南云的旗舰"赤城"号逼近，几条鱼雷在大洋中划出一道道白色的雷迹，直向"赤城"号舰首冲去!

舰桥上的南云和一群作战参谋们几乎都惊叫起来："快避雷!"

"避雷，快避雷!"

"赤城"号极其巧妙地旋转着，才没有使美军轰炸机指挥官乌克拉少校达到目的。乌克拉少校想继续攻击时，日本"零式"战斗机凭借性能的优良、飞行员的素质和数量上的优势，已经将 3 架鱼雷攻击机击中坠海了。乌克拉少校不敢继续恋战，只好用低沉而沉痛的声音说道："撤，快撤!"

随后日军又击落了 3 架美军飞机，这样，在短短的时间内共击落了 6 架，但这并没有使南云中将松口气，他目送渐渐远去的美军鱼雷攻击机，看着自己的"零式"战斗机在远方的空域巡逻，长长地叹口气："唉!"

"司令官，"参谋长草鹿走到南云身边说道，"刚才赶来的两批 10 架轰炸机来自中途岛基地，证明友永大尉对中途岛陆基的轰炸确实是收效不大，如果继续让这些陆基战斗机、轰炸机存在，将会对我舰队完成此役留下巨大的危险，我建议集中我舰载机，对中途岛美军飞机进行一次毁灭性围歼，这样才能确保我海上作战的优势!"

南云听完沉默着，他认为草鹿言之有理。中途岛上的美军空中力量比海面舰的火力威胁大得多，看来不摧毁中途岛上的美机就很难达到预定的战果。

“参谋长，”南云抬头盯住草鹿说道，“命令装有攻舰鱼雷的飞机全部换装巨型重磅炸弹，由‘零式’战斗机护航，乘美军飞机返航正在机场装弹、加油的时机，对中途岛上的美军飞机进行第二波快速攻击，要狠、准，不要怕损失，绝不能像友永大尉的第一波那样费大力气但毫无建树！”

草鹿参谋长也完全同意南云中将的战略战术。

南云中将的命令传下去后，“赤城”号、“加贺”号战舰上攻击水面舰的水平轰炸机接到命令，舰船上几乎所有能出动的军械员、飞行员、机电员和其他人员紧急行动，一个个都忙得满头大汗，将水平轰炸机上已经装好的鱼雷全部放下来，又装上用以攻击陆地目标的巨型重磅炸弹。看上去这是很简单的工作，其实要做好这项换弹工作并不是那么容易的，必须先将“赤城”号和“加贺”号两艘航空母舰上停在飞行甲板上的水平轰炸机一架架地送进飞机库，再吃力地装上重磅炸弹。

南云中将一见大家正忙着，急忙走出舰桥指挥部，正要到飞行指挥室去时野田大尉大声叫住他：“司令官，搜索机又发回了电报。”

“译好了吗?”

“全译好了，您看!”野田大尉说着递给他。

南云中将紧张地两眼盯住电文：

在我舰正前方海洋的扇面区间内、距中途岛大约有240海里处，好像有美军舰队，舰数十艘，方位10度，航向150度，航节在28节以上。

发报时间：7点25分。

读完电报，南云中将心中突然升起一个巨大的黑色疑团，美军水面舰队为什么这么快就出现了呢?

参谋长草鹿急忙接过电文看着，他皱紧了双眉，困惑地盯住南云司令官，等待结论和措施。

“参谋长，”南云说，“命令所有水平轰炸机停止更换重磅炸弹，立刻挂上攻舰鱼雷，准备打击美军刚出现的水面舰队，各舰炮火要集中攻击敌舰，打一艘沉一艘，明白吗?”

参谋长草鹿只是点头。

南云中将转过身对野田大尉说：“命令搜索机尽快查明美军舰队舰种，并保持距离继续监视美舰，发现异动必须第一时间向我报告!”

其实，南云中将的舰队已经进入美军舰队的伏击圈，然而他仍然困惑不解，继续做着聚歼美太平洋残存兵力于中途岛的美梦！

由日军小松辉久中将指挥的潜艇部队，奉命赶到中途岛和夏威夷之间建立甲、乙两条潜艇警戒线上，潜伏监视美军从珍珠港方向驶过来的舰队，准备攻击。由于气候恶劣，加之战略时间上的误差，当小松中将指挥的潜艇于6月3日匆匆赶到指定战区时，已经晚了两天。两天前，由斯普鲁恩斯少将率领的美第16特混舰队、弗莱彻少将率领的美第17特混舰队已从这里通过向西部方向驶去，而山本和南云日军将领收到小松发回的电报：

我潜艇正在指定战区日夜潜伏待机出击，但据我们所知，美军太平洋舰队幸存的航空母舰和其他舰船，目前仍然在遥远的南方所罗门群岛，没有驶向中途岛和任何向我舰运动的迹象。

现在，南云深深地感到小松中将失职了，他为什么没有发现这支美军舰队呢？他心烦地扫了眼情报参谋小野："小野，与小松中将联系，快快快！"

他话音刚落，野田大尉走过来说道："报告司令官，搜索机报告，正向我舰队驶过来的美军舰队，有巡洋舰5艘、驱逐舰5艘。"

"有没有航空母舰呢？"

"搜索机没有报告！"

南云中将沉默着，情报参谋小野这一下情绪松弛了，急忙说："与我分析的是一致，没有航空母舰嘛。"说完，他很得意地扫了南云一眼。

南云皱紧眉头对草鹿参谋长说："没有航空母舰出现，能说明美军舰队仍然在所罗门群岛吗？"

草鹿沉思片刻说："司令官，如果美军舰队中确实没有航空母舰，我们就不能改变战略战术，还是执行原定计划，集中所有能集中的战斗机、轰炸机首先摧毁中途岛上的美军航空兵兵力！"

"对，摧毁了陆基飞机后，马上回过头收拾这10艘破烂军舰，这种胜利是唾手可得的！"情报参谋小野忙补充道。

南云中将没有立刻作出反应，他沉默着，两眼注视着茫茫大海：难道正如他俩所讲的美军没有航空母舰在跟进？

大家都愣住了。航空母舰的出现意味着……

"参谋长，"南云中将知道不能再沉思了，"不能低估美军舰队的战斗力，请你马上组织战斗机、轰炸机和舰炮火力，首先摧毁美军这支舰队，只有解除后顾之忧才能对中途岛实施第二波攻击！"

草鹿参谋长为难地说道：“司令官，两艘航空母舰上的水平轰炸机全部挂上了巨型重磅炸弹了。”

“嗨，这怎么行呢，飞机挂炸弹攻击美军这样的舰队，无论如何也达不到攻击鱼雷的摧毁力，立刻命令水平轰炸机全部放下炸弹，改装攻击鱼雷，要快呀!”

草鹿只好执行命令，这简直是对舰员的一种体罚，但是没有办法，美军航空母舰的出现，意味着一场恶战又可能要在太平洋中部出现!

“野田君，”南云突然客气起来，“还有多少架轰炸机可供出击?”

野田大尉急忙回答：“第二攻击波的全部‘零式’战斗机都已经起飞，正在我舰队前方空域警戒，防止美军中途岛上的陆基轰炸机偷袭，真正作好准备随时出击的，只有‘飞龙’号和‘苍龙’号上的36架俯冲轰炸机。”

空中的力量是显得有些单薄，南云中将忧心忡忡地踱了两步，远处一群飞机冲过来，他正生疑，野田大尉说道：“报告司令官，友永大尉的机群返航了，请求马上降落!”

南云中将此时心中泛着苦水，飞行甲板上停满了俯冲轰炸机和鱼雷攻击机，没有空余的甲板供友永大尉的机群降落呢!

“司令官，”草鹿参谋长说，“我的意见是让俯冲轰炸机和鱼雷攻击机全部起飞，现在就去突袭美军舰队?”顿了一下又说道，“这样就腾出甲板让友永的机群降落。”

“不，不行，没有战斗机掩护，轰炸机是自取灭亡!”野田大尉急忙大声说道。

情报参谋小野忙说道：“我看，还是先将甲板上的轰炸机全部拉开，让友永的机群先降下来。”

“这样也好，等准备好后再进攻也行!”草鹿说。

……

大家议论着，南云终于作出决定：“命令轰炸机、鱼雷攻击机一律拉开，让友永大尉降落，部队马上北撤，待准备好后再进攻！争取歼灭美军这支机动舰队!”

南云中将的命令马上开始执行了，舰员们精疲力竭地拼命把战机又送回机库，卸下炸弹，再装上攻击鱼雷。

“向总司令发报!”南云要向山本大将报告紧急情况，野田大尉忙抄录南云的口述电文：

山本司令官阁下：8点整，我舰队正驶向战区，发现美航空母舰1艘，巡洋舰、驱逐舰各5艘，敌舰队方位10度，距中途岛约250海里，我舰队暂北撤作

出击准备，航速 30 节……

南云中将向山本海军大将发完电报后不久，友永的机群就已全部降落，战舰向北高速行驶，而飞行甲板上摆着一架架加满油料、装好弹药的战斗机和轰炸机。南云中将根本就没想到，正是这排列的加满油、挂好弹的作战飞机，将把他推入死神的怀抱！

真正的激烈的战斗，马上就降临了！

第二十五章　鱼雷攻击机的厄运

小引

战争是极其残酷的，当美军鱼雷攻击机一批又一批赶到日军舰队上空时，日军战斗机发挥了巨大优势，如同打气球一般点射美军战机，而美军增援战机又无法赶到……

舰载机从航空母舰上起飞

就在日军航母特遣舰队司令南云中将率领日军主力舰队以30节的高速向北匆匆撤退，寻找机会攻击美军特混舰队的时候，美军第16特混舰队斯普鲁恩斯少将，一看时间是9点20分，忙对南云中将的舰队的情报再次审视，经过反复思考，他大声命令道：“‘大黄蜂’号航空母舰注意！”

“我是‘大黄蜂’号航空母舰作战指挥部！”

“你舰出动‘无畏’式俯冲轰炸机35架、‘劫掠者’式鱼雷攻击机15架、‘野猫’式战斗歼击机10架，立即起飞，向日军南云舰队实施毁灭性攻击，目标为航空母舰！”斯普鲁恩斯冷静地下达作战命令。

“明白，斯普鲁恩斯将军！”“大黄蜂”号航空母舰作战指挥部回答。

顿时，“大黄蜂”号上的俯冲轰炸机、鱼雷攻击机、战斗歼击机，满挂攻击鱼雷和重磅炸弹后一架又一架地飞向万里长空，而升降机又奔忙着，将机库中一批批准备出击的飞机提到甲板上……

当第一批出击的60架飞机严格按照航空兵对水面舰作战的顺序起飞出击后，斯普鲁恩斯少将大声对飞行员下达命令：“飞行员先生们，日军南云舰队正向北移动，你们必须追打！”

“将军，我是第11鱼雷攻击机大队队长沃尔德伦海军少校，我大队明白您下达的作战命令！”回答完，他率领机群转过头向北急驶。

思维敏捷的斯普鲁恩斯少将望着高速前进的沃尔德伦少校的机群，大声叫道：“‘企业’号航空母舰作战指挥部注意！”

“将军阁下，我们正急待您的作战命令！”

“我命令，你舰出动俯冲轰炸机35架、鱼雷攻击机14架、战斗歼击机10架，对日军南云舰队实施攻击，目标为航空母舰！”

“将军阁下，立刻执行您的命令！”

“企业”号航空母舰上的飞机刚刚起飞完，驶向指定战区、由弗莱彻海军少将指挥的第17特混舰队也不甘示弱，他指挥“约克城”号航空母舰上的轰炸机17架、鱼雷攻击机12架（起飞时坠海一架）、战斗机6架，随“企业”号航空母舰上的飞机跟进。

一场血染海空的大战终于展开了！

斯普鲁恩斯海军少将是一个比较讲究军事情报和军事战术科学的美军将领。当天凌晨，当他的特混舰队正急促地向中途岛东北方向搜索高速行驶时，他认为，越是临近战区、战时，越要不断地改变舰队的队形，无论是战略还是战术都要多长个心眼。于是，他命令“大黄蜂”号、“企业”号两艘航空母舰行驶于舰队的最前面，并大声说道：“各舰注意反潜，空中搜索机必须与舰队保持密切联络。”下达完命令后，他一刻也不敢离开舰队作战指挥中心，他断定大战迫在

眉睫。

果然，零点（6 月 4 日零点），情报参谋基泰勒少校匆忙推门而入：“将军阁下，日军舰队被我水上搜索机发现，其中有两艘航空母舰正进入我伏击圈，中途岛基地通信指挥中心命令我舰队注意日军动向！”

“上校，打开荧光板！”斯普鲁恩斯少将听完报告后，忙对正注视军事地图的作战参谋奥兰逊上校说。

荧光板上立时出现中途岛陆基飞机进攻日舰的情况，斯普鲁恩斯少将镇定自若地凝视着荧光板。

“将军阁下，日军南云舰队正好出现在我伏击圈内。”奥兰逊上校补充了一句。

“上校先生，重复情报是毫无意义的！”斯普鲁恩斯少将白了他一眼，冷冷地说道。

奥兰逊上校是一个出色的战斗机飞行员，战略头脑和实战战术极其丰富，性格与斯普鲁恩斯少将几乎相同，都是内向型，但他更好胜且激情饱满，有“恶狼”之称。日军山本大将偷袭珍珠港时，他的左眼球被炸伤而失明，因此被斯普鲁恩斯少将请到身边，充任上校作战参谋（他原是中校飞行大队队长）。他很习惯上司的冷漠，不计较上司态度的好坏，经常提出很多合理的作战方案，受到斯普鲁恩斯少将的信任。

现在，奥兰逊上校将一杯热气腾腾的咖啡送到斯普鲁恩斯手中，少将接过来吹了吹，没有喝，捧在手中盯住他问：“上校先生，请你谈谈对这场战役的看法。”

奥兰逊上校用思考的语气说道：“将军阁下，我舰队的整体力量不如日本舰队。现在，我舰一迎敌，必须先行偷袭进攻其航空母舰，摧毁其指挥中心和作战支撑点。这样，我们就要集中所有空中武器攻击其航母！”

斯普鲁恩斯听着，一言不发，作为一名经历过多次战役的老将军，他向来都是冷静不露声色的，而这次代替哈尔西中将指挥舰队，是展示他军事指挥才能的机会，此役的成败也许决定着他今后的军人生涯和政治前途。冷静、稳妥地进行战术判断，是一名战役指挥官的必备能力。他深知，一名舰队的沉浮覆没，往往是指挥官的某一个命令决定的！

“将军阁下，日军舰队正在逼近，并有搜索机出现，这说明南云舰队知道我舰发现了他，他也许正在准备进攻我舰队！绝不能让日舰控制了制空权、制海权，必须让飞行员一律进待命室！”

“好！”斯普鲁恩斯从牙缝中挤出一字。

凌晨 3 点 40 分，飞行员们经过简短的战时出击准备，快步赶到待命室。

海空的阳光是那样灿烂，水天线上波光闪烁，战争的硝烟就在大海与蓝天之

间潜伏着。

9 点 17 分，奥兰逊上校将一份情报交给斯普鲁恩斯少将：

日军南云舰队由以“赤城”号航空母舰为中心的多艘航母和其他舰只组成，正以 30 节的高速向北撤退！

读完，斯普鲁恩斯抬头盯住奥兰逊上校：“你的意见呢？”

“这是一个最佳良机！”

“很对，我未来的将军！”斯普鲁恩斯露出少有的笑意，拍着他的肩头说，“我们应抓住这一瞬间的战机出击！”

这时，第 8 鱼雷攻击机大队指挥官沃尔德伦海军少校（战后被追认为中校），正率领他的机群在海空搜索前进，但没有发现日军舰队。他只好大声命令道：“战斗机编队注意，请你们向右前方搜索前进，我轰炸机编队向左前方搜索前进。注意联络！”

执行命令的飞行员们，按编队立刻分为左、右两个飞行编队搜索飞行。海雾茫茫的天际，在阳光的照射下早就变得一片蔚蓝。

望着渐渐消失在水天的战斗歼击机编队，沃尔德伦海军少校忙率领鱼雷攻击机编队搜索前进。当他驾机越过一片礁石时，隐隐发现正前方有一黑点移动，他忙对着无线电授话器叫着：“盖依中尉。”

“少校先生，我在你的左前方！”乔治 · H. 盖依海军中尉急忙回答。

“请你注意，中尉先生，我正前方发现不明舰队！”沃尔德伦少校急忙命令道：“各机注意再升高 500 米，保持距离跟进！”

鱼雷攻击机满载着攻击鱼雷前进。

“少校先生，正前方正是日军南云舰队！”盖依报告着。

“谢谢，中尉先生，”沃尔德伦说完，按了一下绿光按钮，又对着授话器呼叫，“战斗歼击机编队注意，我第 8 鱼雷攻击机编队发现日军南云舰队，请马上向我靠拢，请马上向我靠拢！”

耳机中没有回音，只有“嗡嗡”的静电干扰声振动着耳膜。沃尔德伦少校感到不妙，继续呼叫：“鱼雷攻击机驾驶员注意，我机群与战斗歼击机编队失去联络，请谨慎按小组编队出击！”

接到命令的飞行员们急忙调整编队，很快就组成三个攻击波队列。

“少校先生，我的油料只够返航了。”盖依中尉报告。

沃尔德伦少校定眼一看，自己飞机的油料指示灯也发出了警告。

“各战机注意油料是否够用？”沃尔德伦少校大声问道，其实这话是多余的，搜索了很长时间，剩余机载油量是同等的。

“少校，我机油料仅够返航！”

……

所有飞机都报告着燃油只够返航。沃尔德伦少校急忙按了下无线电台的按钮说道：“斯普鲁恩斯少将阁下，我第 8 鱼雷攻击大队发现日军南云舰队，但我鱼雷攻击机因长途搜索，燃油只够返航，请求命令！”

“少校先生，战斗机呢？”斯普鲁恩斯急忙问。

“我们分开搜索，目前与战斗歼击机编队失去联络。”

“少校先生，你马上对南云舰队实施攻击，增援机群马上赶到！”

“将军，”少校焦急地大声说道，“日军‘零式’战斗机性能优势很大，我的机队不但没有战斗机掩护，而且又不够燃油，不返航只能是送死！”

“少校，返航加油再进行攻击是不行的，你必须将每架鱼雷攻击机变成重型炸弹，冲向日本舰队，报珍珠港之仇，攻击！”斯普鲁恩斯命令着。

沃尔德伦少校知道，硬顶着命令强行返航肯定是不行的，他只好大声道：“各战机注意，将军阁下不同意我机队返航。今天，我们要与日军舰队决战，战机没有燃油也要朝日军舰船冲去，同归于尽！”

接到命令的盖依中尉，仍在少校左前方飞行，担任这架指挥机的警卫任务。当他的飞机正要钻进一片薄薄的白云时，眼前突然出现一批比想象中更可怕的空中敌人——日本‘零式”战斗机。他惊异地大声向沃尔德伦少校报告：“一批日军‘零式’战斗机，止向我正面迎来！”

经盖依中尉的提醒，沃尔德伦少校也发现了日军战斗机机群。他明白自己的鱼雷攻击机不是这种优质战斗机的对手，急忙说道：“盖依中尉，请你马上寻找海面攻击目标，在日军战斗机未向我方发动攻击之前，必须攻击日军航空母舰，明白吗？”

“报告少校，我机群已经抵达攻击目标上空！”

“快，各机立刻下降到投雷高度，快快快！”

鱼雷攻击机是以鱼雷为重武器攻击水面舰的武装飞机，在空中与日军“零式”战斗机较量，不光速度太慢，飞机配备武器也无法相比，只有靠飞行员的飞行技术进行巧妙周旋。

“快，一律超低空贴近海面飞行！”沃尔德伦少校不失时机地大声命令着。

美军鱼雷攻击机贴着水面向日军南云舰队冲过去。沃尔德伦少校率领机群到达投雷位置时，日军“零式”战斗机也跟着紧逼上来，沃尔德伦少校大声命令道：“自卫武器开火！”

机载机枪向日军飞机喷射着火舌，然而日机不顾一切地凶狠压过来，火力时而准确地攻击鱼雷攻击机机群。沃尔德伦少校灵活地回旋，摆脱掉了 2 架企图攻

击他的日机，突然发现4架日机正围歼5架鱼雷攻击机，只见鱼雷攻击机不顾一切地冲向日军“加贺”号航空母舰，“呼”地抛下攻击鱼雷正要轻装冲出日军火力时，4架日军战斗机几乎同时向其开炮。震耳欲聋的轰鸣声响彻空中，沃尔德伦耳机中传来盖依中尉悲凉的声音：“少校，我第一攻击波5架鱼雷攻击机凌空爆炸！”

“第二攻击波出击，拼上去！”沃尔德伦瞪着眼吼叫般下达作战命令。

第二攻击波的鱼雷攻击机面对日军战斗机，本着同归于尽的态势冲到“加贺”号航空母舰上空，一枚枚攻击鱼雷正要向日军舰队发射，飞行员还没来得及按电钮，日军战斗机以3：1的优势对其发动攻击。空中燃起一团团刺眼的红光，黑色的浓烟带着浓烈的硝烟火药味向海空扩散……

沃尔德伦少校望着自己队友凄凉的惨败，看着日军战斗机疯狂的攻击连连得手，他痛恨战斗歼击机编队为什么联络不上，一咬牙，率领机群，用本大队最后一点力量朝日军舰队冲击！

“少校，您右侧和尾部正有4架日机同时向您袭来，快避弹！”盖依中尉报告着。

沃尔德伦少校正要摆脱日机时突然“轰隆”一声巨响，盖依中尉的飞机中弹，拖着长长的黑烟向大海栽去。

“盖依，跳伞，快！”沃尔德伦吼叫着。

失去控制的飞机无线电系统尚完整，身受轻伤的盖依中尉心头袭上一种求生的本能。沃尔德伦少校注意到盖依中尉跳伞了。这时他左右的鱼雷攻击机几乎全都中弹，所有的日军战斗机都朝他压过来，形势对他极为不利，他扯起嗓门喊道：“斯普鲁恩斯将军，美第8鱼雷攻击机大队毁灭了！永别了，将军！”说完，他关闭电台，驾着正冒黑烟的战机向正面冲来的日军战斗机撞去！

美军从“大黄蜂”号航空母舰上起飞、奔袭日军南云舰队的第8鱼雷攻击机大队，没有一架返回“大黄蜂”号航空母舰，这显示了日军舰载武器的精良，特别是“零式”战斗机攻击美军鱼雷攻击机更是有效。所以，南云中将对战胜这支偷袭的美军舰队充满了必胜的信心。但是，美军斯普鲁恩斯少将并没有因为鱼雷攻击机大队的失败就停止攻击。继沃尔德伦少校阵亡后，他又命令尼克莱特海军少校率领第6鱼雷攻击机大队，冒着日军舰船上猛烈的火炮屏障冲过去。

尼克莱特少校率领的机群，是紧跟着沃尔德伦少校的机群从美军“企业”号航空母舰上起飞的第二批鱼雷攻击机大队。早在尼克莱特起飞之前，“企业”号的战斗歼击机已奉命前往日军舰队上空，为轰炸机开道、掩护。当战斗歼击机编队赶到日军舰队上空时，发现四周没有一架日军战斗机。飞行员没有立刻离开这广阔的海空，而是又在空域侦察、搜索了近30分钟，空域仍然平静，由于燃油不足以使战斗机继续盘旋于日军舰队上空，他们向指挥中心发了封电报：

日军舰队上空和四周空域，没有发现日军战斗机巡逻。鱼雷攻击机打击海上目标正是时机，速度要快。我战斗歼击机因燃油仅够返回，加油后再进入这一空域……

斯普鲁恩斯少将读完电报，欣喜地一挥手："命令，尼克莱特少校立即起航，不能错过战机！"

航空母舰上的蒸气弹射机又发疯般地嘶叫起来。尼克莱特少校满怀必胜的信心，率领他的第6鱼雷攻击机大队，呼啸着穿云过雾，向日军南云舰队上空急驶，他要在他31岁生日的这一天，在太平洋上空创造史诗般的奇迹！

曾被沃尔德伦少校指挥的机群轰炸过的日军"加贺"号航空母舰正冒着浓烟，一群海鸟惊恐地从浓烟中冒出来飞向远方。日军舰船甲板上堆放着一堆堆空炮弹壳，炮手们正忙着准备再战。南云中将明白此役不胜，无脸返航！

"尼克莱特少校，我正前方发现受重创的日军航空母舰！"乌拉恩中尉报告。

"超低空前进，准备攻击！"尼克莱特少校下达命令。

"少校先生，日军舰炮火猛烈……"

"中尉，这就看你的运气了！"

"少校，日舰'零式'战斗机正向我高速迎来！"

"少校，敌机25架，高度3 000米……"

"少校，我机尾部中弹……"

尼克莱特少校愣住了："不是说没有日军战斗机吗，怎么又出现了呢？"

原来，当美军战斗机飞临日军舰队上空时，已是沃尔德伦阵亡一个小时之后了。美军战斗机不敢低空侦察，因为日军舰载高射炮火密集。当美军战斗歼击机飞临日舰队上空时，日"零式"战斗机正在加油、装弹。所以，美军战斗歼击机向斯普鲁恩斯少将发了那封给尼克莱特少校带来了巨大灾难的电报。

一架又一架美军鱼雷攻击机被日军战斗机像打气球般打掉了，拼命冲到日军航空母舰上空低飞投弹的美机又遭到炮火的攻击。尼克莱特少校一看自己的战机损失了10架，仅剩8架，心中很是恼火，大声命令道："返航！"

这时，8架美机从硝烟中冲了出来，25架日机也几乎同时冲了过来，一阵急速的火炮攻击后，又有4架美机当即凌空爆炸，仅剩4架正在吃力地向东南方向疾驶爬高……

"斯普鲁恩斯将军，我第6鱼雷攻击机大队，遭日军25架'零式'战斗机突袭，损失14架……"

"尼克莱特少校，请速返航，我第3鱼雷攻击机大队已经在战斗歼击机的掩护下赶了过来！"

尼克莱特少校带着悲哀气愤的复杂心情向前眺望：第3大队，绝不能战败！

第3鱼雷攻击机大队指挥官华威卡特海军少校，率领着20架鱼雷攻击机赶到南云舰队上空，正准备对“赤城”号航空母舰突袭时，一群日军“零式”战斗机赶到，一场血染长空的厮杀又降临了。

“艾根少校，艾根少校，我鱼雷机遭到攻击，请求支援！”华威卡特少校焦急地呼叫着。

“华威卡特少校，我战斗歼击机被日军战斗机击落11架，现正遭到围攻，无力支援！”战斗歼击机指挥官艾根少校回答。

华威卡特失望了，他一咬牙大声喊道：“日军‘赤城’号是南云中将的旗舰，也是南云舰队的指挥中心，勇士们，冲上去拼了！”命令完，他自己率先进入日军舰队上空，一连投下两颗鱼雷，但都没有命中。

当华威卡特率领第3大队从“约克城”号航空母舰上出击时，艾根少校已奉命率领16架战斗歼击机作掩护。在飞往战区的途中，有6架从“企业”号航空母舰上起飞的战斗歼击机也在寻找攻击目标，艾根少校发现后马上联络，这样为第3鱼雷攻击机大队护航的就有22架歼击机了。谁知快到达战区时，50架日军“零式”战斗机冲过来，将美军战斗歼击机和鱼雷攻击机全部打散了。日军空中指挥官佐佐木一大尉命令30架“零式”战斗机攻击美军战斗歼击机，20架战斗机专门攻击鱼雷攻击机。

现在，华威卡特少校投的两枚鱼雷均未命中，正要进行第三次鱼雷攻击时，他发现右前方有3架日军战斗机在围攻4架美军鱼雷机，在一阵巨大的炮火声中，4架鱼雷机几乎同时凌空爆炸，他伤心地一瞪眼投下第三枚鱼雷。这时，后面1架日军战斗机呼啸着朝他扑过来。“轰”的一声巨响，少校眼前一黑，一切都消失了……

基德斯中尉看到指挥官与飞机同归于尽，再看看同伴，他突然发现4架鱼雷攻击机冲进炮火网，投完鱼雷冲出火海后吃力地向高空爬去。日军战斗机抓住鱼雷攻击机上爬速度慢的一瞬间冲过去，4架鱼雷攻击机都带着烈焰向大海栽去！基德斯中尉一见日军战斗机目标转向了他，急忙向东南方向跑去，但也晚了，日军战斗机的两发炮弹击中了他……

美军的三个鱼雷攻击机大队都被日军战斗机打掉了，鱼雷攻击机的厄运，第8鱼雷攻击大队的飞行员盖依中尉看得非常清楚。当他的飞机被击中、座舱坐垫坠入大海后，他从飞机中挪出来掉进海中，正好抱住了坐垫。当夜幕降临后，他悄悄地将随身携带的橡皮筏充好气，在洋面目睹了美军鱼雷攻击机的厄运。

南云初战取得了一点乐观的安慰，然而，他并不知道，美军俯冲轰炸机将给他致命的打击！这场海空大战，更激烈的战斗还在后头！

第二十六章　斯杀于长空的俯冲轰炸机

小引

美军付出了沉重的代价，一批战将不能就这样白白葬身海底，美军俯冲轰炸机大队快速赶到日军航空母舰上空，一场更为激烈的海空战打得天昏地暗……

舰载机从美国“企业”号航空母舰升空

巨大的灾难，终于向日军南云中将统率的舰队袭来。但是，作为舰队的高级指挥官，南云中将并没有意识到这一点。他现在很得意地立于“赤城”号航空母舰舰桥上，双手握着高倍望远镜，观察到日军“零式”战斗机进攻美军鱼雷攻击机，连连得手，简直像打气球一样。

“将军阁下，”作战参谋野田大尉在他背后小声叫道，“美军第三批攻击我舰队的鱼雷攻击机，只有3架逃出我火力网！”

南云中将没有任何表情地回过头说：“舰载战斗机准备好了吗？”

“‘赤城’号上的40架战斗机全部加油完毕，已经停在甲板上等待您的命令。”

“‘加贺’号上的呢？”

“正在回收油料快耗完返航的战斗机。”

“传我的命令……”

作战参谋野田大尉急忙抓起话筒授话器传达命令：“各舰载战斗机注意，准备起飞出击！”

接到出击命令的指挥官赤石原二，急忙摇动手中那面白色的小旗，指挥战斗机按编队升空作战。

在一部分日军战斗机与前来轰炸南云舰队的美军鱼雷攻击机在空中作战的同时，“赤城”号上的舰员们也忙得大汗淋漓，他们在机库为战斗机装满炸弹后，又要一架架地将战斗机从机库拉出来，送到飞行甲板上加油，然后是一架架地排列好等待出击的命令。作战参谋野田见飞机甲板上到处都堆放着准备攻击美舰的鱼雷和重磅炸弹，急忙对参谋长说：“将军阁下，这些鱼雷和炸弹必须派人搬开！”

小野参谋长白了他一眼：“大尉先生，你就没看到舰员都快累死了吗？”

野田大尉叹了口气，急忙对南云说道：“司令官阁下，甲板上到处是鱼雷、炸弹和汽油以及满载着弹药、油料的战斗机，万一遭到突袭……”

“你没看到，只要‘加贺’号、‘飞龙’号上的舰载机准备完毕，我就命令出击了吗！你怎么打仗越多胆子越小了呢！”南云中将有些不耐烦地回应他。

作战参谋野田大尉只好保持沉默。

现在，他举着授话器代表南云下达作战命令，恨不得话音一落所有的战斗机都可冲上天空。

已经发动的战斗机在轰鸣着，使得36 000吨的“赤城”号航空母舰轻微颤抖，但航空母舰仍以不变的航节逆风而行，以便战斗机起飞。

“在我舰队正前方，发现美军大批‘无畏’式俯冲轰炸机。”担任瞭望的哨兵大声叫道，“注意，多架美军俯冲轰炸机飞临我上空3 000米……”

一瞬间，所有舰船拉响了尖厉刺耳的防空警报声。南云中将心惊肉跳地站在

舰桥上大声命令道："快快快，战斗机快出击！快！……"

现在，飞临"赤城"号航空母舰的是美军"约克城"号航空母舰上的17架"无畏"式俯冲轰炸机。指挥17架俯冲轰炸机作战的是戴维·克思特海军少校。这是个极富实战经验的老攻击手，起飞前，第17特混舰队指挥官弗莱彻海军少将握着他的手说："少校先生，据通报，我们已经有几十架鱼雷攻击机永远沉睡于海底了。南云凭着他强大的舰队火力，企图将我舰队吃掉。在某种程度上，我对你的17架俯冲轰炸机寄予了光环般的希望。我希望你像你率领的'无畏'式飞机一样无所畏惧地寻找一切机会，炸沉日军航空母舰，教训南云将军。明白吗？"

"将军阁下，如果我没有忘记的话，我每次出击，您都要握着我的手说一套空洞的鼓励，是吗？"

"不不不，少校先生……"

"将军阁下，您需要的是胜利，这是我们共同的目标。我相信在我返航时您会到甲板上欢迎我的！"

弗莱彻少将笑了："勇敢的戴维少校，再见！"

戴维少校率领着机群高速飞行于5 000米高空时，突然发现前面有一大批"无畏"式俯冲轰炸机，毫无疑问，飞行于这空域的"无畏"式俯冲轰炸机一定是从"企业"号航空母舰上起飞的。他急忙对着无线电授话器大声报告："雄狮呼叫，雄狮呼叫，请联络！"

"雄狮"是戴维·克思特海军少校的空中无线电呼叫代号。没过一会儿，耳机中传来令戴维少校兴奋的声音："戴维少校，我亲爱的朋友，你来得正是时候，日军南云舰队的3艘航空母舰是我们现在攻击的目标。我率领的35架俯冲轰炸机分成两个中队，分别攻击'苍龙'号和'加贺'号，你攻击南云的指挥舰'赤城'号，好吗？日军完全没有战斗机掩护，我想你会成功的！"

戴维少校一听就知道是老朋友，"企业"号航空母舰上"无畏"式俯冲轰炸机大队队长麦克·纳斯基海军少校，连忙回答："麦克，我的好兄弟，我们会同时取得太阳般光辉战绩的。祝你好运！"说完，他对自己的机群下达作战命令，"各机注意，我们的攻击目标是日军南云舰队旗舰'赤城'号航空母舰！高度不变，加速，保持队列！"

17架美军"无畏"式俯冲轰炸机，像17把锋利的剑，直朝南云所在的旗舰"赤城"号刺去。

戴维少校最先飞临"赤城"号上空，当他从3 000米高空降到投弹高度时，发现有几架日军"零式"战斗机正在超低空飞行，显然日机发现了戴维的俯冲轰炸机，但这些日军战斗机是准备攻击突袭的美军鱼雷攻击机的。当他们想攻击戴维的

轰炸机时，是不可能立刻爬到攻击高度的。戴维少校抓住这一战机俯冲下去，当“赤城”号舰首飞行甲板上飞出第一架“零式”战斗机时，他的俯冲轰炸机翼轻轻地摇晃了两下，一颗巨型重磅炸弹落到舰尾部的甲板上，击中了停在甲板上的机群。在巨大的爆炸声中，“赤城”号从舰尾到舰中部顿时变成一片火海。

“7084，攻击甲板上堆放的鱼雷！”

7084 号轰炸机接到戴维的命令后没有立刻执行，而是突然猛地冲向甲板，一颗巨型炸弹在“赤城”号高射机枪阵群中爆炸，5 挺机关枪在硝烟中粉身碎骨。

戴维一看，急忙转过机头正要向“赤城”号甲板俯冲，这时 9 架轰炸机冲向“赤城”号，一串串炸弹引爆了甲板上堆放的鱼雷、炸弹和汽油。戴维少校一看，异常高兴，他发现日军航空母舰的升降机正在忙着将飞机送进机库，一咬牙：“我要送你到另一个地方去！”说着一个俯冲，一颗炸弹将升降机炸得稀巴烂……

连中 2 颗重磅炸弹的“赤城”号已经变成火海，就像飘浮在大海中的巨大火球，死伤遍舰。戴维少校一见“赤城”号彻底完了，36 000 吨的庞然大物终于被摧毁了，他兴奋地对伙伴们说道：“勇士们，‘赤城’号完蛋了，在我们的攻击圈内，日军还有一艘巡洋舰、一艘战列舰，快，炸沉它们！”

在 17 架轰炸机的反复攻击中，两艘日舰遭遇了跟“赤城”号同样的命运。戴维少校和他的 16 位伙伴，无一伤亡地高速返航了……

1942 年 6 月 5 日 4 点 51 分，两艘日军驱逐舰在漂满残骸的洋面收容日军海面舰员时，发现“赤城”号仍然冒着浓烟大火，就用鱼雷将其炸沉。

麦克·纳斯基海军少校指挥的美军“无畏”式俯冲轰炸机，几乎与戴维少校同时向日本战舰展开攻击。

麦克少校今天从“企业”号航空母舰上起飞时，并没有率领机群同飞，而是单机进入日军舰队上空盘旋，他进行实地考察时的高度是 3 500 米。经过近一小时的侦察飞行，他给“企业”号作战指挥部发来电报：

日军南云舰队上空，没有战斗机掩护和巡逻，日军几艘航空母舰的甲板上堆放着弹药、汽油，一架架“零式”战斗机正待出击。如果我们抓住这一战机轰炸日舰，可想而知收获巨大。请求“无畏”式俯冲轰炸机，按原定队列急速赶来。我在这一空域引导战机进入战区。

斯普鲁恩斯少将读完电文，毫不犹豫地命令 35 架“无畏”式俯冲轰炸机出击。

麦克少校率领机群赶到日军舰队上空西侧时，他感到极其惊异的是，没有发现一架日军战斗机出来迎战。为了安全起见，他大声呼叫：“各机注意搜索，很可能云层中埋伏着日军战斗机！”

下达完命令，麦克让飞机下降500米，这时他发现，一大批日军“零式”战斗机，正凶狠地围攻美军鱼雷攻击机，只见一架架鱼雷攻击机有的凌空爆炸，有的拖着黑色的浓烟栽进大海。

“各机注意，在我下方500米空域，有大批日军‘零式’战斗机，正在攻击我鱼雷攻击机。我们要利用日军尚未发现我机的时机，立刻进攻目标，要准、狠地打！”麦克下达完作战命令，第一个冲向目标。

日军“加贺”号航空母舰是一艘改装后有38 200吨的巨型舰，具有良好的防空装备。麦克少校赶到“加贺”号上空时，一眼扫见“加贺”号正在收回远征归来、燃油几乎耗尽的战斗机，急忙告诉伙伴们：“跟着我，进行第一波攻击！”

第一波9架轰炸机呼啸着冲向“加贺”号，这种战机垂直俯冲速度快而猛，但有3枚炸弹没有命中甲板，而是在大海中爆炸，将“加贺”号四周的海水炸成了水柱。

“第二波跟进！”麦克大声命令道。

6架俯冲轰炸机呼啸地穿过薄云，向“加贺”号实施第二波攻击。麦克少校看得非常清楚，有3颗重磅炸弹相继在“加贺”号的甲板上爆炸，其中一颗击中了舰桥，并引燃了停在舰桥旁的加油车。一瞬间，整个“加贺”号从舰尾到舰首闪出一道道刺眼的火光。接着，麦克少校又一个垂直俯冲，将一枚炸弹送进甲板。这时舰长冈田次作海军大佐和舰上其他指挥人员都已经被炸死了。麦克补了这一弹后刚刚冲出火海，只见一团大火冲天，一片片炮弹壳和机器的部件从甲板裂口喷射出来，“轰”的一声巨响震动海空。原来，他刚才的一弹正击中“加贺”号的弹药库，使整个舰船形成一团烈焰，随着两声天崩地裂的轰鸣，“加贺”号带着大火翻滚着向大海深处沉去。

麦克少校炸沉了“加贺”号后，正要增援轰炸16 000吨“苍龙”号日舰时，耳机中传来同伴的呼叫：“日军战斗机赶到！”

麦克少校扭头一看，7架日军“零式”战斗机从硝烟中冲过来，一阵猛烈的航炮攻击后，即刻有5架“无畏”式轰炸机凌空爆炸。麦克明白自己不是“零式”战斗机的对手，再继续周旋下去只会吃亏，赶紧对伙伴们喊道：“快，轰炸‘苍龙’号日军航空母舰！”

麦克少校率机赶到日军“苍龙”号航空母舰上空时，戴维少校也率机赶到了，投下的3枚重磅炸弹，正中“苍龙”号甲板上已经装满燃油和炸弹、尚未起飞的战斗机群。仅仅几分钟，16 000吨的航空母舰就变成了一片火海，主机停止

了运转，幸存的舰员纷纷跳海。麦克正要命令继续轰炸时，但发现自己的轰炸机已被日机击落了19架，只好命令伙伴们：“返航！”命令着，他自己冲向一艘正想逃跑的驱逐舰，一枚炸弹从机翼下冲了出来，击中驱逐舰……

从上午10点25分到10点30分，仅仅5分钟内，南云的4艘航空母舰被击中3艘，南云沉痛地给山本海军大将发出这样一封电报：

> 司令官阁下：我舰队奉您的命令赶往战区途中，遭到美军舰队的伏击，“赤城”号、“加贺”号、“苍龙”号3艘航空母舰起火，其他多艘战舰炸沉或炸伤。我正向北撤退，并在竭力组织力量再战……

正在战列舰上苦思着用什么战略战术将美军航空母舰引出来决战的山本海军大将，读完这封电报，大骂南云无能。但突然想到“飞龙”号航空母舰是幸存完好的，还有战斗力，于是，他大声喊道：“命令，山口多闻海军少将，以‘飞龙’号为中心，组织力量突袭美军舰队，绝不能轻易放过美国人，特别是这支给我们造成巨大损失的美军舰队！”

又一场恶战将要展开……

第二十七章　葬身海底的航空母舰

小引

空中与海面舰炮的火力在拼杀着，这是智与勇的较量，是正义与邪恶的格斗，美军飞行员在空中打得格外英勇。然而，美国航空母舰的命运在悲哀地哭泣！

美国巡洋舰上搭载的侦察机

“山口将军，我是尾原大尉，我机群已经发现受重创的美军‘约克城’号航空母舰，航速20节，航行于美军特混舰队的北翼，正向西航行。舰载机全部停在飞行甲板上，正待出击！”

“尾原大尉，我命令你机智出击，炸沉‘约克城’号，为我舰铲除后患！”

“山口将军，我想我不会像田畑大尉那样让您遗憾！尾原有足够的信心使您兴奋！”

日军海军大尉尾原虽然口中这样说，但心里没有底。当山本海军大将命令第二航空母舰舰队司令官山口多闻海军少将接替南云中将的战时指挥权时，山口少将深感山本大将的信任出于内心，他向山本大将发去电报：

司令官阁下：南云将军的失败，足以证明他的指挥才能只能用在巡洋舰而不是庞大的航母舰队上。我接到您的出击命令后，决定以“飞龙”号为中心，攻击美航空母舰，我们要在中途岛海战中创造日本海军史上的奇胜！

山本大将收到这封充满傲气的电文，并没有大加赞扬，而是叹口气对情报官小野说道：“侦察机出发，随时向我报告山口少将与美军交战的情况！”

山口少将给山本大将发完电报后，急忙把田畑大尉叫进自己的作战指挥部。田畑大尉一进门，就看到尾原大尉也在座，他正要与尾原大尉说几句话，山口多闻少将铁青着脸盯住他问：“田畑君，你了解今天的战况吗？”田畑大尉忙垂下头保持沉默，表示着一种悲痛的心情。

“美国人用劣势的舰队，打沉了我军3艘航空母舰，南云中将仍然活着，躲到‘长良’号巡洋舰上流泪，他是什么将军？哼！”

“将军”，田畑抬起头，“我跟美军拼了！”

“我命令你，率领混合轰炸大队，炸沉美军‘约克城’号！”

“多少架，将军？”

“46架，马上出击！”山口少将嘶哑着嗓门下达完命令，又回过头盯住尾原，“尾原君，你马上准备第二波攻击！”

10点40分，田畑海军大尉带着由轰炸机、战斗机编队组成的第一波攻击队，从“飞龙”号航空母舰上腾空而起，海空良好的能见度和3 000米的云层高度，给他接近美军舰队提供了很好的隐蔽条件。

“大尉，左翼发现美军歼击机群！”

“下面发现美军战斗机群！”

“右侧有9架美军战斗机压过来！”

田畑大尉冷静地观察，有准备的美军战斗机显然早就潜伏于空域，他不能犹豫，忙将飞机再爬高500米后命令道：“战斗机，按编队出击！”

战斗机编队奋不顾身地向美机迎战。

“轰炸机编队，降到投弹高度，快！”

田畑大尉指挥的轰炸机编队刚刚进入投弹高度时，密集的舰炮火力就封锁住了空域，一架俯冲轰炸机凌空爆炸，浓黑的硝烟中闪着刺眼的火光。

“陆亮中尉，进攻！”

在第一架轰炸机凌空爆炸的一瞬间，田畑命令陆亮中尉俯冲，但当陆亮中尉正要俯冲时，两发炮弹几乎同时击中他的轰炸机……

“轰……”美军“约克城”号甲板上突然火光一闪，浓烟和大火从甲板上蹿起来，升向海空。

田畑一看就知道，这是陆亮中尉在飞机中弹的一瞬间投下的第一颗重磅炸弹。田畑为陆亮的成功表示祝贺，同时也为他的机毁人亡而伤心。

“大尉，大尉，我战斗机仅幸存4架了，美机正在围攻我们，另有几十架美军战斗机正向您压来！”战斗机编队向田畑报告。

几十架战斗机被打光了，轰炸机也快被打完了。田畑今天先是很高兴的，当他率机升上空域，正在寻找美军舰队时，突然发现美军轰炸机在返航飞行，他对着无线电台授话器说道：“跟上，不要太近，保持距离！”

现在，没有战斗机掩护，田畑感到自己进入了死亡圈，他急忙命令飞在自己正前方的一架轰炸机：“小川吉太，冲上去！”

呼啸的轰炸机俯冲下去了，两颗重磅炸弹朝“约克城”号右舷坠去。战舰突然一个转动，两颗炸弹掉进大海掀起了巨大的水柱。“约克城”号尽管摆脱掉了那两颗炸弹，但小川吉太投下的第三颗炸弹正好击在左舷甲板上，一股烈焰瞬间腾起，小川吉太的战机几乎同时被炸弹的炮火击中……

“神田少尉，炸升降台！”田畑大尉命令道。

神田接到命令，绕舰转了一圈后，就对着“约克城”号舰首甲板“呼”地俯冲过去，两颗黑色的炸弹正中舰上的升降台。顿时，升降台上火光冲天、浓烟滚滚，而神田少尉的飞机也中弹坠进茫茫太平洋。

田畑大尉扭头回扫，硝烟弥漫的空域中只剩他这一架轰炸机了。这时，又一群美军战斗机从四面八方向他围过来。他睁着双眼大吼一声：“哎呀！”战机带着炸弹，冲向美军航空母舰甲板……

受到严重打击的美军“约克城”号航空母舰，冒着黑色的浓烟和冲天的大火。第17特混舰队指挥官弗莱彻海军少将望着机库舱中的大火、炸毁的烟囱和熄灭的锅炉（当时是蒸汽机）并不惊慌，他吸取了在珊瑚海海战的抢救经验，大声命令道：“快，快抢修！灭火队必须马上熄灭舰上所有的火！”

勇敢而又有实际工作经验的舰载抢救人员，奉命在30分钟内紧急抢修完毕，舰上的火被扑灭了。弗莱彻海军少将望着急待返航加油的空中飞机，发出指令：“收回返航机!”

一架架美军飞机又在“约克城”号的甲板上降落了。他们加完油、挂好弹后重新升空，直奔日军“飞龙”号航空母舰。突然，他们又接到弗莱彻少将亲自下达的命令：“所有战机一律回飞我舰上空，大批日军战斗机、轰炸机正由北部方向飞来，企图攻击我舰!”

赶来的日机正是尾原大尉率领的第二攻击大队，他知道会面临大批美军战斗机的攻击，但仍不顾全大队覆灭的困境向“约克城”号高速驶来!

尾原大尉很精明地发现了美军战斗机群，他命令道：“各机注意升高!”

战斗机掩护着轰炸机正要升高时美军战斗机冲了上来，一下子打散了战斗机。两个中队的美军战斗机围攻6架日军战斗机，就像狼追羊一样在空中周旋，不到4分钟，6架日军战斗机全部被摧毁。

尾原一看，6架战斗机完蛋了，不用说，美军集中战斗机攻击他的轰炸机编队了。经过呼叫才知道有5架轰炸机还没有进入投弹高度，却已经被舰炮击中，凌空爆炸了。

“所有轰炸机，接近攻击目标，投雷!”尾原命令着，自己首先俯冲下去。

美军舰炮组织的火力网迎接着尾原和他的同伴，跟他一起俯冲的4架轰炸机同时被击中，但他们同时向“约克城”号投下了4颗鱼雷。只见“约克城”号航空母舰急速地转动避雷，宽大厚重的飞行甲板左摇右摆地不停晃动。舰长满头大汗地闪开了攻击舰首的两颗攻击鱼雷，然而他万万没有想到，尾原大尉和另一个日军飞行员投下的两颗鱼雷，正好击中航空母舰的左舷。两声震耳欲聋的吼叫后，“约克城”号中间冲腾起巨大的水柱，3个锅炉舱进水使得舰船一瞬间减速了，舰船上的炮火停止了轰鸣。日军尾原的攻击机大队也在空中永远地消失了。

两天之后，也就是6月6日的午后，日军“伊－168”号潜水艇发现美军正组织力量拖曳仍冒着黑烟的“约克城”号，忙对它发射了4枚攻击鱼雷，终于使它沉入了太平洋海底。

第二十八章　聚歼“飞龙”号的战斗

小引

战场谁主沉浮，美军的将军们抓住一切机会，要报日军攻击珍珠港之仇！他们一批又一批战机急袭日军航母，日军少将在咆哮中哀叹……

航空母舰下沉前，水手弃船

斯普鲁恩斯将军：‘约克城’号被日机炸沉，据空中侦察报告，轰炸机来自日军‘飞龙’号航空母舰，请求增援。

第17特混舰队指挥官弗莱彻少将报告。

作战参谋正将一份电文念给斯普鲁恩斯少将听。

斯普鲁恩斯少将沉默了刹那，问：“格亚中校，了解‘飞龙’号日舰的准确海域吗？”

“将军，这是亚当斯特中尉发回的电报。”格亚中校急忙递给他一封译好的电文。

亚当斯特中尉是在“约克城”号航空母舰没有炸沉之前起飞的美军战斗机飞行员。他小心谨慎地飞临日舰“飞龙”号上空，向斯普鲁恩斯少将详细报告了“飞龙”号所处的洋域位置、方位、航线、航速和护航舰船的编队。

阅完电文，斯普鲁恩斯少将显得异常兴奋，他命令格亚中校通知各位作战参谋同台研究、制订完整的攻击作战方案。

“巴达上校”，巴达上校一走进作战指挥部，斯普鲁恩斯少将就迎了上去，“我想请你把日军山口多闻少将送进龙王的怀抱！”

巴达上校知道山口指挥日军“飞龙”号航空母舰，此人是山本大将的心腹战将，早在进攻中国时就受到日本军界的多次嘉奖。今天炸沉“约克城”号航空母舰，完全是他主谋策划的。

“将军，请您下达作战命令。我将尽到最大努力为弗莱彻少将报仇，为战死于‘约克城’号舰上的美国军人报仇！”巴达上校决断地回答。

斯普鲁恩斯少将点点头说：“我给你24架‘无畏’式俯冲轰炸机，半小时后，‘大黄蜂’号再出击16架俯冲轰炸机增援你，有把握吗？”

“日军的空中力量基本耗尽了，我想不会有大的问题！”巴达上校说。

“好吧，16点20分出发！”

巴达上校根据斯普鲁恩斯少将的战略战术，按照亚当斯特中尉提供的航线，16点52分时就赶到了日舰“飞龙”号上空。他飞行于3 000米海空，注视洋面，发现有一批日军“零式”战斗机前后围着“飞龙”号，两架侦察机在正前方搜索开道。

“上校先生，我机群左侧发现日战斗机正冲来！”

巴达上校大吃一惊，扭过头，一串航炮弹“呼”地射过来，一瞬间，3架俯冲轰炸机凌空爆炸。

碎片漫天飞舞，好像下起了黑色的冰雹。巴达一看势头对自己的机群很不利，忙大声喊道：“进攻，快进攻！”

庞大的机群从 3 000 米高空俯冲下去，直扑“飞龙”号航空母舰。巴达是第一个冲下去的，他将两颗重磅炸弹投到甲板上，紧接着其他战机又投下 4 颗。6 颗炸弹撕开了“飞龙”号的飞行甲板，其中有一颗投到“飞龙”号的驾驶中心。巨大的轰鸣声中喷出烈焰，从舰头冲到舰尾，整个舰面是浓烟与火的海洋！

“实施第二波攻击！”巴达上校大声命令。

“上校”，一个飞行员报告，“有一批轰炸机飞来！”

巴达抬眼一看，一群轰炸机平飞过来，由于空中弥漫着炮火的硝烟，一时分辨不清是哪一方的。

“黑虎呼叫，请回答！”巴达用联络暗语。

“巴达上校，你干得很漂亮，吉拉特少校祝贺！”耳机中传来巴达熟悉的声音。

原来，赶来的正是从“大黄蜂”号起飞的轰炸机大队，指挥官是吉拉特少校。

“吉拉特少校，我第二波攻击后，你紧跟着发动第三波攻击，我们要让山口少将的‘飞龙’成海底卧龙！”

“上校先生，我不会客气的！”吉拉特少校回答完，马上对自己的伙伴说道，“巴达上校的第二波攻击后，我们进行第三波攻击。第二编队注意攻击一艘战列舰和一艘巡洋舰！”

如雨般的炸弹向垂危的“飞龙”号倾泻……

此刻，山口多闻少将握着长剑从指挥部冲出来，他设在桥上的指挥部被浓烟烈火包围，作战参谋们死的死，伤的伤，几个幸存者正跟着他转。

“将军阁下！”一声凄凉的呼叫声传过来。

山口少将扭头循声望去，是作战参谋信义五义少佐，他正举着手枪对着自己的脑门。

“信义！”山口少将呼叫着奔过去，“你等一会儿！”

信义少佐举着手枪没有放下：“将军阁下，战舰完了，舰队完了，我……我……”

“信义，”山口夺过他的手枪，“你把这个拿着……”

信义一看，是一根很长的麻绳，怔了下问：“将军阁下，我们逃命？不，我不能活，我不活啦！”

山口少将一把将他抱进怀里：“信义，我……我……”

这时，从夏威夷、中途岛、珍珠港赶来的 B－17 轰炸机、“空中堡垒”式轰炸机正飞临“飞龙”号俯冲轰炸开了。

山口少将知道一切都完了。他再看看舰上活着的舰员，跳海的正在大洋中挣扎，没有跳海的正在舰上呼天抢地，好不凄凉悲惨。

“信义，”山口一本正经地说道，“请你把我绑在舰桥上，我要跟我们的战舰

永远在一起！”

信义一听，忙说道：“将军，我们不能痛快活，图个痛快死吧！”说着从腰中拔出短剑。

“不，信义君，”山口少将抓住他的手脖子，“你怎么样死，悉听尊便。但我有生之时求你，把我绑在舰桥上。求你了，信义君！”说着跪在他面前。

信义无可奈何地从他手中接过绳子，一边流着泪一边将山口少将绑在了舰桥上。当美军 B－17 轰炸机将 4 颗重磅炸弹又投进“飞龙”号的怀抱时，信义少佐举起了手枪：“将军，我先走了！”说完“砰”的一声枪响，信义倒在了血泊中。山口少将圆睁着双眼怒视着空中正在返航的美机，一言不发。这时大火烧到了他身旁，战舰在缓缓地下沉……

1942 年 6 月 5 日 2 点 55 分，山本大将见日军败局已定，只得悲哀地下达命令：“我联合舰队，撤销中途岛作战计划，马上撤出战区！”

而当山本大将从“大和”号上下达这个可悲的命令时，“长良”号巡洋舰正在“大和”号的左后方跟进。绝望中的南云中将此时立于舰桥，望着旗杆上悬挂的中将旗，突然嘶叫着：“陛下，南云无能，玷污了帝国海军的记录！”叫完拔出手枪，对着自己脑门……

“将军！”几个作战参谋几乎同时扑上来，夺下了他手中的手枪。

南云中将大吼一声：“给我一挺轻机枪，加拿大造的，快！”

没有谁敢递过去。

“野田，你聋了，嗯？”南云中将大声点名喊道。

野田大尉只好怏怏地将一挺加拿大造手提机枪送到他手里，南云接过机枪对着情报参谋小野说：“我的失败，就是你的情报造成的……”

第二十九章　将帅的功勋

小引

将军们走来了，一位将军在庆功宴上举起枪，对天扣动扳机并大叫："美利坚合众国战死在抗日战场的军人们永垂不朽！"

日本航母特遣舰队旗舰"赤城"号被击中后，下层甲板中的弹药库爆炸

就在山本海军大将与南云中将极度沉痛的时刻，美军太平洋舰队总司令官尼米兹上将，在他的战时参谋部，用海军将领的肩章装饰了一大瓶香槟酒，庆祝中途岛海空大战的胜利！

啊，弗莱彻海军少将赶来了，然而在这庆祝凯旋的时刻，这位美军第17特混舰队指挥官脸上没有微笑，而是阴沉着脸走到尼米兹上将面前，“啪”地立正，用低沉而又痛苦的语气说道：“将军阁下，‘约克城’号航空母舰……”

“弗莱彻将军，你是功臣！我们都在为你庆功！”尼米兹热情洋溢地说着，拥抱着他，请他入座。一位担任日文翻译的欧米亚娜小姐，将一束纸花献给了他，那上面写着：献给中途岛海战中凯旋的将军！

“斯普鲁恩斯将军到！”一个作战参谋高声说道。

斯普鲁恩斯少将还是像过去那样，迈着有力的步伐走来了，他没有向人们挥手，也没有笑意，神情好像沉浸于某种沉思之中。

突然，他站住，回头从随从的作战参谋手中接过一支冲锋枪，对着蔚蓝色的海空，大声地吼道：“将军们，勇士们，让我们把胜利的喜悦，送给为中途岛海空战献出生命的美利坚合众国的军人！”

“哒……”的冲锋枪声在长空中呼啸，好像在呼唤长眠于大海中的军人们。

一朵朵白色的花撒向空中，一只只海鸟在空中飞过，发出凄凉的叫声，冲淡了人们兴奋的心情。

他放下冲锋枪，尼米兹上将走了过来，他将斯普鲁恩斯少将紧紧地拥抱着：“祝贺，祝贺你，将军！”

斯普鲁恩斯确是一位出众的充满智慧的美军将领。当他指挥部队摧毁了山口多闻少将指挥的日军“飞龙”号航空母舰后，山本大将急忙将仅有的兵力埋伏于中途岛的北部地区，准备与斯普鲁恩斯展开夜战。他哪里知道，美军情报官早将这样一封情报送到了斯普鲁恩斯手中：

山本将战列舰、巡洋舰全部埋伏于中途岛北部海面，企图利用夜间摧毁美军航空母舰。由近藤海军中将指挥夜战！

读完这份情报，斯普鲁恩斯当天下午就指挥“企业”号、“大黄蜂”号向东撤退。午夜时又率领舰队向西返航，缩短了第二天用舰载机攻击日本舰队的距离。山本大将午夜时没有发现美军舰队，担心白天会遭到中途岛和航空母舰上美军飞机的轰炸，忙命令撤出埋伏区，并发出终止中途岛海空战的计划。

这时，一辆卧车停住，罗切福特中校兴致勃勃地走了过来，斯普鲁恩斯少将急忙对尼米兹说：“上将先生，真正的英雄是罗切福特中校，如果他未能破译山

本的作战电报，我们要取得中途岛大战的胜利是很困难的！”

“对，中途岛的伟大胜利，主要战功归于罗切福特中校！”尼米兹握住他的手大声说道。

“不，将军，胜利是我们所有将帅共同战斗的结晶！是我们勇敢军人的荣耀！”罗切福特也大声说道。

全场掌声雷动！

日本海军，从1592年朝鲜壬辰战争、甲午大战到日俄争雄，在西太平洋基本上一直是与胜利结伴的。中途岛战败，是日本海军350年来的首次大败，美军在太平洋战区由守转攻，日军一败再败！

尼米兹上将的政治和军事地位也由于这次中途岛大战的胜利而更加显赫。他之后在1942年8月9日至11月30日，率领美军太平洋舰队与日本海军在所罗门群岛、瓜达尔卡纳尔血战7次，终于将日本海军赶出瓜达尔卡纳尔。后来，他又率队在冲绳岛、硫磺岛、新几内亚和中太平洋广大海区作战，战功显赫！

1945年10月5日，美国政府为了纪念这位将军，将这一天定为“尼米兹”日。

1966年2月20日，尼米兹将军告别了他的人生，长眠在加利福尼亚的土地上。美国官方马上将最新建造的、世界上最大的核动力航空母舰定名为“尼米兹”号。连日本军事专家都这样称：“日本海军大将东乡平八郎、英国的霍雷肖·纳尔逊将军是世界上人们公认的两名著名海军将领，那么尼米兹将军就列为世界上第三位著名海军将军！”

这就是中途岛海空战，它告诉人们，骄兵必败！

第五卷　陈尸数万的塔拉瓦环礁激战

太平洋上默默无名的塔拉瓦珊瑚礁岛，在“二战”中是无与伦比的惨烈的两栖战场。当日军柴崎惠次少将探知美国尼米兹将军决心攻占塔拉瓦岛时，柴崎冷笑道：“一百万美军，一百万年也攻不破塔拉瓦！”然而，斯普鲁恩斯奉命坐镇的“宾夕法尼亚”号战列舰起航了。美军海空军一路扫荡马金岛，轰炸吉尔伯特，攻夺贝蒂欧。肖布上校在齐腰深的海水中指挥咆哮的谢尔曼坦克冲滩。美军不惜巨大的代价向日军冲击，战场异常残酷……当尼米兹将军望着弹坑如麻的塔拉瓦岛战区陈尸数万时，沉重地叹道：“我征战数年，从未见过如此狰狞的战场啊……”

本卷从不同角度再现了美日陆、海、空三军对抗血战的惊险场面，将太平洋残酷的两栖作战实况再现在读者面前……

日本“加贺”号航空母舰下沉

第三十章　来自美军司令部的绝密情报

小引

日军情报官清水大桥是老牌间谍，也是日本三军高级将领最信任的情报将军，他将一批黄金、美女送进美军中，使美军中那些贪财贪色之徒为日军卖命，美军中的艾尔金中校亲自登门为清水大桥报告美军军事部署……

2 小时后美国“约克城”号航空母舰被击毁

1943年7月末的一天晚上，位于日本陆军本部大楼左前500米的日本太平洋战区谍报大楼灯火通明，一辆又一辆轿车在门前的停车场川流不息，他们都是陆、海军少将以上的日本军官。

这时，在二楼中间的豪华会议厅里，日军南太平洋战区的将军们正在听取负责这一战区情报的清水大桥少将的报告。清水大桥报告完美军在南太平洋的有关动态后，突然将目光停在前排左起第六个人的脸上，板着脸阴沉地说道："柴崎少将！"

柴崎海军少将"唰"地挺立："将军阁下，我作为南太平洋塔拉瓦环礁岛的指挥官，很想了解一下美军在这一战区的战略意图！"

"将军阁下"，清水大桥少将长长地叹口气，"我今天向各位将军报告的重点，是柴崎将军据守的塔拉瓦岛的战事……"

就在7月中旬的一天中午，清水少将刚刚送走一批来自中国战区的谍报官，中西大佐就匆忙赶来说道："将军阁下，有一个美国人要求见您！"

"美国人？"清水少将拧紧眉头不解地问。他不能忘记今年4月9日晚上11点13分，他的副官大森和一中佐奉命去接待来自中国满洲里国民党东北军中的一名将军，这名将军在两年前就开始为日本军队提供情报。这次是因肺部枪伤而来日本治疗，他声称有重要情报向日本谍报部官员汇报，大森和一中佐到过中国战区，在满洲里受到过这个名叫徐黄沙的将军的热情接待，这次在日本东京见面，当两人都很高兴地热烈握手之时，徐黄沙突然拉响了绑在内衣中的炸弹与大森同归于尽，后经查明，是因为大森到满洲里时，根据徐黄沙提供的情报价值，口头答应给徐黄沙一笔巨款骗走情报后，徐黄沙一直怀恨在心，这次是借治疗肺伤来报仇的……

回忆着大森和一中佐的死，日军谍报少将清水大桥倒吸了口冷气，日美是交战国，这个美国人会不会是……

"快，全身搜索！"清水大声喊道。

中西大佐执行完命令，带着美国人走进清水的会客厅时，已经是午后2点了。日本东京的天气像小孩的脸，说变就变，刚才还骄阳当空，现在就突然雷电大作，狂风骤起，暴雨把水泥地打得"哗哗"响成一片。加之供电系统出了故障，会客厅里明亮的灯光熄灭了，室内变得暗沉沉的，中西大佐急忙退出来命人接通自发电部门（日本东京当时因受美国空军的轰炸，除电厂正常发电外，各大部门都有自己的发电机供电），他知道今天的情报对日本帝国在南太平洋的战事有实战价值。

根据中西大佐的通报，清水少将知道这个美国人叫克路·艾尔金，在美国陆军参谋部任过中尉秘书，跟美军麦克阿瑟上将的参谋有交往，他现在自称为美军尼米兹将军的中校副官，化装成商人绕道香港，在香港他跟日本课报机关联系上后才辗转到日本。中途在上海待了半个月，他一再声称，不见到清水大桥少将，他腹中的情报是不会向任何人报告的。

清水大桥少将用疑虑的目光仔细打量面前这个中年美国人，美国人艾尔金迎住他的目光，一声不吭。根据中西大佐的报告，这个美国人能讲一口流利的日语，早年毕业于日本早稻田大学历史系，在留学日本的几年中，娶了个日本妻子浅田吉子，生有两男一女，现在他们都生活在东京。艾尔金在美国也有个妻子，她目前正在美国旧金山一所大学任教，没有孩子。

“先生，”清水打破两人间的沉闷，“你去看望了你的妻子吉子和三个孩子了吗？”

“将军阁下，”艾尔金摇了摇头，“军人的事业不在家庭，这次我到日本不是冲着她们来的。”

“这么说，你很希望为大日本帝国的繁荣献身啊？”

“如果不是这样，我为何千里迢迢赶来呢？难道仅仅想看看妻子和孩子吗？将军，按照日本人的传统观念，我是男人，男子汉的事业不是家庭！”

听着艾尔金一再重申“男子的事业不是家庭”，清水少将冷冷地一笑，接上一句：“这么说，你的事业在大日本帝国？”

“将军阁下，我来就是跟您探讨这些没有意义的事吗？”艾尔金很不耐烦地站了起来，突然话锋一转，问：“您认为瓜达尔卡纳尔岛战役之后，美、日在南太平洋的军事态势发生变化了吗？”

瓜达尔卡纳尔岛之战后，日军在南太平洋的军事实力有一种走下坡路的迹象，这一战役中，日军的失利大大动摇了整个南太平洋日本官兵战胜美国的信心。现在艾尔金提出这个敏感的军事问题，清水少将沉默了片刻后回答：“我个人认为，美军处于战略反攻的位置上。”

“按将军您的分析，有很多可供美军攻击的目标，那么美军到底将从何处开刀呢？”艾尔金说完望着正面墙上的军事地图，“选择攻击目标是日本军队最高指挥机关十分关注的吧？”

清水沉思着：这个美国人目前完全处于日本人的控制之下，就是跟他说了什么他也跑不掉。于是，冷冷一笑说道：“我们认为美国人将攻占日本在南太平洋最大的兵站，也就是新不列颠岛上的腊包尔。这个腊包尔像一块巨大的吸铁石，吸引着美国人！”

“有情报可证实美军的这一战略意图吗？”艾尔金问。

“当然，我们研究美国人的动向历来有根有据，绝不会空口无凭。”清水说着，拿出绝密文件夹，“先生，我们有大批情报官深入美军高层领域，像这样的情报，我们可同时收到若干份，以证实这一情报的准确性。”

艾尔金接过来自大洋彼岸的情报，一排排密码下是一排排日文：

美军麦克阿瑟上将已经给美海军部长欧内斯特·金上将提出了南太平洋的作战报告，麦克阿瑟上书保证很快就夺取腊包尔，他命令哈尔西中将，挥师北进攻占新不列颠岛……

读到这里，艾尔金脸上出现傲慢的冷笑，将情报“啪”地甩到脚下：“一张废纸!”

“废纸?”清水少将惊异地问。

“既然2月份麦克阿瑟上将就确定攻夺腊包尔，直指新不列颠岛，为什么至今仍不见哈尔西中将的舰队开始行动呢?”

“据多方情报称，他们正在积极备战!”

“不，您完全错了，将军!”艾尔金很不客气地白了清水一眼，“作为日本军中的高级情报官，我认为您必须加强日本在美国的情报网!”

清水少将一看美国人如此傲慢无礼地当面指责他，顿时火冒三丈，然而他压制住内心的愤怒，脸上浮现着一丝冷笑，问：“难道麦克阿瑟上将改变了攻击目标?”

“是这样，”艾尔金点点头，接着说，“海军部长欧内斯特·金上将当时根本就不考虑麦克阿瑟上将的报告，他认为目前美军在南太平洋的军舰、兵力、武器装备都无力攻占日军重镇腊包尔，这一战区是美军欲胜不能、欲舍不忍的难啃骨头。五天后，欧内斯特·金上将提出了一个反攻轴线，拟用较少的兵力，沿密克罗尼西亚直指日军，并在旧金山将这一战略告知了尼米兹将军，请他指定战略专家们研究攻占马绍尔群岛的可行性……”

“这么说，美军要向我马绍尔群岛攻击?”清水吃惊地忙截住他的话问。

“今年6月，”艾尔金微笑地说，“美国参谋长联席会议正式通过了欧内斯特·金上将提出的攻占马绍尔群岛的作战计划……”

“好，我们马上调配航空兵和舰队!”清水迫不及待地回答。

“但是，”艾尔金挥了挥手，“美国太平洋舰队司令部的参谋们，拒绝执行欧内斯特·金上将的这一作战计划，他们一致认为，要攻占马绍尔群岛，首先必须攻占其东南方向的吉尔伯特群岛，只有攻占了吉尔伯特群岛，才能获得进攻马绍尔群岛的航空军基地，为空中侦察和轰炸攻占目标创造条件。由于尼米兹将军的出色演说艺术，说服了出席参谋长联席会议的将军们。7月份，美国正式决定首先攻占吉尔伯特群岛。”

“啊，是这样!”清水大桥少将惊叹道：“你有文字根据吗?”

“有!”艾尔金说着，从口袋里摸出一支精制的烟斗，只见他敏捷地扭动一会儿后，将一张特制的纸从烟斗中取出来，“将军阁下，您必须使用放大镜看!”

一个能放大15倍的放大镜送到了清水少将手中，他急忙换上一副金丝框老花眼镜：

经参谋长联席会议一致同意，由尼米兹将军领头，准备对日军占领的吉尔伯特群岛实施攻击，时间定于1943年11月的某一天……

终于，这份情报揭开了美军攻击目标的秘密，清水少将如获至宝般双手紧握着这份情报，双眼紧盯住美国人问道：“艾尔金先生，若是……”

“将军阁下，若是情报欺骗了您，我将走着进来横着出去，这不明摆着吗?”艾尔金干脆把清水少将要讲的话讲了出来。

“你不认为在你离开美国之后，他们会突然改变原定作战方案吗?”

“据我所知，参谋长联席会议确定首先攻占吉尔伯特群岛之后，尼米兹将军日夜奔忙准备这一新的战役，他已经命令斯普鲁恩斯少将负责新组建的第五舰队，同时任命勇猛刚烈、被外界称为‘咆哮的疯人’的霍兰德·史密斯中将为第五两栖军军长，任命擅长两栖作战、有丰富实战经验的外号为‘短吻鳄’的凯利·特纳少将为两栖登陆舰队司令官，这些情报你们收集到了吗?”

清水少将缓缓地摇了摇头。

“这是你用成车的黄金也买不到的!”

“艾尔金先生，感谢你为大日本帝国效忠!”

……

夜，越来越深了。清水少将向众将军讲述了这份来自美国的情报，大家都用敬佩的目光注视着清水情报官，认为他为日本帝国三军绞尽了脑汁，同时也知道南太平洋的大决战又将展开了……

“柴崎将军!”清水少将见柴崎少将在寻思什么，忙提醒他，“军令部请你马上赶去，美国人将首先突破你驻守的塔拉瓦岛，最艰巨的作战任务将落在你身上!”

“柴崎将军!”清水少将话音一落，通信兵忙赶进来大声说道，“军令部通知您和您的作战参谋，必须在30分钟内赶到军令部第二作战处，快!”

第三十一章　决心战死在贝蒂欧岛的大佐

小引

柴崎惠次少将是日军中崇尚血拼的武士之一，对美军似乎有深仇大恨。在柴崎选派一线指挥官的过程中，突然，岛上的朝鲜劳工造反杀死了一批日本官兵。在损失了一百多名官兵后，柴崎少将惊恐地赶往战壕……

被击中的美国“约克城”号航空母舰

日军海军第三特别根据地部队司令官柴崎海军少将赶回指挥部时，已经是深夜 2 点了。柴崎惠次没有丝毫睡意，他命令少佐以上的军官必须马上赶到他的指挥部，准备下达死守塔拉瓦环礁岛的命令。

吉尔伯特群岛，位于东经 173°～175°，横跨赤道，由 16 个珊瑚岛组成，塔拉瓦和马金是这个群岛中面积最大的两个珊瑚环礁。柴崎的参谋长武雄大佐一听说美国人将重点攻击塔拉瓦时，毫不犹豫地说道："将军阁下，既然我们已经了解到美军将重点攻击塔拉瓦，应请求航空兵将美军歼灭于海中，被动等待敌人来攻击有可能全军覆灭！"

柴崎斜扫了他一眼，想起前不久回东京时看到一封武雄写给同学的信，其中一段为："……柴崎武断、高傲，我在他手下简直犹如仆人一般，只有他战死在南太平洋，才有我的出头之日，所以我请求你在海军部活动活动，改派我到其他单位任职，友海君，全权拜托了……"

友海在海军部任职，他是武雄的同学，但也是柴崎的老乡、好友，他将这封信交给柴崎的出发点是希望柴崎多多关照武雄，绝无恶意，但是柴崎将"只有他战死在南太平洋，才有我的出头之日"这 18 个字刻进心头、印进脑海，寻找一切机会出这口气。

现在，武雄大佐对死守塔拉瓦岛提出疑问，柴崎表面装出若无其事的神态，指着地图说："你认为美军攻击的重点在哪呢？"

"在贝蒂欧！"武雄参谋长回答。

塔拉瓦岛整体呈三角形，由 20 多个露出水面的小岛组成，其中贝蒂欧岛上的战防工事是日军日夜赶修的最坚固的工事，武雄参谋长出语咬定贝蒂欧岛将为美军的重点攻击目标，柴崎少将倒想听听他的全面见解。柴崎的思路：其一，确实可以听取他的战略战术，从中找到有益的东西；其二，只要他提出的战略战术有问题，现在不指出来，将来败在他手里丢了阵地，即使他不战死海岛阵地，也有充足的理由送他上断头台。

"大佐先生，"柴崎脸上浮现少有的微笑，"依照你的看法，只要守住了贝蒂欧这个阵地，塔拉瓦岛绝对没有问题？"

"将军阁下，您看嘛！"武雄大佐指着地图上的贝蒂欧岛，"这个小岛像一只鸟的形状吧？"

确实，远远望去，特别是从飞机上朝下望去，贝蒂欧岛就如同一只浮在海面的海鸟。

"将军，"武雄大佐继续说，"在这个长 3 500 千米、宽 500 米、总面积很小的珊瑚岛的中部，有我们在整个吉尔伯特群岛中唯一的轰炸机跑道，美国人的空中侦察机早就拍摄到了。"

贝蒂欧岛中间有一座飞机场，设有三条跑道，其主跑道长1 200米，是专供轰炸机起飞的。

“只要炸毁了我们的轰炸机跑道，我们就失去了一只铁拳，美国人绝对不会手软，他们将集中兵力炸毁我轰炸机跑道。”

“说下去，大佐先生。”

“贝蒂欧岛的四周是宽150米到400米的珊瑚礁岛，尽管修建有大批暗火力点，但在巨炮下显得太弱小了，那条长500米的椰木板桥若是被炸毁，所有的船舰物资就很难送上岛……”

柴崎说：“确实，那条伸入珊瑚的500米椰木板桥是我们供舰船卸货的唯一码头，仿佛是贝蒂欧的鸟腿一般。”柴崎用理解的语气补充着。武雄大佐说：“将军阁下，”武雄当然不知道，柴崎笑里藏刀，“您明白贝蒂欧岛的重要性就好，美国人若是集中兵力来攻击，我们的航空兵就会将他们葬送在海域！”

“好吧！”柴崎说着一挥拳头，“有你这样的参谋长，我不相信贝蒂欧变不成美军的坟墓！”

“将军，”一个作战参谋走进来向柴崎报告，“会议人员全部到齐！”

“把地图挂好，我马上到！”

“将军阁下，您准备与贝蒂欧岛共存亡了吗？”

“这是海军部的命令，你我有权改变吗？”

“既然是这样，您必须指定一个前线指挥官，而这个指挥官又是抱定与贝蒂欧共存亡的军官，既能灵活作战，又能理解您的整个作战意图。”

“你认为谁合适呢？”

“松尾敬公大佐，他必须在最前线血战！”

“不，他不行！”

“你自己吗？那不行，前线肯定是激战，万一……”

“大佐先生，根据军令部的指示和我的决定，适合担任贝蒂欧岛前线督战官的人只有你！”

“我？”

“对，只有你！”

面对死亡般的海战，武雄大佐打了个寒战，急忙说：“将军阁下，我的心脏一直都不是很好，若不是战争我早就进疗养院了，是不是考虑一下……”

“参谋长阁下，就这样决定了，走，开会！”

武雄愣愣地立住，沉重地叹了口气……

柴崎少将走进会议室时，所有军官立即起立、敬礼，一种军人的等级观念在这里得到充分的休现，柴崎拔出剑、枪，环扫了众军官一眼后，抬起右手摆了摆，军官们“唰”地坐下，都用询问的目光盯住上司。

“松尾先生!”

“报告将军阁下，松尾敬公大佐正等特您下达作战命令!”松尾敬公大佐一听到柴崎直呼其名，忙大声回答，同时挺胸昂头盯住柴崎。

“你对据守贝蒂欧岛有信心吗?”

“将军，在这个小珊瑚岛阵地上，有我指挥的第六横须贺陆战队，菅井武男中佐指挥的第七世保陆战队和一个工兵营；总驻兵力在2 500人左右，岛上的朝鲜劳工有几千人，他们为了生存，只要我们组织好，都会成为战斗员，这样全岛阵地战斗员可达4 500之众!”松尾大佐回答着。

柴崎皱了皱眉头问：“如果美军用大批登陆艇强行登陆呢?”

“将军，我们在贝蒂欧岛外围浅水礁盘上，已经按照武雄参谋长的命令，设置了大批混凝土三角锥、珊瑚锥、铁刺网和椰树栅，并配备了大批火炮阵地和步兵火力网。美军登陆舰和登陆艇是无论如何也不可能突破我火力网的!”

“嗯，很好!”柴崎说着，扭头望着武雄，“参谋长先生，你看呢?”

武雄参谋长在地图上看了又看，扭过头盯住松尾美问道：“松尾君，美国人很有战术经验，在登陆艇出击之前，他们可能用大口径炮抵近轰击，你们工事能抵御得住吗?”

“参谋长阁下，我部奉命在这里苦苦修建了18个月的工事，特别是那些半地下式的碉堡群、厚覆椰木、钢板、珊瑚砂足以抗击美军大口径炮的轰击!”

“万一敌人突破了你这道防线，大批陆军部队快速跟进呢?”

“武雄君，岛上布防了11处岸炮阵地，全部为混凝土钢板建筑。这些阵地上一律配备了大炮，足以压制敌掩护运输舰的大炮、攻击美军登陆艇，我在海滩一线配备了25门野战炮，同时配设了坚固的机枪交织火力点。”

“如果美军航空兵轰炸岛内腹地呢?”

“由炮兵、高射机枪组成的复杂防空体系调配完毕，战壕和盖沟纵横，四通八达的交通使各部都能协同作战，我最担心的是司令部的安全。”

“请你放心，松尾君!”柴崎接住话，“我们指挥部是用很厚的钢板和一米厚的混凝土围墙建成的巨型碉堡，美军就是调来一百万军队，用一百年时间，也休想攻下我塔拉瓦岛指挥中心!”

“哒哒哒……”激烈的机枪扫射声突然袭进来，会议室的军官们顿时大吃一惊，异口同声地问道：“谁在打机枪?”

外面枪声大作，柴崎正要命令人出门时，警卫队长山林中尉抱枪冲了进来，喘着粗气报告：“将军，朝鲜劳工金仲哲率领劳工夺了督察队的枪，正与工兵营激战!”

柴崎一听是朝鲜劳工造反，立即心惊肉跳。金仲哲自从被送到岛上修工事以来，积极做工，很有号召力，所以被提升到朝鲜劳工督察队当管准，协助日军管理，并配有手枪一支。在岛上将近一年半的时间里他都表现得很好，深得日本人欢心。其实金仲哲一直在悄悄地组织劳工。前几天，他听几个日本兵在私下议论，说什么要打大仗了，怕朝鲜劳工造反，应该将劳工送到别的珊瑚岛上，有的日本兵声称工事修完后应全部将劳工杀掉。金仲哲立时将情况秘密通报给劳工们。联想在瓜达尔卡纳尔岛战役中，497 名朝鲜劳工想趁美军进攻时在一个珊瑚岛上反日投美，结果全部被日本人惨杀，大家都认为日本人杀尽他们的可能性很大，故而一致同意造反。金仲哲首先枪杀了督察队队长，然后指挥劳工杀了督察队 107 名官兵，夺了他们的武器，转过身与赶到的工兵营展开了激战。

日军工兵营营长帅仓也进少佐将部队调进阵地后，发现朝鲜劳工对自己修建的战壕非常熟悉，几次冲击后就进了第六条交通壕，第六条交通壕中间是野炮阵地和高射机枪阵地，劳工从日军手中夺取的大批手雷足能炸毁这些阵地。帅仓少佐一看加入金仲哲造反行列的不过两百人，有枪的也不过十人，便亲自指挥部队用机枪扫射劳工，没有经过训练而仅凭勇敢与日军拼杀的劳工，终因力量悬殊而死伤大半，金仲哲只好将仅存的二十多人带到一个小地堡前，与日军抵抗到最后。

帅仓握着战刀亲自杀死了金仲哲，回过头来时，柴崎少将和武雄大佐都赶来了，不等两个岛上的最高军事谋划者出声，帅仓少佐气呼呼地挥舞着带血的战刀说道："将军们，金仲哲一直用虚假的笑脸掩盖其凶残的一面，你们为什么看不到，这次我们损失了一百多名勇士！"

柴崎听着，看到地上一具具死尸中有不少日本军人，心情烦躁地盯住武雄怒道："你不是发誓宣称金仲哲绝对忠于我日本帝国吗？"

是的，当初是武雄力荐金仲哲出来协助日本人管理劳工，发枪给他也是武雄亲自审批的。"将军阁下，"武雄大佐悲哀地摇着头，"什么都能看透，就是人难看透啊！"

"我看你是存心破坏我群岛战事的！"柴崎说着圆睁着双眼，"你必须在最前线督战指挥、争取立功，我才好向军令部作交代！"

武雄大佐忧心忡忡地说道："好，请让我战死在贝蒂欧！"

第三十二章　执行“电流”作战计划的将军

小引

霍兰德中将把对此役胜利的期盼几乎都寄托在了朱利安少将身上，朱利安将军在一幅巨大的作战地图前沉思着，他知道这图里的每一个攻击点都将是美国军人的坟墓，当然也是日军的坟墓，这场由日本人挑起的战争将会使多少美国军人死在这里啊……

美国“约克城”号航空母舰被击中

当美军第五两栖军军长霍兰德·史密斯中将走出作战指挥部时，情报处处长瓦尔基·拉特奥（战后他因间谍罪被处死于菲律宾）将一份来自日本东京的密电交给他，霍兰德中将急忙展开：

> 我中校艾尔金化装成巨商绕道香港，途经中国上海后赶到日本，将我进攻塔拉瓦岛的作战情报出卖给了日军，请速派行动队处死艾尔金，以除后患……

“瓦尔基先生！”霍兰德中将读到这里放下情报，“干掉艾尔金的人员安排好了吗？”

“艾尔金对他日本的妻子一往情深，当他走进他日本妻子的卧室时，我们行动队的勇士正等待着他，放心吧，将军，放虎归山，不是猎人的性格！”

“他在旧金山的妻子呢？”

“已经派人监视了，但没有发现表明她在从事与她丈夫相同职业的行为。”

“艾尔金只了解我们的战略，而不了解战术布置。瓦尔基上校，今天的战略战术会议是绝对机密的，谁要是透露出半点音信，我就处置谁。”霍兰德中将说完，转身向会议室走去。

美军陆战第二师师长朱利安·史密斯少将是今天下午四点钟接到开会通知的，由霍兰德亲自签发的军部命令：

> 今晚七点钟，请朱利安少将准时到我的作战部接受作战命令，不得带任何随行……

朱利安少将将命令递给参谋长后，参谋长史特泰上校轻轻地踱了两步，抬头说：“将军阁下，您对执行霍兰德中将的命令有信心吗？”

“上校先生，你不信任中将阁下？”

“将军，重要的军事会议不让参谋长参加，这本身就意味着……”

“上校先生，你理解偏了！”朱利安少将说完，气愤地走了。

就在20天前的那天晚上，朱利安少将正跟随霍兰德中将参加尼米兹将军组织的将军战略战术会议。当时朱利安将军没有足够的思想准备，他走进会议室时，尼米兹将军用微笑的目光迎住他，然后扭头对霍兰德中将说：“中将先生，你应该寻找一个机会，让朱利安少将晋升到中将军阶啊！”

“将军阁下，”霍兰德望着尼米兹说着，又回过头来望着朱利安，“我想这个机会只有尼米兹将军给你吧？”

“哈哈哈……”三位将军都异口同声地笑了，三人谈兴正浓时尼米兹将军的作战参谋走过来通报，说该到会的军官已全部到齐，战场示意图和沙盘也全部布置好了，会议可按时召开。尼米兹示意两位将军入席，他自己则快步走上首席官位置。

朱利安少将刚刚入席坐好，一抬头便扫见正面墙上挂着的“‘电流’作战计划示意图”。

“将军们，”尼米兹将军用炯炯有神的目光看着众军官，“这就是我们即将实施‘电流’作战计划的南太平洋上的塔拉瓦岛……”他不停地介绍着，朱利安少将听着，沉思着，尼米兹将军在将近两个小时的战区介绍演讲后，突然板起脸“啪”地用右掌猛击桌子：“之前我决定了向吉尔伯特群岛（塔拉瓦岛是吉尔伯特群岛的一个组成部分）攻击，并由斯普鲁恩斯将军担任此次作战任务指挥第五舰队、霍兰德中将担任第五两栖军军长、特纳将军担任两栖登陆舰队司令官。而这些情报，有人用第 0842 号军中密码发出，被我截获，由于我高频电波的干扰，间谍发报失败，这个罪恶的间谍正是通信部纳富凯尔上尉，他自杀后，我们在他的日记中发现这样一段话：‘……中校先生把我拉进他的阵营后，我的收入迅速增加，但我在恐惧中有一种向死亡奔跑的感觉，莎尔曼小姐，我该怎么办呢？中校先生过两天……’这一小段话足以证明还有个日本间谍潜伏在我军阵营中，最值得怀疑的就是艾尔金中校，他已经失踪了，我们必须缉拿他！”

“他是乘飞机离开的！”霍兰德将军忙说道。

尼米兹将军气愤地摇了摇头说：“霍兰德将军，是你把艾尔金先生介绍给我的，现在他又是乘坐你的飞机潜逃的，我怀疑他是纳富凯尔上尉的上司，一个地道的日本高级间谍！”

“将军阁下，艾尔金中校的去向不明是事实，但请你相信，他不会是你想象的那样可怕！”

尼米兹将军在没有事实印证艾尔金中校是日军间谍的情况下，话锋一转，大声叫道：“霍兰德将军！”

霍兰德将军精神地挺立着。

尼米兹将军接着说：“你看，”他指着地图，“我将用两支舰队，把你的第五两栖军的两个作战师分别送到马金岛和塔拉瓦岛！”

“将军阁下，只要运载工具安全可靠，就不会影响我军的作战力！”霍兰德将军急忙回答。

“我将以步兵第 27 师为核心组成北部突击群，并动用 6 艘运输舰、1 艘船坞登陆舰，还有 1 艘坦克登陆舰，以保证将第 27 师官兵送到马金岛！”

“我请求所有舰船的舰长及少校以上军官，在我们出发之前与第 27 师少校以上军官见一次面，我也要向舰长们提出具体要求！”霍兰德将军说。

“好，我将满足你的要求，”尼米兹将军说着，“我南方突击群编队是 16 艘运输舰、1 艘坦克登陆舰、3 艘战列舰、5 艘巡洋舰、21 艘驱逐舰、5 艘护航航

空母舰，我要求这些船舰将第二陆战师的18 000名官兵，分别从新西兰的惠灵顿、新赫赫布里底群岛、埃法岛等地，日夜兼程送到塔拉瓦岛集结待命！”

将军们都听着，没有一人在下面悄悄议论，都在地图上寻找自己将要抵达的方位、目标。

“斯普鲁恩斯将军！”

一听到点自己的名，斯普鲁恩斯将军急忙立起，迎住尼米兹将军的目光。

“你必须坐镇于重巡洋舰‘印第安纳波利斯’号以指挥各参战部队作战，要及时掌控战场形势，有困难吗？”

“将军阁下，没有丝毫困难！”

尼米兹将军点了点头，目光扫在特纳少将的脸上：“特纳将军！”

特纳将军即刻起立、敬礼。

“你必须坐镇于‘宾夕法尼亚’号战列舰以指挥我两栖作战部队，为地面作战部队抢滩登陆扫清一切障碍。”

“是，将军阁下！”

“将军阁下，”霍兰德军长站起来说道，“为了减少我登陆部队的伤亡，应出动航空兵！”

“霍兰德将军，”尼米兹将军微笑着示意他坐下，“我第五舰队的11艘航空母舰、6艘战列舰、27艘护航舰，将分别组成4个特混舰队群，从不同的海域、不同的隐蔽地出发，空袭吉尔伯特群岛周围日军占领岛屿上的机场，轰炸马金岛和塔拉瓦岛上的日军兵营等一切军事目标，截击日本联合舰队的一切增援部队，霍兰德将军，这一切都是为保证登陆部队的安全，你满意吗？”

霍兰德将军出于职业的因素没有表态，他盯住正面的巨幅军事地图，沉默了片刻后问：“据目前我空军侦察报告，日军占领的吉尔伯特岛屿工事坚固、兵力雄厚，将军将用什么手段对付呢？”

尼米兹将军对霍兰德将军的深思熟虑和认真负责的态度很是满意。只见尼米兹将军用地图示意棒在巨幅地图上点了两点说：“我陆军以富纳富提岛、坎通岛为基地的第七航空队，将用100架‘解放者’式轰炸机，对吉尔伯特岛实施反复轰炸攻击，在我登陆部队抵达之前，摧毁日军坚固的工事，争取用航空兵杀伤三分之二以上的日军！”

“那么，我军对主攻岛的日军兵力配备、工事、暗堡、火力装备完全清楚了吗？”霍兰德将军并不满足地继续问。

“从现在我们所掌握的情报看，我军对日军在塔拉瓦岛上的军事情况是比较清楚的。但为了尽快攻占塔拉瓦岛，我将命令潜艇部队、侦察机大队继续对塔拉瓦进行最周密的侦察拍摄。”尼米兹将军说。

霍兰德和其他将军一样都满意地点了点头。

尼米兹将军在众将军的目光包围中，突然将目光移到紧靠朱利安少将左侧的一位中将身上。

“利维少将。”尼米兹亲切而又严肃地叫道。

利维少将在军中以老成持重而闻名，听到尼米兹将军直呼其名时急忙挺立而起：“利维少将接受将军您下达的作战命令！”

“利维少将，”尼米兹说，“为保证此役能顺利进行，我命令你在极短的时间内，快速调配足够的供应舰、修理船、扫雷艇、驳船、弹药船以及 13 艘舰队油船，携装足够部队使用的食品、医药器械、登陆机械、通信器材、燃料，到达 406 海域集结待命，以确保我舰队在海上的补给。”

“将军，如果没有异地支援，我无法达到您的作战要求，因为您之前交给我的装备无法满足您现在的需要。”利维少将急忙报告自己的困难。

尼米兹扭头望着地图沉默。

“利维，”朱利安少将不安地小声说道，“你的困难和要求是否会后提出来较妥当。”

“朱利安将军，”利维少将盯住他，“我并不是为难尼米兹将军，我是从整个战役中我军的利益来考虑，这是打仗，不是海空舰队演习。后勤保障出了问题，你的部队出了问题，关系到千万个美利坚合众国官兵的生命，到那时我再用电报向尼米兹将军报告我无力满足舰队的要求又有什么意义呢？”

朱利安少将听着点点头，感到由衷的敬佩！

“这样吧，利维将军，”尼米兹看完地图扭过头来说道，“你明天就拿着我的命令，派得力军官飞往澳大利亚、新西兰、旧金山各地筹备我‘电流’战役的所有后助支援物资！”

“将军阁下，如果是这样，我有信心从速调集足够的物资供战役使用！”

……

霍兰德中将走进会议室时，朱利安少将的思绪被打断了，霍兰德中将扫了眼到会的将校级军官后，对朱利安少将说：“请你跟我来一下，将军！”

朱利安将军走进一间军长自己单独的军事机密室，室内明亮的灯光把四周墙上地图中密密麻麻的小字照得一清二楚，特别是标明的黑体字“第二陆战师作战地图”九个字更是醒目。

“将军阁下，”朱利安少将望了望地图，扭头望着霍兰德中将说，“我师的兵力全部布置完毕！”

“朱利安将军，在没有征求你的意见之前，制订的一切作战方案都只是参考，否则现在要你来干什么呢？”霍兰德说着用手一指，“关于你师的作战方案，这张图标得很清楚，请你看看吧。”

听到军长的信任，朱利安将军用极其感激的目光望着他，点了点头，开始认真地研究作战方案……

会议室里，军官们正在听取霍兰德将军的参谋长介绍这次塔拉瓦环礁两栖战役的战略战术和对各部的协调，兵力、火力、舰队与航空火力等事宜，大家都在品味着自己作战任务的分量，只有极个别将军在心中纳闷：霍兰德中将为什么在这个时刻将朱利安少将叫走呢？

朱利安将军此刻正审视着第二陆战师的作战方案，皱紧眉头，沉默不语，背着手不停地踱步。

“朱利安将军，你对我们制订的作战方案完全有权否定，但你必须提出切实可行的方案送军部审查。”

“霍兰德将军，您能将我师整个作战要点简洁明了地讲出来吗？”

“为什么要讲？”

“加深理解，吃透方案，便于实施！”

“好，”霍兰德中将微笑着朝椅子上一指，“你坐在这儿吧。”

朱利安将军坐在沙盘指挥示意图前，这个沙盘将整个塔拉瓦环礁及其海域的地理位置全部标明了，根据侦察的情报，同时标明了日军兵力、火力配置情况。当朱利安将军再次环扫完这个沙盘时，霍兰德中将一字一顿地说道：“我请你来研究的这个主攻塔拉瓦之主岛贝蒂欧岛的作战计划并不完善，你师在攻击开始时，必须尽快避开日军南岸空固工事的火力，迅速指挥登陆舰艇，从环礁缺口处的水道进入礁湖区，因为日军在这一地区的兵力、工事都较弱，只要快速登上北岸就好办了……”

朱利安少将望着沙盘，其中北岸标明的敌火力网的确是比南岸少多了，看来军长选择这一登陆地完全符合战场要求。

“……我们把从西到东的礁滩地点的代号定为‘零一’‘零二’‘零三’。每一个礁滩安排一个营来攻击、登陆，三个礁滩的重武器计划配备为125辆履带两栖车，分八批将攻击部队送上岸……”

“将军阁下，”朱利安截断他的话，“请您命令登陆艇指挥官，要求登陆艇尽量靠岸，这样可以减少两栖车往返距离”。

“对，是这样，将军，”霍兰德中将接受了朱利安少将的建议，“如果不出意外，11月20日（即预定登陆时间）我们将横扫全岛，占领日军机场，封锁住贝蒂欧岛东南部的日军残存部队，21日再发起总攻全歼……”

朱利安少将听完后，显得异常兴奋，急忙站起来说：“从我们的装备、兵力、武器来看，如果部队真正实施将军阁下制订的作战计划，那么拿下贝蒂欧岛将是马到功成！”

霍兰德中将笑着说：“走，向将军们公布我们的进攻方案！”

第三十三章　攻击在黎明发起

小引

一批美军航空兵同时进抵攻击区空域，一口气投下3 000吨炸弹，将海岛炸成一片火海，为登陆部队开路。然而，当肖布上校的登陆部队驶往礁湖区时，却遭到日军暗火力的纵射。已有一百多年历史的塔拉瓦地图导致美军伤亡巨大，但总攻仍在继续，美军在踏尸前进！

美国“约克城”号航空母舰舰首被击中

时间很快就到了 1943 年 11 月 20 日，美军向日军总攻的时间定在黎明前，望着朦胧的下弦月在海雾中时隐时现，美军战列舰上的炮兵指挥官亨利·彼尔金海军中尉正在炮兵指挥台上等待命令。突然，一发红色的信号弹腾空而起，紧接着无线电台中传来命令："开炮，快开炮！"他敏捷地转过魁梧的身体，一按右手边的电铃，急促有力的电铃声顿时在炮位上响起。一瞬间，战列舰舰身在抖动，舰炮喷出橘黄和猩红色的大烟团，各类口径的炮弹向日军占领的贝蒂欧岛上倾泻……

今天的塔拉瓦环礁岛海面上，美军突击舰群按照作战方案排列成了长、宽都为 8 海里的战斗方阵，气势威武磅礴，似乎只要战炮一响就能将贝蒂欧岛从南太平洋上抹掉。

"基塔纳！"彼尔金中尉一边快速朝一门大炮跑，一边呼叫炮长的名字，"加快射速！"

此时基塔纳炮长正满头大汗，一见中尉跑过来，急忙迎住指挥官的目光回答："中尉先生，炮栓故障，正在排除！"

"基塔纳，10 分钟内必须排除！你看'马里兰'号上 8 门大炮的炮火多么猛烈！"

"马里兰"号是一艘很老的战列舰，在 1941 年 12 月 7 日爆发的日军偷袭珍珠港的激战中，这艘战列舰被日军水平轰炸机和鱼雷攻击机包围炸沉。经打捞出水后送回旧金山海军基地整修一新，现在，它的 8 门主炮咆哮着，向日军阵地喷射着复仇的炮弹。

"轰……"在一声惊天动地的轰鸣声中，第八号炮位上大火冲天，硝烟弥漫，彼尔金海军中尉顿时大吃一惊，急忙冲了进去："快，快扑火，灭火！"

战列舰的左翼变成了一片火海，消防官兵在烈焰中奋力扑救。

"中尉，我第八号大炮因炮膛故障而爆炸！"一个满脸是血的炮手冲出火海，向彼尔金中尉报告。

"备炮补第八号位，快！"彼尔金中尉立即命令预备炮补位。

扑灭了因炮膛爆炸而引起的大火，补上了新炮，第八号炮位又恢复了攻击。彼尔金中尉握着手枪又赶回基塔纳炮长指挥的 127 毫米口径炮跟前问道："炮长先生，还没有修复好吗？"

"中尉先生，可以开炮了！"

"装弹，快！"彼尔金中尉急忙立于炮手的位置上，手中的小旗在海风中猎猎作响。

炮位上的官兵"呼"地忙开了。

今天，当第一发炮弹射向日军阵地时，刚开始炮声似乎还只是点点作响，而现在，炮火的轰鸣声已经连成一片。在这震耳欲聋的时刻，彼尔金中尉突然从怀里摸出贝蒂欧岛日军军事设施图，对炮长喊道：“基塔纳，快过来！”

基塔纳炮长急匆匆地放下手中的一枚炮弹赶过去。

“这是日军的一座中型弹药库，你能击中吗?”彼尔金中尉指着地图上的一个三角黑色坐标问。

基塔纳听着没有立刻回答，他看看地图，又举起望远镜向贝蒂欧岛注视。在苍茫的晨空中，炮弹形成一条条红光闪烁的“火龙大道”，从炮口直铺到贝蒂欧岛上。整个贝蒂欧岛处在浓密的烟云笼罩中，一串串重磅炮弹爆炸的闪光此起彼伏，礁石炸成碎块到处飞扬。

“中尉先生，”基塔纳炮长放下望远镜说道，“攻击目标被硝烟覆盖，根本就看不清！”

“炮长先生，立即操炮，听我的口令！”彼尔金瞪了他一眼，大声道喊，“快，给我一个高倍望远镜！”

一个高倍望远镜送到了彼尔金中尉的手中，彼尔金中尉双手举着望远镜大声命令道：“准备，七号目标，开炮！”

“轰！”一发炮弹出口，彼尔金中尉的视线紧跟着这发炮弹，当这发炮弹在贝蒂欧岛上掀起冲天沙柱时，他一拍大腿扭头说道：“基塔纳先生，按原射程不变，向右移300米，射击！”

“快，按原标尺射程不变，向右移300米，放！”基塔纳炮长向炮手重复中尉的命令。

炮手们一阵忙乎，“轰”地又一发炮弹向贝蒂欧岛飞去，炮弹在离七号目标还有100多米的地方爆炸了。

“再向右移150米！”

“再向右移150米！”基塔纳炮长重复着命令。

这一次发射的炮弹击中了七号目标，彼尔金中尉欣喜地大声喊道：“原弹着点，速射！”

七号攻击目标是根据侦察标定的日军弹药库，彼尔金看到17发炮弹连中七号目标后，七号目标处突然闪起刺眼的火光，紧接着，巨大的爆炸声搅拌得海空发出惊天动地的巨响。

“日军弹药库被击中一座！”彼尔金中尉向上司报告。

耳机中传来上司的声音：“各炮伸延射击，五分钟后停止射击，我特混舰队起飞的200架轰炸机、挂弹鱼雷攻击机、战斗机马上到达贝蒂欧岛的滩头上空！”

“各炮注意，各炮注意，五分钟后停止炮击。各炮炮长必须用望远镜注视敌人的异动，我轰炸机、挂弹鱼雷攻击机、战斗机共200架，正向贝蒂欧岛高速前进！”彼尔金说完，放下无线电授话器，飞快地向瞭望塔跑去，他要亲自观看航

空兵教训日本人！

美军海军航空兵空中指挥官达尔希·贝格中校，此刻正在贝蒂欧岛上2 000米高空的战斗机中，指挥着美国特混舰队的200架轰炸机、挂弹鱼雷攻击机、战斗机。他环扫四周再低头朝地面望去，硝烟滚滚的贝蒂欧岛上美军的炮弹停止了倾泻。由于风向很好，贝蒂欧岛上的浓烟正在渐渐消散，看来现在是对贝蒂欧岛的滩头进行轰炸、扫射，并将火力引向高潮的时刻！

按照战前的选择和日军兵力通报，日军将有大批战斗机、轰炸机起飞，攻击美军舰队和滩头登陆部队，还有一批战斗机将突然进入这一空域巡逻并攻击美军轰炸机群。贝格环扫四周，海雾已经消散，美国各舰编队已进入预定海域，各种口径的舰炮停止了攻击，看来战机倾力攻击目标的时机成熟了。

"贝格先生，贝格先生，在我左前方发现日军战斗机群，在我左前方发现日军战斗机群。"搜索机飞行员桑达特少尉通过电台大声报告。

"注意监视日军战斗机群！"贝格听着急忙回答，同时调整电台频率并呼叫道："战斗机第五中队，向我左前方搜索接敌！"

"第五中队明白！"

贝格中校眼望着搜索机逐渐爬高。当第五中队的战斗机分两个空间层占高迎敌时，贝格心中萌发出可怕的闪念：日军惯耍刁计，会不会是故意暴露这个战斗机群，而在另一空域潜伏着更大的战斗机群以突袭我轰炸机群呢？

"桑达特少尉，桑达特少尉！贝格中校呼叫，贝格中校呼叫！"

保持无线电静默接敌的桑达特少尉听到上司的呼叫，急忙发出暗号"哒哒哒"。贝格听到电台中出现这样的声音，就知道战斗机马上要与日机混战了，急忙转动电台频率呼叫："战斗机第二中队跟进，支援第五中队。其他各中队按原作战方案不变！"

第二中队的战斗机群呼啸着向第五中队飞去！

目送走两个战斗机中队，贝格中校不慌不忙地将自己的指挥机从2 000米高度下降到1 000米高度。这时，他注意到轰炸机大队的大队长蒙吉少校正指挥轰炸机大队在贝蒂欧岛上空反复回旋，寻找攻击目标。

"蒙吉少校，蒙吉少校，我是贝格中校，现在开始第一攻击波。"

蒙吉少校是一位从欧洲征战到南太平洋的空中老将，在一次与德国战斗机群的较量中，他一共击落德国轰炸机2架、战斗机3架，由此他几年间便从少尉晋升到少校。现在，他奉命指挥轰炸机群进入这一海空，实施对贝蒂欧岛的的轰炸任务。按照作战地图所指示的攻击目标，他是很有信心的。

"贝格中校，蒙吉少校正执行您的作战命令！"

"一律超低空飞行寻找攻击目标！"

“蒙吉明白！”蒙吉回答完，一拉机头命令道，“攻击！”

高速轰炸机闪电般地俯冲下来，随着机翼的闪动，一串串黑色的重磅炸弹如雨点般地向贝蒂欧岛抛去……

此刻，海域中运兵船上的美国远征陆战队官兵正兴奋地沿绳下到两栖车中，中尉赫尔曼异常活跃地大声说道：“上校先生，现在贝蒂欧岛上除了微生物，就不会再有生命了！”

陆战第二师第三团团长肖布上校，站在运兵船上很生气地大声说道：“中尉先生，我要警告你，日本人在贝蒂欧岛上有极其坚固的地下工事，要夺取这些工事的是我们，而不是航空兵和炮兵！”

“上校先生，”赫尔曼中尉急忙回答，“我的突击队不会让您失望的！”

“好吧，快出发！”

“出发，出发！”赫尔曼中尉向两栖车发布命令。

这时，炮兵、航空兵组织了80分钟的火力攻击，一共向贝蒂欧这个小小的礁岛倾注了3 000吨炮弹、炸弹。赫尔曼中尉始终认为，贝蒂欧岛上的所有建筑物已经化为乌有。但是实际攻击效果并不像中尉先生想象的那样理想。贝蒂欧岛的地势很平坦，大批的炮弹和炸弹形成了“跳弹”。吸收力强的珊瑚砂、大批的椰木也削弱了炸弹的摧毁力。在如此猛烈的攻击中，日军只是损失了2门海岸防炮和3辆轻型坦克，消耗了一些高射炮炮弹。但真正使日本人烦恼的是，美军顷刻间彻底破坏了日军几乎所有的通信系统。

赫尔曼中尉作为美军先头部队指挥官，奉团长肖布上校的命令指挥突击队队员必须快速开上礁盘，直扑贝蒂欧北岸。当登陆艇按照地图上所标路线前进时，他渐渐感到不对劲，急忙呼叫肖布上校：“上校先生，我是突击队指挥官赫尔曼中尉，我向你报告，我按照地图标明的路线向贝蒂欧岛驶进时，发现地图的方位有错误，就连图上的浅水区域也变成了深海！”

“中尉先生，”肖布上校听说地图出入太大，在运兵船上焦急地回答，“这些地图是英国人在一百多年前绘制的老图，请你指挥登陆艇搜索前进！”

“是，上校先生！”赫尔曼回答完突然又惊叫着报告，“上校先生，贝蒂欧岛上升起三枚红色信号弹！”

“准备反击！”

“是！”

在上校与中尉对话时，只见岛上火光闪闪，炮弹腾空而起，所有的登陆舰四周都是水柱冲天、弹片横飞，赫尔曼中尉急忙命令道：“回避敌炮，突击队跟着我！”

突击队的两栖车快速回旋集结到军舰的背后避炮。赫尔曼指挥突击队队员钻

入船舱后，他爬上舰船的一个制高点向贝蒂欧岛瞭望，发现攻击目标贝蒂欧岛横卧天际，在硝烟弥漫中显得一片模糊，根本就不像有人的地方，然而，喷吐的火焰和巨大的炮弹正是从那里射来的。

“上校先生，突击队已经撤到安全区，请求航空火力再次攻击！”赫尔曼中尉报告。

肖布上校拿着无线电台授话器，环扫四周海空，沉默了片刻后突然大声喊道：“贝格中校先生，我需要你再次向目标实施航空火力攻击！”

“贝格中校明白！”航空兵指挥官贝格急忙回答。

转眼间，特混舰队的轰炸机群在蒙吉少校的率领下，迅速向贝蒂欧岛冲来。蒙吉少校提醒着轰炸机飞行员：“各机注意，向敌炮兵阵地高速超低空轰炸，攻击目标要准、狠、快，不能向敌暴露火力！”

望着轰炸机群冲向了贝蒂欧岛上空，肖布上校又命令道：“战列舰靠近攻击目标，近距离对贝蒂欧岛东西两端的日军炮兵阵地实施抵近压制射击，使用舰炮的最高速射力！”

赫尔曼中尉举着望远镜观望着，在航空兵和舰炮火力的交叉攻击中，日军的炮火渐渐地沉默了下来……

“‘追踪’号和‘必需’号火速出击。”肖布上校决断地命令着。

“‘追踪’号和‘必需’号扫雷艇一接到命令，一边施放烟幕，一边扫出一条能让登陆艇群通往贝蒂欧岛礁湖的航道。”

“水上侦察机再加快航速，水上侦察机再加快航速，塔拉瓦的地图是英国人在一百多年前绘制的，不能使用了，请飞行员按实际海域引航。”肖布上校命令着。

从“马里兰”号战列舰上起飞的水上侦察机飞行员，接到肖布上校的命令后将飞行高度下降到最低限度，引导“追踪”号扫雷艇快速投设航标，同时也投放发烟浮标，标出浅海滩的确切方位。

肖布上校望着这一切，满意地点点头，他环扫四周，确定无异常后说道：“‘必需’号注意，‘必需’号注意，马上引导两舰前进，马上按原计划引导两舰前进！行动要果断！”

“必需”号扫雷艇出发了，它引导“林哥德”号、“达希尔”号驱逐舰闯进了贝蒂欧岛的环礁缺口处的一条航道，一场短兵相接的战斗开始了。

“轰……”

“中尉先生，敌人又开炮了！”

贝蒂欧岛上东、西方向两个日军最大的炮兵阵地又开始炮击了，赫尔曼中尉正在观察时突然惊叫道：“肖布上校先生，肖布上校先生，‘林哥德’号驱逐舰中弹起火！”

肖布上校一看时机成熟，急忙说道：“赫尔曼中尉，我四艘舰已经将敌炮火吸引住了，你应马上趁机指挥突击队冲进礁湖，向攻击目标推进！”

“执行命令！”

赫尔曼中尉执行着肖布上校的命令，始终冲击在最前面。当蒙吉少校指挥轰炸机返航、战列舰群的舰炮停止炮击时，肖布上校组织的100辆两栖车和一批坦克登陆艇分三个波次，开始向贝蒂欧岛北岸的礁盘直扑过去，

赫尔曼乘坐的登陆艇像尖刀一般向目标挺进，贝蒂欧岛海域是炮火的海域，一大片日军炮火正伸出地堡，直指美军的登陆艇……

第三十四章　激战在贝蒂欧岛沙滩上

小引

日军固守的明暗火力交织成如死神一样的封锁线，美军两栖车突击营营长基尔利少校眼看着战车被日军炮火捣毁，心情异常愤怒。蒙巴托上尉不顾日军火力的杀伤力，组织多个攻击波向日军冲击，战场死尸如山！鲜血染红了海水！

“大黄蜂”号航空母舰上的防空作战

日军固守的贝蒂欧岛处于硝烟滚滚的炮火包围中，日军前线指挥官吉清一行大尉从美军的炮火中清醒了过来，只见他抖落身上的砂石，从炸毁的地堡交通口爬出来，举着高倍望远镜朝前一看。透过浓密的烟雾，他看到一辆又一辆的美军两栖车开上了贝蒂欧岛的礁盘。01号炮指挥官西村南二中尉也咬着嘴唇爬了过来，拉着他的左胳膊说道："大尉先生，西村南二中尉赶到！"

吉清大尉扭头扫了他一眼问："九山中尉呢？"

"报告大尉先生，九山中尉赶到！"九山中尉从交通壕的另一处跑步过来大声报告。

九山中尉是负责指挥02号炮的指挥官，在美军开始飞机轰炸、大炮齐鸣的那一刻，吉清就派助手赶到两个炮兵指挥官处，要他俩马上赶来。现在，两个炮兵指挥官赶到了，吉清大尉望着他们沉默片刻后便指着正前方大声说道，"你们看，美国人的两栖车满载兵员已经冲上了礁盘，你们有决心将这批两栖战车摧毁吗？"

"能！"两个中尉异口同声地答道。

"好！"吉清大尉拍着他们的肩头，"柴崎司令官的战前训令是什么？"

"在这场敌优我劣的决战中，必将敌诱至我固定炮火射程内全力歼灭！"两个中尉又异口同声地回答。

军官们将柴崎司令官的训令记得如此清楚，令吉清大尉无比欣喜，他一挥拳头大声说道："只要我们指挥得当、勇敢拼杀，发挥我们小口径炮的最大威力，是完全能捣毁美军的坦克和两栖车的！"

"是！"

"快去，隐蔽攻击，注意防空和寻找敌舰炮攻击目标！"

西村中尉跑进炮兵指挥所时，只见一门门炮已经伸出隐蔽部，一发发擦得铮亮的炮弹如小山般堆放在大炮的后面，炮手们各就各位，摆出一副射击决战的架势。

"中尉先生，还不打？要等到什么时候?!"炮手亮水扭头嘶哑着嗓门吼叫，"美国人已经有几十辆两栖车进入礁盘啦！"

"吼什么，沉住气！"西村中尉狠狠地瞪了他一眼，"没有我的命令，谁开炮，我将执行战场纪律！"

炮手们目瞪口呆，再也不敢多言了，他们互相对扫一眼后，又把注意力放在观察美军的动向上。

西村中尉教训了炮兵们几句后，快速跑到一道尚未被炸毁的交通壕口上，举起望远镜看到一艘艘美军登陆舰上正冲出一辆辆两栖战车，这些两栖战车在翻滚的海潮中咆哮着、快速地向礁盘冲击，气势足以征服整个塔拉瓦环礁。

“中尉先生，我怀疑你是充当叛国的罪犯！”炮手亮水突然跑过来用手枪顶住西村中尉的背怒道，“这么多敌人将要全部冲上礁盘了，难道你要他们集结一百多辆两栖车向我们攻击吗？”

“亮水先生，”西村中尉微微一笑说道，“我很敬佩你效忠日本帝国的精神，现在，我命令你，指挥你的炮点射那辆正在14号礁盘上的两栖车！”

“14号？”

“对，14号，它一定是美军两栖冲击部队的指挥车，你快执行！”西村中尉说着，将手中的望远镜递给亮水炮手。

亮水急忙举起望远镜朝14号礁盘注视，在一辆两栖装甲车上，站着一个身材高大的美国军人，他一只手拿着无线电授话器，另一只手拿着一面小红旗，从他不停呼叫的神态看，正是他在指挥这些两栖运兵车抢登礁盘。

“中尉先生，”亮水放下望远镜，“这是个指挥官？”

“不然，我怎么会让你点射呢！”

“好，我马上去干掉他和他的战车！”

“不，等他将两栖车全部指挥调进礁盘后我们再一齐收拾，留着一辆都后患无穷！”西村中尉说着，对正跑过来的通信兵大呼道：“通知九山中尉，请他的炮火准备集中攻击，这是一次集歼美军两栖车的最好机会！”

14号礁盘上的美军两栖车突击营营长基尔利，此刻并不知道日军炮手正在瞄准他的战车，当第一攻击梯队的两栖车冲上“零三”号礁滩时，他非常满意地微笑着，并且大声喊道：“蒙巴托上尉，立即扩大战果，要快！”

担任第一攻击波的蒙巴托上尉也异常兴奋，他为他的战车能顺利登上“零三”号礁滩并快速向前推进而傲气十足，听到上司的命令后他急忙回答：“少校先生，你应命令第二攻击梯队快速跟进，防止日军反击我部！”

“蒙巴托上尉，第二攻击梯队的战车正向礁盘驶进，有敌情立即报告！”

“是，少校先生！”

“轰……”

蒙巴托上尉刚回答完，突然猛烈的炮火直朝两栖装甲车倾泻，蒙巴托上尉大吃一惊，急忙呼叫：“敌人开炮了，敌人开炮了！”

“快跳海，快跳海！”蒙巴托上尉一见日军的炮弹正以急促的火力直射两栖车，藏在车中不出来只能是等死，急忙第一个跳上礁石大声呼叫。

“上尉先生，你看！”上等兵科特迪大声说道。

顺着科特迪的手指方向望去，只见一发又一发的炮弹向两栖装甲车倾泻，将那厚厚的钢板打得如同筛网一般。

“轰……”一声巨大的爆炸声，一辆两栖车中弹，“咚”一个沉重的东西砸在蒙巴托上尉背后的礁石上。蒙巴托扭头一看，是一条被炸飞的士兵大腿。

“上尉……”一声凄凉的叫声突然响起，蒙巴托回过头一看，上等兵科特迪的胸口正冒着殷红的血——一块炮弹片撕开了他的军衣，击进了他的前胸。

“科特迪！”蒙巴托上尉猛奔过去抱起他，科特迪是一个久经战场的老兵，在瓜达尔卡纳尔海岛激战中，还是中尉的蒙巴托指挥一支敢死队突进敌阵地，在弹尽伤亡大半的情况下，蒙巴托身中两弹，特别是右小腿被炮弹片撕掉了一块肉，这时无线电台中传来撤退的命令，然而他倒在战壕中无法行动。再过一会儿美军的轰炸机和大炮就要咆哮了，那时他就可能会死于自己人的炮火之中。是他——科特迪在左胳膊负伤的情况下，用右胳膊抱住他，硬是把他拖出战区、撤出战斗，蒙巴托因此无比感激他。当蒙巴托从中尉晋升到上尉时，他将科特迪从中士晋升到上士。这一切都是顺理成章的，然而今天，上士科特迪战死在这片礁盘上，这不能不使上尉气愤、伤心。

“蒙巴托，上士先生！”

背后嘶哑的呼叫声在炮弹的轰击声中显得那样微弱，但是，蒙巴托上尉仍然听出了是谁的声音。他越过一块巨大的黑礁石，一眼扫见营长基尔利少校抱着机枪直冲过来。

“少校先生，损失太大了！”

“别啰唆了，上尉，赶快帮我找一部电台来！”基尔利营长焦急地说道。

“少校先生，你的电台、战车呢？”

“炸毁了！”基尔利说着一摆手，“电台、电台，我急切地需要电台直呼舰炮和航空兵增援！”

善于在苦战中寻找好运的蒙巴托上尉，费了九牛二虎之力，终于在一辆发动机被炸坏了的两栖车里发现了一名已经阵亡的电台台长，他的背上背着一台性能良好的电台，蒙巴托上尉从他身上解下电台，抱着爬出战车送到少校手里，盯住他问：“少校，能解决问题吗？”

“你快去组织火力压制日本人，快去！”

蒙巴托奉命赶到炮声最激烈的战区。

基尔利少校把电台拿在手中拨弄了几下，就调到了指挥舰的频率，借助两块礁石的掩护，开始呼叫：“朱利安将军，朱利安将军，我是两栖车突击营营长基尔利少校，我是两栖车突击营营长基尔利少校，请求联络！”

陆战第二师师长朱利安·史密斯将军听到电台中突击营营长的直呼，断定整个冲击部队最确切的报告掌握在基尔利少校手中，忙大声地回答：“基尔利先生，基尔利先生，马上报告战场情况，不需隐瞒，如实报告，快！”

“师长先生，”基尔利少校出发之前受到过师长的亲自接见，整个战术除了

在团部作了部署外，朱利安师长又一次向他作了详细说明，希望他努力作战，理解整个战术意图。“师长先生，基尔利马上报告！”

“基尔利少校，立即报告！”

“将军阁下，”基尔利少校两眼盯住硝烟滚滚的战场报告着，“我第一攻击波的两栖车进入‘零三’号礁滩后，第二攻击波的两栖车刚驶入战区礁盘时，就遭到了日军短促火力攻击，大部分战车被击毁，大部分官兵阵亡，只有少数官兵跳海潜入礁石缝……”

“第三攻击波呢？”朱利安少将迫不及待地问。

“将军，”基尔利用低沉痛心的语气继续说道，“第三攻击波的战车动作快、火力准确，但日军炮火猛烈，大部分战车被烈焰包围，车内弹药爆炸，把官兵炸得粉碎抛向海空，形势紧急！”

“少校，少校，你马上用电台与各战车联络，务必要他们不顾一切地冲出敌炮火包围！”

“将军阁下，有的战车被炸爆了，在海里横冲直撞，有的已经冲进了礁盘上的礁坑。有部分敢死队的战车硬冲上沙滩，却遭到日军隐蔽炮火的攻击，我没有办法，只好命令后撤，但只有少数侥幸逃回礁湖！”

“步兵呢？陆战队难道就不能涉水冲击，抢占滩头，突破一段阵地？”朱利安师长大声质问。

“将军阁下，从战车中逃出来的官兵，扛着武器在海中蹚水前进，日军机枪火力密集，礁岛上死伤遍地，海水变成了血水啊！”

“‘零二’号礁滩上突进了一个排的兵力吗？”

“将军阁下，冲上‘零二’号礁滩的士兵寥寥无几，而且全被日军机枪压在沙滩上抬不起头，突不进去呀！”

“我就不信敌人火力那么猛，你必须马上组织部队突上去，快！”朱利安将军生气地吼叫道。

抱起一挺轻机枪，基尔利少校决心与日军血战，他顺着礁盘朝前跑了一段，一眼扫见蒙巴托上尉睁着一双血红的眼睛，对侧卧在他左右的士兵说着什么。基尔利少校头脑一热滚过去说：“蒙巴托上尉，我命令你摧毁这个地堡群！”

蒙巴托上尉眨了眨被炮火烤红的双眼，指着敌阵地摇着头说：“少校先生，我很想一口气把敌人全部打死，但是，我们的敌人无休止地扫射，好像要把所有的子弹打光，把我们全部歼灭在这里！”

“上尉先生，你看，不是有一批勇敢的军人冲过去了吗？”

“少校先生，”蒙巴托上尉仍然控制住激动的情绪说道，“这是因为贝蒂欧上的敌地堡群射孔低、射界窄，冲上滩的官兵紧贴着沙滩挖掘了简易工事，才算避开了敌密集的炮火。但他们的处境很艰难，你能组织强大的空中火力舰炮支援吗?”

“上尉，我突击队的编队已经被打乱，冲击部队全部被敌阻击在沿海的低矮沙堤下，进退维谷，航空火力和舰炮支援都有可能造成误伤!”

蒙巴托上尉和基尔利少校的意见都很现实，机枪子弹疯狂地在美国官兵头顶两寸高的上方呼啸而过，一批经过了瓜达尔卡纳尔岛血腥恶战的陆战队官兵却要战死于这很不起眼的沙滩上……

基尔利少校焦虑地伏在日军机枪火力下，望着地堡中机枪射孔喷射的一团团淡黄色火苗，发现由五个美军组成的敢死队自觉地迂回爬上去，用五挺机枪在压制敌火力。

“营长，‘零三’号礁滩的攻击情况怎么样?”蒙巴托上尉左侧的少尉问。

“他们的处境比这里好些，前进了90米后遭两侧火力猛扫，已经撤下来了。你看，这五个敢死队队员就是他们自觉组织的。”

“哒哒哒……”

“少校，您看!”蒙巴托上尉大声叫道。

一阵激烈的机枪扫射中，那五个敢死队队员全部阵亡。基尔利少校的眉头皱得更紧了，他对旁边的少尉说：“快，指挥五人滚进!”

“第六攻击小组掩护，第四攻击小组跟着我上!”少尉竭尽全力大声吼叫。

很快，掩护组的机枪火力竭力封锁日军地堡群的机枪射孔，攻击小组在少尉的亲自率领下，抱枪向日军阵地滚进！速度很快!

“少校先生，他们有可能成功!”蒙巴托上尉异常兴奋地说道，“您看他们的速度都很快，选择的路线是敌机枪死角!”

“上尉先生，攻击‘零一’号礁滩的岛嘴和咽喉处时，我‘达希尔’号舰炮的轰击已基本摧毁了鸟嘴处的工事，但鸟嘴的凹湾潜伏着日军暗火力，从三个方向攻击我攻击部队，这样我所有两栖车全部被日军炮火击毁，官兵无一幸存，你马上组织支援组准备出击!”

“上尉先生，您看!”一个士兵突然大声叫道。

正前方的第四攻击小组果然遭到日军暗火力点的攻击，包括少尉在内的战斗员没发现有撤下来的。基尔利少校哀叹着，连续三个攻击波全部失败，怎么办呢?

第三十五章　杀不进的滩头阵地

小引

日军轻重火炮捣毁了一批又一批美军战舰与正准备冲滩的装甲车和坦克，美军陆战队官兵死伤惨重，指挥官基尔利重伤，德西达少校奉命指挥滩头美军的第五攻击波，他拖着黑色炸药向日军地堡前进！

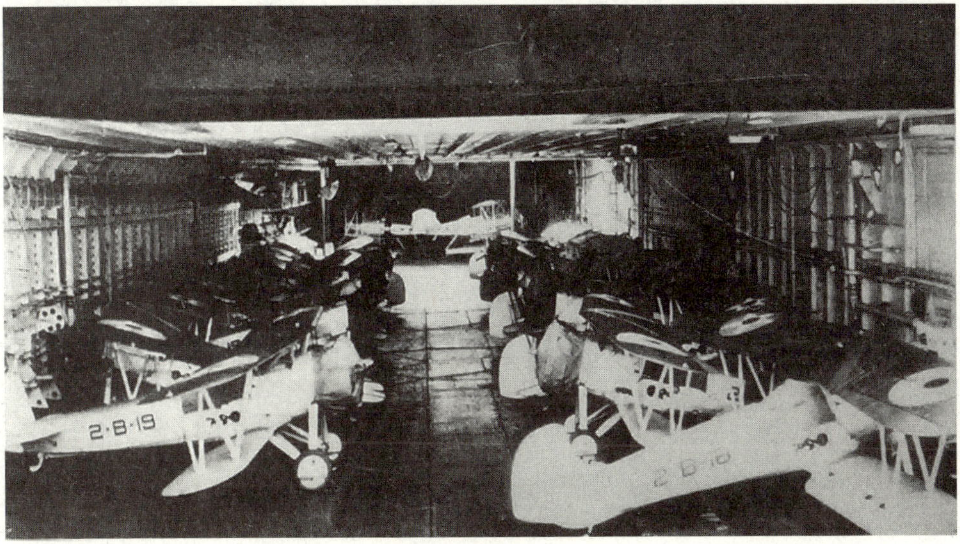

航空母舰内部机库

“坦克压过去，压过去，快快快！”指挥第五攻击波的德西达少校大声呼叫。顿时，中型登陆舰载着30吨的谢尔曼坦克向日军滩头阵地冲去。

“德西达少校，德西达少校，让登陆舰随潮水冲滩，让登陆舰随潮水冲滩，快快快！”

“我是德西达少校，我是德西达少校，是谁在命令我？是谁在命令我？”

“德西达少校，我是基尔利少校。我部被敌机枪火力和炮击压制在沙堤下，请求坦克开道！”

“基尔利少校，再坚持一会儿，我第四、五攻击队就是来支援你的，但两栖车的数量严重不足，不得不改乘登陆舰，而登陆舰的离岸距离完全要视海潮而定。你看怎么办？”

“硬冲，只有拼杀了，德西达少校，我们全是硬拼，用人体打通到达这里的道路！”

德西达少校望着海水中漂浮着的一具具美军死尸，在海潮的不断冲击下，一片片海面被鲜血染红了……

贝蒂欧岛四周的潮水很古怪，这是一种极不规则的小潮，每天涨落时间及次数都难以掌握，被称为“捉摸不定潮”（又称“吉尔伯特潮水”）。它分为高、低两种，其“高的捉摸不定潮”是涨潮，水位可上升1.3米，停潮3个小时以后潮落0.3米。再停潮两个半小时，潮水又下降0.6米。2个小时后再回升到1.1米，又停潮2个小时。登陆艇冲滩时，如果能幸运碰到这种“高的捉摸不定潮”，就能顺利地爬过礁盘，把部队送到日军阵地前沿隐蔽起来，借助礁石掩护发起攻击！

还有一种对攻击部队不利的“低的捉摸不定潮”，涨潮时水位上升3米，涨潮和复潮时间不定，如果遇到这种潮，登陆艇就无法爬上贝蒂欧岛的礁盘。

而今天，美军冒险向贝蒂欧岛攻击时，不巧正赶上了这种对攻击部队不利的“低的捉摸不定潮”。基尔利少校卧倒在日军阵地前，用望远镜观察到德西达少校指挥的第四、五攻击队的美国官兵正在浴血激战。

德西达少校是一个铁塔般的美国军官，一见三艘登陆艇全部停在了海水中，便冒着日军密集的炮火飞奔过去大声吼道：“艇长，艇长，谁是艇长？快把艇开上礁盘那边，快！”

“少校先生，”一个上士探出头大声说道：“礁盘地区的海水太浅……”

“轰！”上士还没说完，一发炮弹击中了一艘登陆艇，在一片呼叫声中，炮弹片将一批美军士兵撕成碎片抛向海空，顿时，礁盘、海滩、海面到处可见胳膊、大腿、内脏的肉块，一片凄凉……

“快，冲过去，闯过去！”德西达少校站在齐腰深的海水中大声吼道。

“营长，营长，”一个少尉跑过来，“我的两栖车被炸坏，士兵全部泡在海水中，怎么办?”

德西达少校望着自己的部下，又望望礁盘上密集的炮火，深深地叹了口气后一挥手枪说道：“少尉先生，在这儿等着只有死路一条，我命令你马上指挥你排突进敌阵营，为后续部队撕开一条血路!”

“少校，增援部队呢?”

“登陆艇因遇到‘低的捉摸不定潮’，几乎都无法靠岸，官兵一律涉水前进，都是背水一战了!”

少尉没有再说什么，他回过头对他的士兵大声喊道：“跟着我，前进！快!”

日军的炮弹雨点般落下，轻重机枪的扫射更是凶残致极。

德西达少校注意到，刚才那个少尉率领一个排的兵力，突破日军第一道火力封锁线后，奔跑在如刀山般的珊瑚礁上，日军的炮弹咆哮着席卷而来，一个排的兵力眨眼间被日军第二道火力网屠杀光了，鲜红鲜红的血染红了海水、礁盘……

“305，305，开过去，开过去!”德西达少校焦急地呼叫305号登陆艇冲过日军火力封锁线。

305号登陆艇上除了满载的陆战队员外，还载有30吨的谢尔曼中型坦克，指挥官逊迪中尉听到呼叫，忙举着步话机授话器大声说道：“德西达少校先生，海水中到处是我官兵，我艇怕伤害自己官兵，目前一筹莫展!”

“快，放艇!”德西达少校命令着。

一艘小小的救生艇从登陆艇上放下来，几个受伤的美军士兵在德西达少校的指挥下被抬上了艇，“德西达少校，我中型登陆艇所载坦克，已经到达您左翼1 000米处的609号礁盘，请求指示!”

德西达少校一听，心中大喜，中型登陆艇到达了原指定登陆地点，这是多么令人开心的消息啊！只要登陆艇打开前舱，坦克就能冲上海岸，坦克火力将会有力地支援基尔利少校他们向日军发起攻击。只有摧毁了日军第一道火力网，登陆官兵的伤亡才会大大减少。“轰……”

巨大的爆炸声突然掩盖住了日军的炮击声，德西达少校循声望去，啊！305号登陆艇中弹爆炸了，浓烟卷着烈焰形成了火柱映红了海空……

“305号登陆艇弹药舱中弹……”不知是谁在电台中呼叫报告。

德西达少校痛苦地一咬牙，朝那艘中型登陆艇直奔去，他决心亲自指挥登陆艇将坦克全部送上海岸。

大海在咆哮，美军的舰炮和日军的岸炮在对射中倾泻炮弹，一个个美军官兵在日军的炮弹下丧生，美国军官们只能站在齐腰深的水中，眼睁睁地看着这凄凉的惨景，他们几乎都在呼唤中型登陆艇尽快将30吨的谢尔曼坦克送上海岸。

德西达少校快速赶到609号礁盘处时，正好有几艘登陆艇勉强开上了礁盘，富有作战经验的艇长逊迪中尉“呼”地打开前舱门，早就发动的坦克在逊迪中尉的亲自驾驶下“轰隆隆”地开始冲滩。

“中尉，逊迪先生，向左边冲击，向左边冲击！”德西达少校呼叫着，一个飞跃跳上了坦克甲板。

“少校！”逊迪中尉早就从机枪射孔中发现了德西达少校，当德西达少校跳上坦克甲板时，他立即推开炮塔盖，伸出半截身子迎住他。

德西达少校手提轻机枪迎住逊迪中尉的目光，急忙问：“现在有七辆坦克冲出来了，立即把电台频率调整好！”

“少校先生，已经调整好了！”逊迪中尉将电台授话器递给他，“你马上可向他们下达作战命令！”

坦克上的电台主要是用来沟通坦克之间的联系，同时也可沟通舰队指挥官和步兵指挥官，眼前，德西达少校需要用电台指挥七辆坦克互相掩护攻上美军攻击最困难的日军地堡群！

“已经冲上海岸的坦克请注意，我是德西达少校。我命令你们不惜一切代价捣毁敌地堡群，为步兵撕开一条血路！”

“少校先生，少校先生。我是基尔利少校。请你指挥坦克重返礁盘，因为海岸线和滩头到处是我卧倒的官兵，我们就算不死于日军枪炮下，也有可能死于你的坦克下面！”

德西达少校叹着气扫视地面，滩头地面到处是卧倒的美国官兵，坦克一开动，至少要碾死四五个人。面对滩头数量如此众多的军人，坦克只好停下来。

“飞机，飞机……”有人惊叫着。

“轰……”一架战斗机高速向一辆坦克俯冲轰炸，在一阵巨大的爆炸轰鸣声中，滚滚浓烟卷着火光冲向海空。

“少校先生，是我机误炸毁一辆我正攻击日军的坦克。”基尔利少校报告着。

“混蛋！”德西达少校骂着抬头一看，那架战斗机可能也发现了自己的错误，已转向猛烈地轰炸日军炮兵阵地……

“弃车，弃车，快弃车！”驾驶员冲向德西达少校大声叫道。

德西达少校在坦克的一阵猛烈撞击中，头撞到一发炮弹上，听到呼叫忙扭过头说：“你疯了？现在弃车不是自取灭亡吗？”

“少校先生，我们的坦克已经陷入了礁盘中的炮弹坑，怎么也爬不起来，再不弃车有可能中弹！”驾驶员进一步解释道。

“快撤，离开坦克！”德西达少校只得下达弃车的命令。

日军的炮火更加密集了。德西达少校刚刚从坦克中爬出来，身负重伤的基尔

利少校由人抬着走过来了。这时耳机中传来嘶哑的呼叫声："德西达少校，德西达少校，我是肖布上校，我是肖布上校，你的情况怎么样，你的情况怎么样？"

"报告肖布上校，我是德西达少校，我冲上海岸的七辆坦克，因滩头全是基尔利少校指挥的陆战队队员无法开进……"

"开，朝前开，必须开上去！"

"上校先生，有几辆坦克已经返回礁盘。我的指挥车也陷入弹坑，一辆被地雷炸毁，一辆被我机误炸毁，还有一辆被日军炮火击中……"

"你向基尔利转告，请他指挥陆战队攻击敌地堡……"

"报告上校，基尔利少校的双下肢被炸断，刚刚抬下去，伤亡很大。"

"你的意见呢？"

"报告上校，我想把第四、五攻击波的部队全部撤下来，等到天黑后再增援上去。"

"你们一走，不是把已经上岸的陆战队官兵全丢在滩头了吗？没有支援，他们的伤亡更大了！"

"上校先生，要想减少伤亡，只能把第四、五攻击波的部队撤下来，已上岸的陆战队官兵，我相信凭他们的勇敢足能坚守到晚上！"

"好吧！不过基尔利少校负伤了，我命令你留在海岸滩头指挥陆战队，不管付出多大牺牲也要坚守住现在占领的滩头，明白吗？"

"德西达少校明白！"德西达少校回答完，拖着机枪向陆战队队员占领的滩头爬去，炮弹在他头顶咆哮，密集的机枪子弹打得他四周的沙石飘起沙雾。

"少校，快别动，敌人正集中火力扫射您！"几个卧在弹坑中的士兵大声叫过来。

"废物，快跟着我上！"德西达少校扭头骂了声，他奋力地向日军阵地滚进，拖在身后的黑色炸药包也跟着他滚进……

第三十六章　血战在前沿的上校

小引

美军付出惨重的代价登上了海滩，一批军人战死在海滩上，然而敌人的机场才是美国军人必须攻占的地方，但那里有日军坦克与暗火力交织，参谋长麦克中校与团长肖布上校刚刚靠近机场，六辆日军坦克就压了上来，又一批老兵被炸死。在一发炮弹直射而来时，麦克中校扑上去抱住了肖布团长……

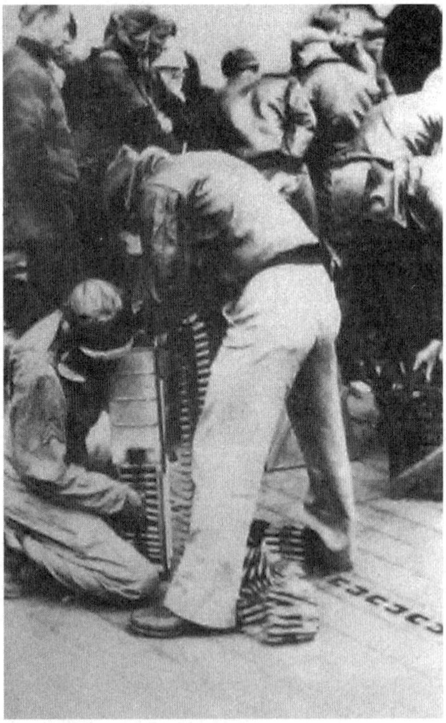

美军在军舰上紧急装弹

陆战第二师第二团团长肖布上校，此刻把自己的战时指挥部设在一个刚刚攻占的日军大地堡中，他的参谋长麦克中校望着这个指挥部，很认真地讲："团长先生，这个大防空洞中，被日军修成了很多迷宫般的小套室，洞内很多套室中还有日军在抵抗。这里很不安全，是不是转移呢？"

确实，洞中有日军互相呼叫的声音，然而，在日军密集的炮火下，又到什么地方去寻找安全的地洞作指挥部呢？肖布上校沉思片刻后说："中校先生，这里地处前沿，便于无线电联络指挥，请你在洞门口安排六个哨兵，洞里派两个班游动警戒！"

"切什蒙少尉！"

"参谋长先生，切什蒙少尉到！"切什蒙少尉从洞口跑步冲进来立正答道。

"你的排负责团部的安全！"

"是！"切什蒙少尉回答完，转身跑步离去。

"二营长斯尔顿少校！"

"中校先生，斯尔顿少校已经阵亡，"肖布上校从地图跟前走过来说道，"今天的战斗太残酷了"，说到这里他话锋一转，"命令突击队，立即把我们正面的敌炮兵阵地摧毁，我马上呼唤舰炮火力支援，航空兵很快就会出现的。中校先生，今天必须夺取潘斯栈桥，否则，贝蒂欧登陆作战计划就成了一句空话！"

"上校先生，"麦克中校为难地拧紧心头，"第四任突击队队长已经阵亡，第五任派谁去呢？"

肖布上校沉默了片刻说："艾端上尉，应该由他充任第五任了！"

麦克中校没有再说什么，他提着冲锋枪，转身向洞外的突击队隐蔽处跑去。

望着麦克中校消失在炮火硝烟中的身影，肖布上校深感今天的责任重大，这次战事是他有生以来最残酷的一次大战……

上午11点20分，肖布上校乘坐两栖车赶到潘斯栈桥时，突然发现礁石缝中有人在向他摇晃手中的冲锋枪，他急忙命人赶过去把那人接过来，原来是突击排副排长罗特少尉，望着罗特浑身血迹斑斑，枪里的子弹和身上所有的弹药全耗尽了，肖布立时明白罗特是刚刚从激战中冲出来，忙问："少尉先生，你们排呢？"

罗特垂下眼皮……

今天清晨，肖布赶到登陆艇上时，特种突击排排长卡纳少尉正集合队伍训话，一见团长赶来，忙"啪"地立正报告："报告团长，我突击排根据您的命令，马上乘两栖车强攻潘斯栈桥！"

肖布上校环扫一眼突击排的士兵后，突然走到一个手持喷火器的中士跟前，盯住他问："中士先生，你马上要去攻击的目标在什么地方？"

"报告上校先生，我们攻夺潘斯栈桥！"

“为什么你们要攻夺这座小小的栈桥呢?”

“这座桥控制着‘零二’号滩头和‘零三’号滩头，如果夺取了这不起眼的栈桥，就可以为我登陆部队输送大批急需装备。排长说，这是我们在贝蒂欧登陆作战的关键桥!”

肖布上校满意地点了点头转向排长说道：“卡纳少尉，据我空军侦察报告，敌在栈桥附近海域抛放了大批破汽油桶，你必须克服一切困难夺取栈桥!”

“上校先生，我特种突击排一定会夺取栈桥!”

“好”，肖布上校扫了眼手表，“舰载攻击机已经起飞了，它们会倾力支援你!”

黎明前的海域，36 架美国舰载攻击机冲过日军密集的高射炮和高射机枪火力封锁网，赶到日军滩头阵地上空，超低空高速俯冲扫射，把守卫滩头的日军统统赶进了防空洞。

“快，向攻击目标——栈桥高速推进!”卡纳少尉乘坐的两栖车一直冲在最前面，两栖车由于速度太快，发动机发出刺耳的怪叫声。

“排长，”喷火器手大声问道，“海里的汽油桶堆积如山，您看怎么办?”

“嚷什么，冲过去!”

终于，两栖车冒着日军狂猛的反击逼近了栈桥，卡纳少尉大声吼道：“喷火器，全部出击!”

液体喷火器班长指挥着喷火器手扑上去了，一股股浓烈的火焰很快焚毁了桥头堡，把守在那里的日军全部活活烧死……

罗特副排长告诉了肖布上校栈桥血战的残酷，肖布团长听着一声不吭，他为美利坚合众国英勇的军人祝贺，更为他们的勇敢善战而骄傲!

“团长先生!”罗特少尉接着说，“卡纳排长指挥我们从桥头一直打到桥尾，占领了整条栈桥，现在他指挥全排仅剩的 9 人攻进了岛内日军一个残破的地堡中，急切地等待增援，我特地赶来给您带路，刚才在这里遇到 4 个日本兵，发生了一场血战!”

这时，肖布团长注意到礁盘上有 4 具日军死尸。

肖布心里很感谢突击排的勇士。在罗特少尉的指引下，攻击的两栖车全部到达栈桥。肖布立于半人深的海水中，手握无线电台授话器，大声命令道：“到达海岸的各部指挥官，立即率部登陆攻击!”

一场登陆与反登陆的战斗在栈桥展开了。

“啊……”

一声凄凉的惨叫后，身背无线电台的上士倒在海水中，一股海浪“呼”地冲上来卷走了他，肖布上校失去了电台，就像失去了一位得力助手，急忙对参谋

长说：“中校先生，快搞一部电台来，快快快！”

麦克中校用最大的嗓门叫道：“团长需要电台，谁有电台快跑步过来！”

果然，在他右侧不远的一位中士背着电台冲过来了，日军的机枪在追扫他，一个搀扶着他的少尉头部被击中倒下了，中士一把将少尉从海水中抱起，焦急地呼唤：“排长，排长……”

“他已经阵亡了，快放开他，团长需要电台！”麦克中校跑过去大声喊道。

中士愤怒地盯住麦克中校：“他是我们通信排排长，一位忠于职守的军人，我……我不能……”

“中士先生，现在正在打战，你能背着死尸与日本人决战吗？再不面对现实服从命令，我就要军法处置你！”麦克咬着牙说着，又有两发炮弹在他旁边爆炸，掀起的巨大水柱冲向空中。

通信中士愣了片刻，一咬牙将他的排长放进海水中，向他深情地敬了一个礼，转身向肖布上校跑去。

电台授话器又送到了肖布团长的手里，他原担任陆战第二师作战处处长时，参加过制订攻占贝蒂欧岛的全部作战计划，故对整个战事布局、岛上地形和日军军事部署都很熟悉。再者，他是个从士兵一步步走到团长位置上的老资格陆战指挥官，不但受过西点军校的严格训练，而且具有丰富的实战经验，有他在现场指挥作战，官兵们似乎都有了几分胜利的把握。

“上校，”麦克中校见肖布在竭尽全力联络各个队伍，呼叫得满头大汗，便说道，“我们的所有步话机和中距电台因没有防水装置，浸水后失效，通信兵几乎全部被日军特等射手（专门瞄准射击通信兵和军官的日本机枪手）杀死，这是唯一一部完好的电台了，您是不是到礁盘缝中隐蔽为好呢？”

肖布白了他一眼：“麦克先生，登陆部队中大部分军官非死即伤，局面异常混乱，现在让我离开等于把胜利交给日本人，我们现在急需与‘马里兰’号战列舰取得联系，请求舰炮火力支援！”

麦克中校点了点头，正要向前赶去时，一艘中型登陆艇将三辆谢尔曼坦克送上了攻击点，电台中传来呼叫声：“肖布团长，肖布团长，我是坦克攻击队队长卡曼上士，我们第七攻击小队进入攻击点，请求命令！”

“卡曼上士！”肖布马上命令，“请你配合步兵抢滩攻击，快！”

谢尔曼坦克尽管只有三辆，但在卡曼上士的指挥下，发挥了坦克的攻坚性能，向日军地堡群抵近攻击。

经过整整一个上午的血战，冲上海岸的美军陆战队员有1 000人左右，他们在坦克的有力支援下，对日军火力点展开逐一进攻，尽管日军沿海岸的滩头地堡火力密集，每攻占一个地堡都要付出高昂的代价，但肖布仍然指挥部队夺取了这个大地堡作为他的作战指挥部。

回忆着一个上午的激烈战斗，与上午相比眼前的战事更紧更急，肖布上校正要跟一个参谋说什么时电台中传来可怕的声音：“团长，团长，卡纳少尉阵亡，卡纳少尉阵亡!”

“命令罗特少尉为突击排排长。喂，你们还有多少人，还有多少人?”

“报告团长，我是罗特少尉，突击排还有6人!”

“罗特少尉，你们马上向敌机场运动，我立即呼唤舰载飞机支援你!”

刚给罗特少尉下达完命令，耳机中又传来一个悲凉的声音：“团长，团长，我是第二团第二营中尉杜特……”

“杜特，”肖布上校立时截断他的话，“你在哪里？请你们营长跟我通话!”

“报告团长，我是杜特中尉。我营在抢占‘零二’号滩头阵地时伤亡惨重，营长阵亡，现在全营仅剩的几十人由我指挥越过海堤后，向岛内推进了大约100米，遭到日军密集火力的阻击，请求支援!”

“杜特中尉，请你原地组织火力反击，我正用电台沟通舰上的炮火支援……”

“团长，最好是舰载机的火力支援!”

“好，你和我同时联络!”

“好！杜特这里有步话机和电台各一部!”

与杜特刚刚联络完，参谋长麦克中校从外面风风火火地返回了，他的右胳膊被炮弹片击伤，鲜红的血浸透了他的半个身体，一条白色的纱带吊在他脖子上。

“麦克，外面怎么样?”肖布急忙迎上去问。

喘着粗气的麦克焦虑地说道：“团长，‘零三’号滩头登陆的第八团第二营伤亡过半，营长克劳少校在我带去的电台的帮助下，总算呼叫到了驱逐舰和航空母舰上的飞机。在舰载火力的倾力支援下，把滩头东侧威胁最大的敌炮火压制住了。但日军的敢死队拼命反击，克劳少校不得不指挥部队与日军展开残酷的白刃格斗后才打退日军敢死队的反扑!”

“中校先生，你应该命令克劳少校向机场攻击!”

“团长，他们正依靠工兵的爆破和喷火器，一步步向机场跑步推进。”麦克中校回答。

“正面攻击困难很大，为什么不迂回攻击呢?”

“上校先生，我组织了一个排迂回攻击正面敌坚固地堡群，部队刚刚出击，就被日军暗火力点全部打死。”

“罗特少尉在哪儿？你看到他们了吗?”

“上校先生，在我离开战场时，罗特少尉正向机场运动，他说是奉您的命令!”

“走，我们马上去，夺取不了机场，我们今天就会前功尽弃!”肖布上校说完，向背电台的中士大声喊道，“跟着我，别跑丢了!”

日本人也深知海岛机场的重要性，他们在这里密布着地堡群、地雷，一门门大炮都在倾力喷射着火舌，大批环绕在机场周围的坦克和装甲车不断抗击着美军的攻击，肖布团长赶到机场东侧的美军占领地时，麦克中校突然猛地向他冲过去，抱住他扑倒并大声喊道：“敌人!”

一发炮弹在麦克中校的呼叫声中“轰”地爆炸了，一块比碗口还大的弹片撕开了参谋长背部的军衣，刺进了他的后背，又从前胸冒了出来……

“参谋长，麦克中校……”肖布抱住他悲伤地大声呼唤。

“团长，敌人的坦克冲上来了，冲上来了!”一个作战参谋大声呼叫。

肖布抬头一看，几辆日军坦克正高速冲击前面的美军陆战队。顿时，陆战队官兵惊慌失措，肖布朝左侧问一个作战参谋：“快调炮，最好是步兵炮!”

“团长，现在到哪儿去找炮呢?”作战参谋焦急地抓着头皮问道。

“报告，第八团第三营赶到!”

肖布扭头一看，第三营营长挺立于他背后正等待命令。他们是第二师的预备队，按照出发前师长的命令，肖布上校指挥全岛攻击部队作战，而第八团第三营留作预备队。

“嗨，来得太及时了。”肖布拍着营长的肩头，“你看，敌坦克正追扫我陆战队官兵，你营有步兵炮吗?”

“有2门!”

“快，命令2门步兵炮攻击日军坦克，封锁滩头东侧日军反击路线，明白吗?”

三营压上去了。

美军步兵炮在向日军坦克速射，冲在最前面的一辆坦克中弹起火了，巨大的爆炸声震耳欲聋。

肖布上校异常兴奋地扭头对参谋们说：“快，我们赶到前面去。今天就算死，也要死在最前线!”

第三十七章　付出高昂代价的进攻战

小引

肖布上校率部血战在海滩上，一批批日军暗火力点吐出一条条火蛇，大批美军官兵倒下了。看着这些曾经同生共死的老兵死在日军枪口下，肖布上校悲愤地命令推土机在坦克的掩护下，推土掩盖住日军地堡火力眼，然而虎将瑞跃少校却阵亡了……

中途岛战役后，美军进一步增援中途岛

第二天的激战比第一天的血战更残酷、更激烈，肖布上校一直在前线督战跟进。

现在，肖布上校小跑步赶到了最前沿，他发现二团三营残部的几十个官兵，在营长瑞跃少校的指挥下，正集结于一小块礁石后的坑道阵地上。

“少校先生，团长来了！”一个作战参谋奔过去向他报告。

瑞跃少校扭头一看，握着手枪的肖布上校用布满血丝的双眼迎住他大声问：“少校先生，立即调整电台频率，我的电台被炮弹炸毁了！”

“团长……”

“别说了，电台，我需要电台！”肖布上校说着，从一个通信少尉手中夺过电台授话器，“快，频率408，我要求驱逐舰炮火掩护！”说着朝左右扫了眼，用自信的语气大声说道：“昨天夜里是我们最可怕、最悲伤的时刻，愚蠢的日本人没有组织强大的火力把我们赶下海。那么今天，我们要给他们挖坟墓了！”

昨夜，的确是肖布上校所讲的美军处于最虚弱的时刻。下午5点钟刚过，肖布上校急忙向登陆部队下达了这样的电令：

> 我登陆部队已达4个营，但我控制的“零二”号、“零三”号滩头阵地的全长仅600余米，平均纵深也仅250米，虽然我大批伤兵干渴、饥饿、疲劳，但这些都不能干扰我们挖掘工事。各部接到电令后马上收缩部队，只有将部队隐蔽于地下才能取得明天的胜利……

向各部下达完命令，肖布上校不敢就此了事地潜入地下堡垒休息，他带着作战参谋们顺着日军修建的一条交通壕，赶到一营所在的“零二”号滩头阵地时，发现战壕中官兵正呼呼大睡。

“一营长！”

“到！”

“你为什么命令官兵睡觉，难道你没有接到电令？”

“报告团长，为了明天的胜利，我命令一半官兵休息，一半官兵挖战壕，只有轮换休息，明天才会有战斗力。”

肖布上校听着点了点头，他从交通壕中爬上来，立于一块半人高的礁石上环扫四周，暮色中，贝蒂欧岛上出现一派少有的荒凉凄惨景象，岛上昔日繁茂的椰林全部被炮火捣毁得干干净净，横七竖八地倒在沙滩礁石上的树干也是弹痕累累。不计其数的尸体到处可见，无人掩埋，臭气冲天，令肖布和他的随行人员呕吐不止。

“团长，您看！”一个参谋指着正前方地面各式各样怪异的沙丘说，“那可能是日军的隐蔽火力点，命令炮兵摧毁吧？”

肖布没有立刻表态，这个夜晚，美军舰上射来的大批照明弹照亮了浸透鲜血的塔拉瓦珊瑚岛礁，一些质量较差的照明弹放出黄灿灿的光，把海岸的沙地映成了凄凉的暗红色，这些暗红色的沙丘到处可见，那都是日军的暗火力点！

“传我的命令，若敌人不进攻我们，我军不得主动出击！”肖布上校对作战参谋说道。

作战参谋赫什斯上尉不解地问：“上校先生，这样做会不会……”

“上尉先生，我军需要的是休息、补给、挖掘战壕，如果今夜日本人发动强大的攻势，我们很有可能被赶下海！快，传我的命令！”

电台很快将肖布上校的命令传达到了各阵地指挥官那里。

“快，到栈桥上去！”肖布上校命令着。

今夜，大海在帮助美军，夜潮涨得越来越高，大批登陆艇借助潮水越过礁盘，赶到栈桥边卸下登陆部队急需的食品、血浆、淡水、弹药和通信器材。

肖布上校此刻赶到沙堤上了，赤道的夜空万里无云，银色的月光照得白色珊瑚衬托出黑色的人影，肖布上校注意到，在椰木钉成的长长栈桥和连接栈桥的长沙堤上面，官兵们正抓紧时间奋力抢运作战物质，增援部队从礁盘上涉水登陆，海面上人影绰绰。

“轰，轰……”突然一阵密集的炮弹向栈桥袭来，炮弹把海水掀起，形成一个个冲天水柱，长堤上奔忙的美国官兵纷纷坠海。

“命令炮兵压制敌炮火！”肖布用电台呼叫着。

从白天的决战中喘息过来的日军正与美军的大炮对射着，炮弹打在栈桥和礁盘上，部分栈桥在炮火中被炸坏了。

“工兵营长请回答，工兵营长请回答，我是肖布上校，我是肖布上校！”

“报告上校，我是工兵营营长，请指示！”

“少校先生，必须赶修栈桥，敌人炸到什么地方，你们就修到什么地方！”

“是！”

这位工兵营长的确是位实战专家，他背着步话机拼命奔跑在栈桥和河堤之间，飞快地修复着被炸坏的栈桥。当一个中士表现出畏难情绪并受了轻伤要求下去时，他亲自为其包扎伤口，并将一枚勋章挂在了他的胸前，拍着他的肩头说：“中士先生，日本人没有什么可怕的，史密斯师长会指挥我们打胜这场仗的！”

一股激情刺激着中士，他不顾伤痛坚守在自己的岗位上，当他战死在栈桥上时，肖布上校正好也赶到了栈桥，他抱起被炮弹削掉了头的中士，沉重地叹口气说：“军人的功绩在战场，中士先生是伟大的军人！”

大海是中士的归宿，他跟着海浪走了……

“敌炮！”参谋大声喊道，拖着肖布上校离开了栈桥，跳上了一辆正开进的

谢尔曼坦克。

“观察哨注意，报告敌炮方位，报告敌炮方位！”肖布上校拿着电台授话器命令。

没过一会儿，第十一号观察哨报告：“上校先生，有一小股日军部队潜藏在一艘搁浅的破舰中向我偷袭！命令正在卸物资的登陆艇拔锚避炮，请战列舰用炮火歼灭敌炮！”

夜色中，美军驱逐舰整夜向岛的东端炮击，阻挡住了日军预备队的反击，而那艘搁浅了的破舰中的日军火力，直到天亮后才被美国航空母舰上起飞的轰炸机歼灭。紧接着，这群战斗机又向从马绍尔群岛飞来的 8 架日本轰炸机发起了攻击。这一夜，肖布上校在阵地上奔忙着没有休息一下，然而他的精力超乎常人，白天又毫无倦意地继续奔跑在战场上。师长命令，在师参谋长埃德森上校尚未登陆之前，攻岛部队所有指挥权都由他掌握。

现在，肖布上校使用三营长瑞跃的电台，终于联络上了驱逐舰、谢尔曼坦克和迫击炮所在的连队。

“快，向‘绿滩’攻击！”肖布上校用手枪指着岛屿北部纵深 150 米、在作战地图上被称为“绿滩”的攻击目标命令道。

“上校先生，这只能由谢尔曼坦克……”

“少校先生，”肖布再次环扫了一眼三营残部的官兵，“把他们分成 3 个战斗组，第一个战斗组正面吸引敌火力，第二个战斗组向左迂回攻击，第三个战斗组由你亲自指挥，紧跟在第二个战斗组后面……”

“上校先生，攻夺‘绿滩’需要重武器配合，那里居高临下，又有日军地堡群……”

“少校，正因为是一场攻坚战我才特地赶来的，我会调配重武器支援你们，快去！”

瑞跃少校指挥部队分开进击了。

肖布拿着无线电台授话器大声喊道：“格贝中尉！”他环扫了一下远处的驱逐舰，接着说道，“格贝中尉，我是肖布上校，我是肖布上校，我命令你指挥你的坦克连从正面攻击‘绿滩’，明白吗？”

“格贝中尉明白！”

谢尔曼坦克在格贝中尉的指挥下，向敌正面阵地发起攻击。

“肖布上校，我是瑞跃少校，在我攻击路上发现敌暗地堡群，请求炮火支援！”

“瑞跃少校，报告你的标尺和方位，我现在就请求炮火支援。”肖布上校说着回过头命令道，“请炮兵指挥官本尔登立即赶到 9 号礁盘以东的滩头，我在那儿等他!”

今天的战斗比昨天更残酷，在大批增援部队登陆的情况下，美军调整了整个攻击指挥体系，步兵在坦克和野战炮的掩护下齐力攻进，满以为能一下子压倒日军，取得决定性胜利，但日军组织了比昨天更疯狂的反击。为争夺每一寸珊瑚礁、每一个小小的地堡，美国军人都要付出血的代价。特别使肖布伤心的是，日军大批暗火力点互相协调，使他很多身经百战的老陆战队官兵死在这里，他只好下达命令，攻击部队官兵一律摸爬滚打，利用椰木残桩、弹坑、沙丘、炸毁的工事作掩护，一步步接近日军火力点，然后将炸药包塞进去。谢尔曼坦克今天发挥了最佳威力，炮兵展开了近距离直射，但是日军的反坦克敢死队和专门点射炮兵的步兵炮，阻击着美军的坦克和步兵炮，使美军攻击受阻，特别是遇到岩壁，非得等工兵实施爆破后才能摧毁日军火力点。

现在，肖布团长赶到了 9 号礁盘以东的滩头，炮兵指挥官还没有赶到，但肖布看到两栖车营长正在地下坐着让人给他包扎头上的伤口。血顺着脸、腮朝下流，可营长咬着牙抱着机枪，不知在跟一个中尉交代什么，不停地挥动手中的机枪，他的四周是刚刚被炮弹炸死的官兵，看上去有 20 多个，肖布上校沉重地吸口气，飞快地奔过去，并大声道：“基股金少校，你怎么样？伤势很重吗？”

基股金少校一听是团长肖布的声音，急忙吃力地站了起来：“报告上校，基股金少校还可以指挥作战!”

肖布上校走近他，仔细观察了一会儿他的伤势，扭头问从野战医院赶来的外科医生：“他需要休息吗？”

“上校先生，基股金少校应该休息，他的伤口有三厘米长，但没有生命危险。”

“啊，”肖布长长地舒了一口气，拍着基股金少校的肩头说，“少校先生，我们连日激战，弹药消耗得惊人，登陆部队带来的弹药也打光了，如果不是你冒着日军密集的弹雨把弹药送上滩头，后果是不堪设想的呢。”

“是啊，团长阁下，除了弹药，我们还运来了解决敌地堡的大批喷火器油料、电台零件、淡水和粮食，我们营伤亡了三分之二，营长也负了伤……”一个中尉说。

“这些堆在滩头的帐篷和酒是你们运来的吗？”肖布盯住中尉问。

“报告上校，是我们运送来的。”基股金少校忙说。

肖布突然拉长脸，“少校先生，你看。”他朝海里一指，“我们大批登陆军部队在海岸寻找登陆地点，而你们把帐篷和酒之类的东西堆放在海岸，导致他们不能很快上岸，敌人的炮弹却正在他们中间爆炸，你难道不知道吗？”

基股金少校一时语塞。

“推土机，用推土机把这些暂时不用的帐篷和酒之类的东西推进海里，让登陆部队快点上岸！”

隆隆的推土机声交织在炮击声中，基股金少校费了九牛二虎之力运上岸的帐篷和酒被推进了大海，大批的登陆部队快速冲上滩头向日军发起攻击。

“快，推土机跟在坦克后面！”肖布上校命令着。

“上校，”基股金少校惊异地问道：“推土机跟在坦克后面干什么？”

“推起沙土，把敌人地堡的机枪眼堵住，明白吗？”肖布上校回答。

果然，推土机能大显身手，当谢尔曼坦克冲过去，后面的暗地堡机枪正要向美军步兵扫射时，装有厚钢板的推土机推起一堆堆沙土将地堡的机枪眼堵住，步兵紧跟着冲上去。

“轰……”日军各种口径大炮朝推土机射击，有几辆坦克和推土机顿时被摧毁，火光冲天。

“上校先生，朱利安·史密斯师长跟您通话！”通信兵说道。

肖布接过授话器和耳机，耳机中传来朱利安少将的声音，他是询问战场情况的。肖布回答：“报告将军，我抢滩部队遭到日军比昨天更猛烈的阻击，伤亡惨重，有的营已经被打光了……”

“你应该把登陆的山炮组织起来反击！”

“将军，有 7 门山炮刚刚登陆，他们正用直接瞄准的办法摧毁敌人火力点！”

“很好，”师长说着又问：“‘绿滩’攻占了没有？”

“报告将军，二团三营分成 3 个战斗组正在攻击！”

“命令炮兵全力轰击，必须在今天下午 5 点之前夺取‘绿滩’！”

“将军，我不会令您遗憾的！”肖布上校回答完，刚放下无线电台授话器时，奉命赶到的炮兵指挥官喘着气挺立在他面前等待命令。

“本尔登上尉，你怎么现在才来，难道你认为我是邀请你来打高尔夫球的吗？”肖布上校生气地质问他。

炮兵指挥官本尔登上尉忙答：“上校先生，‘零三’号滩头有一支 200 人的敢死队，我用炮火掩护他们，在一声声呐喊中终于冲过了被阳光照得很刺眼的主跑道，之后又向前推进了大约 30 米。刚刚进入残破的工事基地，日军各暗火力点猛攻过来，封锁了我军南进的道路，我用炮火为陆战队开路，一直等到大批坦克增援上来，我才脱身赶来的。”

“好吧，上尉先生，你马上指挥炮兵掩护我迂回进攻‘绿滩’的部队！”

炮兵指挥官朝攻击目标望了望说：“上校先生，硝烟滚滚，能见度太低，是不是请航空兵火力支援呢？”

“不行，不行，刚才我请求航空母舰上的飞机提供近距离轰炸，因地空无线电联络不畅，反而误伤了不少我攻击部队，现在只能靠地面部队进攻了！”

“报告上校，瑞跃少校阵亡！”有人跑步赶来报告。

肖布吃惊地睁大双眼问：“攻击部队离‘绿滩’还有多远？”

“正面攻击伤亡太大，已经撤下来了，迂回攻击部队伤亡也很大，炮兵还没进入阵地。军预务队六团一营已经在‘绿滩’南部登陆，前进到了机场西端，二营攻占了贝蒂欧岛东邻的拜里苍岛，师部炮兵正榴弹炮从拜里苍岛向贝蒂欧岛的东端轰击！”

“很好，形势很好！”肖布团长笑了，“本尔登上尉，你都听到了吧？快，把炮击目标指向‘绿滩’！”

一场血的厮杀正在进行着，肖布上校跟着炮弹，跟着一群呐喊的陆战官兵冲向攻击目标，一座座日军地堡被摧毁，然而，一群群美军官兵倒在了日军机枪火力下，他们从此长眠在这座海岛……

第三十八章　一天一夜的血腥厮杀

小引

美军师长朱利安·史密斯少将不顾随时阵亡的危险乘战车冲向海岸时，日军炮弹急袭，他忙从战车中爬出来涉水直奔海岸，日军的快速反击打得他睁不开眼睛，一批美国军人阵亡，师参谋长督战一线，少将师长不放心急奔向最前线的血战……

美军增援舰队

11 月 22 日，也就是开战的第三天下午五点钟，陆战第二师师长朱利安·史密斯将军乘坐两栖车正在向礁盘冲击时，突然 5 发炮弹在他的两栖车四周爆炸。朱利安少将还没来得及说话，作战参谋就报告道：“将军阁下，我车驾驶员两眼被炮弹片刺伤，左胳膊被削掉，请您立即下车涉水。敌炮正瞄准我战车攻击！”

“一定是敌人的间谍在活动，不然怎么会老盯着我的车攻击呢！”朱利安将军边说边敏捷地冲出车，海水没到脖子处，几个参谋护卫好朱利安，日军岸防炮在拼命轰击，炸起的水柱足有几层楼高。

昨天，自从榴弹炮向贝蒂欧岛端东端轰击后，在重炮的攻击中，日军地堡群受到了严重威胁。

肖布上校在亲自指挥坦克、炮兵、步兵协同作战夺取“绿滩”后，恢复了整个攻击的有效组织和节奏，下午 1 点钟，他向师长报告说：“将军阁下，胜利正在向我们招手！”

“上校先生，你必须坚持向胜利前进，参谋长埃德森上校很快就会赶到，请你配合他指挥作战！”

“将军阁下，”肖布上校这才长长地舒了一口气，因为有几个团的部队都登陆了，埃德森参谋长来接替他指挥全岛作战，这使他顿感轻松，他将重新指挥自己的第二团作战，“参谋长先生什么时候赶到？”

“傍晚！”朱利安将军说着，顿了一下又问，“今天夜晚要作好与日军拼杀的准备，部队情绪怎么样？”

“将军，我滩头部队经过两天激战，所有部队全部被打乱了，有的部队被打光了，我攻击部队被日军阻击在几个小区域内，滴水未进，酷日如焚，很多官兵不是战死而是中暑死的，有的士兵患了‘战斗恐惧症’，精神失常，在阵地上歇斯底里地呼叫，只有刚登陆的官兵士气高昂。”

“上校先生，”朱利安少将说，“困难是很多，但今夜要防止日军爬出洞来骚扰我们！”

“是，我一定执行您的命令！”

果然，埃德森参谋长傍晚就赶到了，肖布上校即刻移交了指挥权，之后回到了自己的团队。

今天上午的战斗比昨天更激烈，朱利安少将用电台询问埃德森上校时，忙于战事的参谋长大声报告说：“将军阁下，从清晨六点钟开始，我军向日军发动全线攻击……”

“参谋长阁下，全线大规模进攻是不行的，应重点突破，全歼机场与‘绿滩’之间的日军主力部队，我们判断敌人在岛的东边有一支主力部队！”

“师长，您所说的这两个主攻方向，肖布上校正指挥部队全力攻击！”

“伤亡呢?”

“将军，每一个地堡、每一条战壕、每一个机枪眼，甚至每一棵椰树都是难对付的目标，牺牲很大。”

“据说岛的西边敌人力量薄弱，能不能让肖布指挥一个营，从那儿突破呢?”

“将军，岛的西边已经有两个营在那里激战。过去的侦察有误，西边敌构筑有密集堡垒工事，日军凭借这些工事进行最顽固的抵抗，我们进攻了几个小时，伤亡惨重，才前进了几十米呢。”

“快撤下来!”朱利安少将急忙大声吼叫道：“上校，不能死伤太大。利用炮兵、喷火器、坦克攻击，步兵应从狂热的冲击气氛中清醒过来!”

“是，我马上执行您的命令!”

朱利安少将刚刚关闭电台，又一个绿色信号灯闪烁着，他急忙打开这个开关时，一个急切的呼叫声冲进他耳门。

“师长，师长，我是肖布，我是肖布……”

“肖布上校，我是师长，请报告!”

“师长，我在‘零一’号滩头攻击受阻，这里日军有一个环形地堡群，配备3门大炮、11门小口径炮、9挺重机枪、13挺轻机枪，地堡的关键地方一律是厚钢板，被椰木围护，火力配备没有死角，请求舰炮火力支援!”

“好，你马上请炮兵指挥官跟我战列舰炮兵指挥官直接通话!”

两名炮兵指挥官在电台中通话了，随后美军战列舰、驱逐舰上的大炮开始了咆哮，在硝烟滚滚的“零一”号滩头，日军的火力顿时被淹没了……

此时舰首上的朱利安少将正通过电台了解战区的战况，当埃德森上校向他报告完“零一”号滩头日军坚固的地堡被彻底摧毁时，他微笑着正要表示祝贺时，八团一营营长格鲁少校直接用电台呼叫他了。

“师长，朱利安少将，”格鲁少校大声呼叫，“我攻击受阻，请求航空火力支援!”

“格鲁少校，因部队处于近距离作战，双方兵力密集，地面硝烟浓烈，航空火力容易杀伤我兵力，请你组织火力，将敌机场西部的火力点全部拔除!”

再次接到师长的直接命令，一营营长格鲁少校从一辆轻型坦克中爬出来，借助一棵刚刚被日军炮弹炸倒的大树作掩护，举着望远镜仔细观察敌人工事。这是敌战斗机机场西部的一个最大火力点，格鲁少校望了一会儿，把坦克炮手霍纳上士叫到眼前说：“上士先生，请你再冲上去攻击!”

霍纳上士阴沉着脸一言不发，他眨了眨打红了的双眼，叹着长气说：“营长，刚才我把坦克驶近敌火力点，炮口几乎是抵近敌机枪口猛轰，但我们坦克的炮还是无法捣毁敌地堡!”

格鲁少校听着没有回答，上士讲的是实话，并非是临阵拒绝命令，他扭头望了眼身后的部队，心中非常感谢塔拉瓦今天涨起的大海潮，大片大片的礁盘被海水淹没，所以登陆艇就可以直接将部队送上了海岸。现在，部队正在各个炮弹坑、残破工事中潜伏着，等待攻占这个大地堡！

“工兵连连长特斯纳中尉！”

“营长，我在这儿！”一个人从炮弹坑中探出头回答道。

“快过来！”格鲁少校一挥手。

工兵连连长特斯纳中尉沿着一条残破的交通壕，连滚带爬地赶过来了。

格鲁少校望着工兵连连长沉思了片刻，指着敌地堡说：“中尉先生，这个日军大地堡，坦克炮抵近射孔射击无效，你有办法炸毁它吗？”

特斯纳中尉望着大地堡四周死伤遍地的美军攻堡官兵，顿时明白付出高昂代价后仍然没有攻破的大地堡是块极难啃的骨头。

“少校，”特斯纳中尉拧紧眉头说，“我希望有坦克在正面吸引敌火力，我工兵从左右迂回攻击！”

“中尉，我需要你回答用什么战术攻破！”

“炸药包、定向地雷、爆破筒全朝地堡射孔攻击，我要把这个大火力点夷为平地，变成敌人的坟墓！”

“好，发起攻击！”

不一会儿，正面的坦克攻击开始了，战火硝烟滚滚，将敌人的火力吸引住了，只见工兵连连长身先士卒，兵分两路从左右两边迂回攻了上去，在声声呐喊中，将炸药包、定向地雷、爆破筒塞入了敌地堡射孔……

“报告，报告参谋长埃德森上校，机场西部的那个大地堡已经被摧毁！”

“好，谢谢你，格鲁少校，战后我会请朱利安师长给你授勋的！”埃德森上校兴奋地回答完，转动电台频率忙大声道：“六团一营，六团一营，你们的情况怎么样？”

“报告参谋长，我是六团一营琼斯少校，肖布上校正指挥我部与敌决战！”

“琼斯少校，我请你向师指挥部报告战况！”

“报告参谋长，我营用6辆坦克为前导，沿着贝蒂欧岛南岸进攻，打得比较顺利，一批日军敢死队企图炸毁我坦克，被我步兵潜猎手全部歼灭，一批对我步兵威胁最大的地堡群已被我坦克火力捣毁。我军向前推进了200米，击毙日军200人！”

“谢谢你，琼斯少校，我有一个营的兵力昨天已经冲到了日军机场的南部，你跟他们联络上了吗？”

“报告参谋长，我军昨天冲到敌机场南部的300名官兵已经与我部会合，我军已经完成了对敌占岛以西的包围！”

“马上攻击，需要重武器配合吗?”

“报告参谋长，肖布团长又调配给我 8 辆坦克，我已经按照肖布团长的命令冲出阵地，继续向东攻击推进，同时，肖布团长又命令 2 个营在北边配合我作战!”

……

激战是最残忍的拼命，师长朱利安少将决定赶到岛上亲自指挥战斗。

朱利安少将涉水上岸时已经是晚上了，繁星点点的海空是那样神秘而富有魅力，大海仍然在阵阵咆哮。

走进战时指挥部，朱利安少将接过了参谋长的一切指挥权，黑夜，师指挥部的气氛异常沉重、压抑，参谋长埃德森上校立于作战地图前沉思。

“参谋长阁下，”朱利安少将说，“马上命令琼斯少校的副官约尔猛中尉，去潘恩栈桥东侧指挥那里的部队，我任命他为上尉副营长!”

“是。”埃德森应了声扭头对电台通信兵说道，“四营营长在潘恩栈桥阵亡，命令约尔猛中尉接替四营营长的指挥权，师部晋升他为上尉副营长!”

电台立时传出这道命令。

提起潘恩栈桥血战，埃德森上校就热血沸腾。当四营营长指挥部队在潘恩栈桥血战时，桥东侧的 403 号码头附近，突然冒出密集的炮火直击四营的背部和左翼。四营营长经过观察，发现原来是码头附近有一个三角形防御阵地，便命令二连、三连强攻，两个连很快遭到巨大的杀伤。四营营长怒气冲冲地跑到迫击炮连阵地，大声吼叫：“给我轰，快轰击，把所有的炮弹都倾泻上去!”

炮兵们发狂了，在连续三个多小时的轰击中，多枚炮弹几乎同时击中一个地堡，敌人的火力受到美军炮火的压制，四营营长大吼一声：“坦克，攻上去!”

几辆坦克互相掩护着冲上去了，一阵炮弹倾泻后又一个地堡被摧毁，四营营长异常兴奋地大声吼道：“冲上去!”

“嗒嗒……”一阵急促的机枪扫射，扫倒了一批刚刚跃出战壕的美军官兵。

“卧倒!”四营长大呼。

冲击的部队又卧倒了，四营营长卧在一个炮弹坑中观察到敌情后，把工兵中尉叫到跟前说：“中尉，敌人的火力点在我军后面的小沙丘上，你要亲自上去!”

“是!”中尉说着一挥手，“喷火器、炸药和爆破筒组跟着我上!”

精明的工兵中尉指挥官封死了日军工事的进出口，将 109 名日军官兵全部闷死在地堡里。

“推土机上!”四营营长大呼!

两台推土机在五挺机枪的掩护下冲上去了，他们借助巨大的铲力推起一堆堆珊瑚砂，埋掉了一个大坑道口，然而，四营营长和他的 128 位官兵也永远长眠在

这里了……

“报告，日军敢死队开始攻击了！”一个作战参谋报告。

朱利安少将接着问：“多少兵力?”

“有300多人。”

“快，命令拜里基岛上待命的二营增援上来！”师长大声道，“岛上的勇士们必须振作精神再战！”

“报告，这是刚刚缴获的日军电报！”朱利安少将接过电报，上面写着：

> 将军，我军因遭到美军的强大攻击，弹尽粮绝，无食用淡水，部队疲劳到极点，有些官兵因忍受不了这种拼杀折磨而自杀了。现300名敢死队队员在松尾敬公大佐的指挥下，向美军发动猛攻，生死存亡就在今夜……

读完这封截获的电文，朱利安师长立刻与参谋长和作战处处长研究应对之策，还没讲上几句，通信参谋又赶进来报告：“师长，在岛西部被我包围的日军，利用夜间向六团的两个主力连发动攻击！”

“伤亡情况怎么样?”

“日军手持刺刀、手榴弹，咆哮着冲入我阵地，双方正进行激烈的肉搏战！”

“命令师特务营增援上去！”朱利安少将说。

美军尽管登陆部队较多，但攻占的地盘极为有限，双方的阵地犬牙交错，美军有的地方背部还潜伏着日军坚固的火力点，朱利安少将深深地认识到今夜局势的严酷性。现在，日军大佐（相当于上校）松尾敬公指挥敢死队冲上来了，显然今夜又将是一场血腥厮杀。他忙拔出手枪大声道：“军官们，到肉搏战场去。走！”

朱利安少将不顾个人安危，向战斗最激烈的地方冲去！生死难测……

第三十九章　惊叹的尼米兹上将

小引

死亡是军人面临的不能回避的事实，然而，美国军人在日军的火力下伤亡惨重的历史，不得不让未来的美国官兵沉思：日本军人曾经对美国人做了什么？

太平洋岛屿上的日军士兵

11 月 25 日，美军战将尼米兹上将匆忙地赶到塔拉瓦战场，这里已经没有炮声、没有军人的厮杀呐喊，只有伤兵发出的凄凉、悲伤的呻吟声。“报告上将，美利坚合众国陆战二师师长朱利安少将奉命赶到！”

尼米兹将军默默地点了点头，突然问：“少将阁下，听说在贝蒂欧岛东部，你指挥反击部队与日军敢死队厮杀，击毙以松尾敬公大佐为首的日本官兵 300 余人！”

“是这样的，将军，敌 300 精兵当夜全部阵亡！”

最后的攻击是在第四天拂晓发动的，在几乎没有遇到反击的情况下，美军扫荡着全战区，只有潜藏于贝蒂欧岛尾部的日军在坚固工事中反击。朱利安将军深入前线，立于一辆被炸毁的日军坦克炮塔上，用电台指挥舰炮和大批轰炸机猛烈轰击这一地区的日军地堡。当日军完全没有反击力时，朱利安少将走上日军阵地，发现这块阵地像月球一样荒凉，几个日军见他们走过来，呆若木鸡，连自杀的力气都没有了，有的毫无表情地盯住手持喷火器逼过来的美军，好像是等待着被烧成焦炭。这时，六团一营的电报送到了朱利安将军手中：

将军，13 点整，我营从出发地一直打到岛东端。同时我还要向您报告，日军机场和“绿滩”之间的日军阵地全部被我攻克，日军官兵从狐洞中爬出来，个个蓬头垢面、血迹斑斑，真是人鬼难分！

“我们胜利了，请军长登陆！”朱利安兴奋地挥舞着双拳。

11 月 24 日，军长霍兰德·史密斯海军中将登上战后的贝蒂欧岛，他巡视着满目横尸的战场，万分激动。

“将军阁下，”他对朱利安师长说：“吉尔伯特群岛原属英国，你马上令人到‘蒙洛维亚’号运输舰上去借一面‘米’字旗来！”

朱利安将军知道军长要干什么，他执行了这个命令。当中午阳光最灿烂的时候，两棵被炮弹削秃的椰树被当作旗杆，在美国国歌声中，美国和英国的国旗在徐徐上升。此时此刻，霍兰德·史密斯军长和朱利安师长同激战后的官兵们立于海滩上，望着国旗在海风中猎猎作响，官兵们个个热泪盈眶……

今天是 11 月 25 日，尼米兹上将和他的太平洋舰队高级指挥官们赶到了这弹坑如麻的战场，向他的部下致谢授勋，并研究日军半地下式碉堡和美军未来进攻的马金岛，因为在马金环礁岛的主岛布塔里塔里岛和塔拉瓦环礁岛的其他小岛上，日军的工事结构很可能比这里更复杂、更多变。

一份贝蒂欧岛战斗的伤亡报告，由朱利安少将送到了尼米兹上将的手中，尼米兹上将忙接过来一看，这样一排数字立即映进他眼帘：

陆战二师阵亡官兵986人，轻、重伤共2 209人，海军伤亡39人，俘虏日军12人、朝鲜劳工134人，其余守岛日军全部阵亡……

读到这里，尼米兹上将惊叹道：“在我所经历的战事中，从未见过如此狰狞的战场啊！”

霍兰德·史密斯中将忙接过话说：“将军阁下，我建议中太平洋舰队的两栖军官必须来这儿参观，我们要把这里当成战术课堂！”

“我完全同意，同时，我们马上在夏威夷利用一个荒岛完全模仿贝蒂欧岛的日军工事，让舰炮和陆战队军官演习训练！”尼米兹将军接着说。

全体军官都同意尼米兹将军的建议，当天，尼米兹将军给国防部的报告中有一段是这样写的：

……将军们，我们是攻占了贝蒂欧珊瑚岛，但这一战教训着我们：两栖登陆作战事先必须有周密的侦察、舰炮攻击；空袭要充分准确，配合得巧妙；必须装备足够的两栖车；制定准确的潮汐表；要有对付半地下式碉堡的装备和战术，其中通信设备最为关键……

美国太平洋舰队的官兵们吸取了这次血战的教训，他们执行了尼米兹上将的命令，在以后的太平洋诸岛争夺中，一路冲过密克罗尼西亚、硫磺岛、冲绳岛，一直打到了东京湾。

第六卷　马里亚纳海空的较量

美军第58特混舰队在中太平洋集结，美军指挥官米切尔将军接到日军海军第一机动部队将向他攻击的情报后，在海域布下伏兵，并以海军航空兵加强空中的攻击力量。在两军展开厮杀之时，几乎整个中太平洋都处于硝烟弥漫之中。战机与战舰的激战，使双方官兵血肉横飞、漂尸洋面……

在热带丛林中的日军士兵

第四十章　志在必得的小泽中将

小引

大战前夜，日军中将领之间的争权夺利愈演愈烈。小泽中将眼中的沙粒是大川少将，若不除掉，如鲠在喉，怎么样除呢？是利用美军的攻击来击毙他，还是血染作战指挥部……

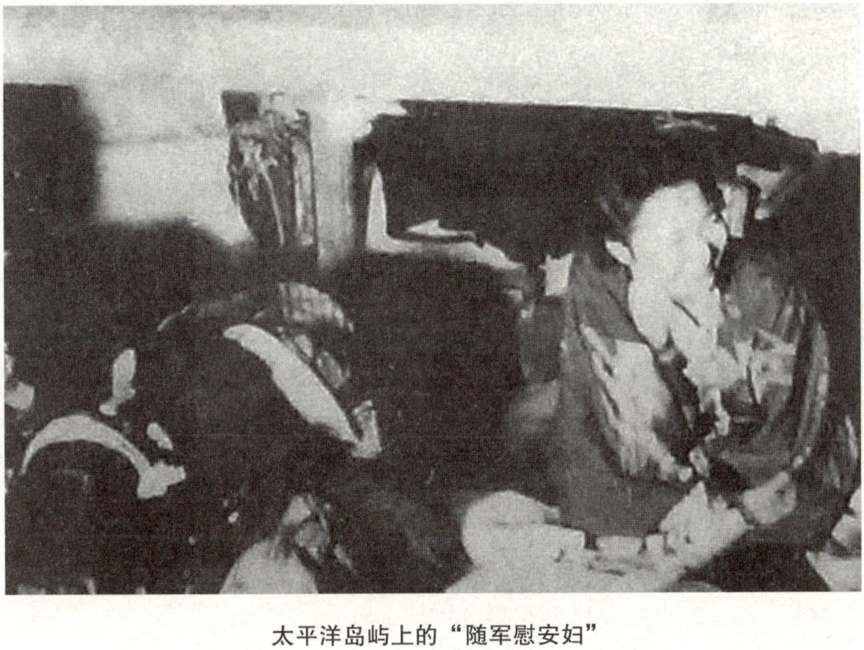

太平洋岛屿上的“随军慰安妇”

1944年5月的一天晚上，天下着小雨，东南风虽然不是很大，但仍然将海水掀成一座座白色的小山。停在海中的大小军舰被浪花冲击着，不断地摇晃。水兵们都安睡了，只有军舰顶部的几个哨兵，举着长筒高倍望远镜，密切注视着远近海的动态。

此刻，日本海军第一机动部队司令部作战指挥部会议室里，昏沉沉的灯光下，匆忙赶来开会的海军军官们都阴沉着脸坐在那里，当部队司令官小泽治三郎中将板着脸出现在门口时，众战将“唰”地起立致敬。小泽中将微微地点了点头，大家又“唰”地坐下，挺着腰板，两眼注视着司令官的一举一动。

小泽中将几乎跟每位战将都对视后，才转过头对门外的卫队点了点头。这时，卫队长和几个士兵押进了两个美军战俘。在座的军官们都知道，这两个美军战俘都很年轻，体格健壮，飞行素质较高，10天前，当他俩驾驶侦察机飞临日本舰队上空进行超低空拍照时，被日本舰炮击中而被俘。今天，小泽中将为什么要将他们押进前线的重要军事会场呢？

两个美军战俘垂头丧气地立于指定的左角，由四个卫队员守卫着。小泽中将睁着一双充血的眼睛，死死盯住战俘沉默了一两分钟，又回头盯了一眼桌上的精制文件夹，文件夹的右侧上角有“绝对机密”四个字。

打开文件夹，小泽治三郎中将抬头环视着他的部下，然后提高嗓门大声地说：“将军们，现在我向大家宣读刚刚搜集到的最新机密情报……”

将军们都睁大眼睛盯着小泽司令长官。

“……美军参谋长联席会议决定，美军中太平洋一线的海军和海军陆战队，下一个进攻目标是日本国防圈内的马里亚纳群岛，而首先要夺取战略要地塞班……”小泽中将一字一顿地读着。

昨天上午，一架战机将小泽中将送到了日本海军大将丰田副武司令长官的指挥部（山本和古贺战死后，丰田副武大将升任日本海军司令长官）。当小泽中将在参谋长的陪同下走进丰田司令长官的作战指挥室时，丰田大将正双眼凝视着墙上的巨幅军事地图，他的右手指着图上的马里亚纳群岛不停地敲击着，嘴里不知在喃喃地说些什么，有点神经质。

“司令长官阁下，第一机动部队司令长官小泽中将奉命赶到！”参谋长报告说。

“您好，司令长官阁下！”小泽中将忙讨好地说道。

丰田大将傲慢地转过身来，蜡黄蜡黄的脸上皱纹在颤抖，他知道，没有山本的死，就没有他的今天。然而，海军司令长官的位置不是那么好待的，一连串的败战几乎使他喘不过气来，他真恨不得率领所有的舰队一夜攻到美国旧金山，捣毁美国的所有海军基地，为日本海军再树军威！

“小泽中将阁下，”丰田大将打破室内短暂的沉默说道，“世界上很多军事专家认为，山本大将的遇难使日本海军昔日的凛凛威风一扫而尽，仅有的几个舰队也是气血两虚，无力再战了……”

“我们有足够的实力打败我们的敌人！”小泽咆哮般大声叫着，挥舞着双拳，“没有山本，我们在您的指挥下，肯定战无不胜！”

丰田听后没有立刻赞扬这位吹捧自己的追随者，他冷静地吸了口烟，接着用别人的话语引出自己内心的隐痛：“据美国西点军校的军事战略家戴尔根博士分析，日本海军联合舰队已经没有了作战实力，特别是瓜达尔卡纳尔岛战役以后，美国中太平洋海军和海军陆战队，发动了前所未有的强大‘越岛攻击’战术，日军控制的一个又一个具有战略意义的海岛已经被美军攻占。目前，美军以敏捷的速度向前推进。日本海军在失去了吉尔伯特群岛和马绍尔群岛之后，为了保存实力，只得忍痛撤出特鲁克环礁，蜷缩到了菲律宾的塔威群岛。日本海军制订的打击美军的‘阿’号作战计划，因受到燃料供应的限制，也不敢实施作战，而只能在距菲律宾较近的帛琉岛和雅浦岛以南地区，不时地对美军搞几个小动作。”丰田把这位博士的话重复到这里，顿了一下又说道：“我们不得不佩服这位博士，他研究和掌握的情报是准确的。小泽将军，你说呢？”

雄心勃勃的小泽不吭声了，因为西点军校戴尔根博士的分析点是属实的。他只有用叹气来表达哀伤的心情……

“中将阁下，”丰田大将语气缓慢了下来，哀伤感极强，“你再看看这份最新军事情报。”

小泽中将很理解司令长官的心情，急忙接过最新情报。

看完情报，小泽愣了一下，问道：“海军本部对美军的军事计划准备采取什么样的对策呢？如果对策失误，不但日本海军要全军覆灭，而且日本本土也将受到美军的威胁！”

“你分析得完全正确，谢谢你，中将阁下！”丰田大将说着，话锋一转，“我们已经制订了作战方案。”

小泽中将沉默着，他了解丰田大将的性格，每当他要宣告一个重大行动时，不喜欢别人多言。

丰田司令长官走近小泽中将，然后反背着手又走开，在地图前一边踱步一边说道：“中将阁下，你的第一机动部队所需的油料都已得到解决，舰队也很有战斗实力，再加上你的军事指挥天才，海军本部是非常信任你的。现在，我委派你的部队 24 小时内马上起航，赶赴马里亚纳海区，快速增援塞班岛，反击美军海军和海军陆战队在这一地带的两栖登陆……”

“司令长官阁下，我的舰队……”

“好啦，中将阁下，你不要再提过多的要求了。你平时在舰队军人中人缘关系很好。我已经通知了驻守塞班岛的斋藤部队了，他们对你的驰援非常高兴。”丰田大将说到这里停住，将右手轻轻地放到小泽中将肩头：“阁下，老实对你讲吧，这次的大海战不仅关系到日本海军的命运、前途，也关系到日本本土的安全，我把任务交给你是经过反复研究才决定的。我希望你马上与本部作战处共同研究具体作战方案，要打好这一仗，日本海军和日本本土的安全就寄托在你身上了。”

小泽中将听着，深深地吸了口沉闷的空气，吃力地点了点头说：“司令长官阁下，既然您这样信任我，我小泽决定战死于马里亚纳群岛！”

回来后品味着同丰田大将的对话，小泽治三郎中将脸上露出了少有的微笑。如果打完这一仗，他胜利返航，而丰田因某种原因退役或者被暗算了，那么毫无疑问，海军司令长官的位置就是他的了。想着这个梦，他的心田奔泻进一股甜水，但很快又被一股沉重的忧虑冲散了。他读完丰田交给他的情报，没有立刻发表意见，只是用目光巡视着到会的众军官，大家仍然用沉默回答他。

“丰田司令长官把这次决定日本海军命运的任务交给我们，我们一定要有信心、有决心打胜这一仗，让美军领教日本海军的威力！”小泽中将激昂地说。

这时，“大凤”号航空母舰副指挥官大川木左少将突然站了起来，他用右手扶了扶金丝眼镜架，意味深长地说：“司令官阁下，”他如此称呼小泽中将，“尽管我日本海军在马里亚纳群岛战区拥有强大的联合舰队，但是，我们必须清楚地认识到，我们日本海军和航空兵的精英战将，在近几年的浴血激战中几乎消耗殆尽，我们应该正视这个事实！”说到这里，他环扫了下众人。

在座的众军官没有料到大川木左少将会开口说出与小泽中将态度相反的言语，更不了解他的用意和后面还要继续讲什么，一个个都目瞪口呆地注视着他。

小泽中将此时也摸不清大川木左少将的用意，只好涨红脸忍气听下去。

大川木左少将当然将人们的神态尽收眼底，他决意要在这个会议上引爆一颗“炸弹”，使小泽中将发热的头脑稍稍冷静下来。

“现在，应该请大家回顾一下美军中太平洋海军的实力。目前，美军斯普鲁恩斯和米切尔的编队战舰、大型航空母舰有 7 艘，轻型航空母舰有 8 艘，战列舰有 7 艘，重巡洋舰有 7 艘，轻巡洋舰有 12 艘，驱逐舰有 68 艘，舰载机达1 000 架。而我军舰载机仅 500 架（实际只有 475 架），就是将我岸基（指以陆地为基地的飞机）航空兵的飞机加在一块，数量上也比美军差得多。还有飞机驾驶员的军事素质也不能与美军相比。况且，我们的对手，正是中途岛海战和瓜达尔卡纳尔岛海战中大胜我军的美军战将斯普鲁恩斯和米切尔呢！面对美军雄厚的军事实力，我提请小泽司令长官加倍谨慎，一定要制订出切实可行的作战方案，万万不

可单凭勇敢而不用智谋!”

小泽听着冷冷一笑，“啪”地一掌猛击桌面大声吼道：“大川少将，你得了恐惧症吗?”

其他一些军官也开始呼叫起来——

“我们有力量与美军在马里亚纳群岛再战!”

“中途岛和瓜达尔卡纳尔岛海战的失败，绝不意味着我们日本打不过美军!”

“世界上没有常胜的军队，我们这次要教训美国人!”

大川木左少将像没有听到一样，坐在那里吸着烟，外表看上去很是安静。

小泽中将不停地用目光支持他的追随者，抗拒大川的意见，虽然暂时获得了一点自我安慰，可内心深处也在权衡美日双方海军在马里亚纳海的实力。

小泽中将所指挥的第一机动部队，可以说是当时日本海军唯一的精英舰队了。他拥有5艘战列舰，5艘大型航空母舰，5艘轻型航空母舰，重、轻巡洋舰各1艘和28艘驱逐舰。按战舰实力，确实不能与美军相比，但此时是在向全舰队布置作战任务，劲可鼓不可泄，大川少将发表的意见，完全是拔气门芯子，显然是畏惧作战，煽动大家不同意在马里亚纳海作战，与小泽针锋相对，小泽怎么能忍受呢?

在小泽中将的手势下，众军官都安静了下来，然而还有人在用恶狠狠的目光扫视大川少将。

“根据日本军法，对临战的日本军人，无论职务高低，只要畏惧作战者都格杀勿论!”小泽中将重复着这条军法，拔出长剑，对大川少将说道，“大川少将，难道你不知道日本军队的法令?”

大川少将“唰”地又站起来，面对杀气腾腾的小泽中将并不惊慌，面部也没有恐惧之色，而是与小泽对视着冷冷地说：“司令官阁下，我们都是日本海军的高级将领，都了解日本的军纪军法，更了解自己肩上的责任，如果您认为我是恐惧作战，那么，让我当着众军官的面把话讲完再处置也不迟。”

“请讲，少将阁下!”小泽中将神态凶狠地咬着牙说。

大川少将沉默了片刻才继续道：“在珊瑚海战和圣克鲁斯海战中，我们的‘翔鹤’号和‘瑞鹤’号两艘大型航空母舰发挥了一定的作用，但是没有完全打出日本海军的军威，协同作战不力，这次我所在的‘大凤’号航空母舰，是这次大战中敌人的重点攻击目标，我们要发挥巨大的海空优势……”

大川少将所在的“大凤”号航空母舰，是一艘有70 000吨级的日本巨型舰，它是当时最先进的装甲航空母舰。当它还在建造时，日本海空作战研究参谋部就吸取了世界各国战舰海空作战的优点，对舰上的火炮等装备都作了可行的实战改进。它不但安装了100毫米的装甲飞行甲板，还在舰上的关键部位安装了最先进

的区域灭火装置，舰上的设备和舰载人员都比其他舰多得多。当 1944 年 3 月它由川崎重工业公司神户造船厂造成准备服役时，丰田副武拍着小泽中将的肩头说：“日本海军舰队的魂就交给你指挥了。这是一艘永不沉没的战舰，我希望它代表日本海军，百战不败！……”

“将军阁下，您说的完全正确！”小泽得意地附和道。

举行完“大凤”号航空母舰的下水仪式，丰田副武跟小泽中将商量，让正在小泽中将作战处任作战处长的大川少将到海军本部，也就是到丰田副武的作战处工作。小泽一听顿时一惊，大川两次到英国和美国学习海军指挥专业，而且通过几次海战显示出较高的海上指挥作战能力，丰田大将曾在众多场合表扬了他。这次被选调进海军本部，可见他未来的前途不可限量。小泽不想让下级跑到他的前面，但表面不好拒绝，只好说道：“将军阁下，‘大凤’号肯定是敌人的打击中心，也是我军抵抗敌人的核心力量，所以，我已决定让大川将军指挥这艘战舰。等打完一个大仗，我们再力荐一个天才的军事家交给您培养。”

丰田大将一听，只好作罢。

小泽中将见丰田大将对大川少将着意栽培，从此怀恨于心，只给大川少将安排了“大凤”号副舰长之职，狠狠地压住他，不让其过多地抛头露面。大川也心中有数，也对小泽怀恨在心，两个政敌展开了暗斗，各自都想抓住对方的尾巴到丰田那里告状。

今天，小泽中将觉得时机成熟了，只要大川明确表示畏惧作战，全体军官作证，他就马上革去大川的副舰长之职，然后利用海战混乱的时机处决他，伪造一个被美机扫射死的现场拍摄下来，好向丰田大将交差。大川一死，这个心头之恨也就烟消云散。

虽称不上老谋，但确实深算的大川少将，一眼识破了小泽中将内心的隐秘处，他不露声色地讲述了一些自己对这次决定日本海军命运大战的看法后，突然盯住小泽阴冷的目光毫不示弱地说道：“司令官阁下，我想进一步发表自己的见解……”

“嗯，说吧！”小泽中将连看都不看他一眼。

“既然美军已经搜集到我‘阿’号作战计划，我们就应该改变‘阿’号作战计划的实施内容……”大川少将说。

“少将阁下，请你注意，‘阿’号作战方案是经过丰田司令长官制订批示的，绝非一两人策划的，再说美军只知道有这个计划，而根本不了解实际具体作战方案，又有什么可怕的呢？我看你还是早点把自己怕与美军作战的话讲出来吧，不要东转西绕的了。”小泽中将冷嘲热讽，神色极其冷酷可怕。

“司令官阁下，”大川不耐烦地板起脸问，“您有什么根据说美军没有掌握我

们的‘阿’号作战计划的实际内容呢？为了打好这一仗，根据美军目前的活动情况，应该修改原定‘阿’号作战计划！”

“那么，你能提出具体修改意见供我们共同研究的吧？”小泽中将提出来企图堵住大川少将。

大川少将看来是早有思想准备，他不慌不忙地走到会议的主席台左侧说：“这次决定日本海军前途、命运的大海战，我是这样想的，”他翻了一下手中的作战方案本子，“首先，我军要充分利用马里亚纳群岛的每一个飞机场，还要把雅浦岛、硫磺岛的所有飞机场很好地利用起来，只要这些以陆地为基地的航空兵奋勇作战，就能炸伤、炸沉美军三分之一的航空母舰，即使炸不沉，也能使其丧失作战能力。”说到这里，大川卖弄地环扫众军官，就是不用眼角扫一下小泽中将，那神态是根本不把小泽中将放在眼里。

小泽中将听着，一字一句地品着，感到大川少将很有战略头脑，急忙望着大川催促道：“嗯，请深入地说下去，少将阁下！”一下子，他改变了对大川的阴冷态度。

众军官也听出了味道，都异口同声地催促道：“对，很对，航空母舰是美军的中枢，首先要把它们打掉！”

“少将阁下，您必须还要讲具体些！”有位少将大声说道。

“是的，少将阁下，”大川一边回答一边点了点头继续说道，“而我军的舰载飞机要充分利用灵活多变的战术，既要掩护、协助陆基飞机作战，同时又要穿梭轰炸敌人的战舰。要集中最大火力，炸一艘沉一艘，绝不能使被轰炸后的敌舰还有作战能力。”

“对，讲得非常好！”

“就应该这样打！”

……

面对大家争先恐后的赞扬，大川少将把小泽中将晾在一旁，接着说道：“……所有舰载作战飞机对敌舰进行轰炸后一律不返回原舰，而是直飞马里亚纳岛各陆基飞机场快速加油、挂弹，然后立刻返回攻击敌人原先被轰炸过的舰队，不给敌舰喘气的机会！”

“唔，很好，少将阁下。”小泽中将内心自语道，他不得不佩服，大川少将是一位战略家，更是一位战术家，但表面并不显示出敬佩他的神色。

大川并不去考虑小泽中将目前在想什么，他又对大家说道：“只有用这样凶狠的轰炸战术，才能增强我军飞机攻击敌舰的能力。更重要的是，我军强大的舰队全部隐藏于美舰载机的攻击圈外围。这样，美机数量再多，飞行员的军事技能再高超，也无力进攻我舰队。而敌舰遭到我航空兵重创无力作战后，我舰队可实施突袭。到那个时候，我军便可坐收胜利的果实了”

“嗯，大川将军的这个战略战术很有价值！”

“应该马上报告海军本部，请求实施！”

众军官议论开了，都没有投反对票。

小泽中将也听进去了，但是他没有立刻下结论，而是走到大川少将跟前问道：“大川将军，你有具体实施计划吗？”

“司令官阁下，请批示！”大川少将从口袋中拿出一沓写好的东西，“我想，最好是请丰田司令长官审视后再具体实施。”

小泽中将一听，就知道他是故意刺激他，但没有反击，而是冷冷一笑说：“少将阁下，如果按你的作战方案能打败美国人，我们都会感谢你的！”

大川默默地点了点头后，才补上一句：“司令官阁下，您再也不会认为我是惧怕作战了吧？”

小泽中将一时语塞，但他一眼扫见那两个美军战俘，急忙大声吼道：“押过来，快！”

两个美军战俘被拥到了众人面前，低着头跪在地上，全身战栗着，显然，他们知道凶多吉少。

小泽中将走到两个美国战俘的后面，拔出长剑，面对众军官一板一眼地说道：“在中途岛海战中，美军斯普鲁恩斯杀害了我大批日军勇士。被美军称为英雄战将的米切尔，也是我日本军人的死敌。现在，我第一机动部队将士马上就要奉命聚歼这两个仇敌，而面前的这两个美军战俘，一个代表斯普鲁恩斯，一个代表米切尔，我们用他们的头为我勇敢的军人壮行！”说完，长剑一挥，手起头落。

小泽中将举着带血的长剑，发出嘶哑的号叫：“打败美军，胜利永远是日本军人的！”

第四十一章　肩负重任的斯特迪上校

小引

美日空军的这场决战，双方都认为是生死成败之战。美空军在日军密集的炮火中高速冲向日军机场，一架架日军战机在美军战机的轰炸中，冒死冲上跑道，冲上长空，美军战机再次向日军战机开炮……

瓜达尔卡纳尔岛上的日军

美日两支舰队终于展开了决斗！

1944年6月15日，对小泽中将来说这是一个极其沉痛的日子。黑压压的美军轰炸机群在战斗机群的护卫下，穿过茫茫的海雾，直奔日本军队控制的硫磺岛。硫磺岛是一个极富战略意义的海岛，位于东京到另一个战略重地塞班岛的途中。硫磺岛上有日军大型多功能的飞机场，机场的停机坪上排列着大批日军轰炸机、战斗机。这些飞机都是由小泽中将指挥的陆基机群，只要接到命令，它们就会像刮风一样起飞、轰炸以航空母舰为首的美军中太平洋舰队。然而，决定他们命运的美军机群用超低空的飞行，避开了日本军队的雷达，悄悄地溜入硫磺岛领空，决意要给小泽中将新的教训！

担任今天奔袭硫磺岛的美军轰炸机群指挥官的是大队长斯特迪上校，此刻他两眼正盯住飞机上的各种仪表。当仪器显示硫磺岛机场上有大批日本战机时，他立刻下达准备出击的命令："战斗机群请注意，按原定作战编队，占领硫磺岛有利空域，搜索其他机场赶来的敌机，打击从硫磺岛机场起飞的所有日机，掩护轰炸机群完成轰炸硫磺岛敌机机场的任务！"

"上校先生，战斗机群接到您的命令！"战斗机群领队指挥官马上作出反应。

斯特迪上校满意地作了回答后，立刻又命令道："轰炸机群注意，第一波轰炸一律使用重磅炸弹，各轰炸中队必须反复轰炸敌机坪上密集的机群。作掩护的战斗机群一律闪亮绿灯标志，轰炸机群闪亮红灯标志！"

"上校，轰炸机群正编队作轰炸准备！"轰炸机群指挥官回答道。

下达完命令，斯特迪上校快速将自己的高速战斗机升入3 000米高空。他注视着雷达仪表，心潮起伏，深感今天的轰炸任务决定着美国中太平洋舰队的命运。他不能不随时记住斯普鲁恩斯上将亲自给他下达作战命令时的情景——

早在几天前的一个深夜，斯特迪上校奉命赶到斯普鲁恩斯上将的指挥部，他一走进门，斯普鲁恩斯就快步走到门口迎接着他："上校先生，你好！"

"将军，见到您很高兴！"斯特迪上校急忙道。

上将微笑着点了点头。早在斯特迪上校还只是空军少尉时，就一直是斯普鲁恩斯将军座机的飞行员，后来是斯普鲁恩斯将军将他快速提升到轰炸机群大队大队长的位置上的。斯特迪多次摆脱日机的围攻，打下了9架日机9架，保证了斯普鲁恩斯上将空域歼敌构想的实施。

"将军阁下"，斯特迪上校一边从斯普鲁恩斯上将手中接过热气腾腾的咖啡，一边笑着问，"有新的作战任务吗？"

斯普鲁恩斯上将不慌不忙地走到地图前，指着地图说："你看，这是什么地方？"

斯特迪上校走过去一看，将军指的是塔威塔威岛，连忙说道："这不是日本

海军第一机动部队的大型基地吗?”

“对，完全正确。6 月 13 日 10 点，日本海军中将小泽司令长官率领第一机动部队从塔威塔威岛出发。仅仅一小时后，也就是 11 点，我担任监视敌舰的‘飞鱼’号潜艇就向我报告了敌舰的活动情况。15 日深夜，这支魔鬼般的舰队，悄悄地通过了吕宋岛和萨马岛之间的圣贝纳迪诺海峡。尽管它神出鬼没，但仍在我‘飞鱼’号潜艇的‘护送’下……”

“将军阁下，应该给‘飞鱼’号潜艇记功!”斯特迪上校异常兴奋地说道。

“当然，应该记功。”斯普鲁恩斯上将也显得有几分激动，“到了前天清晨，我‘海马’号潜艇又发现从阿克水域驶出的另一支战列舰舰队正朝此航行，而同时，我‘棘鳍’号潜艇发现，小泽中将的舰队正在菲律宾海会合补充燃料……”

“将军，您是说马上出击?”斯特迪上校迫不及待地问。

“上校，”斯普鲁恩斯上将拍着他的肩头，“根据日机活动的情况，他们不可能在 6 月 17 日之前进入攻击我舰队的方位。而在这个时间内，上级命令我第 58 特混舰队必须摧毁日军大批飞机。这个任务，我已下达给了你所在的第 1、4 特混大队，具体轰炸目标是摧毁硫磺岛、父岛上的日本飞机场和机场上的战机，由你指挥战斗机和轰炸机群。时间是 15 日和 16 日两天。有困难吗?”

斯特迪上校沉思着没有立刻回答。

“这是突袭，突袭成功的战例是很多的。”斯普鲁恩斯上将提醒着斯特迪，企图增强他战胜日军的信心。

斯特迪上校记忆最深的是 1940 年 4 月 9 日。在这之前，挪威政府通过多种途径侦知德国正准备偷袭挪威，于是，向德国政府提出警告，以示国际社会阻止德国的侵略行为。德国表面上立刻对挪威表现出和平友善之态，并订立互不侵犯条约，但正当挪威政府欢庆和平的时候，德国军队悍然对挪威发动突然袭击。仅仅 19 个小时，就吞没了挪威三分之四的国土。同时，又命令 10 艘驱逐舰满载 1 000名德国精锐官兵，不惜一切代价突袭北极圈外的纳尔维克。正在德国官兵庆贺突袭纳尔维克成功的这天黑夜，一支由 5 艘驱逐舰组成的英国皇家海军突袭队，在皑皑白雪和海雾的掩蔽下，沿着挪威海岸线悄悄航行，在天还没有破晓时，就突袭纳尔维克内的德国舰队，各击沉、击伤 2 艘德国驱逐舰。英国舰队突袭成功后急忙撤退，然而，他们万万没有料到，另外 2 艘德国驱逐舰早就埋伏于英国舰队撤退的必经海域。当英国战舰得意行进时，这两艘德国战舰从礁石背后突袭过来，一举击沉 2 艘英国驱逐舰，击伤 2 艘。遭到突袭的英国舰队尽管损失惨重，但仍然在寻找一切机会再次袭击德国战舰。当“虎门”号潜艇向舰队报告，有 8 艘幸存的德国驱逐舰正在撤出纳尔维克时，急忙回头潜伏于德国战舰必

经的海域。德国8艘驱逐舰自从遭到英国战舰突袭后损失较大，只是匆忙撤退，而没有过多下力气一路注意。当英国战舰从两侧夹击时手忙脚乱，英军采用打一艘沉一艘的战术猛攻。这次突袭，使德军的这条舰队基本上全部覆没。

时隔两年，斯特迪上校又经历了著名的中途岛海战。那次海战，他担任轰炸机群的副大队长（大队长杰克上校，在第一波俯冲轰炸时，机毁人亡）。在未开战之前，日本海军大将司令长官在广播中大力宣传假消息，中断了日本舰队之间的无线电通信，作出佯攻阿留申群岛的决定。在1942年5月的一个晚上，斯特迪带领一个侦察机群，24小时出没于日本舰队空域，发现日本联合舰队司令长官部的指挥舰活动异常，其目的是准备突袭中途岛，歼灭美国舰队。斯特迪将山本设置的战略骗局报告给了舰队司令。

不久，美军尼米兹上将根据破译的日本军方密码，结合斯特迪的侦察报告，制订了周密的作战计划。在日本潜艇还没来得及赶到中途岛四周之前，就悄悄地将美军3艘装备精良的航空母舰（这是尼米兹当时仅有的一点点海上力量）转移到了中途岛东北方向的洋面上。机群作好了出击的准备。

1942年6月4日清晨，斯特迪率领他的轰炸机群，同其他轰炸机群一道，从美国航空母舰上起飞突袭日本舰队，一举击沉3艘日本航空母舰。黄昏时，斯特迪又与其他机群联合突袭，再次突击成功，又炸沉1艘日本航空母舰。击沉4艘日本航空母舰后，扭转了美国舰队在这一地区的被动局面，日本舰队则从突袭者变成了被突袭者，损失惨重，从此，日本海军从全盛期走向了衰亡期。这就是突袭的胜利……

"上校，上校，硫磺岛上空及其四周海域，没有发现日本战机和战舰的异动！"侦察机分队报告。

"继续搜索！"斯特迪一听到侦察机分队的报告，急忙中断回忆，并下达命令。

斯特迪上校是个富有实战经验的战场指挥官，他双眼注视着机载雷达，只见四架侦察机正在分四个方向进行空域搜索，而第一波轰炸机正在由2 000米的高度闪电般投下投弹。只听到呼啸的机群发出震耳的轰鸣后，第一波轰炸机冲向日军停机坪，随着轰炸机的大坡度俯冲，一股黑色的浓烟伴着巨大的爆炸声，在排列整齐的飞机群中腾起，火光中，日军战斗机、轰炸机和机场设备被炸得碎片横飞。

"上校，上校，机场左侧的制高点上，敌高炮和机炮火力很猛！"侦察机发现日本火力点，马上向斯特迪上校报告。

斯特迪扫了眼第二波轰炸机正向机场停机场俯冲，心中格外高兴，但是当第一波的轰炸机群正在升空的刹那，他发现有一架轰炸机拖着长长的黑色浓烟，正

向海中栽去。斯特迪上校一咬牙，大声吼叫道："三轰炸中队注意，立刻炸掉机场左侧制高点的敌地面火力点，要快!"

"三轰炸中队明白!"中队长回答。

第三中队的轰炸机群在空中划了一个半圆圈后，以每三架战机为一个俯冲波，反复轰炸日军高炮阵地和高射机枪阵地。斯特迪上校看到敌对空阵地的炮火渐渐减少了，忙大声命令道："三轰炸中队注意，现发现正在企图冲上天空的敌轰炸机和战斗机，请恢复原定轰炸机场的作战方案!"

"三轰炸机中队明白!"

望着已成一片火海的日军机场，斯特迪明白今天轰炸成功了，他忙盯住长空，战斗机守护在机场上空的空域，让轰炸机群安全地进行轰炸。

"上校，您看!"助手大声道。

斯特迪上校低头一看，一架日机冲出火海，正在跑道上加速起飞，有3架美军轰炸机冲上去，仍然没有炸毁它。它昂头冲上天空，一阵机炮猛击，正好击中迎上来的美军战斗机。战斗机在空中摇晃了两下，就失控地在空中翻滚，接着坠入地下爆炸燃烧。

"打下敌机!"斯特迪大声道。

顿时，5架战斗机围了过去，在密集的弹雨中，日机后部冒出一股黑烟。斯特迪正要高声赞扬自己的飞行员时，日机对着一架美机猛冲过去，突然火光一闪，巨大的爆炸声和气浪将两架飞机的残存炮弹高高地抛向天际……

斯特迪上校的脑门上火苗直喷，对着无线电授话器大声道："快，轰炸机、战斗机一律投入地面作战……"

硫磺岛已成一片火海，爆炸声比飞机的轰鸣声还大。战争，又一次将硫磺岛推入毁灭的边缘……

第四十二章　创建奇功的斯瓦基泰中尉

小引

日军的旗舰“大凤”号航空母舰是小泽中将司令长官的指挥舰，一艘美军潜艇一直悄悄地尾随其后，但没有下手的机会。当它升起时，潜望镜伸出海面被日军发现，美军艇长抓住机会当机立断，向日军旗舰发射鱼雷……

美军进行了长达半年的瓜达尔卡纳尔岛争夺战

1944 年 6 月 19 日清晨，东方刚刚泛红，日本海军中将小泽司令长官走到航空母舰的飞行甲板上时，看到大川少将已经站在一架战斗机旁跟一个早起锻炼身体的飞行员正说着什么。虽然无法听清楚，但从大川少将的神色中，他断定他俩谈兴正浓。

“大川少将，”小泽中将背手走到大川的背后，冷冷地叫了一声。

“啊，您早，司令官阁下。”大川忙回过头礼节性地说道。

小泽中将瞪着双眼问：“我舰与各岛飞机场的无线电中断很长时间了，要命令电台人员加紧联络！”

“中将阁下，”大川少将为难地皱了皱眉头，“硫磺岛、腊包尔、塞班岛、关岛、罗塔岛都与我舰失去无线电联系。据电台工程师报告，因气象因素，信号很弱，确实无能为力了。”

小泽中将沉默着，凝视着茫茫大海，过了一会儿，突然又问：“飞行员的情绪怎么样？海竹大佐处死了吗？”

前一天晚上 9 点钟，小泽中将命令大川少将将“大凤”号全舰飞行员集合起来训话。当舰载飞行员听完训话都相继走后，海竹大佐飞行员走到小泽中将跟前，“啪”地立正后大声道：“司令官阁下，我有重要战略设想向您报告！”

小泽中将两眼平视着海竹大佐，他认识海竹，他多次升空巡视时都是乘坐海竹驾驶的飞机。

“明天，也就是 1944 年 6 月 19 日上午 8 点 30 分，我们将集中所有的舰载机轰炸美国舰队。这一行动是经过反复研究决定的，还能提出什么更好的作战设想呢？”

“长官阁下，是您宣布谁有更好的作战设想都必须向您提出来，所以，我认为我必须谈谈自己的看法，争取一举给美国舰队毁灭性打击！”海竹大佐说着，神情显得异常严肃。

刚才在训令会上，小泽中将确实这样宣称过，他现在只好耐着性子说：“说吧，海竹大佐。”

海竹大佐扫了眼位于小泽中将左侧的大川少将，然后认真地说道：“根据我舰载机的数量和飞行员的技术，要想一举摧毁美国舰队，或是给予致命打击，都是很难实现的。必须联系硫磺岛、腊包尔、塞班岛上的飞机同时出动，才会有更大的收获！”

“海竹大佐”，小泽中将冷冷一笑，“因气象问题，我们暂时无力与这些岛上的飞机取得联系。按我们的分析，舰载机有足够的能力摧毁美国舰队，请你率领你的中队英勇作战！”

海竹大佐走后，小泽中将忙对大川少将说：“你马上派人注意海竹的言行，他对明天的作战持悲观的情绪，若发现他在飞行员中传递这种厌战情绪，立刻处死他，否则会影响飞行员的决战士气!”

接受了监视海竹大佐的任务，大川少将很快就接到报告：“海竹大佐对中队飞行员称，如果没有陆基飞行员的配合，明天绝不会凯旋!”

“快，把他请到长眠床上去!”大川少将大声命令。

一条长长的白色布袋将海竹大佐装住，他嘴里被塞了块擦舰用的脏布片，四肢用绳子扎住，由两个士兵拉着布袋的两头，只听到两个士兵“啊哎”一声，装着海竹大佐的布袋被抛进了白浪滔天的大海……

“不能与敌人决死战的，一律这样处死!”大川少将对立于舰上眼望着处死海竹大佐的官兵咬着牙说道。

现在，小泽中将问起这件事，大川少将忙向他报告了处死海竹的整个经过。

小泽司令官听后好一会儿不吭声，过了一会儿才问：“8 点 30 分准时起飞，都准备好了吗?”

“都准备好了，司令官阁下!”大川少将忙回答。

小泽中将扫了一眼手表，快速向指挥室走去。

东方的太阳如同火球一般悬在大海的上空。出击的飞行员正集合在甲板上等待司令长官训令，在大川少将的陪同下，小泽中将快步走了过去。当他看到飞行员们一个个昂首挺立、仰望长空，表现出视死如归的神色时，急忙扯起嘶哑的嗓门说道：“我大日本的英雄武士们，美国中太平洋舰队仅有几艘破乱的航空母舰，只要你们用鲜血和生命书写出英雄的史诗，辉煌的胜利一定是你们的!”说到这里，他一挥手，“出击!”

“呼啦啦”，飞行员们迅速地散开，跨进自己的战机。顿时，飞机的“隆隆”声和大海海浪的“哗哗”声交织着……

“第一中队，出发!”大川少将下达着出击命令。

第一中队的第一架战斗机冲向了天空，跟着它的是战斗轰炸机群，呼啸着冲向淡淡薄雾的海空。

“第二中队……第三中队……”大川少将继续兴奋地下达着命令。

按照小泽中将司令官的设想，今天偷袭美国舰队，至少要炸毁几艘美国航空母舰，炸伤一些其他舰艇。只有大批杀伤敌人才能确保自己的存在，他要创造海上奇迹，绝不能像山本那样落得惨败丧命的结局……

“啊，什么?”大川少将拿着授话器，突然惊叫起来，叫声截断了小泽司令官的得意设想。

“快，请你再重复一遍!”大川少将惊异中冷汗直冒，“快说，快!”

小泽司令官见大川少将神色恐慌，断定出了大事。他急忙将耳门贴近大川少

将的无线电授话器。这时，授话器中传来“呼呼”的静电干扰声。

“报告司令官，”大川少将双手抱住授话器，双眼呆愣地盯住小泽中将，“在我舰近旁发现一艘不明国籍的潜水艇！”

“什么？”小泽大吃一惊，“再报告一次！”

“在我‘大凤’号航空母舰旁，一艘不明国籍的潜水艇正威胁我舰的安全！”

小泽中将预感到情况有异，急忙拿起高倍望远镜。按照观测兵提供的方位注视，他发现海上一具潜艇潜望镜正好在海面上划开一个“八”字形浪尾。可以肯定，这艘潜艇闯过了警戒舰只的屏护圈。情况突变，小泽心中腾起一片黑沉沉的云，他忙对大川少将说道：“敌潜艇很可能是冲‘大凤’号来的！”

不知是什么原因，大川少将此刻倒显得很冷静，他没有马上回答小泽中将，而是目送着一架架正起飞远去的战机，皱紧双眉一声不吭。

“大川少将，将军，应该采取反潜措施，要快！”小泽中将恐惧地叫道。

大川少将沉重地扭过头：“司令官阁下”，他声音低沉无力，“这艘潜艇肯定是美国的，而且，它所选择攻击我舰的时间是经过了仔细研究的。”说着，他指了下还在起飞的飞机，“当我舰载机正在起飞，而我舰又以不变航速逆向行驶时，是无法作反潜机动航行的，这正是他们攻击我舰的最佳时机。”

“混蛋，你……你怎么……”小泽不知是骂自己呢，还是骂谁，突然他抱着头叫道，“快，让驱逐舰扔深水炸弹！”

“我已经通知了，但还是晚了！”大川悲哀地说。

小泽中将最害怕这艘核心战舰出事，他失去了惯有的威严，提着长剑正要冲出指挥室，突然感到战舰发出异常的抖动。

“快，大川，问问是不是舰中鱼雷了！”小泽急忙扭头问。

大川说：“听刚才的闷轰声，好像是舰中雷了。如果只中一条鱼雷，对我舰是没有威胁的。”

“嗒嗒嗒……”强烈的信号声传进指挥室，大川少将急忙对着授话器命令道：“7 号观测哨，快报告！”

“指挥官阁下，7 号观测哨报告，一条鱼雷击中我舰后，将舰上的汽油系统撕开了，舰上发生了大火，火势很猛，正向四周蔓延！”

大川少将立刻向小泽中将报告了这个可怕的情况。小泽司令官听着，脸上的肌肉不停地抽动：“快……如果烧到了弹药库，全舰就完啦！”

“命令，全体舰员灭火！”小泽中将对大川少将命令道。

大川拿着授话器，望着从舰上腾起的黑色烟柱和冲天大火，对着授话器吼了一会儿，脸色苍白地对小泽道：“司令官阁下，火势太猛，弹药库……”

一声声巨大的爆炸声盖过了大川的话！

进攻日舰“大凤”号的是美军“大青花鱼”号潜艇。艇长斯瓦基泰中尉接到袭击“大凤”号航空母舰的命令后，一直尾随“大凤”号航行跟踪、寻找最佳的时机进攻，但始终没有找到这种机会。出发之前，第58特混舰队司令官米切尔亲自把他请到作战室，指着作战地图上一艘较大的航空母舰说：“中尉，这是日本人目前装备最好的核心航空母舰，又是日本舰队的指挥舰，小泽中将司令长官就在这艘舰上，你必须选择时机摧毁它！”

“将军，”斯瓦基泰一听就知道是块硬骨头，连忙说道：“能不能让‘棘鳍’号潜艇与我舰同时行动呢？”

“没有必要，中尉。再说，‘棘鳍’号的任务是跟踪日本‘翔鹤’号战舰，‘翔鹤’号战舰参加过多次海战，是我们美国军人的眼中钉，必须在这次海战中拔掉它！”米切尔说着，再次拍了拍中尉的肩头：“当你凯旋时，肩上应该多颗星嘛！”说完他笑了。

斯瓦基泰中尉也笑了，但他内心一阵骚动：万一选择不到良机怎么办呢？

从昨天上午开始，斯瓦基泰中尉不停地借助海中隐隐冒出的礁石作掩护，通过潜望镜，他发现“大凤”号上的炮手、观察哨、飞行员都异样得忙碌，敌指挥官一次又一次地在舰上各炮位、飞机导航指挥塔间走动，他立刻将上述情况向指挥部作了报告。

昨夜11点10分，指挥部发来密电：

斯瓦基泰中尉：据我截获的日军密电破译，6月19日，也就是明天上午8点30分，日本舰队舰载机将相继起飞偷袭我舰队。米切尔将军命令你，必须选择良机摧毁日本指挥舰“大凤”号航空母舰……

读完绝密电令，斯瓦基泰中尉夜不能寐。按照所搜集的情报，“大凤”号有良好的反潜装备，一条鱼雷只能是给它抓痒一般，而想多发射几条鱼雷，时间不好把握，弄不好艇毁人亡。经过反复研究，他认定，只有在“大凤”号时速不变、航向不变、飞机正在起飞时，准确地发射几条鱼雷，击中敌舰的燃烧系统或弹药库，才能达到预定的目的。

果然，今天的一条鱼雷按斯瓦基泰中尉的设想爆炸了，他完成了任务，赶回去可以让米切尔将军给他肩上加星了，而小泽中将此刻在舰上呼天叫地：“大川，大川，”小泽中将生气地大声嚷道，“快，快组织力量扑火，扑火！”

仅仅半个小时，大火就烧进了弹药库。“大凤”号航空母舰腹部发出一串串惊天动地的巨大爆炸声，海水如潮般涌进来。

“司令官，”大川少将沉痛地立于小泽中将跟前，“‘大凤’号舰不行了，请

您赶快到‘羽黑’号重巡洋舰上去吧!”

小泽中将恶狠狠地扫了他一眼，只得忍痛放弃“大凤”号，拖着沉重的步伐走上了“羽黑”号重巡洋舰。

“报告司令官，报告司令官!”小泽中将刚刚走进指挥塔，急切的无线电声音就传来了。

“请讲!”小泽中将生气地吼叫道。

“我是‘翔鹤’号舰长，我舰连中三条鱼雷，现正在下沉，请求救护!”

啊，米切尔将军的计划成功了。他指挥出击的“棘鳍”号潜艇，终于吃掉了日本“翔鹤”号战舰。

小泽中将听着，双手抱住肥胖的头栽倒在指挥塔上，两行沉痛的泪“唰唰”地直朝下滚……

突然，他疯狂般一挥手：“轰炸，我要炸毁米切尔的第58特混舰队!”

第四十三章　战绩辉煌的尼德索克上校

小引

日军的战机攻击波一波又一波地直抵美军舰队上空，美军“恶妇”式战斗机凭借性能的优势迎战日军战机，空中的血战使得海空变成一片火海，美国军人与日本军人的血肉在空中横飞！

瓜达尔卡纳尔岛之战后，盟军决定以此为跳板，跳岛反攻

14 点 50 分，阳光下的海空是一片金色，但战云正在迅速地弥漫开来。美军第 58 特混舰队于 6 月 19 日对空作战，空中战机总指挥尼德索克上校共率领 10 架“恶妇”式战斗机（包括其本身驾驶的一架），巡视在舰队上空。

“嗒嗒嗒嗒！”无线电中传来米切尔将军下达的指挥暗语。

“报告将军，我是尼德索克上校，请下达作战命令！”上校一听是与他联络的暗语，急忙回答。

无线电中传来了米切尔的命令：

上校先生：我雷达探测到日机的第四次攻击波已出动 82 架战斗机，这批敌机在空中向目标区反复搜索，企图轰炸我航空母舰。现在没有找到目标，只好分成两个编队，第一编队 40 架正加速飞往关岛机场，第二编队 42 架正赶向罗塔岛机场。现在我命令你的飞行大队，尽最大努力先行赶到这两个机场上空埋伏起来，当日机准备降落时，突袭他们，力争全歼……

尼德索克上校接完命令后，自信地大声回答：“将军阁下，尼德索克上校的飞行大队，正需要您下达作战命令。再见！”通完话，他按了一下电台的旋钮，对飞行大队的每位飞行员下达命令：“一、二中队跟着我直飞关岛，三、四中队由里松杰中校指挥，直飞罗塔岛，五、六中队继续保护舰队！”

各战机中队接到尼德索克上校的命令，直奔自己的战区。

海空的天是那样令人赏心悦目，然而，战机的呼啸声却使人们处于高度紧张状态。曾无数次纵横驰骋在天空的尼德索克上校，此时圆睁着双眼，率领着这群“恶妇”式战斗机闪电般驰往关岛上空，心情非常激动……

就在这天上午 10 点整，尼德索克上校正在飞机旁喝饮料，早上他刚率领他的战机打退了一批日本陆基战机的偷袭。他对他的“恶妇”式战斗机颇有信心，它不仅速度快，便于操纵，而且火力配备完善，无论是超低空俯冲，还是在高空攻击，性能都比日机优越。

“尼德索克上校，”米切尔在无线电台上直呼他，“请你注意接受出击命令！”

“将军，我是尼德索克上校！”

“我雷达测定，日军第一突袭波 69 架舰载机，正企图偷袭我航空母舰。为确保舰队的安全，我命令你必须将日机拦截于距我舰队 100 海里之外的空域并集歼掉，明白战略意图吗？”

“尼德索克明白，将军阁下！”

接到命令，尼德索克并不急于发出起飞的命令，而是自信地朝空中望了望，然后对正朝他走来的航空母舰战斗机引导员大声道：“中校先生，敌机已出现 69 架，我率战机迎战。请你注意，此战只能在距我舰150海里左右的空域进行。明白吗?”

“上校先生，你的指挥机的高度呢?”

“在敌机火炮射程边缘!”

“起飞时间呢?”

“现在!”

随着一声警笛的呼叫，战机在尼德索克上校的空中指挥下升空向战区赶去。

美军“恶妇”式战斗机是当时针对日本“零式”战斗机的弱点而设计的空中武器，日本航空兵称它为“饿狼”式战斗机。战后，小泽中将说：“我的失败，很大一部分是‘恶妇’式战斗机造成的!”

极短的时间内尼德索克就赶到了战区，他盯住黑压压的日军战机群时，发现这批日本飞行员面对数量超过他们三倍的美军战机并无惧色，而是凶猛地直朝美军机群扑来，大有拼一死战的决心!

“各战机注意，”尼德索克上校让每个字从牙缝中挤出来，“每三架战机包围一架日机打。在日军尚未被打散之前，所有战机用密集火力攻击，这样，杀伤力会更佳!”

“明白，上校先生!”各战机飞行员异口同声地回答。

大炮声搅拌着大海上空，战机在蓝天里喷射的一道道红色火焰和施放的白色雾化尾迹交织着，显得无比壮观。

“轰隆隆……”

“哒哒哒……”

“啊呀……”

尼德索克上校在战斗机决战的上空注意到，美军“恶妇”式战斗机围歼日本战机，如同打掉气球一般轻松，他正得意于指挥的“恶妇”式战斗机取得的战绩时，突然耳机中传来警戒机飞行员的紧急报告：“上校，有4架日机向您尾部袭来!”

尼德索克上校扭头一看，4架日机组成两对双机恶狠狠地扑了过来。尼德索克上校冷冷一笑，凭着“恶妇”式战斗机敏捷的飞行性能，他一拉上升杆，飞机“呼”地突升。日机“呼”地从他的战机底下掠过，而就在日机掠过的刹那，他猛地从高空俯冲下来。一阵猛打，一架日机凌空爆炸了。其余三架见偷袭不成正要潜逃，几架“恶妇”式战斗机呼啸着拦截上来了。尼德索克上校正要增援上去，猛地发现一架尾部负伤的日机正朝一架“恶妇”式战斗机撞去。他立即发出警告：“4306注意……”

尼德索克上校话音未落，那架尾部起火的日机就撞上了4306号美机，顿时空中火光一闪，引起一声惊天动地的爆炸声……

与日机同归于尽的“恶妇”式战斗机飞行员是尼德索克上校的同学和同乡。战后他的妻子在向美国西点军校的教官讲述这场空战时说：“……我的丈夫死了，但战后尼德索克上校走上了指挥塔（指战后尼德索克被追认为少将），可见将军肩上的星，是用他人的生命换取来的……”

第一波攻击是一场大规模的空战。当尼德索克率领他的大队安全返舰并最后一个走出机舱时，米切尔将军快速地迎了上去，握住他的手微笑道：“上校先生，我们的‘南达科他’号战列舰被日机投中一弹，使近 50 位官兵伤亡。但是，没有一架日机飞临我航空母舰的上空，所以，我特地来祝贺你！”

尼德索克上校擦了擦额头上的汗，用很沉重的语气说：“将军阁下，‘南达科他’号战列舰被击中一弹，应该追究我的责任！”

“上校，”米切尔将军微微地一笑，“日本人的战机损失很惨，他们绝不会善罢甘休，请你马上加油挂弹！”

地勤官兵为尼德索克上校的战机奔忙着。尼德索克抓紧时间进餐，补充体力。

“尼德索克上校请注意，我雷达发现，日本舰载机的第二攻击波，128 架战机正向我舰扑来。米切尔将军命令你，必须将敌机拦截于距我舰队 80 公里之外的空域……”指挥塔上传来指挥官的命令。

接到迎战日机第二攻击波命令的尼德索克上校，急忙与战斗机引导员交换了意见，引导员大声命令道：“快，按原定编队出击！”

仅仅半小时，日本小泽中将就组织了第二攻击波。第一攻击波只出动 69 架战机，带有试探性。他发现美舰队有准备，所以第二攻击波用 128 架战机分散编队，决意要创造一个海空战的奇迹！

尼德索克上校也要创造奇迹，当他率领“恶妇”式战斗机闪电般赶到指定战区海空时，这时距美军舰队仅有 70 海里。他环扫四周，命令“恶妇”式战斗机占领有利空域，全线出击！

日本战机尽管数量、飞行员素质和飞机性能都处于劣势，但武士道精神驱使着他们不顾一切地向美机群冲来。

“轰隆……”“恶妇”式战斗机齐射了，凭着强大的火力和飞机良好的性能，一架又一架的日本战机拖着长长的浓烟向大海坠去，有的凌空爆炸，水天间际一次次地亮起火光，冒出浓黑的烟雾……

尼德索克上校一边指挥作战，一边在无线电中得意地狂叫道：“啊，太妙了，我的上帝，被我们击落的日本飞机简直像古代的猎火鸡呀！”（战后，军事专家们因此称马里亚纳海空战为马里亚纳猎火鸡）

“尼德索克上校请注意，有两个中队的日本战机已经突破你的防线，进入我舰队上空，请速回援！”舰队指挥官用无线电通知他。

“马上回援！”尼德索克上校一边回答，一边下达命令，“按原定机动编队，跟我回到我舰队空域！”

战机在高空呼啸！

美国的警戒舰和航空母舰上一律装备了各类口径的高射炮，这些高射炮上又装备了当时最先进的无线电近爆引信，当日机临空俯冲轰炸时，这些电子仪器有力地帮助美军炮火杀伤日机。日本战机虽然多次领教过美军这些现代化装备的厉害，但仍然拼命俯冲轰炸和扫射。美军战舰上一道道火舌如同流星般冲向日机。顿时，空中的日机爆炸声响彻海空，飞机爆炸后的碎片四处坠洒。然而，美舰“大黄蜂”号还是被击中一弹，“邦克山”号也遭到一枚炸弹的伤害。（战后统计，美军此波伤亡89人）

尼德索克上校率领的战机赶来了，仅剩下31架战机的日军机群匆忙收兵向马里亚纳群岛机场逃去。尼德索克上校转过机头命令道：“追！”

“恶妇”式战斗机的速度比日本“零式”战斗机的速度要快，配备的火力更强，燃料更多。当尼德索克上校的机群高速赶到日方机场上空时，有的日机已经降到机坪上，有的正在降落，有的正在空中盘旋，有的担任警戒。尼德索克上校冲上去一顿猛打，全部干掉了警戒日机，然后一边攻击空中日机，一边攻击地面机场。有的日机被打得在空中爆炸，有的停到机坪上又被俯冲的美机打着了火，机场跑道被炸坏了，好不容易降下去的飞机撞毁了……（战后日方报道称，第二波攻击的128架战机仅剩15架死里逃生，其中有9架被严重击伤）

第三攻击波日机仅仅出动了47架，当他们在空中反复搜索仍没有发现美国舰队时，尼德索克上校指挥战机赶到，击落了其中的7架，剩下的高速逃回了航空母舰，不敢迎战“恶妇”式战斗机。

前三个攻击波取得的辉煌胜利使尼德索克上校兴奋不已。这时，前位警戒机向他报告：“上校，我们已经抵达关岛空域，尚未发现日本战机，请指示！”

尼德索克上校正要回答，无线电中又传来警戒机飞行员的报告：“关岛机场上空有日本战机正在按编队降落！”

尼德索克上校的情绪立刻被调动起来：“基莱中校，你马上围歼空中尚未降落的日机！”

“基莱中校明白！”

“根舍尔少校，你的轰炸机群必须攻击地面机场的跑道和停机场上的日军飞机！”

“上校，我正在执行您的命令！”

“其余战机围歼准备逃跑的日军飞机！”

一场巨大的海空战又展开了。日军地面火力猛烈地增援上来，但很快高射炮阵地就被美机摧毁了。

停在机坪上的日机企图滑向机库，但被超低空俯冲的“恶妇”式战斗机打中了。

空中的戏更热闹，尼德索克上校看着一架架日机被摧毁在他的机群炮口下，不时发出喜悦的欢笑声。（战后统计，日军第四波攻击被摧毁73架战机，美军仅损失1架战机）

关岛日军机场浓烟滚滚、大火冲天，尼德索克上校一看感到差不多了，忙大声命令道：“勇士们，返航！”

“上校，”有位战斗机飞行员大声报告：“机坪后面发现5架日机正在升空！”

“快，追上去打！”尼德索克上校一边下达命令，一边驶机冲过去。

浓黑的烟雾与烈焰交织着，炸弹的爆炸声和地面高射炮的轰隆声也交织着，刺耳的怪叫声回旋在海空……

第四十四章　无路可走的大川少将

小引

天就有绝人之路，小泽中将的一再失误，使他的战舰损失惨重，这是因为他听了大川少将的建议，采取了大川少将的作战方案。看到实战的一败再败，大川少将胆寒了，忙拔出手枪对着脑门……

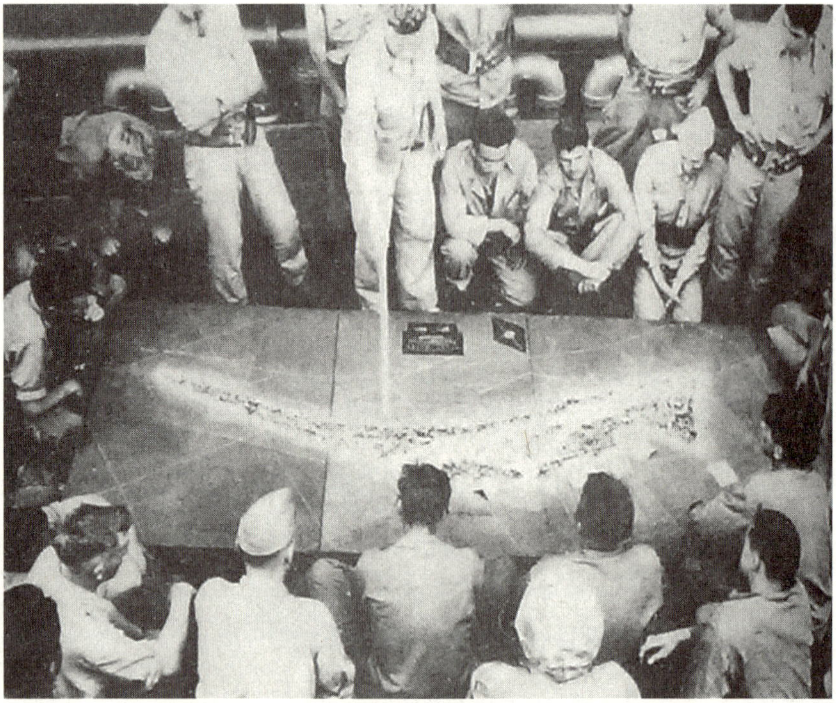

1943 年 5 月，太平洋美军已完成了局部反攻的准备

"尼德索克上校，我舰队向西方位发现日军小泽舰队。为了歼灭日军这支庞大的混合舰队，我命令你再率领216架战机出击！"米切尔通过无线电向正在飞机座舱里待命的上校下达命令。

"将军，尼德索克上校明白！"回答完，他迅速地取下无线电授话器，大声命令道，"各舰载机指挥官注意，我舰向西方位发现日军小泽中将率领的舰队，现在，我奉命率队出击。请各舰载机指挥官按原定编队升空，起飞！"

顿时，216架战斗机和轰炸机从美军11艘航空母舰上呼啸升空。尼德索克率领他的作战大队，在舰载机、战斗机引导员的引导下，杀气腾腾地扑向小泽中将。又一场惊心动魄的美日海空血战拉开了序幕！时间是1944年6月20日下午9点15分。

"前后保持距离，高度不变，加快速度，按攻击、俯冲轰炸编队接敌！"尼德索克大声命令。

原来，昨天（19日）美军取得满意战绩后，米切尔将军连夜召开上校以上军官会议，研究美日双方的海空战斗力，确定下一步的作战计划和战略技术。军官们都一致认为，日军小泽中将19日遭到了惨重损失，寻战的可能性不大，而且官兵都有些恐惧、厌战。如果马上开始对日舰队实施强大的攻击，有可能扩大战果。随后，米切尔将军连夜用无线电，向斯普鲁恩斯将军报告了军官们的一致意见。斯普鲁恩斯将军与大家共同研究后，很快就给米切尔将军发去这样一段电文：

英勇的米切尔将军，我完全同意你和你的军官们提出的作战方案。但我也要提醒你，如果你能准确地搜索到日军舰队的海上方位，最好是明天（21日）清晨突袭，这样成功率更高些。但是，我反对你与日舰展开夜战，因为黑夜能见度差，对返回航空母舰的飞机极为不利，会给战机带来不应有的损失……

读到斯普鲁恩斯的电报后，米切尔命令舰队于20日下午3点钟，开始向西航行，决意与日军小泽中将在中太平洋上决战。然而到了下午4点钟仍然不见日军舰队的踪迹，各舰派出的远程侦察机也都返航了。米切尔觉得心烦，只好命令"企业"号战舰于4点05分再派出一名精明的飞行员驾机升空搜索目标。没过一会儿，米切尔就收到这架侦察机发回的秘密电报，译出一看：

日军小泽中将的舰队出现了，方位是我舰队正前方，距离正在测定之中。

收到电文，米切尔将军激动万分，忙给尼德索克上校下达了出击的命令。

正当米切尔派出的“企业”号上的侦察机发现了小泽中将率领的日军舰队时，小泽中将并没有发现美军的这架高空侦察机（此战后，日舰上的雷达中队队长被击穿胸部惨死，罪名是失职），他正在他的作战指挥部，与日军前卫中将司令官栗田研究如何在21日对美军进行报复攻击。

小泽中将对于6月19日的惨败并不服气，他鼓着腮帮子，圆睁着双眼，气呼呼地对栗田将军说：“将军阁下，你是前卫司令官，19日的失败虽然我要负责，但你也不能说完全没有责任！”

“司令官阁下，”栗田将军冷冷地对小泽说，“是的，作为高级将领，我们应该总结19日失败的原因，而不能感情用事，造成部队更大的伤亡！”

“你……你这是什么意思？”小泽中将不解地问。

栗田中将盯住他说：“司令官阁下，你是否已经命令所有战机加油挂弹，准备明天清晨偷袭美军舰队，摧毁他们的舰载机？”

小泽司令官脸上露出不易察觉的奸笑：“将军阁下，你怕美国人？”

栗田中将没有吭声。

“军人就要有不怕死的精神，害怕打仗，是没有出息的军人！”小泽又说道。

栗田并没有计较小泽中将傲慢的神态，等小泽的虚火发完了，他才一字一顿地说道：“将军阁下，我并不害怕美国人，也不怕打仗，我的意思是我们今天应该都冷静下来，总结昨天的失，才能有未来的得。眼下我们最好是仔细地研究一下怎么打才好。”

“研究什么？”小泽盯住栗田，“研究撤退、逃跑？”他一拍桌子，“将军阁下，你是前卫司令官，应该与我通力合作，选择一个最佳作战方案，在米切尔被胜利冲昏头脑的21日，突袭美军舰队！”

面对小泽的固执，栗田想，如果继续按小泽将军的意图一意孤行，21日出动所有的战机与美军决战，很难预测后果。为了对这支日本舰队负责，栗田中将只好板起脸，严肃地说道：“司令官阁下，我希望你一定要冷静下来，为日本海军第一机动部队的生存负责。正因为你是这支部队的司令官，我才不能看着你指挥失策而一言不发！”

“将军，”小泽司令官冷淡地摇了摇头，“我的作战方案和具体实施战术都是完全正确的，不知道你为什么用一种异样的思维来看待19日的失利？”

栗田前卫司令官不假思索地说道：“司令官先生，我承认你明天的出击是精心策划的。可是你19日组织的四个攻击波，不但没有将美军舰队炸成重伤，而且自身遭到毁灭性的打击。这事实本身就证明你是错误的，怎么能说我用异样的思维评述你的得失呢？”

听栗田这么说，小泽中将顿时冷汗直冒，他辩解说：“美军舰载战斗机飞行

员素质很好，加之他们的战斗机引导员经验丰富，特别是舰炮上无线电引爆的现代电子技术，对我战机威胁很大，我们的失利因素不外乎这几个方面吧?”

“阁下”，栗田冷冷地挥了挥手，“你完全错误了，我们的失败并不是你分析的这样!”

“是什么?”小泽圆睁着布满血丝的双眼，“无非是美军的‘恶妇’式战斗机性能好，攻击的火力猛、速度快的优势吗?”

“司令官先生，”栗田从口袋中摸出一张纸，“请你看看这个，你就不会再与我打嘴巴官司了吧?!”

小泽司令官愣了一下，忙接过来一看，一排使他惊异的文字映入眼帘：

司令官：黑马从美军情报机关获悉，美军情报部门已经破译我军战斗机引导员无线电密码。美军米切尔正寻找我军第一海军机动部队决战，企图围歼于中太平洋海域……

小泽读完情报，他知道“黑马”在美军中搜集的情报很准确，他毫不怀疑这份情报是否有水分，皱了皱眉头问栗田前卫司令官：“将军，这么重要的情报，为什么不早交给我呢?”

“我也是刚刚才收到呢。”栗田答道。

小泽沉默了，他还能说什么呢!

栗田前卫司令官这回有说话的机会了：“我们的密码被美军破译，这对美军选择攻击我们的最佳时机和最佳战术，无疑是最大的帮助。特别是他们采用的牧羊犬战术，对我机打击很大，应该好好地研究出一个可以反击牧羊犬战术的战术!”

提起牧羊犬战术，小泽司令官心惊胆寒。美军的牧羊犬战术是，在空中作战时，只要发现有一架日机试图冲出美军的进逼时，美军“恶妇”式战斗机就不顾一切地发挥其强大的火力优势，把这架试图冲出队列的日机赶进自己的机群，不让其突出包围圈。将日军战机赶进机群后，“恶妇”式战斗机再猛冲猛打，日机的损失会更惨，杀伤率更高。日机 19 日与美机的作战，就是吃了这个牧羊犬战术的大亏呀!

“司令官阁下”，栗田中将见小泽司令官神情沉重，忙又说道，“21 日再与美军决战的计划是不是再研究一下呢?”

“你的意思是……”

“寻找机会突袭，不能再这样自己朝刀尖上撞!”栗田截断他的话说。

小泽将军仍在沉思。这时，大川少将阴沉着脸匆匆赶了进来：“司令官，”

他走近小泽，“与塞班岛和罗塔岛的无线电联络上了。”

小泽中将一听无线电与这两个岛联络上了，心中掠过一丝快意，忙问：“有什么情况吗？”

“昨天，也就是19日穿梭轰炸美舰的我战机，在这两个机场着陆时遭到美机攻击，损失惨重，机场也被摧毁，导航设施也遭到了严重破坏。”大川少将压低嗓门有气无力地回答。

“难道一架都没有了？”

“两机场报告，无机降……”

原来，昨天美军轰炸大队的机群赶到关岛、塞班岛、罗塔岛机场上空后，其战斗机悄悄地埋伏于高空的薄云中等待日军，轰炸机和鱼雷机分别全都挂满500磅和300磅的重型炸弹，将这些机场的跑道和机坪炸得凹凸不平。当日机临空时，美机战斗机群突袭攻打，而那些好不容易从火力圈中逃出来的日机冲向跑道时，因跑道凹凸不平自毁了……

现在听了大川少将的报告，小泽皱紧双眉盘算了一下，突然打了个寒战，瞪大双眼愤怒地说道：“大川将军，”他语气中充满了火药味，“昨天我对美军的四个攻击波全部是采用你提出的作战方案，从字面上看，你提出先利用马里亚纳群岛各机场，雅浦岛、硫磺岛机场的陆基航空兵，摧毁美三分之一的航空母舰后，我们的舰载机再使用穿梭轰炸的战术打击美军。我舰载机空袭之后，都直飞马里亚纳群岛各机场加油挂弹，再回头攻击美航空母舰。我采用你的战术，可我们损失了多少飞机？是315架，你知道吗？而美军损失肯定没有这么大！（美军仅损失29架）你知道吗？我们现在只有不到100架飞机了，能担任这么庞大的舰队的掩护任务吗？”

栗田对小泽司令听不进自己的意见早就不满了，他趁机加了一句：“当初从纸面上看，大川将军提出的方案是可行的，后来我经过论证，感到问题太多，可是，有谁听得进我的良言呢！”说完，他扫视着小泽和大川，就一屁股坐到沙发上狠狠吸烟。

小泽司令官板着脸，背手踱步，心中泛着苦水。

大川少将望着两个上司的神态，预感到后果很严重，阴沉着脸背对着小泽和栗田，突然拔出手枪对着自己的脑门，门外的卫队猛扑上来时，他的指头已狠狠地扳动了扳机，“砰”的一声，大川将军倒在了血泊中……

栗田前卫司令官架腿吸烟，脸上泛起冷笑。

小泽望着大川的尸首，一挥手让四个卫兵将死尸拖出去。小泽并没有因为大川少将的自杀而平息燃烧的怒火，不等卫兵擦完地上的鲜血，就对栗田前卫司令官说道：“昨天的损失太大了，但是，我仍然有足够的能力再对美舰队报一箭

之仇!”

“司令官阁下，此仇怎么报?”栗田中将眯着双眼问。

“硫磺岛和其他海岛上机场的飞机，只要与我舰载机配合得当，是会突袭成功创造奇迹的。”小泽将军忙道。

由于无线电联络已经中断，至今小泽他们还不知道硫磺岛等海岛上的机场已被美机摧毁。

栗田前卫司令官沉默了一会儿，才站起来问：“这么说，你已经决定明天（21 日）寻找美舰决战?”

小泽中将皱了皱眉头：“立即与硫磺岛和其他海岛上的机场联络。”

“万一联系不上呢?”

小泽沉默着正要说什么，通信兵大声报告：“司令官阁下，发现大批美机向我舰队扑来!”

小泽愣住了。

栗田急忙问：“请再报告一次!”

“我舰队正前方，发现大批美舰载机扑来!”

这意味小泽将军要眼望着自己毫无准备的战机被迫投入战斗，他深知美军“恶妇”式战斗机的厉害，只好长叹一声：“迎战吧!”

第四十五章　痛失良将的米切尔将军

小引

对日军舰队进行追杀狂炸之后，美军战机返航了，但是黑夜之中飞行员们看不到飞行甲板，只能在海面迫降，美军战机没有在战场上机毁人亡，却在返航降落时坠毁了 80 架……

美军参谋长联席会议研究决定，美军逐次从北、中、南和西南太平洋等方向与日军展开逐岛争夺战

夜幕来临，辽阔的天空群星闪烁。美军尼德索克上校率领他的机群胜利归来了，今天对日军小泽舰队的攻击很成功，他的机群由于距离较远，全部携带了机腹副油箱，增强了远距离作战的能力。小泽中将一看黑压压的美机群赶到，知道情况不妙，急忙竭尽全力拼凑出 75 架战机迎战。为弥补飞机数量的不足，他又命令各舰之间缩小距离，以便集中火力对空反击。然而，尼德索克上校似乎看透了小泽中将的战术意图，当他一赶到战区，首先发现了航速慢的日军油轮，忙大声道："里尔曼少校，马上摧毁油轮，速度要快！"

由里尔曼少校指挥的一个轰炸机小队，反复俯冲几个突击波后，两艘油轮受到重创起火，相继沉入茫茫大海。尼德索克指挥大队机群，采用重点突破的战术，又将日"飞鹰"号航空母舰击沉。那些仓促起飞的日舰载机被美机围歼，很快便有三分之二被击落，而尼德索克上校指挥的战机仅损失 20 架。不过，尼德索克上校对米切尔将军很有意见，如果让"复仇者"式鱼雷机直接挂鱼雷而不是挂重磅炸弹，美机的收获会更大，日军损失会更惨。（中途岛海战后，米切尔和一批美国将军过分迷信俯冲轰炸。这次海空大战后，米切尔才总结了空投鱼雷的经验）日本舰队遭到沉重的打击后，在夜幕的掩护下全速向冲绳方向逃跑。

"上校先生，祝你胜利返航！"无线电中传来米切尔激动、喜悦的声音。

"谢谢将军！"尼德索克说，"非常感谢，但现在天气太黑，给我的飞行员们带来一些麻烦。"

"上校，我相信你能安全着舰！"米切尔说。

尼德索克上校与米切尔将军通完话，就立刻将战机升入高空，并注意到机群全部在 11 艘航空母舰的上空盘旋，寻找降落的甲板。

"上校先生，看不清甲板无法着舰！"

"上校，难道你不知道我们的燃油快耗尽了吗？"

"我不能再犹豫了……"

"轰……"一架"恶妇"式战斗机因燃油耗尽，向海中迫降时，闯上了一艘战舰的左侧，飞机爆炸了，机毁人亡，浓烟和大火从海面上腾起。

尼德索克上校心情格外沉重，他瞪着两眼，对着无线电授话器大声说道："将军阁下，夜色中我机群飞行员无法看清甲板。"

"快，按编队试降！"米切尔果断地回答。

"将军"，尼德索克急忙回答，"这样的能见度，就是最优秀的飞行员也会机毁人亡的！"

米切尔一听顿时沉默不语，他望望西南方向，黑沉沉的云层正向舰队压来，他急忙大声说道："尼德索克上校，你马上命令所有的飞机必须打开识别灯！"

"将军阁下，打开飞机的识别灯又有什么用？你必须命令所有的 11 艘航空母舰全部打开航行灯！”

米切尔听着，心中泛着苦水，他立于旗舰“列克星敦”号航空母舰的指挥塔上，品味着尼德索克上校的强烈要求，皱紧双眉权衡着。根据他所掌握的军事情报，日本的舰队是向冲绳逃跑了，但日军的潜艇正奉命向美军舰队搜索攻击，企图偷袭第58特混舰队为小泽舰队报仇！上午，截获了日军小泽中将发给潜艇指挥官的电报：

艇长先生，米切尔给我舰队的摧毁很大，他们的11艘航空母舰上，舰载机满员，你必须摧毁几艘航空母舰，为我军反攻创造条件……

米切尔将破译的电报通报给所有指挥官，以加强反潜战备。现在，尼德索克上校要求他打开航空母舰上的航行灯，这等于是给日军潜艇指示攻击目标啊！因为航行灯的光柱可使数十海里外的海域的敌舰发现目标。

“上校先生，”米切尔不能再沉默了，“打开航行灯，我航空母舰就有遭日军潜艇攻击的危险！”

“您不冒这个险，我们就会机毁人亡！”尼德索克非常决断，“我的燃油也马上要用完了！”

一贯豪爽仗义的米切尔将军对天望着，又有几架战机因燃油耗尽向海中迫降。

“轰……”两架盘旋的战机相撞凌空爆炸了。

“各航空母舰注意，各航空母舰指挥官注意，全部打开航行灯！”

霎时间，11艘航空母舰的飞行甲板上灯火辉煌。打开了红色桅顶灯后，又发射了信号弹和照明弹，顿时海面像白天一样。尼德索克上校惊喜地喃喃道：好样的米切尔将军，这辉煌的灯光如同好莱坞的彩排、中国古老的春节，又像是美国的独立纪念日一样呢！

突然，一架正俯冲的高速战机向尼德索克的战机冲来，这是一架失控的战机，尼德索克上校避之不及，眨眼间两机相撞凌空爆炸了，尼德索克上校，这位米切尔手下的猛员战将，来不及说一句话就阵亡了……

尼德索克上校带着遗憾走了……

米切尔将军无论怎么呼叫他也没有回答……

夜航着陆的战机，因失去了指挥而变得一片混乱，有的相撞，有的落到水中，各驱逐舰急忙放下小艇营救飞行员。但是，只救起十分之九的飞行员，共损失了80架战机。这次规模空前的马里亚纳海空战就在这样悲壮的气氛中结束了。战后，米切尔说：“最痛心的是尼德索克上校的死！”

第七卷　激战在菲律宾海空

本卷描写了被美国海军史学博士莫里森称为“太平洋战争中最大胆的行动”的一次海空血战。美军麦克阿瑟上将指挥第6集团军，在莱特湾海空大战中击败日军后，又挥师向日军兵力云集的菲律宾心脏吕宋岛攻击前进，在制空权、海岸登陆场完全被日本海军有力控制的地区冒险作战，麦克阿瑟上将对这次“步兵Ⅲ”作战计划信心十足。他在海空实力的有力配合下，经过血战夺取吕宋岛以南的民都洛岛后，立即在这里修建机场，后又夺取了苏禄海和米沙鄢群岛的制空权，掩护10个师的兵力向仁牙因湾攻击，歼灭号称“马来亚之虎”的日军山下奉文部的8万之兵力。然而，日军在菲律宾群岛共有76个机场1 160余架战机，继续实施“步兵Ⅲ”航渡作战的美国麦克阿瑟上将将面临一场生死考验……

作品再现了这次航渡作战的残酷性，其是海空大战中的一大奇观，读来有一种战场直观感，能将读者引向真实的太平洋海空战场。

美军攻占吉斯卡岛

第四十六章　麦克阿瑟上将的命令

小引

吕宋岛是座美丽的海岛，然而在 1944 年这里有 8 万日军驻守。为了围歼吕宋岛上的日军，美军麦克阿瑟上将听取了被俘日军提供的情报，制定了攻占吕宋岛的作战命令。吕宋岛迎来了血与火的拼杀！

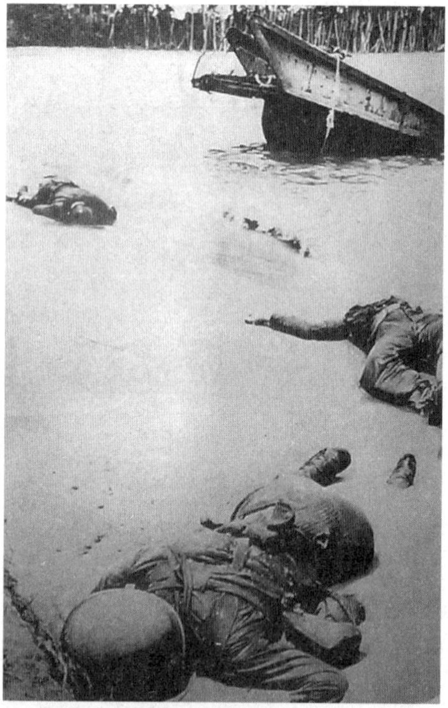

滩头阵地上阵亡的士兵

1944 年 12 月的一天晚上，西南太平洋上空飘着茫茫的海雾，西北风不大，下着毛毛细雨，海浪轻轻地拍击着军舰，发出“哗哗”的响声，如同一阵阵掌声在空中回荡。

此刻，美国驻菲律宾司令麦克阿瑟上将正在召开绝密军事会议，当他抑扬顿挫地讲完南太平洋战区美日双方的兵力态势后，到会的将军们都用惊异的目光注视着他，但谁也没有发言，默默地沿着自己的思路寻找对或不对的理由，等待机会表示自己的态度。

麦克阿瑟上将（1880—1964）是一位权威的、资历老的军人，他曾担任美国著名的西点军校校长、美国陆军参谋长，现在是美国驻菲律宾军司令官，负责指挥盟军在西南太平洋战区的作战（战后，他以“盟军最高司令官”的名义执行美国单独占领日本的任务。1950 年担任所谓的“联合国军总司令”，侵略朝鲜，公开叫嚷攻进中国，后因朝鲜战争失败而被免职）颇有建树，他提出的作战方案又有谁敢提出修正意见呢？

“将军们，”麦克阿瑟上将见没有人发言，便继续说道，“我请你们以对美利坚合众国高度负责的态度，提出自己的见地！”

“将军阁下，”西南太平洋航空军司令肯尼中将站了起来，他环扫四周后，将目光停在麦克阿瑟上将的脸上，“我军远离本土作战，又在敌人掌握着制空权的岛屿和沿海登陆，我认为您制订的这场两栖作战计划风险太大，战役一经打响无疑是很激烈、残酷的，胜败难以预料，所以，我找不到赞同的理由！”

终于，由肯尼中将打破了会议的沉默。

“我不能同意肯尼中将的意见！”

人们循声望去，原来是美国第三舰队司令哈尔西上将，很多战略战术麦克阿瑟上将都要预先与他商量、研究，然后再请将领们共议。

“10 月 21 日，麦克阿瑟将军指挥我第 6 集团军在菲律宾的莱特湾大海战，打出了美国军人的军威，在莱特岛的登陆意味着我们在西南太平洋站稳了脚跟！”哈尔西上将语气铿锵有力，富有战斗性。

“将军阁下，”肯尼中将这次没有站起来，他坐着挺立着腰板，用一支地图示意棒在桌子上敲打着，“敌人在吕宋岛有重兵把守！”

“是的，我们攻占莱特岛后，日军山岛部队云集吕宋岛，我们把攻占菲律宾心脏吕宋岛定名为‘步兵Ⅲ’，意味着这次是太平洋战争爆发以来一次最大的海陆空协同作战。战争本来就是残酷的，你害怕打仗吗，肯尼将军？”

“绝无此意，将军阁下！”肯尼中将冒火了，“麦克阿瑟将军要求我们发言，你为什么老顶我呢，哈尔西将军？”

“将军们，”麦克阿瑟急忙截断他们的争执，“我给大家念两个情报，”他将情报拿在手中向大家摇了摇，“第一号情报是10天前收到的。”

将军阁下：我们利用愿意为我们效劳的两个渔民和一个日军士兵作引导，悄悄摸上了民都洛岛。这个岛上海礁石遍布，地形复杂、崎岖，日军没有构筑机场和坚固的防御工事，只有极少的日本兵在这里担任瞭望哨的任务。

“将军们，我们为什么要反复侦察这个不起眼的荒岛呢?”麦克阿瑟说，“因为这个岛在吕宋岛以南，我们攻占这个小荒岛的目的，是取得攻占吕宋岛的垫脚石，在岛上抢修简易机场，夺取苏禄海、米沙鄢群岛的制空权，掩护我第6、8两个集团军的10个师登陆作战!”

“具体登陆地点呢?”肯尼中将问。

“在这儿，”麦克阿瑟上将指着地图上一条绿色的线条，“这里是吕宋岛的仁牙因湾，我步兵第24师将首先强行登陆!”

“听说吕宋岛上的日本将军是号称‘马来亚之虎’部队的首领山下奉文，是吗？上将阁下。”一个少将问。

“我这里也有一份关于吕宋岛敌情的侦察报告。”麦克阿瑟从情报夹中取出一张纸念道：

……吕宋岛的日本守军为号称“马来亚之虎”的山下奉文部队，该部队中能全天候投入作战的主力部队有8万人，沿吕宋岛四周有坚固的地堡群和依托礁石构筑的大批明暗工事，一批敢死队集结于岛上的22个主要战略目标上隐蔽待命……

“将军们，你们怕吗?”麦克阿瑟上将环扫着众将军问，“我还要请日军中佐向你们报告敌情!”

一个满脸堆着奸笑的小个子日本人由两个美国士兵押了进来，他是在莱特湾大海战中，被美军生俘的日军作战参谋，他表示愿意为美军服务，条件是不杀他。

麦克阿瑟的随行作战参谋伯列根上校与麦克阿瑟上将对了一下眼色后站了起来，走到地图前，用一种傲慢的神态朝日军中佐点了点头，然后问道：“小野先生，你知道这是什么地方吗?”

会讲英文、中文和俄文的小野中佐，两眼随着伯列根上校的地图示意棒转动，看到了地图上一个黑色的三角坐标。他在日军中是专门制作战区地图的，对这里的海区太熟悉了，一看就知道是什么地方，忙皱了皱眉头说：“吕宋岛。”

“我军将攻占吕宋岛，你认为有攻击能力吗?”伯列根上校圆睁着双眼逼住他问，“有什么说什么，没有必要客气!”

日军中佐小野沉默了片刻，用一种为难的神态环扫四周，发现这群美国高级战将都在用异样的目光盯住他，忙强打起笑脸朝大家点了点头，走到地图跟前，从伯列根上校手中接过地图示意棒，如同教官般朝那黑色三角坐标一指：“贵军要攻占吕宋岛，伤亡不会小!”

“啊，有这样讲话的?”个别美国将军虽然没出声，但心里在这样想。

“贵军从目前已经攻占的莱特岛道拉古港出发，须迂回绕道内格罗斯岛后，才能直航到民都洛岛的圣约瑟港，而这个大迂回的最近的海路，也有450海里之长，我乘过一次拖轮考察这一海区，中途一刻也没停，走了两天两夜，这一点请将军们注意研究!”说完，他有意停住，扫了眼美国将军们的神态，发现有的将军在做笔记，有的在抓头皮，有的在托腮沉思，有的在交头接耳，只有麦克阿瑟上将在挺胸坐着，两眼盯住他。

“还有，”小野中佐又指着地图上另一标有数字的黑色三角坐标，“这里是莱特岛的杜来洛机场。从这个机场起飞到达民都洛岛的空中距离是263英里，而这个距离又超过了贵军岸基战斗机的标准作战航程，也就是说，靠空中的岸基战斗机增援是不可能的。”

“对，这小子确实熟悉这一海区!”肯尼中将自言自语，竖起耳朵继续往下听。

“而贵军的敌人（指日军）在菲律宾群岛拥有作战机机场76个，各类战斗机、轰炸机1 160架之多，同时，占据中国台湾岛的飞机也可以随时奉命南下转场对贵军轰炸，况且吕宋岛上有近8万山下奉文将军指挥的‘马来亚之虎’。我不能不说，贵军征战吕宋岛将受到令人生畏的空中威胁！如果打好了这一仗，将会是海军历史上，也是太平洋战争中最有建树的行动!”

“这叫狭路相逢勇者胜!”麦克阿瑟将军大声道。

“对，只有奋勇前进、智勇双全才能全胜”！哈尔西上将接着也说道。

“怕死，没有信心战胜敌人的任何指挥官，我都可以送他回旧金山基地休假!”麦克阿瑟将军说。

“占领吕宋岛!”将官们异口同声地回答。

麦克阿瑟将军站起来沉思了一会儿，又说道：“根据情报和过去的作战经验，我已登陆部队全部编成战斗队列，第一为登陆突击大队，它由125艘战船组成；第二是近距离掩护大队，这支队伍由10艘战舰组成；第三是由23艘快艇组成的鱼雷艇大队……”

“将军阁下，空中掩护，特别是远程空中掩护怎么办?”斯特鲁尔少将问。

“将军，”麦克阿瑟对斯特鲁尔少将打断他的话显然不高兴，“我正要继续说的是，为我主力部队提供远程空中掩护的是由30艘舰只编成的舰队，其中有6艘护航航空母舰，3艘战列舰。这支舰队日夜在辽阔的苏禄海上巡逻，完全能完成远程空中掩护任务！”

“好，这样登陆部队就安全多了！”有位将军说。

“还有，哈尔西上将的第三舰队舰载机和肯尼中将指挥的西南太平洋陆基航空兵，将全方位出击压制菲律宾群岛上的所有日军机场……”

“好，将军阁下有这么周密细致的战术部署，胜利就有把握了！”

“将军们，”麦克阿瑟将军接着提醒大家，“不能大意，这次大胆冒险作战是背水一战，只能勇敢前进！”

会议室顿时显得异常寂静。

“进攻时间定在12月13日凌晨，护航编队驶离莱特湾，13日夜必须向南绕道内格罗斯岛，进入苏禄海。各位将军，请马上到作战处接受具体作战任务！散会！”麦克阿瑟上将下达完作战命令。

吕宋岛美日海空军大战，即将拉开帷幕！

第四十七章　两次攻击得手的日本自杀机

小引

日军空中神风特别攻击队（简称“神风特攻队”）队长率领敢死队直逼美军“哈拉顿”号驱逐舰，美军30架战斗机杀向日军“神风特攻队”。日军龙江中尉为杀开一条血路，不顾一切地向美军“哈拉顿”驱逐舰直撞而去……

美军占领全部新乔治亚群岛

12 月 13 日，太平洋苏禄海区上空阳光灿烂，万里长空没有一丝云，南风很小，最多只有二三级，这是西南太平洋海区最佳的航行条件。

下午 3 点整，日军泽山木水少尉驾驶一架自杀机飞到苏禄海以东的上空，突然，在他下面左前方出现了一支快速前进的舰队，他仔细观察一会儿后，将机头一拉，闪电般冲上去，急忙向基地拍发了这样一封电报：

> 在苏禄海区以东的海区，有一支美国舰队正向吕宋岛海区前进，航速 23 节，我只发现有轻巡洋舰，其余舰类正在观察之中。
>
> 泽山木水少尉报告。

拍完敌情报告，泽山少尉将飞机拉上 8 000 米高空后继续观察敌情，他要将美军舰队的情况全部了解、报告清楚后再向美舰发动攻击！

自从太平洋战争爆发以来，日本原来占有绝对优势的航空兵精华几乎损失殆尽，只好将刚刚招收的缺少训练的新飞行员派往前线加入实战。由于美军航空兵沙场老将多，这些日本新兵根本就无法突破美舰重重的空中防御圈，往往是刚刚进战区就被美军像狼赶羊群一样击伤、击毁，幸存者急忙加大油门潜逃回来。日本海军中将大西泷治郎（后由少将晋升为中将）为这种没有制空权的太平洋之战很是恼火。不久，航空兵少佐东村执意要见大西将军。大西在一天的晚上 7 点接见了东村，东村一见到大西“啪”地立正：“报告将军阁下，航空兵少佐东村有重要建议向您报告。”

大西望着年过 35 岁的东村少佐沉思了片刻，很不高兴地问：“你有什么事非要向我报告不可呢？”

“将军阁下，我是航空兵。为突破美军空中防线大批炸毁美国战舰，我建议组成战机敢死队，就是将飞机装满炸弹，飞行员驾机撞向敌舰，与敌同归于尽。具体行动计划都写在这里。”东村少佐说着，将他自己写的报告交给了大西将军。

大西将军读完东村少佐写的报告，异常兴奋，他与福留繁将军共同研究后，给海军部写了一个报告，其中一段是这样写的：

> 因航空兵中有经验的驾驶员在西南太平洋作战中伤亡太惨，新的驾驶员缺少实战经验，再加上目前美国在西南太平洋战区增加了大批舰只及航空兵，我航空兵要想摧毁敌人大型舰队已是力不从心了，海军舰队更是无力反击。为保持我军在西南太平洋的军事实力，牵制中国战场美、英军主力，我们决定采用航空兵少佐东村的建议，组织一批誓死捍卫日本帝国利益的军人，驾驶挂满炸弹的飞机直接撞击美国军舰。只要组织好这支空中敢死队，没有攻不破的堡垒……

由于大西将军的力荐，日本军中成立了被命名为“神风特攻队”的空中打击力量，这些战机一律由驾驶熟练的飞行员担任。在莱特湾大海战中，东村少佐亲身驾机出击，向一艘正对空反击的美国航空母舰撞击后大获全胜。从此，大西命令各部队组建“神风特攻队”，并将这种攻击队列为日本航空兵的常备标准战术。

现在，日本航空兵泽山少尉从 8 000 米的高空猛将战机下滑到 4 000 米了。通过高倍望远镜的观察，他注意到“纳希维尔”号的英文字母，急忙向左旋转并给基地拍发了一封电报：

> 在我攻击目标范围内的是一艘轻型巡洋舰，名为“纳希维尔”号，敌人在这海区有好几个舰队在运动，请求速出击。
>
> 泽山少尉报告。

此时，12.7 毫米机枪打出来的子弹在空中横飞，40 毫米火炮打出的炮弹比轻机枪子弹还要密，泽山少尉无力突进火网实施攻击，急得只好将飞机拉起来，爬到 8 000 米高空寻找机会再冲击。

“啊!”泽山大吃一惊，4 架美国战机从东南方向朝他直扑过来，他急忙大吼一声，“我与‘纳希维尔’号轻巡洋舰拼了，拼了!”咆哮一声后，他从美舰高空俯冲下去……

“纳希维尔”号上指挥对空攻击的美国反击总指挥官斯特鲁尔少将的参谋长濛特上校，此刻正站在舰桥前面，两眼观察着日本飞机在高空回旋，12.7 毫米的机枪和 40 毫米火炮已经将巡洋舰上空完全封锁住了，但仍未击中这架日军飞机。

“里尔斯少校!”濛特上校回头大声道。

“上校先生，我在这儿!”双手握着高倍望远镜的炮兵指挥官里尔斯少校站在他右侧忙回答。

濛特上校朝高空一指：“这架敌机很可能是自杀机，在莱特湾海战中，就是这种空中敢死队挂弹撞击我航空母舰，给我造成巨大伤亡损失的!”

“参谋长先生，我首先封锁舰船空域，然后再用五门炮点射，即使击不中它，也不能让它撞击我舰。请您放心!”里尔斯少校会意地说道。

“好!”濛特上校赞同地点头。

自从莱特湾海战后，美国为打击日本空中敢死队加强了舰炮火力，每舰都组织了神炮手专门对付这种自杀机，美国舰只已经领教过这些亡命之徒的野蛮，只有把它们歼灭在空中，封锁空中才是胜利!

“炮长!”

“到，少校先生!”炮长握着小红旗急忙回答。

“集中神炮手，打击敌人的自杀机!”

“少校先生，您怎么知道这是一架自杀机呢?”

“你看，它老是在高空回旋，寻找冲破我火力的空间距离!”

“啊，是这样。”炮长仿佛是自言自语，突然扯起洪亮的嗓门叫道，“神炮手，集中在舰尾，备炮攻击!”

早就编练好的神炮手们，从炮火的硝烟中钻出来赶到了舰尾，备好的127毫米口径对空射击炮全都昂着脖子，一箱箱炮弹在阳光下闪着耀眼的光芒。

炮长一见神炮手们全都各就各位了，急忙跑上指挥台命令道：“500米，攻击!”

“轰……”

炮弹在追击日本飞机。

“诺尔纳!”炮长跑到一个炮手后面大声说道，“调整射程，打!”

诺尔纳旋转着机炮的操纵杆，两眼通过瞄准镜跟踪着日本飞机，但没有开火。

“打!”炮长迫不及待地吼叫道。

诺尔纳还是没有开火，继续旋转着操纵杆。

“开火!”炮长呼叫。

密集的炮弹射向日本战机，日机泽山少尉刚才一个高速俯冲到500米时，避开美军炮火，观察到了轻巡洋舰的要害部位，然后在炮弹的追击中猛地又跃入3 000米高空，他暗自高兴：“好，找到攻击目标了!”

“轰!”一发炮弹从他的机翼下面飞过去，扭头一看，一架美国“恶妇”式战斗机正从左后方向他开炮，情急之下他急拉机头向上爬高，头上又有一架“恶妇”式战斗机向他高速冲来，航炮在喷射着一串串火舌。他只好放弃升高的战术，猛向下高速俯冲，又有两架美国舰载机向他开火。左右无门，上下封锁，泽山突然把心一横，加大油门，向低空突去。这一下他虽摆脱了美国4架战机的攻击，然而轻巡洋舰的火力又封锁了他攻击的航道。

“快，快打!”美军炮手们都在发疯般地咆哮、射击。

泽山觉得飞机轻微地抖动了一下，是4发机枪的子弹击中了飞机左翼，要是击中油箱问题就大了！他暗暗想道，忙调整航道、航速、高度，发现美军军舰左舷有三门炮不知为什么突然停止了射击。他急忙降低高度，看清是大炮发生故障，几个炮手正忙着修炮。机不可失，时不再来，他睁大双眼咬着牙，正要冲过去，两架美机突袭上来，泽山忙拉机头向左迂回爬高，避开美机的两面夹击，他

又失去了一次攻击美舰的机会。

濛特上校参谋长将这一切收入眼底，生气地大骂：“飞行员全是混蛋，混蛋，4 架围攻 1 架都不成功！”

“上校先生，您骂他们，他们还骂您呢！这么多炮把空中都打红了，没有一个炮弹击中敌机！”副舰长艾森尼中校生气地说。

“里尔斯少校，快过来！”濛特上校急忙拿起手中的步话机授话器对炮兵指挥官命令道。

里尔斯少校跑步过来：“报告参谋长，敌机不停地变换高度，调整航向、航速，再加上空中有 4 架我机在追歼敌机，无法组织舰炮火力！”

濛特上校一听里尔斯少校说得有道理，扭头说：“艾森尼中校，左舷的三门炮修好了吗？”

“没有，上校先生。里尔斯少校只知道督促神炮手攻击空中，没有精力顾及舰炮，结果是两头都没有顾上……”

“好啦，好啦！你在这儿注意观察敌情，我和少校先生到左舷去看看！”濛特上校说着，忙快步向左舷赶去。

濛特上校刚走到左舷，就听到炮手们异口同声说道：“敌机！”

濛特上校一看，日机冲出炮火直向左舷扑了过来，他大呼：“快……”

“轰……”

日本自杀机由泽山驾驶撞中了舰的左舷，机上的两颗重磅炸弹“轰隆”一声爆炸了……

“上校，参谋长……”副舰长艾森尼中校呼叫着冲过来，一股巨大的热浪将他推倒在甲板上。

“甲板起火了！”

“舰桥燃烧啦！”

“战斗情报中心炸毁……”

“设施炸毁了！”

艾森尼中校吃力地从甲板上站起来，冲出火焰网，舰上一股浓黑的烟卷着火苗冲起，紧接着一声巨大的爆炸声响起，震耳欲聋。一个中士从烈焰中挣扎着冲了出来，艾森尼奔过去大声问：“中士，什么地方爆炸了？”

“炮弹，备用炮弹全部爆炸了！”

“啊！”艾森尼中校望着冲向天空的火苗，整个军舰被埋在熊熊的火焰里……

一封急电飞到远程掩护的金凯德中将手中：

一架日本自杀机撞中我军“纳希维尔”号旗舰左舷，机上两颗重磅炸弹炸

毁了舰桥、战斗情报中心、通信室，并引爆了我舰上备用的炮弹，濛特参谋长等多人伤亡，战舰已破败不堪，正艰难地向莱特湾返航……

放下这封电文，金凯德中将心情极其沉重，凌晨出发的舰队下午3点就遭到日本自杀机的追踪攻击，前途凶多吉少啊！他抬头望着战区示意作战地图，又望望通信中心高大的天线，正要叹口长气时又一封电报送到他手中：

据雷达显示，多架日机正沿我“哈拉顿”号驱逐舰航向扑去！

“快，命令战斗机第一攻击组出去！快告诉他们准确的方位、海区！”金凯德中将命令着。

海曼上尉率30架战斗机升空了，向指定战区高速前进！

现在是下午5点钟了，“纳希维尔”号轻巡洋舰在3点11分时遭日自杀机攻击，不到两个小时又有多架日机赶来了，这说明日军攻击频率是很高的。然而，美军远程掩护部队的反应也很快。海曼上尉已经进入了攻击战区，他反复观察空中和海上，发现海面有一条白色的浪迹向西方伸延，他明白这是舰行踪迹，便向伸延方向望去，一艘挂着美利坚合众国星条旗的驱逐舰正高速前行。他忙发出联络信号，“哈拉顿”号立即回电：

我舰载雷达已经发现东南方向有多架日本飞机正向我舰高速飞来。请求航空火力掩护！

“多架敌机，正从东南方向飞来，迎战！”海曼上尉大声命令，“第一攻击小组正面拦截！”

“第一攻击小组明白！”

“第二攻击小组从左翼迂回，攻击敌后方！”

“第二攻击小组明白！”

“第三攻击小组跟着我，从右翼向敌机发起突袭，速度要快，火力要猛！”

“第三攻击小组明白！”

美军海曼上尉指挥机群冲上去了！

日军机群指挥官龙江中尉此刻正飞在5 000米高空的最前面。出发之前，他的上司特岛大尉把他叫到机场左侧的指挥部，一进门特岛大尉就指着地图说：“中尉先生，你注意到这一海区吗？”

“大尉先生，有敌情？”

“美国舰队正在这一海区航行!”

“他们的攻击目标呢?”

“吕宋岛，攻击我山下奉文将军的守岛部队!”

“我指挥战机干掉他们!”

“泽山少尉已经在这战区创造了奇迹。现在我命令你，马上指挥机群压过去，像泽山少尉一样，为我日本帝国军队争得荣誉!”

“大尉先生，我‘神风特攻队’10名驾驶员都是真正的日本帝国军人!”

“好！我希望看到中尉真正的功绩，出发!”

“是!”龙江中尉神采奕奕地应了声便直奔机场跑道而去。

10架挂满炸弹的自杀机在龙江中尉的指挥下升空了，他们个个凶相毕露，闪电般飞向指定战区。

“中尉先生，左前方发现美军大机群，左前方发现美军大机群!”担任强攻和瞭望的村雄少尉急速报告。

龙江中尉一听急忙将机头拉起，问：“村雄少尉，敌机群有多少架飞机，请报告高度、机种!”

村雄应了一声急忙升高，没过一会儿就大声报告：“龙江中尉，我正前方和左右两方都发现美国机群，其中有机群向我机后方迂回!”

龙江中尉一听顿时明白过来：“各机群注意，美国战斗机群已经将我攻击航路封锁，企图在这一空域围歼我，请按原编组互相掩护，摆脱美机，寻找机会攻击美国舰队!”

“泽山少尉单机出击攻击成功，他才是真正的英雄！英雄!”村雄少尉大声狂叫。

与此同时日本自杀机无线电台的电波正飞向基地请求战斗机增援。

“轰，轰!”

两发炮弹在龙江中尉的飞机上方拖着黄色的火苗掠过。龙江调整航向一看，炮火来自正前方，他忙大声命令：“机群注意，正面敌机10架，正面敌机10架，正向我高速冲击!”

“中尉先生，左侧敌机10架，正在迂回!”

“报告中尉，右侧敌机10架，正在向我狂攻!”

龙江中尉一听，知道自己被战斗机包围了，忙稳稳紧张的神经问：“村雄，村雄，发现攻击目标没有?”

“报告中尉，攻击目标正在我机下方，攻击目标正在我机下方!”

“跟着我，全速冲击!”

“是!”

龙江看到美国机群都在猛打猛冲，便指挥着村雄和另一架日机，突然从高空猛向海面俯冲下来。飞机的后面拖着一条黑色的烟带，这是因为速度太快、油门加得太大、油料没有烧干净造成的烟带。当他降到大约500米的高空时，猛然冲向美国舰只。村雄少尉看得很清楚，龙江中尉撞上了美国“哈拉顿”号驱逐舰的烟囱，烟囱被撞毁后，航空汽油燃起冲天大火，顿时“哈拉顿”号完全处于火海之中。不知是龙江的机载炸弹炸中了“哈拉顿”号弹药库，还是其他原因，只听整艘舰连续传来阵阵爆炸声，却不见一门舰炮对空射击。

“冲上去，冲上去!”村雄狂叫着向“哈拉顿”号冲过去。

美国30架战斗机中有25架冲过来了，封锁住了村雄和另外一架突出重围的日机，村雄只得慌忙地拉起机头迅速爬高，美国战斗机忙飞快地跟上来，空中开始了更激烈的绞杀……

第四十八章　咆哮的美军攻击机群

小引

这是海空绞杀的日子，186 架日军战机与美军大机群在空中血战，海面上，美军舰队直逼日军 8 万兵力固守的吕宋岛，这一血战充分展示了美军攻击机群的铁血军胆，表达了美国军人对日军的愤怒！

美军在布干维尔岛登陆

12月14日上午，海区的气象条件和13日一样晴空万里，若是平时，飞行员会为有这样好的飞行条件而异常高兴。可现在，日本少佐史社友西命令186架飞机正在海区上空寻找美国护航舰队准备进行疯轰，飞行员们都绷紧着每根神经！

昨天（13日）泽山少尉击中了一艘美国轻巡洋舰，还是美国护航舰队的旗舰，这一下大大鼓舞了日本自杀机驾驶员的士气。当龙江中尉的10架自杀机向美国舰队再次发起攻击，遭到30架美国战机围歼时，龙江指挥包括他在内的3架日本自杀机仍然突破了重围，击中了美国“哈拉顿”号驱逐舰。山下奉文大将在黄昏时又派出第三批自杀机向美军舰队发起攻击，第三批自杀机无一收获地返航了。然而，山下奉文中将并不罢休，连夜研究空袭美国护航舰队的战略战术。

夜已经很深了，作为吕宋岛上日本最高指挥官的山下奉文心情格外沉重，他无法入睡。前天他就命令603号情报官急报美国舰队的态势，特别是美国这次向吕宋岛发动攻击的全部战略战术和兵力部署，但603号情报官失踪了，他只好动用潜伏着一直未敢行动的109号情报官。109号至今没有回答，这又是为什么呢？难道日本在美军中的情报网全部被破坏了？为什么我军稍有调动，美国人便了如指掌呢？军中谁在充任美军的间谍呢？……

一连串的问号悬挂在山下奉文中将的心中，百思不得其解。突然，情报中心搜集室主任海布大尉跑步进来：“报告将军，109号情报官急电！”

“念！”山下奉文中将忙命令道。

海布大尉念道：

美国攻击我吕宋岛部队分为三支力量，第一支由125艘战船组成登陆突击大队；第二支是由10艘战舰组成的近距离掩护大队；第三支是鱼雷艇大队，它由23艘快艇组成。在苏禄海上巡航担任远程海空掩护指挥官的是金凯德中将，他指挥包括6搜护航航空母舰和3艘战列舰在内的大小30艘战舰，在这一海区巡逻航行；还有美军哈尔西上将指挥的第三舰队舰载机、肯尼中将指挥的西南太平洋战区航空陆基飞机，他们将压制我们菲律宾群岛机场战机。

……

美军攻击吕宋岛的路线是，首先攻占吕宋岛以南的民都洛岛后，在岛上抢修一简易机场，夺取苏禄海、米沙鄢群岛的制空权，掩护第6、8两个集团军的10个主力师在吕宋岛的仁牙因湾登陆……

美军作战战役代号为“步兵Ⅲ”，出击时间是12月13日……

发完这份情报，我将毁坏电台，准备潜海按第十一套撤退方案返回，因我已被他们怀疑。603号情报官已被捕送往旧金山……

这是一封详细得不能再详细的绝密情报，虽然它迟到了，但是它将美军的战略部署、兵力配备、作战代号、出发时间全都告知了，而且 13 日一天的战斗也印证了这个情报的可靠性。山下奉文大将细细地研究了美军的战略战术后，对作战参谋说："快，请航空兵作战参谋史社友西少佐立即赶来！"

史社友西是日军飞行员中富有空中作战经验的空中指挥官、驾驶员。早在 1931 年进攻中国东北三省时，他就两次轰炸齐齐哈尔市、两次轰炸长春，投弹炸毁马占山据守的嫩江大桥（又称"江桥"）的也是他。日军攻占菲律宾时，他又率先飞到马尼拉上空，向马尼拉的剧场和协和医院俯冲投弹五次。在轰炸中国重庆的防空洞和城外炮兵阵地时，他一个月中往返 19 次，可见他是对日本帝国立有显著功绩的军人。山下奉文攻占由美国占领的吕宋岛（三年前）时，他指挥 300 架飞机同时出击，一天实施 960 架次的轰炸、扫射，为山下奉文率领 8 万之众攻占吕宋岛立下了汗马战功。每当关键时刻，山下奉文便要他亲自出击，这已经是惯例了，所以史社友西一听说中将深夜有令就急忙赶到！

"报告将军，友西少佐奉命赶到！"

"请坐，少佐先生！"山下奉文中将两眼继续望着地图说。

友西少佐刚刚坐下，山下奉文就说道："泽山少尉和龙江中尉的战绩，你知道吗？"

"知道，将军！"

"你先把这份绝密情报看看再说。"山下递给他情报。

友西少佐读完情报抬起头，被山下大将的目光迎住："少佐先生，明白了你的任务吗？"

"将军阁下，什么时候出发？"

"明天，明天你率领 186 架战机，在苏禄海区寻打美国战舰决战！"

"是！"

"美国人的海空火力很猛，绝不能被他们的海空炮火逐退！"

"将军阁下，军人在战场没有'退'字可言！"

"好，日本帝国空军的英雄，友西少佐出击！"山下奉文大将拍着他的肩头说道，脸上出现了少有的微笑。

现在，友西少佐指挥他的攻击机群赶到了指定海区，然而搜寻了很长时间仍不见美军舰队的踪迹，他立即拍发了电报，询问司令部具体海区。很快，作战指挥部拍来回电：

因我判断美军舰队行驶海区有误，请你速向西部飞行，我们已经在西部海区发现敌护航舰队，动作要快！

友西少佐拿着这封电文，通过无线电台念给各位飞行员听后，便率先扭转机头向苏禄海区以西高速赶去。186 架大型攻击机将给美国舰船造成多大的损失，这是完全可以想象的！

刚刚朝最新指定战区飞行了不到两分钟，无线电报警器就“嗒嘀嗒嘀”地响了起来，友西少佐愣了一下正要询问，担任远程搜索瞭望任务的川岛中尉焦急地报告：“发现空中目标，距离 86 公里，正向我机群飞来！”

“川岛中尉，询问身份，令其改变飞行方向！”友西为弄清飞来的是日本飞机，还是美军飞机，当即下令。

两分钟很快就要过去了，川岛报告：“对方不回答，并在迅速调整高度！”

“快，再耐心询问！”友西想着有可能是日本搜索机，忙又命令。

川岛中尉这回开大电台频率：“我是日本帝国海军，我是日本帝国海军，你们是哪个国家的……”他用日、英两种语言交换呼叫。

“川岛先生，问清楚了吗？”友西问。

“报告少佐，对方不回答，好像是美军舰载攻击机，距我机还有 26 公里！”

友西少佐一下子有些紧张起来，自己指挥的是轰炸机，自杀机因载重炸弹而无法与高速战斗机在长空拼杀。他忙问川岛中尉：“发现敌舰队没有？”

“报告少佐，敌舰队没有踪迹！”川岛报告着突然提起嗓门，“是敌攻击机，正在爬高占位！”

“各机注意，各机注意，保持队列爬高占位，保持队列爬高占位，迎战美军攻击机，迎战美军攻击机！”友西少佐向 186 架战机下达命令，接着第一个拉起机头，向云层钻去。

“轰……”

美机已经占领高度冲过来了，友西正在爬高，突然扫见一架自杀机中弹向大海栽去！

“川岛，川岛，是谁中弹？”

“少佐，少佐，已经有 6 架中弹了！”

“什么，什么？”

“我们已经被美机包围，已经有 6 架中弹！”

“突围返航，突围返航！”

“报告航线，报告航线！”飞行员们异口同声地问。

“按原飞行航线返航，按原飞行航线返航！”

“追上去，不让日机突围，炮火封锁日军航路！”美军空中指挥官布迪少校用电台下达命令。

布迪少校是美军舰载机的老牌飞行员，曾从欧洲战场转战中国战区，后又从

中国战区南下东南亚。今天他被编入哈尔西上将的航空攻击队。他统帅的这支空中沙场老将，被哈尔西上将称为“空中猎手”。

昨天晚上，布迪少校被攻击机大队长加利上校找了去，加利上校向他述说了白天“纳希维尔”号轻巡洋舰的遭遇、参谋长的惨死与“哈拉顿”号的不幸后，双手放在他的肩头说：“很简单，少校先生，明天你指挥猎人在空中捕捉野猫，报今天的仇！”

“上校先生，只要我们进入战区，发现敌人，我们将会是虎入羊群！”

“好吧，明天上午 8 点钟出发！”

“是！”布迪少校畅快地答道，因为他对与日本飞机作战并不感到恐惧，反而对于当年在欧洲战场与德国空军的较量有三分胆寒。

今天早上，他指挥战机离开舰队赶到预定战区空中时并没有发现敌情，绕了一大圈正要向东航行时，雷达上出现了日本机群，他忙命令飞行员们加大油门迅速包围敌机，采用先围后打的战术聚歼日军轰炸机群！

布迪少校首先开炮，击落一架企图向他撞来的日机，他冲到日机指挥机友西的左后方，发射的两炮被友西突然下滑避过，只见友西拉起机头准备突围而逃！布迪不能放过友西少佐，他一咬牙跟上去突然平飞，又是一炮“轰”地一击，刁狡的友西向左猛冲又避开了。

“迂回攻击，布迪少校！”有人在上空呼叫。

布迪少校知道伙伴们在关注他，只是各自都跟敌人纠缠而无法增援自己。敌机友西少佐为逃脱打击，此刻正闪电似的划过长空，不停地上下左右旋转避弹。布迪少校在飞机座舱里双眼死死盯住友西的飞机，跟着上下左右旋转，等待时机开炮。

突然，四架日机同时冲出重围开始反击，有五架美机不知什么原因平飞而去。布迪少校抬头一看，又有四架日机突出重围，而他的伙伴只追后面四架日机，前面四架眼看要逃脱了。

“306、307，306、307，追击你右前方四架敌机。后四架敌机由 203、209 解决。201 爬高占位，攻击后四架，居高临下攻击！”布迪少校忙给五架战机下达各自的作战任务。

五架战机接到命令后各自奔赴自己的歼灭对象。

布迪少校仍在紧追友西，友西突然急转弯向两块升腾的黑云冲去。布迪少校毕竟是空中作战的老将，闪电般一拉机头“切半径”，抄直追上去。友西少佐出发时空中万里无云，而这时突然变天了，他认为这是救命的云层，想冲进去喘口气再寻机逃掉，不料美机追上来了。他拼命地在前面一边上下翻滚，一边逃向黑色云层，使美军布迪少校无法瞄准他。

布迪少校不放过他，死死盯住显示器上飞机的固定光环，加大油门直冲过去，并连开两炮吓破友西的胆。

800米、600米、400米！布迪少校在瞄准器中套住了敌机，他屏住呼吸，300米！用力一按炮钮，“咚!”一发炮弹准确击中敌机身，敌机顿时碎裂成一团团火球向大海坠去……

布迪少校总算舒了一口气，他猛拉机头急速上升，环顾战区，他们的机群果然像老虎冲进羊群一样，将186架日机吃掉了三分之二之多……

第四十九章　疯狂的民岛少佐

小引

凭借黎明前的黑暗，日军大批自杀机在战斗机的掩护下，直逼美军在民都洛岛的登陆部队。这个太平洋中的小岛顷刻间硝烟弥漫，美国军人的血肉被日军炸得横飞……

美军扩大登陆场

15日凌晨，像漏完了气的皮球一般的日军山下奉文大将站在昏沉沉的灯光下沉默不语。不一会儿，航空兵大尉杜山惶惶不安地赶来了。

“报告将军，杜山大尉奉命赶到！”

“你还有脸来见我？”山下中将咬着牙怒视着他。

杜山大尉提着心不敢正视山下中将。

“186架飞机，被美国人打下了多少架，嗯？”

杜山不敢回答。

“123架，123架被击落栽进大海，你作为空中副指挥官难道没有责任吗？”

“将军阁下，当时我告诉友西少佐，可他……”

“打好了就是你的功，打败了就是他的错，他已经战死在海空，可你呢？你让10架飞机掩护你突围出来，结果被击落7架，这难道不是事实？”

“将军阁下，这在当时的战区……”

“还有什么好说的，你看看这个情报！”

从山下奉文大将手中接过情报，杜山大尉急忙一目十行地读着：

由美军登陆作战总指挥斯特鲁尔少将指挥的美军护航船队，将于15日黎明（4点20分）在民都洛岛登陆。这批登陆舰船有大批陆战队、工兵以及修建飞机场的设备……

“好！”杜山一挥拳头。

“好什么？”山下奉文大将逼住他，“你还想再扮演一次被老虎追赶的羊？”

“我要求再给我一次为大日本帝国军人争光的机会！”

“好吧！”山下大将从牙缝中挤出两个字，扭头说道，“请民岛少佐进来！”

航空兵少佐民岛是日轰炸机大队副大队长，同时又是吕宋岛第39自杀机队队长，他的到来无疑在预示着将有重大的作战任务要执行。

“将军，第39自杀机队队长民岛少佐到！”民岛按日本军人下级见上级的习惯语言、语气报告。

山下奉文大将扭头扫了他一眼，没有吭声。

“报告将军，作战处已经将敌情通报让我看了！”

“你有什么打算？”

“指挥轰炸机群黎明前赶到民都洛岛攻击美军登陆部队！”民岛少佐决断地回答。

“作战方案呢？”

“我已经与作战处共同制订好了，马上传达给待命出击的‘神风特攻队’飞

行员！”

“你是空中指挥官，我给你配备一个助手！”

“谁？”

“杜山大尉！”

“将军阁下，你将一个怕死鬼安排给我当助手？”

“少佐先生，你怎么能这样抗击我的命令，嗯！”

“他为了逃命，一下子损失了7架飞机，难道我能……”

“少佐，”杜山的脸涨成茄子色，走进来大声道，“我……我……”

民岛少佐忙扭头迎住杜山，气愤地吼道：“你什么？友西少佐战死长空，你用我日本帝国7架飞机、7条生命，换取你这条狗命，你知道军人最大的……”

“啊！”杜山大叫一声。

这时民岛看到一把长剑刺进了杜山的腹部，他挣扎着双手抓住剑的中间：“你……你应该让我战死民都洛岛！”

原来是一个作战参谋听到友西少佐战死，杜山用7架飞机、7条生命的代价才换下他自己的生命时，气愤地拔剑刺向了杜山。

杜山倒下了，但是他没有死，他抱着腹部跪下后，在地下蜷缩成一团，发出狼般的号叫，血已经染红了军衣，大肠和小肠如同洪水般从指缝中冒了出来……

“拉下去，补一枪！”民岛少佐道。

“慢！”山下大将一挥手喝退卫兵，“就是要他这样痛苦地死去，太痛快了是给他安慰！今后，凡作战不力者都像这样处死。日本军人应牢记：不成功，便成仁！”

杜山继续在地上挣扎，痛苦地呻吟。

“军人的事业在战场，军人的荣誉在战场，这是我反复告诉你们的。凡听不进的，下场像杜山一样，绝不手软！”山下中将始终用咆哮的语气说道，“民岛少佐先生，成败看你黎明一战，快去准备！”

“是，将军阁下！”民岛少佐神情激昂地回答。

“将军，战斗情报中心报告，美军在民都洛岛的登陆时间提前到今天黎明时的3点50分！”

“好！民岛少佐给他们准备了丰盛的黑色早餐！”山下奉文大将用日本军人惯有的傲慢语气说道。

黎明前，民都洛岛沿海突然刮起四五级的南风，大海咆哮般卷起汹涌的波浪。为抓住战机出其不意地轰炸正在登陆的美国战舰，民岛少佐指挥他的轰炸机群迅速出航了。机群在低空按攻击队形向民都洛岛飞去！这一次，山下奉文大将吸取了白天的教训，派出大批歼击机护航。歼击机（又称战斗机）在良亮人尉指挥官的指挥下，前前后后、左左右右严密地护卫着民岛少佐的轰炸机群。

“没有命令，不准投副油箱！”一到达浩瀚渺茫的大海空域，民岛少佐便叮嘱了一句。

民都洛岛沿海海面上，狂风在疯狂地呼啸，海浪冲击着礁石，发出惊天动地、撕人肺腑的吼叫声。美国战舰上挺立着斯特鲁尔少将和他的作战参谋们，一个参谋心情异常兴奋地说：“敌人在这样的气候条件下是不会出击的。我们放心登陆吧，何况又是黎明前最隐蔽的时间呢！”

“中校先生，军人需每分每秒警惕着。告诉各舰船指挥官，越是自我感觉良好时，越要检查对空射击火力。快通告！”斯特鲁尔少将扭头命令。

“是，将军阁下！”中校参谋被教训一顿后，忙去传达命令了。

此时，日本轰炸机群正在用最快的航速向攻击目标区前进。

“报告少佐，报告少佐，机群已到达航线上最后一个作为地标的礁石岛上空，距离民都洛岛还有60公里！”担任观察的歼击机指挥官良亮大尉打破无线电静默报告。

民岛少佐听到这个报告，意识到低空飞行隐蔽行动已经失去作用，忙按了下无线电的信号按钮命令道：“按第一作战计划爬高，快！”

机群接到命令，一下从低低的海面“唰”地升高到2 800到3 000米海空，两分钟后就在民都洛岛上空冒了出来。民岛少佐和所有的驾驶员都睁大双眼紧盯着海区搜索敌舰的登陆位置，但是没有一个飞行员发现攻击目标，莫非情报不准？民岛少佐自问，他用电台询问良亮大尉：“良亮大尉，你发现目标的足迹了吗？”

“没有，少佐先生！”良亮大尉有点焦急地回答道。“搜索目标，高度不变，副油箱不能过早投！”民岛对机群发出命令。

按照作战指挥部的参谋们给民岛少佐的建议，应该争取时间，尽早发现攻击目标，集中火力给美军登陆部队毁灭性轰炸，不能留有机会让美军逃掉。

无线电耳机中一片异常的寂静，日军飞行员们在民都洛岛海湾扩大了搜索区……

“发现目标！”

“发现目标！”

“发现……”

民岛接到报告后，拉起机头向左一旋，扭头向左下海区观察：啊，民都洛岛海区内到处是美国登陆部队的舰船！他兴奋地对着无线电授话器命令道：“第一、二、三攻击队，集中火力攻击002号目标区；第四、五攻击队集中火力攻击007号目标区，第6、7攻击队集中火力攻击0011号目标区，其余攻击队跟着我行

动，攻击0019号目标区！”

“是！”耳机中传来飞行员们异口同声的应答声。

“良亮大尉，请你注意美军舰载机的攻击！掩护轰炸机完成作战任务，马上扩大防卫圈，分三层警卫攻击区！”

“是，少佐先生！”良亮一边执行命令一边回答，同时拉起机头转动机舵。

一场血淋淋的海空战在民都洛岛海湾展开了。

美军坦克登陆舰指挥官杰切克中校此刻正忙得满头大汗，他一边命令各舰保持队列赶快冲滩登陆，一边大声吼叫：“射击，对空射击！”

“中校，中校，我738号遭到攻击，我738号遭到攻击！”

听到无线电台中嘶哑的呼叫，杰切克中校立即命令：“舰炮火力注意，敌一架自杀机在其他战机掩护下，正在寻找机会攻击我738号坦克登陆舰！”

顿时，海空火力封锁住了738号坦克登陆舰上的航路！

攻击738号坦克登陆舰的是一架日军自杀机，驾驶员重光六子少尉圆睁的双眼血红血红的，在猛烈的炮火下，他只好拉起战机昂头爬高，如果硬着头撞进火网，必是凌空爆炸粉身碎骨。

“重光少尉，重光少尉，攻击你原选定的目标！原航线返航攻击！”

“是！”

重光少尉又重返他选定的738号坦克登击舰上空，不停地做假动作，回旋避开舰炮的攻击。

“向左2度！”重光内心叮嘱自己修正航向，并轻微地转动操纵杆。

“再向右1度！”他通过瞄准器盯住海面738号坦克登陆舰，“好，保持！”他心里说着，猛拉机头……

现在，飞机带着因飞行速度超过机械性能而发出的炸裂般的尖啸声，冲向了738号美军坦克登陆舰。

“轰……”

738号坦克登陆舰上的弹药引燃了，浓烟冲向天空，火焰映红了海空！

“重光少尉成功了，重光少尉成功了！快，压上去，压上去！”民岛少佐在无线电台中狂呼，为其他人打气。

“少佐，攻击！”

又一个日军自杀机飞行员呼叫着向美472号坦克登陆舰撞击了！美军472号坦克登陆舰与738号一样，立时处于爆炸后的烈焰包围之中。民岛少佐正在命令自杀机硬撞登陆舰时，耳机中传来良亮大尉的呼叫：“少佐先生，少佐先生，三批敌舰载机从三个方向赶来，距离30公里！”

“大尉，继续警卫，我只攻毁了两艘坦克登陆舰！”

“少佐，飞机燃料有限，再说我机数量处于劣势，若不马上撤出战斗，有可能重演昨天的悲剧!”

“我撤出战斗，山下将军不会放过我的!”

“那我们就会被敌人吃掉!”

“混蛋，你的飞机上没有火力?”

“少佐先生，现在不是赌气的时候，为了明天更大的胜利，我建议你撤，下命令吧!”

远处，一批美国舰载机老猎手气势汹汹地赶来了。出发前民岛少佐了解到，美军吸取了第一天（13 日）的教训，舰载机在舰队上空 24 小时回旋巡逻，即使有日机偷袭也很难得手。

望着战斗机正在缩小警卫圈，听着良亮大尉不停地报告敌机逼近，民岛少佐大声道：“机群一律撤退，撤出战斗！拉起机头，拉起，快拉起来……”

“是!”各机异口同声地回答道。

“日本帝国万岁！天皇万岁！”民岛在无线电台中狂叫着，疯狂地高速向海面的美国舰队撞去……

第五十章　曼加林海湾的夜袭战

小引

夜幕下，日军舰队直冲美军堆满军用物资的港口，美军发现后，一场海空夜战在菲律宾曼加林海湾爆发了，一串串如同魔鬼的炮弹拖着火光在夜空纵横，战况惨烈……

美军在吉尔伯特群岛登陆

这天下午，西南太平洋的天气异常恶劣，狂风卷着恶浪似乎要将大海翻得底朝天，低垂的乌云掩护着日军木村少将指挥的第二钳攻舰队艰难地驶向民都洛岛，木村海军少将下决心要捣毁美军在民都洛岛上新建的海军设施和空军简易机场，教训一下麦克阿瑟美军上将！

日军舰队在民都洛尔岛西部海域前进着！木村少将立于旗舰的舰桥上，举着高倍望远镜观察着洋面……

自从美军在民都洛岛登陆后，日本南方军司令官寺内寿一大将就坐不住了，他知道失去民都洛岛就是失去吕宋岛，而失去吕宋岛将意味着失去整个西南太平洋。于是他决定教训美军，把捣毁民都洛岛的作战任务交给了志摩清英中将。志摩清英中将经过再三研究，将木村少将请进了自己的作战指挥部。木村少将一进门，志摩清英中将就把一纸手令递给他："将军阁下，你看看就明白我找你来的目的和作战任务了！"

木村少将已经是经验十足的老将军了，不以为然地一笑接过来，只见上面写着：

志摩清英中将：为打乱美军在西南太平洋海域的作战计划，我命令你派出最能打歼灭战的将军，捣毁民都洛岛所有的美军军事设施特别是新建的飞机场，然后寻机夺取该岛。目前美军将该岛变成了进攻吕宋岛的跳板……

"这么说要我向民都洛岛出击？"木村少将读完，抬头望着志摩清英中将问道。

志摩清英淡淡一笑说道："你认为呢？"

木村少将望望中将，又望望墙上的巨幅军事地图，心情不悦地说道："莱特湾大海战之后，我海空军特别是海军大伤血气，就像老虎断了脊梁骨一般。凭目前我海军几艘残存的破军舰，要想攻破美国在民都洛岛的海防线，捣毁岛上的新机场，恐怕不是那么容易的吧？"

"你是说，我们进攻民都洛岛是以卵击石？"

"难道中将阁下不这样看？"

志摩清英中将叹了口气，没有表态，但他内心与木村少将有同感。沉默了一会儿后他才说："我决定将进攻任务交给你的第二钳攻舰队！"

"决定了？"

"决定了，这是大将阁下亲自将你点上台的！"

"你的意思呢？"

"执行命令！"

“没条件可讲?”

志摩中将又沉思了一会儿说：“尽最大努力让美国人知道，日本帝国海军有足够的力量和决心与美国海空势力较量，同时你要掌握好时机，用打了就走的战术保持自己的实力!”

“好，只要阁下有这个战术，有这句话，我将会相机行事!”木村少将急忙说。

木村少将的日军第二钳攻舰队，在日本西南太平洋海军舰队中还算比较有攻击实力的。他拥有“足柄”号重巡洋舰和“大定”号轻巡洋舰各一艘，另有五艘驱逐舰。若跟太平洋上任何一支小型美军舰队交战，都是有一定抗击力和攻击力的。

从越南的金兰湾出发，木村的舰队航渡过中国的南海（日本南方军司令部设于越南西贡），这次的攻击任务是夜袭圣约瑟镇和新建的美军飞机场。他没想到气象条件一下子变得这样恶劣!

……

现在，木村少将走进自己的作战情报中心，对正值班的作战参谋问道：“中尉，我们已经到达什么方位?”

“报告将军，舰队的确切方位是民都洛岛西部，距岛 160 海里的洋面!”

“通知各舰，注意搜索前进，航速加快 2 海里!”

“是，航速增加 2 海里!”

“报告，雷达发现在我舰队左前方 50 海里处有一架美国飞机!”又一个作战参谋报告。

“敌机发现我们了吗?”

“没有!”

“保持航向、航速前进！注意监视敌机!”木村少将紧张地下达命令。

106 架美国战斗机、轰炸机向民都洛岛西部 160 海里的洋面飞去！他们是驻守民都洛岛新机场的美国第五航空队的轰炸机群。

20 分钟前，美军担任远程掩护的金凯德中将还在跟第五航空队的作战参谋们研究战术时，突然收到海上巡逻侦察机菲杰克发回的电文：

在民都洛岛西部 160 海里的洋面，发现由一艘重巡洋舰、一艘轻巡洋舰和五艘驱逐舰组成的日军舰队正向民都洛岛的圣约瑟镇航行，航节 23。为迷惑敌人，我仍在原海区巡逻，请航空大队马上突袭。菲杰克少尉拍发。

“出击，100 架战斗机和轰炸机出击，鱼雷艇大队的 11 艘快艇全部出击!”

金凯德中将大声命令。

现在是太阳已经下山、月亮在茫茫海雾中挣扎起来的时刻了，白昼和黑夜交织着。美军这100架陆基战机在雷尔基中校的率领下很快进入了战区。这个老牌的指挥官率领的却是一批未经良好训练又缺乏攻舰实战经验的陆基飞行员。雷尔基在大海上空高速前进着，突然他大声命令道："各机注意，我们已经进入战区，左前方2公里处便是敌舰队，准备攻击！"

眨眼间，雷尔基赶到日本战舰上空，日军舰炮先发制人封锁了轰炸机航道。

"轰！"

"轰……"

轰炸机开始攻舰了。

雷尔基发现，那一枚枚炸弹根本就没有击中日军军舰，而是全部落到了海中，一个个高高的白色水柱从海洋中冒了出来，在昏沉的月光下隐约可见。

"瞄准攻击，瞄准攻击！"雷尔基咆哮着，"集中火力攻击大舰，攻击大舰！"

无论雷尔基付出多大力气，他的这群陆基飞行员毕竟太缺乏攻舰训练了，而且现在又是处在夜色中，他们经多方努力都无法阻止木村舰队向曼加林海湾逼近。

"好小子！"雷尔基一个高速俯冲后突然拉机平飞，他发现了日军重巡洋舰，几艘小小的驱逐舰在海浪里冒着被炸沉的危险正向它靠近，显然是企图借助大舰的火力掩护。雷尔基一见敌重巡洋舰火力太猛，忙转向攻击驱逐舰。他转过机头沉着操纵飞机，凝神屏息地盯着轰炸的瞄准器。当飞机平稳直飞，眼前的轰炸瞄准器上日舰的投影中心正好压在纵标线上，并飞快地向瞄准器"十"字中心滑动。这两个中心重叠在一起的一瞬间，雷尔基闪电般一按电钮，一颗颗重磅炸弹在空中发出"呲"的尖啸声冲向一艘驱逐舰。其中一颗准确地在军舰尾部爆炸，火光撕破了夜幕，通过浓烈的火焰可见到日舰在海水中拼命地晃动……

"炸错啦，炸错啦！"无线电中传来呼叫。

然而又一枚炸弹准确地击中了那艘驱逐舰的前甲板，并穿破甲板冲进弹药舱，迸发出强烈刺眼的火光。

"空军，空军，我们是美利坚合众国的巡逻舰……"

"啊，你们……"

"你们误伤了我驱逐舰……"

雷尔基耳朵里嗡嗡作响。他实在无力指挥这批陆基飞行员在夜间攻击敌军舰，而自己又误伤了自己的驱逐舰，他忙拉起机头："集合，返航！"

木村一见美机返航，而一艘冒失闯进他舰队的美军巡逻驱逐舰反遭美军战机误伤正逃跑，他没有去追歼这艘美军驱逐舰，更没有用舰炮火力攻击美国轰炸

机，而是大声命令："全速向曼加林湾前进！"

凌晨，木村的舰队进了曼加林湾，圣约瑟镇（美国在民都洛岛的海军补给基地）和美国在民都洛岛建的新机场全部进入了木村的舰炮射程内。他的参谋长庆水春燕大佐走过来问："将军，再逼近些攻击？"

"只要在射程内就行，不必抵近攻击，我们已经进入敌舰队的航空火力中心！"木村有些恐惧地说道。

"攻击，攻击圣约瑟镇和机场，原攻击方案不变！"参谋长命令部队开始进攻。

"轰……"炮火密集，拽光弹穿梭飞舞。

木村望着舰炮的火力按计划实施攻击得很有力，心情并不轻松，他将参谋长从观察塔上叫下来："阁下，海夜如墨，你能保证没有美舰潜伏在某处等我们吗？"

庆水大佐朝炮弹飞舞的夜空看了看，说："一艘敌 巡逻驱逐舰闯进我们舰队，反被自己飞机误伤，它逃走后肯定会回去报告我舰队火力情况，还有美军陆基飞机没有达到攻击效果，我断定他们会派舰载机来攻击我们，那可都是些老猎手呢！"

"嗯，我见过通报，12 月 14 日，我们出动的 186 架飞机被击落了三分之二。"木村补充道。

"所以，我认为在这里的攻击时间不宜过长。因为我们这不是偷袭，被暴露了，敌人肯定会马上反击！"庆水大佐说。

"已经攻击多长时间了？"木村问。

庆水大佐扫了眼夜光手表："已经攻击了半小时。"

"撤，命令部队按计划返航，全速返航，快！"

终于，日本战场指挥官疑神疑鬼，恐惧遭美舰美机伏歼，匆忙炮击仅半小时后就转舵返航了。

这一夜，曼加林湾的海浪一浪高过一浪。

美军鱼雷艇攻击大队队长亨利·切格上尉，此时正在急速地向曼加林湾全速奔袭。

"切格上尉，电报！"

切格上尉接过电报看了一眼忙命令道："日本舰队正沿原航行线路返航，速返航封锁曼加林湾口！"切格上尉向部下下达返航的命令。

当民都洛岛上的 106 架飞机出击的时候，切格上尉正在圣约瑟镇的一家小酒馆小饮，听到作战警报的长鸣声，迅速跑回指挥部，正好金凯德中将的手令送到了他手中。他急忙展开：

日舰多艘进入曼加林湾，速参战……

“集合，PT－221号、PT－223号鱼雷艇返回曼加林湾，攻击敌舰！”切格上尉通过电台下达完命令，亲自驾艇奔袭。

PT－221号鱼雷艇副艇长（艇长因病已到圣约瑟镇海军医院治疗）约·麦克德少尉、PT－223号鱼雷艇马海科尔中尉奉命赶到曼加林湾时，麦克德少尉首先发现目标。此时日军木村少将的舰队正在返航。

“目标，发现目标！”麦克德大声报告。

“少尉，请你正面攻击，我艇迂回攻击！”马海科尔中尉命令道。

“轰……”正面攻击的炮弹从PT－221号鱼雷艇上密集地倾泻而来，艇周围硝烟滚滚、水柱冲天。

“后退，后退！”麦克德大声命令。

PT－223艇指挥官马海科尔中尉看到一艘日本驱逐舰正追击PT－221号，认为时机成熟了，忙大声道：“鱼雷攻击，放！”

两条鱼雷如同两条鲸鱼在水中划出两道白色的浪迹，直向日“清霜”号驱逐舰冲去。

“轰！”

“轰！”

两条鱼雷，一条击中舰的左下部，一条钻进舰体击中弹药舱，引起一片巨大的轰鸣声和熊熊大火，浓黑的烟云腾空而起……

“全速撤退，全速撤退！”木村不让舰队抢救遇难官兵，害怕美国鱼雷艇继续攻击，边打边跑。

被美艇PT－223号击沉的日本“清霜”号是日本“夕云”级高速新式驱逐舰，其排水量为2 077吨，航节高达36，舰炮为127毫米6门，鱼雷管配有8具，其他轻武器和高射机枪配备比所有驱逐舰都多。1944年5月15日下水服役时，受到日本海军部的高度赞扬，被称为“攻不破的海上堡垒”，然而，仅仅过去7个月，它就葬身于曼加林湾海底了！

木村少将指挥的日军舰队怏怏地溃退返航了，大海在用黑暗掩护着这只舰队。木村注意到，美国攻击舰正在追击，大批的岸基战斗机、轰炸机在他们舰队上空出现了，他忙扭头问参谋长庆水春燕大佐：“敌舰载机出现没有？”

“暂时没有发现！”

“告诉各舰炮手，敌岸基飞行员缺少攻舰训练，没有什么可怕的，只要封锁住他们的攻击航道，再跑一段，就脱离了他们的攻击范围！”木村说。

“将军阁下，”庆水大佐说：“‘清霜’号舰损失了，回去……”

“报告，左前方和左后方同时发现敌舰!”作战参谋的报告截断了庆水大佐的话。

庆水愣了下问：“舰队编制呢?”

“都是舰载机的舰队!”

“木村将军,”庆水大佐预感到情况不妙，“怎么办?”

“怎么办?”木村沉重地叹口气，“命令战舰全速撤退，炮手和所有攻击武器上甲板，作好战死曼加林湾的准备。”

日战舰在惶恐中大溃退!

美舰气势汹汹地冲上来！一场大海战又不可避免了!

第五十一章　沉没在苏禄海的航空母舰

小引

美军第38特混舰队驶入苏禄海区，成为了日军自杀机攻击的目标。以日军大尉林义光木为首的自杀机群，选中美军航空母舰，并由西山员一中尉执行攻击命令。西山员一是日军中老牌的战斗机飞行员，也是自杀机中凶狠的罪恶分子，他现在马上要杀死一批美国军人，他将是后来美国军人认清日本军国主义罪恶的代表！

美澳联军在新内几亚岛上反攻

连续激战于海空的美日两军海、空力量一直在较量着。1945 年 1 月 4 日，美军奥登多夫少将亲自指挥的第 38 特混舰队的先遣编队，驶入碧波万里的苏禄海区。此刻已是下午 2 点钟了，奥登多夫少将走进作战情报中心，观察并研究敌情异变，他根本就想不到一架架日本自杀机正贴着洋面，避开美军雷达的监视区，向他的航空母舰凶狠地扑来……

日军连续几次向民都洛岛及其海湾发动海空突袭后，美军哈尔西上将坐不住了，他日夜与作战参谋们研究打击日军海空力量的最佳战略战术。1 月 1 日，又一个作战计划制订完毕，他马上将实施这个作战计划的任务交给奥登多夫少将。

奥登多夫少将赶到麦凯恩中将的作战指挥部时，哈尔西上将已经站起来了准备迎接他。

“啊，奥登多夫少将，非常欢迎！”哈尔西上将忙迎了上去，“没想到你来得这样快！”

“上将阁下，只要有命令，我绝不会迟疑一分钟！”奥登多夫少将说着，扭头望着朝他微笑的麦凯恩中将，“中将先生，你好！”

“少将阁下，哈尔西上将将任命我为第 38 特混舰队司令官，经与上将阁下共同研究，任命你为我舰队的先遣编队指挥官！”麦凯恩中将说。

奥登多夫少将没有立刻表态，他的目光扫到麦凯恩中将办公室的作战沙盘上，凝视着民都洛岛的标记一言不发。

“将军阁下，”哈尔西上将走过来，“自从我们遭到日军木村少将的夜袭后，日军对我民都洛岛登陆部队实施全天候攻击、轰炸，不但导致我们有成千上万的作战物资被炸焚毁，还使大批官兵伤亡。前天下午 6 点 30 分，我们的万吨自由轮‘伯克’号、‘贝克’号油轮和‘波卡平’号等 6 艘大补给船相继被敌自杀机击中炸沉。在日机发起的 344 次空袭作战中，我们打下了他们 117 架战机，但空袭警报日夜鬼哭般叫个不停，把我在滩头作业的官兵搅得精疲力竭呀！”

“敌‘神风特攻队’的命中率为 26.8%，击沉率近 3%，这已经够我军吃的了，无论是物资上或精神上都给了我们巨大的压力。我们不能再这样下去了！”麦凯恩中将忙补充道。

“为确保在仁牙因湾顺利登陆，我的‘大蓝毯’作战部署是有效的！”哈尔西上将显得有些得意。

哈尔西上将为打败日军自杀机，让美军在仁牙因湾胜利登陆作战，他命令民都洛岛上的陆基飞机和航空母舰上的大批舰载机，日夜全天候覆盖在吕宋岛上的日军机场上空，专门击毁地面上的日本自杀机，即使无力击毁，也要压住他们令其不能起飞。不但如此，哈尔西上将又将由包括 13 艘航空母舰在内的 90 艘水面舰艇组成的 3 个特混大队，编为第 38 特混舰队。日本吕宋岛最高指挥官山下奉文得到情报后称："这是美国人现在在太平洋上最大的机动部队！"

受命指挥第38特混舰队的麦凯恩中将给部下的指示命令：

各位将军：为完成哈尔西将军下达的"大蓝毯"作战命令，我所有舰艇、机场，各种战斗机、轰炸机以及一切军事基地，必须在四天内改进指挥操纵系统、预警系统、敌我识别系统，撤掉一半舰载轰炸机，大批增加舰载战斗机，所有战斗机必须改装成能执行多种任务的攻击机。为确保执行哈尔西上将的命令，无论其他攻击目标有多大吸引力，指挥官必须注意，不能将飞机从敌人机场上空调离……

由于各部队执行了麦凯恩中将的这道命令，美军第38特混舰队的战斗力增加了一倍。

然而，天不助麦凯恩中将，1944年12月17、18日两天，当美国舰队撤回海上准备补充燃料时，突遭百年不遇的强台风突袭，致使美国官兵死亡839人，毁坏各类飞机146架，21艘战船不能如期出海作战。尽管这样，麦凯恩中将仍然出动了3 036架次战机，在日军吕宋岛和其他机场上空形成一张"死亡之毯"！

……

品味着空军的建树、麦凯恩中将的命令，奥登多夫少将心中充满即将胜利的喜悦，他回头扫了眼庞大的先遣编队，这是由164艘舰船组成的编队，他将给吕宋岛日军以毁灭性打击！

执行攻击美军先遣编队的日军自杀机攻击队队长是林义光木大尉。此时的他正驾驶一架挂满重磅炸弹的双引擎自杀机，率领第103自杀机攻击队的一群战机，直向美军奥登多夫少将的舰队冲去。

日军的间谍是分五个层次的几十条单线渗进美军中的。1月3日晚上，山下奉文大将的随从副官亮九中佐慌忙地召见第103自杀机攻击队队长林义光木大尉。他学着山下奉文的神态，用一种异样的目光盯住部下，沉默了许久后才一言不发地将一封绝密情报递到林义光木的手中，林义光木双手不声不响地接住，低头一看：

美军哈尔西上将编组了第38特混舰队，任命麦凯恩中将为舰队司令，舰队包括13艘航空母舰在内的90艘水面舰船。其舰队的先遣编队共由164艘舰船组成，先遣编队司令官是美军金凯德中将的部下奥登多夫少将，他于1月2日向吕宋岛驶进，航行路线仍然是沿民都洛岛航渡时的航线，估计1月4日可达苏禄海区。其中"奥马哈湾"号航空母舰火力较弱……

"好，我将捣毁敌'奥马哈湾'号航空母舰！"林义光木大尉挥舞着拳头大声道。

"如果攻击失败呢？"亮九中佐先生问。

"像民岛少佐一样，绝不返回！"

"好吧，我现在正式通知你马上出击。目标，苏禄海上正航行的美军奥登多夫少将指挥的先遣编队。主攻目标，航空母舰！"

"是！"林义光木大尉毫不犹豫地回答。

……

现在，林义光木大尉已经指挥攻击机群进入了苏禄海区，他的前锋侦察攻击机西山员一中尉在1 500米的高空不停地用无线电给他传递信息。当西山员一进入一片黑云层时，透过两块乌云之间的缝，他突然扫见一条白色的浪迹，经验告诉他这是一艘大舰犁出的航迹。他忙从1 500米上空猛地窜到600米高空，摆脱掩护的云层，惊喜地对着无线电授话器大声道："林义光木大尉，林义光木大尉，发现目标，发现目标！"

"我是林义光木大尉，我是林义光木大尉，发现目标马上跟上，发现目标马上跟上！"

"是！马上跟上！"

"机群注意，机群注意！爬高，爬高！"林义光木大尉命令着。

贴着洋面飞行的日本自杀机接到命令后相继拉起机头往上爬去。

"大尉，大尉，发现美军航空母舰，发现美军航空母舰！"

"西山员一，西山员一，我在你的左前方，我在你的左前方，我命令你施行第一次试攻！"

"是！"西山员一中尉回答着，"林义光木大尉，请你观察指挥，我进行攻击！"

"等会儿，"林义光木大尉忙回答，"修正高度，从左翼俯冲攻击，快！"

美军"奥马哈湾"号航空母舰上，作战参谋长海曼上校正两眼注视着日本自杀机，他大声对所有火器指挥官命令道："发挥火力最远射程，封锁日军航路！"

大炮在向日机攻击，日机西山员一中尉只好拉起机头爬上1 800米高空寻找机会俯冲攻击。

"西山，西山，高度700米，高度700米，快！"亮九见美舰尾部舰炮火力较弱，忙大声道。

西山员一中尉环扫四周，发现美军"奥马哈湾"号航空母舰的尾部舰炮火力是显得弱一些，他急忙将飞机降到700米高空。美军作战参谋长海曼上校一看日军高速俯冲下来，忙命令潜伏火力："高射机枪，开火，开火！"

离航空母舰700米时，潜伏在舰尾的由21挺高射机枪组成的火力网顿时封锁住了日军西山员一驾驶的自杀机航路。西山员一只好又猛拉机头，但左机翼还是被高射机枪击中两个洞。

"林义光木大尉，林义光木大尉，敌舰尾部潜伏火力太猛，敌舰尾部潜伏火力太猛！请求火力支持，吸引敌舰对空火力！"

林义光木大尉听着，朝海区望了眼，发现前方600米的高空有一块厚厚的黑云正覆盖在美军舰的左翼，他眼球一转，忙大声道："西山中尉，西山中尉，进入我前方600米的厚云中潜伏待机！"

"是！"西山员一中尉猛拉机头，自杀机便跃入了黑云中潜伏起来。

林义光木大尉将机群围绕在美国航空母舰周围，美航空火力猛烈地向日军冲击，美国舰炮火力也死死地封锁日本自杀机的航道。

"林义光木，林义光木，敌舰载机97架，敌舰载97架，正向你的战区高速前进，正向你的战区高速前进。注意是97架、97架，立即返航，立即返航！"无线电台传来急促的呼叫声。

"林义光木明白，林义光木明白！"林义光木大尉回答完，急忙向美军"奥马哈湾"号航空母舰的右侧观察，又急匆匆地与西山员一中尉通话，"西山，西山，准备听我的命令出击！"

"是，林义光木大尉！"

"高度600米，航向240度，时速600千米！"林义光木命令道。

"明白！"西山员一中尉听到命令和所报数据，立即明白是林义光木要求他利用云层的掩护，以最快的速度（飞机时速750千米，因载弹太多才为600千米）冲向美军航空母舰。西山员一中尉打开加速器、加大油门，向美舰冲去。

"左转弯，坡度30，航向180度！"林义光木在电台中又命令。

"大尉，大尉，"西山员一中尉拉起机头没有执行命令，"我机进入积雨云边沿，我机进入积雨云边沿！"

原来，正在向美舰高速前进的飞机，突然像飘摇在大海上的小艇一般猛烈地颠簸起来。西山员一才明白飞机进入了积云雨边沿，随时有触电的危险，所以他无法执行攻击任务，忙操纵飞机冲上去。

林义光木一看西山恐惧触雷电拉上来了，再看看别的自杀机，各自都在围攻美国军舰，担任警卫的战斗机分三层护卫着他们，但是仍然在不停地发出信号："美国大批舰载机飞来了，都是老飞行员！"

林义光木一看情况太危险，只有命令西山员一强行突破了。

"坡度30，向左作360度转弯！"林义光木命令道，"攻击！"

“西山明白！”西山回答着，操纵着自杀机强行突破舰空火力向美国航空母舰撞击！

“快……”有人在航空母舰作战部东侧的舰桥上惊叫。

“海曼上校，你看！”又有人惊呼。

“轰！”

西山员一中尉驾驶一架日本双引擎自杀机劈空而来，以垂直俯冲的动作，撞上了美国护航舰“奥马哈湾”号航空母舰的飞行甲板，一颗重磅炸弹冲进机房爆炸，又一颗冲向左翼引燃舰舱燃油，顿时整个航空母舰剧烈地抖动起来，烟火腾空而起，映红了半边海空。

“海曼上校，消防管线被炸坏，没有水压，灭火失败！”消防指挥官大声道。

作战参谋长海曼上校望着已经坐进救生艇的舰长和其他官兵在大声吼叫：“快弃舰，快弃舰，弹药舱爆炸了……”

海曼上校仍然不肯弃舰，两个小时的努力失败后，他才命令最后一批舰上官兵离开航空母舰。他极不情愿地登上一艘救生艇，遥望着万吨级的“奥马哈湾”号在阵阵爆炸声中愤怒地向大海沉没……

第五十二章　曼加林海湾的又一战

小引

美军35架战机直逼日军舰队，一串串炮弹在美军战机四周爆炸，战况异常激烈，但美军轰炸机群不顾被击落机毁人亡的危险，一架架战机直向日军战舰冲去，死亡将拥抱他们……

美澳联军在新不列颠岛作战

美军"奥马哈湾"号航空母舰被日军西山员一中尉的自杀机炸沉的第二天（1月5日）下午，美军轰炸机大队指挥官布迪少校，率领35架美国战机向战区赶去。

自从1944年12月14日，坐守吕宋岛的日军山下奉文对美军登陆岛屿判断失误，下令186架飞机突袭美国护航船队，不但没有发现美国护航船队，反面撞上布迪少校指挥的勇猛善战的舰载航空兵，一举被美机吃掉了三分之二的战机后，布迪少校的地位有了显著变化，凡是他提出的作战方案，连攻击机大队长加利上校都得听三分，不过加利上校在背后采取巧妙的手段压制着布迪少校。当哈尔西上将和其他将军提出让布迪少校晋升中校时，加利上校连忙说："战场上，军人的一两次胜利并不能说明他的聪明才智，如果打胜一仗就晋升一级，美利坚合众国的兵营中再也没有下级军官和士兵了，都只会是将军!"

就是他这么几句简单的述说，布迪少校的晋升便被暂时搁浅！布迪少校对于他晋升的幕前幕后已略知一二，但仍当不知道一般，将对加利上校的隐恨埋在心里，等待报仇的机会。

今天下午2点时，他突然被加利上校召见。

"少校先生，又有一次为美利坚合众国争夺荣誉的机会，我将这次机会交给你。"加利上校微笑着说道，"这是因为进入这一地区作战以来，我们的合作很成功，因此才会有今天这次机会!"

"是吗，上校?"布迪少校说着，平静地从手中接过战前情报：

日军"枞"号、"桧"号两艘"松"级驱逐舰，企图偷袭我舰队后卫舰，在109号海上目标处航行，我两架巡逻机发现目标后，正悄悄监视日舰航向，随时可向攻击飞机和战舰通报。

对于日军这种驱逐舰，布迪少校是很了解的。所谓"松"级驱逐舰，指的是小型舰，一般"松"级驱逐舰的排水量仅1 362吨，航速28节，每舰配有127毫米炮3门、鱼雷管4具。

"上校先生，109号海上目标处的这两艘日军驱逐舰，我只需10架飞机就能解决它们!"布迪少校说道。

"有这么大的把握?"

"上校先生，我不喜欢用语言重复我的决心!"

"据巡逻机报告，敌人可能还有舰船潜伏在这一海区，而这两艘轻型驱逐舰可能是想引诱我小批机群和小型舰队出击，然后合围突袭。为防止意外，我命令你指挥35架战机出击!"

“舰队方面出动多少水面舰呢?”布迪少校问。

“已有3艘驱逐舰向109号目标区赶去!”加利上校说。

“这么说，为了我晋升中校，上校先生颇费心血啊?”

“少校先生，我们远离本土到遥远的西南太平洋作战，这本身就潜伏着巨大的危机，我们若不能互相关照，就失去了同是美国军人的意义!”

“上校先生，你内心可是这样想的?”

“少校，我什么时候又不是这样做的呢?只是有的事不在我的权限范围罢了。”

“不，上校先生，如果军人打一次胜仗就晋升一次，军营中可能没有校尉官兵只有将军了吧?”

上校愣了一下，脸泛红潮：“少校，这是什么意思?”

“上校先生，你应该问你自己?”布迪少校翻了脸，“一个只知道要小心眼而没有大智大谋的上校，要想压住别人不超过自己是没有多大前途的!”

“出发，向109号海上目标出发，我没有时间跟你啰唆!”加利上校生气地发布作战命令。

……

“布迪少校，布迪少校，我机群左前方发现敌一艘驱逐舰!”搜索机少尉鲁尔特的报告截断了布迪少校的追思。

布迪少校扫了眼仪器，知道自己的机群处于3 000米高度，而担任搜索攻击的鲁尔特少尉正在他前方，他急忙拉了下机头向左高速前进，果然发现一艘驱逐舰正在海面上以25节的航速向西行进。

“保持队形，跟上!”布迪少校在攻击机群的最前面，他率领机群向目标高速前进。

“发现攻击目标，发现攻击目标!”一个飞在布迪少校左上方的飞行员说道，“右下洋面，右下洋面!”

布迪少校将头向下观察，大洋面上有一个黑点在缓缓地移动。

“敌舰，敌驱逐舰!”鲁尔特少尉又报告。

“攻击!”布迪少校命令着。

顿时，长空中、大海上炮声轰鸣、火光闪闪。驱逐舰一阵密集的炮火还击后，突然发出五颗红色的信号弹。布迪少校一眼扫见这五颗红色信号弹，“唰”地心惊肉跳大声道：“停止攻击，停止攻击，误伤我舰，误伤我舰!”

在去年12月日军木村少将指挥舰队向曼加林湾攻击推进的那天下午，日军舰队仅有5艘驱逐舰和轻重巡洋舰各一艘，美军用了100架战机都未能阻止木村舰队向曼加林湾逼近。子夜时，木村终于抵达预定地区，向美国机场和圣约瑟镇攻击后，撤出战斗时与美国鱼雷艇部队遭遇。在黑夜之中，也是布迪少校指挥航

空兵增援，但收益极微。返航后，加利上校生气地将布迪少校找去，大声吼道：“你认识这位军官吗，先生?”

布迪少校眨了眨眼抬头一看：“啊，我们的鱼雷艇指挥官先生，辛苦了！”

鱼雷艇攻击大队队长亨利·切格上尉此刻竭力控制愤怒的心情，两眼凝视着眼前的攻击机指挥官一言不发。

“加利上校，这是怎么回事?”布迪少校愣了下问道。

“我们再三向你的攻击机发信号，可你的攻击机机群仍然向我鱼雷艇发射密集的炮弹和炸弹，迫使我们不得不停止对日本木村舰队的攻击，还使我四艘快艇搁浅！”切格上尉说，“少校先生，你应负有直接责任！”

“上尉先生，这样的误伤在战场上是很难避免的，你现在追究责任我并不反对，可是……可是……”

“可是什么？可是你总要总结经验教训！一个空中作战指挥官没有清醒的头脑，吃败仗是早晚的事！”加利上校截住他的话说。

“上校先生，我击落敌一批战机的战功又有何嘉奖呢？难道这就不值得追究吗?”布迪少校说。

回想着过去的误伤，看看眼前的驱逐舰正在烈火中挣扎，布迪气愤地质问搜索机少尉：“鲁尔特先生，你失职了，立即去搜索真正的敌舰，快！”

一群美国战机在海空搜索飞行着。

“少校，少校，立即进入109号目标以东洋面，立即进入109号目标以东洋面。日军两艘轻型驱逐舰正在这一海区，可能是发现我机群后企图潜逃！”巡逻机报告。

“快，跟着我，保持队列！”布迪少校打了一场误会战后，只好又按照巡逻机驾驶员提示的航向朝日军赶去！

日军“枞”号驱逐舰指挥官大川少佐此刻正在舰桥上观察，自从1月4日日军自杀机击沉美军“奥马哈湾”号航空母舰后，日军海空官兵士气大振，大川少佐也情绪激昂地表示：他要他的小小驱逐舰在西南太平洋上创造奇迹！

“报告少佐先生，美军机群正向我舰高速飞来！”

“报告少佐先生，美军三艘驱逐舰正以28节的速度向我赶来！”

两个通信兵赶来报告。

大川少佐朝左右扫了眼，又抬头环扫了眼长空，大声道：“立即与光七少佐联系！”

光七少佐正在指挥日军“桧”号驱逐舰，听到大川少佐的敌情通报后忙命令雷达搜索，五分钟后就向大川少佐发出通报回复：

美军攻击机35架、驱逐舰3艘，正向我舰逼近。我们是否按原航线返航？请速复！

大川少佐读到这封印证自己情报的电文，刚刚向光七少佐发出了“返回”电文，情报指挥参谋正树少尉就急忙跑过来说道：“少佐，你快看！”

顺着正树少尉手指的方向望去，舰尾左后方的水天连接处有一群黑点正急速地移动。

“敌机来了，准备对空作战！”大川少佐仍然显示骄横的神态，但他内心却是惶惑的。他向正树少尉使了个手势，正树急忙走近他，只听见他说：“我舰孤军深入，敌海空实力雄厚，怎么办？”

正树少尉朝水天连接处看了看，又将目光转向右侧。“少佐先生，敌舰也逼过来了！”他扭过头盯住大川少佐，“是不是让光七少佐掩护，我们……”

“光七不会担任掩护让我们跑的，好啦好啦，要死都死，要伤都伤，通知光七保持距离，互相掩护撤退！”

“光七正加速返航，没有配合作战的迹象呢。”正树说。

大川这才注意到光七少佐露出了惧怕作战的面目，马上抓起电台直接通话：“光七先生，光七先生，保持航距，保持航距，互相掩护！”

电台中除了“嗡嗡”的静电声就再也没有别的声音了。

“敌机！”正树惊叫一声。

一架美军攻击机突然从一块云中冒出来，向“枞”号开火投弹，一颗炸弹在前甲板上“轰”地爆炸了。

“消防，消防……”

“轰……”

又一颗炸弹将后甲板击中，驱逐舰上顿时一片火海，大川少佐从浓烈的烟火中挣扎着冲过来，跑到一门炮跟前，发现炮手全部被炸死、炸伤倒在炮位上。

“正树，正树，快过来，快过来……”

“少佐先生，我在这儿！”正树少尉从左侧跑过来。

“怎么样……”

“少佐先生，3门炮全被炸毁，弹药舱已经被炸穿……”

“轰……”又有一架美机向无力反击的日军舰艇投来两弹炸弹，军舰左舷被炸开了。

一片奇形怪状的弹片击进正树少尉的后背，他倒在浓烟中挣扎、呼叫……

“少佐，军舰在下沉、下沉！”一群士兵冲过来大叫。

大川少佐冲到一个电台兵跟前，“为什么不跟光七这个家伙联系，电台，活动电台呢？”

“少佐先生，我跟光七先生联系，他的无线电始终保持静默不回答，他只顾自己逃命去了……”

“混蛋，自杀，快自杀！”大川少佐抱着机枪向舰上活着向其求救的官兵扫射，顿时甲板上血流如河……（“桧”号驱逐舰这次逃脱后于1月7日从马尼拉湾钻出时被击沉）

日“枞”号驱逐舰沉没了，大川少佐跟着战舰葬身海底……

第五十三章　仁牙因湾的惨败

小引

日军自杀机的攻击，给美军军舰造成了巨大的损失，美军奥登多夫少将的164艘舰船虽面临巨大的伤亡，但仍然在大洋上与日军自杀机周旋。这次战役让美国军人们注意到了日本帝国主义的阴险残毒，他们若忘记这段历史，将是引狼入室！

1944年6月，美军攻击马里亚纳群岛的日军机场

已经是1月6日下午3点了，日军吕宋岛上机场东侧守军的军机楼里，日军吕宋岛最高指挥官山下奉文大将，异常兴奋地走进情报中心斜对面的作战指挥部，这是日军空军在吕宋岛最大的指挥中心。作战部长二春少将此刻正跟攻击机神田新六大佐在小声议论着什么，一见山下大将进来，两人“啪”地立正：“将军阁下，有作战任务吗?”

“啊，请坐下，”山下望着神田新六大佐笑了，“昨天，美国人出动35架飞机、3艘驱逐舰进攻我们两艘‘松’级驱逐舰，本来这场一边倒战斗美国人是会胜的，但美国人打得太窝火了，可是又有什么办法呢？他们就这水平，让‘桧’号驱逐舰返航了，是吗，将军们?”

“是这样的，将军阁下!”

“我又给神田大佐先生带来了立功的机会!”山下奉文微笑着说道，“美军的奥登多夫少将送死来了!”

又一封美军情报送到了神田大佐手中，他立即读道：

美军先遣编队在奥登多夫少将的指挥下，一共有164艘舰船，已经于今天下午抵达仁牙因湾洋面。他们将用扫雷舰为大部队登陆开辟航道，舰炮将轰击登陆区……

“好，敌人战舰船只全部停在仁牙因湾洋面之时正是我自杀机攻击的最佳时候。将军阁下，我马上出击!”神田大佐显得异常兴奋。

“大佐先生，美机24小时在我机场上空压制攻击，实施所谓‘大蓝毯’空袭，我们的飞机出不了机场，又怎么升空呢?”作战部长二春少将急忙上前说道。

“你怕了，部长阁下?”神田大佐在山下面前表现得非常努力作战，“尽管美国人用飞机、舰炮封锁我机场，但是我们仍然取得了炸沉、炸伤和重创美国重巡洋舰‘路易斯维尔’号、护航航空母舰‘马尼拉湾’号和‘萨沃岛’号、澳大利亚重巡洋舰‘澳大利亚’号和‘奥马哈湾’号的可喜战绩。所以，我有信心再次取得成功!”说完，神田大佐得意地笑了。

“好，我请你马上亲自出击!”山下对神田大佐命令道。

“将军阁下，我马上出发!”神田立即回答。

神田大佐亲自坐进一架高速指挥机出发了。

美军奥登多夫少将从战舰舱走出来，正要走上舰桥时，一股巨大的海风迎面扑来，他忙后退一步，作战参谋里福斯中校迎面跑过来：“将军阁下，敌机在我左前方出现!”

“中校先生，不要看错了，我们早就将敌机控制在机场不能起飞，怎么会有漏网的呢，再仔细观察吧！”

“不，全是水平攻击机和‘零式’战斗机！”

“命令舰载火力停止炮击登陆区，改为防空，封锁向我舰攻击的日军飞机航路！”

“报告，我一艘战舰被敌自杀机重创！”又一个作战参谋跑过来报告。

奥登多夫将军顺着这个参谋指的方向看去，一艘战舰正在冒着浓黑的硝烟，烈焰在向空中扩散。

“命令舰炮反击！”奥登多夫少将咬着牙说道。

日军大佐神田也在空中指挥他的机群咬牙切齿地呼叫：“攻击大舰，攻击大舰！”

“大佐先生，我发现一艘战列舰，请求攻击！”日地门少佐突然在电台中报告。

“日地门少佐，日地门少佐，这艘战列舰是什么号，请速向我报告！”神田大佐一听有大舰出现在攻击范围内很是高兴，忙紧追问道。

过了一会儿，日地门少佐报告：“报告大佐，为敌‘新墨西哥’号战列舰，为敌‘新墨西哥’号战列舰！”

“少佐注意，少佐注意，据战前情报，该战列舰上集中了美国舰队将军，请你亲自出击，为日本帝国创造空中奇迹，建立功勋！”神田大佐命令着。

“大佐先生，我立即执行你的命令！”日地门少佐说着，猛旋机头，战机一个 90 度转弯后直向美军“新墨西哥”号冲去。

神田大佐也跟上来，他不放弃集中杀死美军将军的机会，机不可失，时不再来呀！

日地门少佐赶到美军战列舰左前方时，同时又有四五架自杀机在右侧吸引着舰载炮火。日地门正要绕到舰尾部，突然传来神田大佐的声音：“高度 1 000 米，向左五度！”

日地门少佐一听是神田在帮助他修正攻击方位，急忙转动操纵杆准确地向左修正了五度。

“再向左一度半！”

“向左一度半！”日地门少佐一边回答，一边转动飞机。

“保持攻击，保持攻击！”

“保持攻击！”日地门少佐回答后一按电钮，两颗炸弹向美军军舰冲去。

“轰……”海上冲起了几十米高的白色水柱。

“没击中，爬高 3 000 米！”神田生气地说道。

日地门少佐只好执行命令爬高到 3 000 米高空。

“右舷，右舷火力正弱，自杀攻击!”神田大佐发狠地说道。

日地门少佐猛加油门，向美军战舰冲去……

美军奥登多夫少将眼看着日本自杀机的疯狂，急忙给远在总指挥部的哈西尔上将发出电报：

将军阁下：我先遣编队突破敌海空封锁，于今天下午 3 点准时抵达仁牙因湾，扫雷舰开始作业，舰炮火力在攻击登陆区。但突遭日本 70 架自杀机攻击，我 16 艘舰船被撞中，其中一艘沉没，“新墨西哥”号战列舰舰桥被撞断，我许多军人死伤，这是我太平洋战区损失最严重的一天，也是日本自杀机命中率最高的一天。在苏禄海战中我都未见到日军有这么疯狂。如果空军再不设法将日本自杀机捣毁在敌机场，麦克阿瑟将军的登陆部队还没看到海岸线，就会被日本自杀机毁灭在大海……

哈尔西上将收到这封电报，即刻命令要更加严密地控制、轰炸日军机场，将日本战机死死缠住，并命令奥登多夫将军：“待在仁牙因湾海区，作战略诱惑!”

奥登多夫将军立即执行了哈尔西上将的命令。

麦克阿瑟上将非常感谢奥登多夫少将作出的巨大牺牲，他在取得胜利后这样写道：“……由于奥登多夫少将顾全大局，将先遣编队留在仁牙因湾海区吸引住了大批日本海军、空军火力，使我指挥的 1 216 艘舰船终于完成了整整 8 000 海里的远航，于 1945 年 1 月 9 日到达目的地。日军山下奉文被我赶走了。吕宋岛，这个被日军占领三年之久的战略要地，又重新被我们占领了。奥登多夫少将立下了显赫战功!”

这就是菲律宾航渡作战的艰辛激战。沉睡在这一海区的美国战舰，将是日本帝国主义罪恶的历史见证!

第八卷　逼迫日军牛岛满中将自杀的血战

作品用丰阔的笔力，描写了以布克纳尔中将为首的美军高级将领，在结束了菲律宾血战后，又集中了第五舰队司令斯普鲁恩斯等征战太平洋上的老将，执行美参谋长联席会议决定，发起冲绳战役。日军九州战斗机场针对美军的攻势，组织了大批空中敢死队向美舰队攻击后，日军宇垣司令官又亲自组织反攻，使美航空母舰惨遭厄运，利尔威等一批中级军官阵亡，但美军特兹克上尉奉命突袭庆良间群岛大获全胜。在大海的波涛中，日军板垣少佐指挥战机向美第54特混舰队发动攻击，一场血与火的大绞杀从长空打到大海，又从大海打到海岛，逼迫大批日军军官剖腹自杀……

冲绳决战，是吕宋岛决战之后日军又一次走向崩溃的血战，同时也是美国海军建军史上一次伤亡最大的战役……

美军攻占威克岛前的准备

第五十四章　美军参谋长联席会议的命令

小引

美军极为重要的作战情报，被日军间谍送到了日军大本营，日军对美国进攻冲绳的兵力、火力配备等了如指掌，美军中校把这些情报卖给了日军。

美澳联军登陆

1945 年 3 月 2 日的晚上，天下着小雨，白茫茫的海雾将位于菲律宾的美军布克纳尔中将的指挥部罩住。一群由美国海军陆战队官兵组成的警卫队，每 3 人为一组，护卫着这栋楼房。今天，美国高级将领集中起来，自 1944 年底美军攻占日军占领的菲律宾后，又要制订出更大的作战计划。

“将军们，先生们，”布克纳尔中将看来已经发表了很长时间的演说，他的嗓子有些嘶哑，“国防部参谋长联席会议一致认为，冲绳岛是我们进攻日本本土最关键的前进基地，攻占战略要地冲绳岛的作战任务，已经由我第 10 集团军的 18 万官兵承担，诸位将军有信心吗?”

“有!”将军们异口同声地回答。

“将军们，”第五舰队司令斯普鲁恩斯上将突然站出来，他从牙缝中挤出三个字后，用炯炯有神的目光环扫着众将军，几乎与每位将军的目光相遇后，才一字一顿地说道，“请各位认真注意我们正前方的大幅地图。”他说完用手指着问：“冲绳岛与日本本土的距离是多少呢?”

在宽大的作战地图上，有一条用黑粗字体标明着“340 公里”的红线，红线的一端标明“东京”，另一端标明“冲绳”，红线两头都标有一片片小飞机画样。

“日本本地的飞机随时可增援冲绳，在 340 公里的短距离中，我们的攻击舰队很有可能面临日本本土飞机的巨大威胁!”斯普鲁恩斯上将说。

“如果说攻占吕宋岛是太平洋战争中最大胆的行动，那么，我们攻占冲绳岛就是又一次创造奇迹!”米切尔中将也站起来挥舞着双拳说道。

“米切尔中将的认识跟我没有冲突，我们这次攻占冲绳，可以说是海军作战史上风险最大的一次作战。同时，我可以将我刚刚收到的情报向大家通报。”斯普鲁恩斯上将急忙说，“布克纳尔将军，可以吗?”

“将军阁下，应该让将军们了解我们的敌人!”布克纳尔中将说着扭过头，“德恩列上校，请将日军 0031 号情报向将军们通报!”

“是，将军阁下!”情报参谋德恩列上校急忙走进来，打开文件夹，从里面拿出情报向大家宣读：

据前日 8064 号向我通报，美国已作出进攻冲绳的决定，美军布克纳尔中将指挥美第 10 集团军的 18 万官兵将在冲绳战区作战，目前各部队已集结完毕。他们是由第 51、52、53、54、55、58 共 6 支特混舰队编成的美第五舰队，指挥官是斯普鲁恩斯上将，他将在战区负责雷达哨戒、扫雷、反潜、火力支援、登陆突袭、空袭等掩护作战任务；英国皇家海军在太平洋地区的舰队被编成第 57 特混舰队，其作战任务是屏卫冲绳岛南方的先岛群岛一线；美国驻太平洋各岛的陆军、海军陆战队、航空军、后勤补给部队，将全力投入此役。整个战役中，美

国、英国将出动舰船1 163艘、飞机2 095架、弹药6万吨、燃油126万吨、香烟340万包及大批军需补给品。美国参谋长联席会议决定，布克纳尔中将为前线登陆作战全权指挥官。进攻时间定为3月中旬……

“将军们，”情报参谋德恩列上校一念完，总指挥布克纳尔中将就说，“我们的这个完整作战计划变成了日军0031号情报，它的正本已经送到了日本人手中，这就是我们的敌人，日本间谍干的！”

“将军阁下，这个间谍抓住没有？”有人大声问。

“我们已经讲过，请大家先认识一下我们的敌人！”布克纳尔中将朝德恩列上校一挥手，“把他带进来！”

“带进来！”德恩列上校传令。

一个彪形大汉被带进来了。人们大吃一惊：啊，是他，埃尔姆中校？

埃尔姆中校一直在太平洋战区参谋情报部从事密码破译和情报收集工作，战前曾在日本留学3年，后在美国驻日本大使馆从事外交工作，他的实际工作是搜集日本的经济、政治动态情报。太平洋战争爆发后，他被日本方面宣布为“不受欢迎的外交官”而被驱逐出境，回到美国后，他本可进入美国远东经济研究所，但受日本间谍机关的指使，通过另一渠道的关系进入美国第10集团军情报搜集处任参谋。在日方巨款的引诱下，他积极地为日军工作，瑞士银行的存款一天比一天多。他的太太，一个在瑞士银行从事翻译工作的艳丽的日本女人浅田春子不时写来深情的信，带给他美好的回忆……

当美国制订出“冰山行动”计划时，敏感的埃尔姆中校立刻意识到美国将对日军有一个很大的动作，但是又无从知道细节。通过各种渠道，他很快得到这样一个信息：布克纳尔中将制定的“冰山行动”，意指美国庞大的军事实力仅为冰山之一顶，大头在海面以下，待到日本登陆时才会亮出来，这就是实施攻占冲绳岛，最终攻占日本本土的“冰山行动”的全部内涵。

埃尔姆成功地将情报按照日本情报机关“重要情报双线递送”的指示，一份送到了日本情报机关，另一份送到了日本间谍机关中的美国间谍手中。但是，当这个美国间谍将这条内线密报给了美国情报局后，很快埃尔姆就被挖了出来。

现在，埃尔姆中校在一双双愤怒的目光下并不感到恐惧，似乎有一个信念在支撑着他。他环扫四周，不发一言，昂头盯住布克纳尔中将。

“杀死他！”

“交给军事法庭！”

“丢进大海……”

众将军怒视着朝他叫道，一个个挥舞着拳头。

“埃尔姆中校，你是想死还是想活呢？”德恩列上校受命审问他，“现在是你决定自己命运的时刻！”

“我肯定是想活下去！”埃尔姆中校盯住布克纳尔中将说，“而且想活得很好！”

“就凭你犯下的罪恶，能继续在人间存在吗？”德恩列上校又问。

“难道功劳和罪恶不能互相抵消吗？”埃尔姆中校问。

“功呢？功在哪儿？”德恩列上校反问。

“有，只要给我一次机会！”

“你有什么功可立呢？”德恩列上校问。

“据我所知，日方收到我递送的情报后，已经作出新的迎战部署，具体实施作战我知道一些。”

“中校先生，你说吧，我可以给你一次立功的机会。”布克纳尔中将忙说道。

“既然是这样，那能办理一个法律手续吗？”埃尔姆盯住布克纳尔中将问，“否则，我心里没底！”

“好吧，如果是这样，我可以满足你！”布克纳尔中将狠狠地瞪了他一眼，转过身，“德恩列上校，请你拿出我们搜集的日军情报，念给埃尔姆中校听听，他需要清醒清醒。”

德恩列上校冷冷一笑，打开情报夹念道：

针对美国采取的战略战术，日本大本营已经命令驻冲绳岛的守军牛岛满中将所指挥的第32军，在冲绳岛的南部地区修建以炮兵、地堡群和反登陆为主的坚固工事，并隐蔽一个远程海岸炮兵阵地，准备专打美航空母舰；在陆军阵地后面，也隐蔽了一个近程炮兵阵地，这是专门攻击美军坦克登陆舰和其他登陆舰船的最强火力阵地；在步兵阵地前面有一条极其坚固的步兵隐蔽战壕，1 784个爆破组，每个官兵全身捆满炸药，是专门炸坦克和集群登陆美步兵的；由宇垣中将（宇垣中将为空军指挥官）组织的1 370架战斗机、轰炸机、自杀机，其主要任务是聚歼美国水面舰船。不但如此，以“大和”号舰为首的日本舰队、自杀艇、“回天”号鱼雷舰组成了日本舰船敢死队。日军的反击作战代号为“天”号作战计划，大意为：冲绳岛的决战，对日本帝国来说是命运攸关的战役！只准成功，不准失败……

“中校先生，没想到我们的情报比你了解的要详细得多吧？”德恩列上校一读完，布克纳尔中将就说，“所以，你立功也好，守口如瓶也好都没有意义了。”

埃尔姆听着，先是冷汗直冒，但很快就稳定下来，脸上露出奸笑：“将军阁

下，你认为你了解得非常全面吗？日本人的‘0101’号作战计划是什么?”

“‘0101’号作战计划?”众将军大吃一惊愣住。

“我可以这样说，日本人的‘0101’号作战计划若实施，我们的斯普鲁恩斯上将的第五舰队将覆灭在太平洋，这个情报你们搜集到了吗?”埃尔姆说着扭过头去，“德恩列上校，请给我一杯巴西……”

“中校先生，你难道不知道你现在的身份和地位吗?”德恩列上校狠狠地瞪了他一眼。

埃尔姆中校正要说什么，布克纳尔将军马上说：“中校先生，若交出日本人的‘0101’号作战计划，你需要什么样的条件?”

“把我送到瑞士，然后安全转移到其他国家隐姓埋名，我需要一笔钱，一些我用生命换取的金条!”埃尔姆说着冷冷一笑，“为了美利坚合众国第五舰队的安全，请将军们考虑我的条件!”

“告诉你，埃尔姆先生，这种诈骗是挽救不了你的生命的。拖下去，军法处置!”布克纳尔中将命令道。

两个士兵押走了这个日本间谍，他的狡诈无法给他带来活下去的可能，在两声“砰砰”的枪声中，他被击毙在海边的礁石中，海水咆哮着卷走了他的尸体……

作战指挥部内，布克纳尔中将保持着大战前的稳定，他请所有的将军发表完各自的意见后，才掷地有声地说道：“将军们，我们攻击的时间是 3 月 18 日早晨 4 点，记住，这个激战开始的时刻，也是胜利开始的时刻。”

血染冲绳岛，向日军牛岛满中将的第 32 军攻击的时间，就这样确定下来了。

第五十五章　凶残的空中敢死队

小引

日军自杀机编队马上起飞，他们将疯狂地杀向美军航空母舰。一群天真纯洁的女中学生被日本法西斯欺骗了，她们列队与这些自杀机飞行员送行，秋子正是其中一位，她眼中的富光林行的生死就在今天啊！

美军攻占马绍尔群岛的核心岛屿——夸贾林环礁

3月18日凌晨，日军九州战斗机机场一片繁忙，攻击队队长富光林行中尉扫了眼手表，现在是凌晨2点30分，出发的警报声刺耳地响起来了，练兵场上雪亮的灯光下立着一排排女人。

昨天下午4点，富光林行参加了大队紧急作战会议，大队长清水五少佐见他迟到了两分钟，生气地圆睁着眼睛吼叫道："富光先生，这是打仗，打仗你知道吗?"

"少佐先生，我……"

"入列，啰唆什么!"清水五少佐大声吼叫。

生着一肚子闷气的富光林行中尉当然不敢正面顶嘴，只能怏怏不乐地入列。

"现在，我宣告美军动态情报……"清水五少佐说道。

美军第58特混舰队指挥官是现年58岁的马克·米切尔中将。该舰队的核心攻击力量是11艘航空母舰、6艘轻型航空母舰。舰队拥有的其他类型舰船是8艘战列舰、18艘巡洋舰、56艘驱逐舰。

米切尔为对付日军空中打击力量，又命令第58特混舰队编成4个特混作战大队。为了使各大队既能单独作战又能互相掩护，每大队以3~5艘航空母舰为核心力量。同时，命令各舰船只搭载少量的鱼雷攻击机，腾出空机库多载F6FC"恶妇"式)战斗机和F4U战斗机……

又获悉，米切尔中将于3月18日凌晨4点向我九州各机场实施突袭……

清水五少佐读完情报，用目光逼住立于富光林行中尉左侧的大尉命令道："我命令你，在两小时内将你的两个中队攻击机全部隐蔽进机库!"

"长官，鱼雷攻击机不出击?"大尉愣了下问。

清水五少佐沉默了一会儿说："鱼雷攻击机改为自杀机待命!"

"是!"大尉回答。

"富光中尉!"

"少佐先生，我等待你下达作战命令!"

清水五少佐走过去直面他："据可靠情报，美军米切尔的舰队已经从乌利西珊瑚环礁，驶入了冲绳以北、九州以南的进攻位置。你这次带领自杀机主攻突击队，必须尽快发现目标实施攻击!"

"请少佐先生放心，我发现目标后马上潜伏在敌舰队四周，待敌机向我九州机场赶来后，我将在后面攻击其舰队，只要捣毁其舰队，敌机返航时无法着陆，到时油料燃尽就自动坠海灭亡了!"富光林行中尉得意地回答。

"好，祝你成功，出发!"

富光林行中尉对他的自杀机主攻突击队队员训令完，就亲自率领他们向一群女中学生走去，他是来与女学生的“奉仕”队队员告别的。来自东京女子中学的秋子，已经是第11次充任“奉仕”队队员了，她老远就认出一个个头系白绸带、阴沉着脸的日军特攻敢死队队员正向她们“奉仕”队走来，领头的又是富光林行。今年初，秋子认识了富光林行中尉，当时也是送他们出征，晚上，她正站在机场外面看战机返航，一架架战机的螺旋桨旋转着慢慢停了下来，但劣质汽油味和飞机降落时引擎发出的难听声充满机场上空，她向跑道走去，正要上前问一下归来的飞行员战绩，突然左侧传来一声亲切的呼叫：“秋子，秋子！”

秋子扭头一看，一个壮实的自杀机队员头系白绸带迎着她走过来，她愣住了，是谁呢？是光福？不会呀，听说前天攻击成功时他就死了！

光福是日本自杀机飞行员，秋子一行人由军方送到九州战斗机机场的第一天，她就认识了光福。两人相互爱慕，每次出击前，光福少尉都要吻别她，每次他都安全返航了。前天出发前，她照例与同伴们排着长队为自杀机飞行员送行。当光福走到这列“奉仕”队队员跟前时，便跑步赶到秋子面前：“秋子，多保重，今天任务很重，我可能是最后一次和你见面了！”

“光福……”

“秋子……”

两个人的嗓子眼都哑住不能出声，只有用目光互道安好！果然，晚上光福没有返航。

想着光福的死，再看看眼前走近的年轻男人，秋子感到眼熟，但又想不起他的名字。

“秋子，我是春子的哥哥富光林行啦！”那年轻人自我介绍着，加快步伐走过来。

春子是秋子的同学，春子也加入了“奉仕”队，20天前，她在另一个机场被美军轰炸机空袭时炸死。现在见到她的哥哥富光林行，秋子顿时有一种亲切感，她飞快地奔跑过去：“富光先生，富光先生！”

这一夜，富光林行与秋子谈到凌晨……

现在，富光中尉走到秋子跟前，情深意长地盯住她，秋子也用烈火般的目光迎住他不出声。好大一会儿才由富光打破这死般的沉默：“秋子，”他从口袋里摸出两封信递过去，“一封是我写给家人的，请你帮忙捎回去，一封是写给你的！”说完转身走了。

秋子望着富光的背影，听着他沉重的脚步声，一股痛苦的感觉拥住了她……

富光林行中尉告别了他爱恋的秋子，按时赶到日本九州东南方约90海里的大洋面时，水天处没有发现美军舰队，他大声道：“高度3 000米！”

贴近海面飞行的日本自杀机，全部昂头向3 000米高空爬去。

“新六少尉，新六少尉，发现目标没有?”

“报告中尉，我机群左前方洋面有迹象，是攻击目标!”新六少尉迅速报告。

“新六，高度1 500米，向左前方侦察飞行!”富光林行中尉大声道。

新六少尉是日本“零式”战斗机驾驶员，他指挥16架“零式”战斗机为自杀机侦察护航，在多次出击行动中他都与富光中尉配合默契。特别是在侵略中国南京、徐州时，他多次掩护富光林行空中脱险。富光林行很感激他，今天出发时，富光林行把新六少尉叫到跟前，问他：“新六君，美国航空母舰舰载战斗机几乎全是‘恶妇’式战斗机，你有把握掩护我们自杀机攻击成功吗?”

新六少尉听说对方几乎全是“恶妇”式战斗机，心头颤抖了一下，日本“零式”战斗机根本就不是它们的对手，沉默了一会儿问：“我们不是偷袭吗?”

“很难说呢，也许我们还没起飞，美国人就知道我们的攻击目标了。现在敌中有我，我中有敌，双方情报战很激烈，双方的作战不可能是封闭式的。”富光林行中尉说着，停了一下又说道，“要先发现敌人，先发制敌，掌握制空权，将敌舰载机压住不让其起飞!”

“中尉先生，这些我都知道。但我机性能与敌机远不能相比，到时候我只能与你一起拼命吧!”

“好吧，生死在今日一战!”

新六目前无路可选了，他将飞机降到1 500米时，突然惊叫：“中尉先生，中尉先生，攻击目标出现，攻击目标出现……”

“是，我马上赶到!”富光林行迅速对他的自杀机攻击队队员命令道，“目标出现，左前方，左前方，跟着我，跟着我!”

“是，跟着，左前方!”自杀机驾驶员异口同声地说道。

“轰! ……”美国舰炮开始攻击了。

富光中尉循声望去，美军没有起飞“恶妇”式战斗机和其他飞机，而是发动了猛烈的舰队炮火，几乎所有攻击航道被封锁。他急忙对新六少尉说道：“新六，新六，敌舰炮火力很猛，立即开辟航道，为自杀机攻击创造条件!”

“富光先生，富光先生，我攻击机6架被击中，我攻击机6架被击中!”新六少尉回答。

听说有6架“零式”战斗机被击毁了，富光中尉急忙对鱼雷攻击队大声道：“中村建布，中村建布，鱼雷攻击，鱼雷攻击!”

鱼雷攻击队指挥官中村建布没有回答。富光林行感到情况不妙，忙将飞机向舰队左翼飞去，从一块白云中冒出来时，他发现新六的战斗机正向美军两艘并列互相火力配合对空反击的航空母舰攻击。只见8架“零式”战斗机在其他战斗机的火力掩护下，正高速俯冲扫射、投弹。新六少尉在航空母舰右翼高空回旋，指挥战斗机发起一波又一波的攻击。

“新六，新六，击中敌舰没有，击中敌舰没有?”

“富光中尉，富光中尉，我们发现敌是‘勇猛’号、‘企业’号两艘航空母舰，请求自杀机攻击!”

“你未开辟航道，我无法攻击!”富光中尉大声道。

“好，你准备，我们马上攻击左边的‘企业’号，阻击舰炮反击，你抢时间攻击!”

“少废话，快攻击。我4架自杀机正在等待航道！在你的右侧待命出击!”

“是!”新六少尉回答着。刚刚拉起机头，左下空中突然冒起一团烈焰，紧接着一声爆炸，黑色的烟云向四周扩散，啊，又一架战斗机凌空爆炸了!

“战斗机集合，编队攻击!”新六少尉道。

无线电波将新六的命令传进每架战斗机驾驶员耳中，他们迅速摆脱美国舰炮火力的追击，赶到新六的四周。新六一看只剩6架战斗机，心中大吃一惊，损失太严重，怎么办呢?

“新六，犹豫什么，快攻击，打光了也要打，击沉敌航空母舰，快快快!”富光中尉说道。

“高度1 000米，编队攻击!”新六大声命令。

“少尉先生，新六君，敌舰炮火力太猛，若现在攻击，全编队必会凌空被击中，我们这是自取灭亡!”有人大声反对道。

“攻击!”新六怒吼，“编队攻击!”

富光中尉注意到，新六的编队刚刚从高空俯冲到1 000米高空时就几乎全被舰炮击中爆炸。富光把这一切都收入眼底，扭头对自杀机编队大声道：“保持高度，海村少尉爬高500米，接近目标。”

除海村少尉外，其他自杀机仍然保持编队。

“海村，左180度!”富光中尉大声命令海村。

海村少尉听到命令，将飞机左转180度后，突然大声道：“中尉，舰炮火力太猛!”

“向敌舰左舷攻击!”

海村猛地向美舰“企业”号冲去。

“轰……”海村的自杀机凌空爆炸了，两枚炮弹同时击中海村的飞机。

富光中尉一看火直往头顶窜去：“全体编队出击!”

“中尉，美军机群来了，敌机群赶来了!”有人大叫。

富光扫了眼左侧，一大群美军战斗机直扑而来，他胆寒地一拉机头：“爬高占位，各自为战!”

第五十六章　日军宇垣舰队司令官的反击

小引

美军航空母舰是日军空军攻击的首要目标，所以日军宇垣舰队司令官命令自杀机，不惜一切代价直取美军航母。这一战术让美国人深恶痛绝，只能苦苦面对！

美军逐次攻占马绍尔群岛中防御薄弱的岛屿。为避免伤亡过大，美军对日军设防坚固的4个岛屿围而不攻，直至“二战”结束

第二天清晨，美军攻击机大队长利尔威少校，指挥他的攻击机群赶到指定战区后，立刻用电台向指挥部报告：“德恩列上校，德恩列上校，我机群已经到达濑户内海的吴港和神户港，但未发现日军‘大和’号战列舰和‘天城’号航空母舰！”

情报参谋德恩列上校接到报告，一边注视跟踪雷达，一边大声道：“据我们得到的情报，日舰‘大和’号、‘天城’号正在港内尚未出航，请速低空回旋寻找，发现目标后快速攻击！”

“是！”利尔威少校回答着，忙命令机群，“按原定编队分开寻找，发现目标立刻报告！”

美军攻击机群立即分散行动！

昨天（3 月 18 日），利尔威少校也是指挥这个攻击机群。出发之前，德恩列上校找到他，指着作战地图上日军占领区的攻击目标说：“这是日军在鹿儿岛和九州上的航空兵基地，日军飞机全部停放在机坪上，现在出发突袭必会成功！”

“上校先生，敌机库在机场的方位呢？”利尔威少校问。

“据我方搜集的情报，敌机晚上不进机库，再说敌机库方位不明，无法得知！”

“好吧，我要捣毁日机和机场设施！”利尔威少校说道。

利尔威少校赶到九州各机场上空时，先发制敌的作战计划落空了。日军机场空空荡荡，机场四周隐蔽的地面炮火却很炽烈。他忙向指挥部通报询问，德恩列上校在电台中焦虑地大呼：“日军大批飞机飞临我舰队上空，正疯狂攻击我舰队，请火速返航向日军攻击！”

利尔威少校接到命令后大吃一惊，原来日军早就了解到美军的攻击目标、时间，他们作好了隐蔽，并派出大批战斗机、自杀机去攻击米切尔的舰队。

利尔威少校接到返航增援舰队上空的命令后，立刻回电：“德恩列上校，德恩列上校，敌机群返航航道我已清楚，我将潜伏于 4 号战区打击返航日机！”

“完全同意，但必须派出战斗机驱赶舰队上空的敌机，将其赶进埋伏圈！”德恩列上校回答。

“是，上校！我马上命令第一小队战斗机赶到！”

经过美军舰队炮火的攻击，日军损失很大，返航途中因弹药、燃料短缺，又遭利尔威少校指挥的潜伏攻击机的打击，损失更加严重！

现在，日机以一种报复的心理再次出击的可能性很大，但是利尔威少校的攻击机群有足够的思想准备，要用火力打击日军航空或地面力量！

“少校，少校，发现攻击目标，发现攻击目标！”搜索机报告。

利尔威少校截断回忆：“请报告方位！”

“6 号，6 号战区！”

“快，高速到达6号战区！”利尔威少校命令。

为了便于有效打击日军，美军将日本战区进行了编号。

眨眼间，战机抵达6号战区，利尔威少校低头一看，敌舰已经向先期到达攻击位置的美国飞机开炮了。他愤怒地一咬牙：“第四攻击队出击！”

“第四攻击队出击！”第四攻击队队长命令着，率队扑上去。

利尔威少校立即爬高占位，防止日军战斗机偷袭攻击机。

“利尔威少校返航，利威尔少校返航，我舰队遭日军战机攻击，我舰队遭日军战机攻击，立即率两个中队增援！”作战指挥部在电台中呼叫。

“利尔威少校明白！”

日军飞机在18日遭到毁灭性打击后，第五舰队司令官宇垣将军受到无情的训令。他将富光林行中尉用飞机接到他的指挥部，了解了美军舰炮火力的情况和富光返航时惨遭美军利尔威少校的机群伏击的经过。富光中尉向他报告完后，无比痛苦地说道：“宇垣将军阁下，美军无论是舰炮火力还是航空火力，我们都无法相比，特别是飞行员的技术，他们几乎全是老将，那些舰载机飞行员比陆基飞行员的技术还熟练，攻击水面舰更是个个都行！”

以组织空中敢死队——自杀机出名的宇垣将军听着一言不发，过了一会儿才说：“你看看这个，中尉先生！”

富光林行中尉从宇垣将军手中接过命令：

宇垣将军：18日我们的损失太大了。富光中尉幸运返航，给我们提供了很多有用的敌情通报。你应在19日清晨出击，空中指挥员仍然由富光林行中尉担任。请你告诉富光中尉，我任命他为攻击队队长，升他为大尉。19日必须重创美国舰队，不得与美军飞机发生空战，注重歼灭其水面舰只，我们的航空力量已无力与美国人较量了。

牛岛满中将手令。

“你明白我请你来的目的了吧？”宇垣见其看完，忙盯住富光林行，“我给你的作战力量很雄厚！”

“将军阁下，有多少架飞机？”富光立即问。

“兵力配备都在这上面！”宇垣将拟订的作战方案交给他：

为执行牛岛满中将下达的作战任务，经中将阁下审定，从鹿屋、串良基地出击海军第501航空兵中队的4架银河攻击机、第251中队出击的6架天山攻击机，协同该机群进攻的还有陆军航空兵第98中队的13架重型轰炸机，19日清晨攻击美第58特混舰队。空中指挥官为富光林行大尉（由中尉晋升为大尉）……

“将军阁下，我富光一定达到您的作战要求！”

“注意沉着作战，重点攻击航空母舰，多摧毁舰载机，明白吗？”

“明白！”

“美军‘大黄蜂’号航空母舰是主力舰，争取炸中、炸沉它！”

“将军，富光林行大尉一定完成任务！”

“祝你成功，大尉先生！”

告别宇垣将军，富光赶回自己所在的机场。今天早上他升空仅两分钟后，分头赶到的23架飞机便准时在指定的空域集合。他在空中编好飞行队列，怀着血战海空为日本帝国空军献出生命的心情，匆忙赶到了美军第58特混舰队上空。

“报告大尉，我机群右前方正是战前计划攻击的敌‘大黄蜂’号航空母舰！”前锋搜索机报告。

“4033号，4033号，右前方有飞机在爬高？”富光大尉皱紧眉头问。

“报告大尉，敌‘大黄蜂’号航空母舰上正在起飞舰载攻击机！”

“4033号，4033号，注意监视敌舰载机，注意借助云层掩护隐蔽，千万不能过早暴露目标！”富光大尉说完又对全攻击机群命令道，“敌舰载机正在起飞，是攻击的好时刻，重型轰炸机请注意，重型轰炸机请注意，从云层上逼近攻击。”

重型轰炸机编队指挥官西村寿男中尉急忙问：“大尉先生，我编队的掩护机群呢？”

“中尉先生，由我指挥4架紫电机、6架‘零式’战斗机担任航空火力掩护，在敌尚未发现我之前，利用云层作掩护逼近，攻击敌‘大黄蜂’号航空母舰！”富光命令着。

“重型轰炸机编队跟上，在1 000米进入右前方的那片云层上空，在云层中待命，跟上！”西村寿男命令着。

13架重型轰炸机加大油门爬高、下降、平飞进入右前方那片预定云层上空时，美国舰载炮火突然向空中开火，密集的炮弹划出一条条刺眼的光环。西村一看大吃一惊，忙拉起机头又钻进那片云层中寻找攻击时机。

“西村，西村，4033号掩护你，4033号掩护你，马上进行第一波攻击，马上进行第一波攻击！”富光焦急地命令道。

“西村明白！”西村一边回答着富光林行，一边转过机头，这时看到担任搜索攻击任务的4033号战机，正在与他相反的方向作大坡度上窜下降，时而在空中大回旋吸引着美舰载炮火，十几架刚刚升空的美舰载战斗机正从几个方向包抄过去，一串串航空炮弹正向4033号搜索攻击机攻击。

“重型轰炸机注意，高度300米，攻击！”

面对日本飞机强大的航空火力，美军“大黄蜂”号航空母舰上作战参谋约迪上校在炮火指挥部里两眼圆睁着遥望着长空、注视着日本战机，他不顾日本战斗机打来的一发发炮弹和轰炸机扔下的一颗颗重磅炸弹，命令炮兵死死咬住前面一架正做着各种假动作、试图偷袭的日本轰炸机不放。

“注意，注意，敌轰炸机正借助云层掩护，迫近我左前方甲板！”约迪上校告诉炮手们。

“上校先生，您注意我的炮弹命中点！”炮手华尔特大声道。

“华尔特上士，你要发挥神炮手的作用！”约迪上校忙回答，“敌重型轰炸机正逼近舰前甲板，快打！”

“华尔特上士明白！”

华尔特口里回答，手里操纵着大炮，当他将敌机的身影套进了瞄准器的光环后，狠狠地一按炮钮，霎时间，炮口冒出的一团火球冲向敌机。

约迪上校注意到，华尔特点射的那架日本飞机在炮弹即将击中它头部的一瞬间，猛地向右转90度，窜进云层，避开了粉身碎骨的打击。

“华尔特，”约迪上校跑出指挥部，赶到华尔特神炮手的炮位上，“瞄准，瞄准，知道吗？”

华尔特上士不慌不忙地扭过头，盯住上校，咬着牙说道：“你不要急，上校，谁能保证炮兵每发炮弹都击中敌机？如果是这样，日本人还来得及制造飞机吗？”

“敌机！”有人大呼。

一架日本重型轰炸机向右舷俯冲过来。

“华尔特！”约迪上校大叫。

华尔特此刻伏在炮位上旋转着炮身，一发炮弹正在炮膛中待发，他的双眼盯住敌机不放，当敌机一进入瞄准器，他又是一个熟练的按炮钮动作，“轰”的一声，炮口喷出的火球直冲敌机，随即听到空中“轰”的一声，火光一闪。

“好样的，敌机凌空爆炸了，敌机凌空爆炸了！”约迪上校兴奋地大声道。

“又有一架，又有一架！”

又有一架敌重型轰炸机正在不断地避开攻击的炮弹，巧妙地向舰船中部接近。

“华尔特，华尔特，敌机，敌机！”约迪上校道，“左前500米，左前500米！”

“明白，上校先生！”华尔特一边沉着地用炮镜追寻着敌机，一边说道。

“哒哒哒……”敌机扫来密集的机枪火力，这是日本轰炸机装配的专门杀伤敌方炮手的轻武器。

“啊……”一声震撼人心的惨叫声响起。

约迪上校循声一看，炮手华尔特栽倒在炮位上，两个士兵奔过去双手抱住了他。

一门大炮暂停使得舰船一面的火力弱了下来，约迪上校抬头一看，就在炮火停下的瞬间，一架日本轰炸机借机猛地俯冲过来，随即又猛地跃升，尾部有两颗黑乎乎的炸弹向航空母舰坠下来……

“敌弹，敌弹……”甲板上的官兵惊呼着。

“打，打，把敌机赶进高空，封锁航道！”约迪上校大呼。

“轰！”一颗先坠下来的日军炸弹在航空母舰左舷边的海里爆炸了，巨大的水柱比指挥塔还高，约迪上校扫了眼，明白这是一发超重巨型炸弹。

“轰！”紧接着又是一声巨大的爆炸声，一股黑色的浓烟扩散，火焰向四周喷射。

“报告上校，敌重磅炸弹穿透飞行甲板、机库甲板，在厨房爆炸，大火正在甲板上蔓延！”

“灭火，快灭火！”

“上校，敌机，敌机！”有人大声吼叫。

约迪上校抬头发现一架日本自杀机突然凌空直撞过来，他大呼：“炮击，炮击！打！”

几乎能调整的舰炮都将炮口转向正撞来的日机攻击机，只要有一发炮弹使它凌空爆炸，一场灾难就可避免。

这架直撞过来的日机，正是那架4033号搜索攻击机，它在十几架美国战斗机的围歼下，断定自己必亡无疑，便横下一条心，猛地向一架迎来的美机直撞过去，趁那架美机急忙闪躲的一瞬间突围了，美军穷追不舍，4033号日机看到架势不对，就从高空高速俯冲下来。

“轰……”战舰上又是一声震耳欲聋的轰鸣。

“报告，敌一架自杀机撞中我舰中舷侧升降机后，机上炸弹被引爆，舰上6条消防水管全部被破坏了！”一个少尉从浓烟中冲出来报告。

约迪上校举目一看烈焰冲天，成群的士兵从烈焰中跑出来，惊呼声中一个个死伤官兵被拖出来，伤势严重的官兵血流不止，甲板上血流成河死伤无数……

“抢救损管，抢救损管！”有指挥官在烟火中命令。

约迪上校补充道：“炮手各就各位，对空攻击，对空攻击，敌机又在寻机攻击！”

舰船上损管修理队队员在拼命地与烈焰拼搏，炮手们在发狂地对空射击。然而，又一群日机向“大黄蜂”号航空母舰疯狂地扑来，一场海空厮杀越战越凶……灾难既向“大黄蜂”号航空母舰袭来，也向日本飞机袭去。

第五十七章　灾难深重的美国航空母舰

小引

咆哮如雷的日本军官不断给美军航空母舰送上炸弹。这是聚歼美军舰队的最佳时间，也是日本军人效忠天皇的时刻！美军航空母舰还在向日军进逼，一场又一场的恶战撕开了美军航母的甲板！

美军向塞班岛北部发动进攻

“利尔威少校，利尔威少校，第 58 特混舰队上空的日机已被我舰载飞机赶跑，日军正攻击我第 2 特混大队，请高速支援，请高速支援！”

“向第 2 特混大队上空驰援，快！”利尔威命令着。

战机向第 2 特混大队所在海区的上空高速驰去。

原来当利尔威少校奉命转战到第 58 特混舰队所在海区的上空时，从“大黄蜂”号航空母舰上起飞的舰载机已经赶跑了日军飞机。“大黄蜂”号航空母舰死伤 380 余名官兵，舰员扑灭大火后正在调整炮位和修复设备之中。

进攻美第 2 特混大队的日军攻击机大队长，是日本陆军航空兵第 62 航空攻击大队中著名的空中杀手大岛大尉。出发前他接到基地作战部长林义云的通令赶到作战部。还没进门，老远就听到林义云在怒气冲冲地咆哮：“一群笨蛋，笨蛋，立即处死！”

“砰砰”两声沉闷的枪声过后，从作战部里拖出还在挣扎的日军少佐军官。大岛大尉朝前赶过去一看大吃一惊：“啊，是他！”他一把抓住正在作死前挣扎的良水少佐，大声道：“这是为什么，为什么要处决他，良水是作战勇敢的军人，在轰炸中国时，他是立下过战功的！”

“大岛先生，这里没有你的事，快进来！”一个作战参谋大声道。

“良水少佐是日本帝国空军的英雄，为什么要处死他？”大岛抱住良水少佐，盯住作战参谋问。

“两次命令他指挥攻击机出击，他以有病为由拒绝上天。经查明他在积极为美军搜集情报，你看，这是他给美军情报机关发报的微型电台和密码本！”作战参谋说着递过来两样东西。

“间谍，可恶的间谍！”大岛将他过去的飞行教官狠狠地甩到地上，拔出手枪顶住良水的脑门，“日本帝国军人的耻辱！”说完扣动扳机，“砰”地一枪击中良水的脑门正中。良水不再挣扎了，他瞪着一双眼睛盯住大岛这个昔日的学生死去！

补完这一枪，大岛愤怒的心情似乎平静了一点，他三步并作两步赶进作战部长的办公室，作战部长林义云一双醉红的眼睛盯住他，不等他问，林义云就指着作战地图冲着他说道：“大尉先生，你快注意这一战区！”

大岛也来不及客气了，急忙走近作战地图定眼一看是 104 战区。

“美国第 2 特混大队的 3 艘航空母舰正在 104 战区，我命令你指挥第 62 航空攻击大队马上出击，争取至少炸沉一艘航空母舰，重创其他舰船，有把握吗，大尉先生？”林义云部长瞪住他问。

大岛大尉沉默了片刻，问：“掩护机能出动多少架？”

“一个中队！”

“攻击机的驾驶员能作一下调整吗?”

“时间太紧，已经来不及了，而且良水可能向美国人通报了我们出击的机种和时间，美军舰、空中火力都有所准备。你在敌人有准备的情况下出击，攻击航道中也许潜伏着空中火力，必须派出前锋搜索机引进，才能进入104战区，明白吗?”

“明白!”

“轰炸机一律载250公斤的炸弹，太小炸不中航空母舰。敌舰火炮密集，射程较远，注意掩护机和攻击机的位置!”林义云说。

“是!”

“具体战术问题的方案，你马上去参谋处，他们已经制订完毕，有什么问题直接与我联系!”

“是!”

布置完作战任务，大岛向所有飞行员传达完命令，共同研究完协同作战的计划后，才驾机赶到104战区，他决定无论生或死都要实现林义云部长的命令：至少击沉一艘航空母舰，重创多艘!

现在，大岛已指挥机群进入了美军战舰上空。他在睁大双眼寻找攻击目标。

大海上空飘着一片一片的白云，西南方向则有成片的黑云向104战区移来，西南风虽然不大，只有三四级，但它加快了西南方黑云的移动速度。

“大岛大尉，大岛大尉，在我机群左后方发现美军机群，在我机群左后方发现美军机群!”担任轰炸机警卫的“零式”战斗机中队长急促地发出通告。

“敌机机型请报告，敌机机型请报告!”大岛问。

“一律是F6F（‘恶妇’式）和F4U战斗机!”

一听说是F6F（“恶妇”式）战斗机，大岛的心马上紧张起来，这是当时极负盛名的战斗攻击机。他立即命令道：“掩护机中队脱离我的指挥，迎战美国战斗机，死死缠住他们，我将攻击敌舰队!”

“是!”掩护中队答应一声，转过机头迎击美军利尔威少校的增援机群。

大岛大尉指挥他的攻击机群向美军舰队发起了攻击!

此刻，美军第2特混大队正在向日本九州的南部海区以28节的航速前进。“富兰克林”号这艘近30 000吨级的新型航空母舰航速最快。舰长莱斯里·盖尔斯上校走到作战指挥部门口时，迎面起来了舰载机指挥官尼松林少校，他一开口就问道：“舰长阁下，我舰到达了什么方位?”

“在距九州南部海岸大约50海里的海区。这里已经逼近日军的吴港海军基地了。”

“攻击吴港的作战方案执行第几套?”

为攻占日军占领的吴港，美军制订了五套作战方案，最终实施哪一套要根据天时地利的情况而定。尼松林少校这么一提，老谋深算的舰长盖尔斯上校抬头扫了眼海空四周，一种不悦的气息渗入他心房，他指着海空对尼松林少校说："海上低云笼罩，海雾很大，少校先生，你应该告诉飞行员们，这种阴郁的气象条件要保持好作战力，按第三套作战方案执行！"

第三套作战方案要求凌晨3点全舰官兵进入战位，这时海上的阴云会越来越浓。5点36分时，盖尔斯上校对着无线电授话器大声道："尼松林少校，出击！目标吴港日军基地！"

"出发，目标吴港日军基地！"尼松林少校传达着舰长的命令。

30架美国F4U战斗机，满载着特制的重型攻击火箭，相继从"富兰克林"号航空母舰上起飞了。在同一时间内，3海里外的美"汉科克"号航空母舰上的飞机也出发了。也就是在这些美国飞机起飞的时候，日机大岛大尉的轰炸机大队出发了。由于云层的掩护，"富兰克林"号的雷达没有发现正在逼近的日军攻击机群。

"舰长阁下，'汉科克'号发来急电！"通信兵报告。

盖尔斯上校急忙伸手接过电文：

盖尔斯上校：7点钟，我雷达搜索到你舰右前方不远的海空，有大批敌机向你舰逼近。我战斗机现已与敌掩护机群在空中搏斗，但敌轰炸机和自杀机正向你舰快速冲击。

"现在是7点05分，命令尼松林少校出击第二批作战飞机，快！发出防空警报！"

"上校，尼松林少校正指挥第二批攻击机起飞！"

"敌机！"雷达兵大呼，"敌机已经飞抵我舰上空！"

"舰炮攻击！"盖尔斯下达命令。

"轰……"美军舰炮火力立即封锁空中航道，防止日军俯冲攻击。

"基布蒙斯少校，基布蒙斯少校！注意炮火的准确性！"盖尔斯上校向炮兵指挥官发出命令。

"上校，我正在炮位指挥！"基布蒙斯少校说完，突然大呼，"敌机……"

盖尔斯上校听到惊呼忙抬头，原来是一架日军重型轰炸机突然从厚厚的云层中冒出来，离舰仅300米时被炮弹击中，顿时凌空爆炸。盖尔斯正要向炮兵表示热烈祝贺时，左前方的云层中又钻出一架双引擎"彗星"舰载俯冲轰炸机，直向舰中部冲来，盖尔斯大呼："开炮，开炮……"声音未落，这架日机在30米左

右的低空向舰甲板投下炸弹，然后闪电般拉起机头就逃，两颗炮弹平射追上去击中了它，日机当空被炸得粉碎……

然而，敌机在被击中前投下的两颗250公斤的重磅炸弹，其中一颗在机库甲板上爆炸，那76毫米厚的装甲甲板顿时被炸开一个洞，炮火将机库内准备起飞的飞机引燃，爆炸波又将机载武器引燃爆炸……

“尼松林少校……”

“舰长，敌弹命中机库和飞行甲板，机库飞机全部引燃，机载武器爆炸，两台升降机被炸毁，大批机库官兵被烧死！应该处死无能的炮兵指挥官……”尼松林少校气愤地吼叫着。

盖尔斯上校大声喊：“灭火，快灭火，整条军舰在烈火中，烟柱达60多米，这种情况下你还吼什么，现在最重要的是救火、救火！”

“报告舰长，舰尾被一颗炸弹击中！”炮兵指挥官基布蒙斯少校跑过来报告。

“什么？”盖尔斯上校惊异，“又被击中一弹？”

“敌机另一颗炸弹击中舰尾，穿过两层甲板后，撞进第三层甲板，将军官休息舱引燃爆炸！”基布蒙斯少校接着报告。

巨大的轰鸣声使全舰颤抖。盖尔斯上校飞快地跑到一高处向全舰望去，整艘舰被浓烟罩住，大火直冲上40米的高空。甲板上的飞机因甲板被炸坏而不能再起飞，加满了油料、挂满弹药的飞机成了一枚枚巨型炸弹，它们爆炸后又引燃了舰上的炸弹、炮弹、火箭，结果弹片横飞，几十架飞机全部炸成碎片（该舰载有飞机104架，舰员达3 600人）。

大约26分钟的混乱后，第2特混大队司令拉尔夫·戴维森海军少将来电询问：“盖尔斯上校，情况怎么样？”

“报告司令阁下，我正指挥战舰向左转并降低航速，全舰官兵在力图尽快控制舰上的火势。但机载炸弹和火箭爆炸后，碎片乱窜横飞，塔台被打成筛网，大炮全部被炸毁……”

“好啦，别说了，我已请示米切尔将军，你马上弃舰！”戴维森海军少将大声命令。

“将军阁下，我还没有这么悲观，我已下令向弹药舱注水，防止再发生大爆炸……”

“注水后军舰的情况怎么样？”

“6度，倾斜6度，我请求马上转移伤员！”

“好，‘圣太菲’号和其他舰马上向你靠拢，会给你提供有效的防空屏护！”

盖尔斯上校沉着地指挥全舰官兵抢救军舰。此刻，米切尔中将在“邦克山”号旗舰上看到烟火包围了“富兰克林”号航空母舰，心急如焚，但目前又不可能有更好的方法，作战参谋们在向各舰呼叫援救“富兰克林”号。

“轰!”又一次发生巨大爆炸，航空母舰的锅炉停止了运转。巨大的螺旋桨终于沉默了……

“报告戴维森少将，军舰横倾角度增加13度!”

“盖尔斯上校，你可以弃舰!”

“将军阁下，只要您能提供救援和空中护卫，我将尽最大努力抢救!”

“敌机，敌机，”有人大声呼叫。

敌自杀机又从云缝中冒了出来。这里离日本空军基地不到90海里，大批日军攻击飞机前来攻击只是时间问题了，这给营救“富兰克林”号带来极大的压力。

面对日军自杀机的攻击，“富兰克林”号无力反击，舰上尚未起飞的5架轰炸机、14架鱼雷攻击机、12架战斗机已全被焚毁，反击任务只能靠其他战舰来完成了。

各舰火力很猛，舰载机出击了。日机回旋于海空中不敢冒犯。美攻击机指挥官利尔威少校冲上去了，他指挥攻击机群，利用“恶妇”式战斗机的性能优势向日军快速突袭……

看到非常有效的空中支援，盖尔斯上校对自救更充满信心：“扑火，首先是扑火，不能让战舰沉没，不能让战舰沉没!”他的声音在舰上回响，他镇定的神态、得力的指挥，给官兵们极大鼓舞!

第五十八章　突袭庆良间群岛

小引

美军智慧的军官冲杀在一线，然而日军自杀艇隐蔽在礁石缝中，他们盯住美军舰后开足马力飞驶在弹雨中，只要一贴近美军舰船就开炸，这种自杀攻击使美军胆寒！

美军在马里亚纳群岛的塞班岛南部海滩登陆

3月26日凌晨，美国开始了偷袭庆良间群岛。坦克登陆舰舰长纽·特兹克上尉指挥他的舰冲在全舰队的最前面。突然，前面发出一红一绿的灯光信号，这意味着发现敌情，他马上向突击队发出原地隐蔽、战斗立即开始的信号：两红两绿的灯光信号！

特兹克上尉今天担任的突击任务，是决定美军能否攻占冲绳岛的一战！

24日下午2点，从作战指挥部赶回的特兹克上尉，立即召开紧急战前会议，到会的是坦克突击队的队员们。大家刚刚到齐，他就用洪亮的声音大声道："这就是庆良间群岛！3月26日，我们必须攻占它！"

"上尉先生，从庆良间群岛登陆？"劳伦斯少尉不解地问，"我去侦察过，这地方离冲绳的那霸市（今首里市）西部有15海里，悬崖陡峭、礁石如麻，我们汇报后当时不是否定了这个突破点吗？"

"根据太平洋战争爆发以来的历次两栖登陆作战经验，特纳将军最终还是选中庆良间群岛为攻占冲绳岛的海军前进锚地。任何情况下他都不会动摇！"特兹克上尉说着也显得很决断、兴奋，充满信心。

"我不能接受，上尉先生，我们的'富兰克林'号航空母舰的损失还小吗？强行攻击损失会很大！"劳伦斯少尉固执地说道。

提起3月19日"富兰克林"号的惨痛损失，特兹克上尉心头涌进一股苦水！不过，舰长盖尔斯上校指挥有方，终于没有使"富兰克林"号沉没。它在重巡洋舰"匹兹堡"号的拖航下，很快修复了轮机，撤出了战斗，只是它的3 000余名官兵中有1 367人长眠在大海……

"我深信，我们在进攻庆良间群岛时，绝不会有像'富兰克林'号那样大的损失……"

"上尉先生，你太自信了。请你不要忘记，我担任过庆良间群岛的侦察队队长！"劳伦斯少尉大声道，他快步走到地图跟前，指着地图的一角说，"锚泊在庆良间的日军自杀艇至少也有280艘，这对我登陆舰的威胁是巨大的！"

提起日军宇垣中将组织的自杀艇，美国军人们都深深地吸了口冷气。自从日军在空中组织敢死队——自杀机取得了很大战绩后，宇垣便将其运用到水面。于是，他专门组建了水面敢死队。这些特攻自杀艇，一般航速高达32～35节，单人单艇操纵，各自为战。就拿日自杀艇"震洋"号为例，它全长仅6米，但能装载两颗125公斤的深水炸弹，一般情况下隐蔽在礁石缝中，利用浓密的大雾或夜色作掩护，向美军战舰发出突袭，攻击炸毁敌舰船水线下的舰体，成功率颇高。在菲律宾战役中，日军曾利用这种自杀艇击沉了多艘美舰船。而庆良间港正是日军训练、集结海上自杀艇的基地，向狼窝里伸手会导致什么样的后果呢？

针对日军的兵力部署，美国兵力是有足够的应对力量的。特兹克上尉听了劳

伦斯少尉的述说，观察到在座各位官兵的神态后，指着作战示意图说：“正如劳伦斯少尉所讲的，日军在庆良间群岛确实是集中了自杀艇精英，但我们必须攻占庆良间群岛，我们突袭得手后，日军就不可能用自杀艇攻击我在冲绳岛登陆的部队。所以，我们集中了 430 艘舰艇，运载第 77 师登陆作战，凭实力是有把握的！”

现在，特兹克上尉根据正搜索前进的劳伦斯少尉发出的敌情通报，向全突击队发出立即开始决战的信号后，便对副队长说：“马米尔中尉，我到前面去看看！”

马米尔中尉眨了眨眼说：“上尉，你不能去！”

“为什么？”

“万一敌人在这如麻的礁石中暗藏了一批自杀艇，突袭出来怎么办？”

特兹克上尉如梦初醒，急忙环扫四周，大洋中除了海浪拍击礁石的“哗啦”声，再也没有别的声音了。

“中尉先生，海浪声足以掩盖登陆舰的轰鸣声。请你在这儿集结待命，我到前面去！”说完大声命令道，“快，向劳伦斯少尉靠过去！”

坦克登陆舰悄悄地向前驶过去。

日军第一警戒大队副大队长海云南中尉，此刻没有什么心事可想，他正依靠在一艘快艇上（时速 35 节，又称“飞艇”）跟吉田少尉小声说着话。

吉田少尉对海云南中尉说：“美国人称已经击落我们 500 架飞机，是真的吗？”

吉田少尉与海云南同来自富士山下，同在一个山村长大，同进一所中学，又一同考入海军士官学校。在吕宋岛与美军决战中，身为大尉的吉田指挥部队在仁牙因湾与美军对抗，而山下奉文在吕宋岛采取纵深山地防御战略战术。当美军先头部队赶到仁牙因湾时，望着大批美军蜂拥般地登陆，吉田不敢正面迎战，而是指挥部队向纵深处追赶大部队。山下奉文听说吉田没有掩护后勤部队撤退反而逃了，立即拔枪要亲自处死他。后因吉田多位同学的请求，山下奉文考虑到吉田的同学多系尉官，都在一线指挥作战，为笼络人心，只好作罢，将他降职为少尉。九死一生的吉田是因为山下奉文的部队从吕宋岛溃退下来后，改编进了牛岛满的第 32 军，才有机会与海云南一同出海作战的。

现在，海云南问他有关美军的战绩，吉田长长地叹口气说：“云南君，这件事让作战部去统计吧。当务之急是了解美国人要突破我冲绳防线的主攻方向，你研究过吗？”

“据前天的敌情报告，美军正在那霸市以南海区频繁运动，轰炸机 5 天前就开始袭击那霸市沿海我军阵地，估计会在这一地区强行登陆！”海云南中尉说。

沉思良久后，吉田少尉突然从座位上站起："美国人习惯耍手段、声东击西，会不会把庆良间群岛作为前进突破基地呢？"

"不会！"海云南中尉肯定地回答。

"为什么？"吉田少尉问，"庆良间群岛作为进攻冲绳岛的跳板再好不过了，美国的战略家们不考虑？"

海云南说："第一，庆良间群岛位于那霸市以西15海里，我空军支援眨眼间可赶到；其二，锚泊在这一地区的我自杀艇基地的自杀艇多而凶，美国间谍不可能不知道；其三，这一海区悬崖陡峻，礁石犬牙交错，地理环境不利进攻，而利于防守，再加上海空力量协调作战速度、火力都不利于美国人……"

"正因为诸多不利进攻因素，美国人才会从这里进攻，以为我们没有思想准备。"吉田打断他的话说。

"嗒嘀，嗒嘀！"电台中传出有情况的信号，中断了两人的对话。

海云南中尉愣了下，马上赶进通信室，一个通信兵指着正面海区说道："出现不明电波后，我们搜索到正面海区的那片礁石中有移动的黑点。"

"快，靠过去查明情况！"海云南说着大声对全艇官兵命令道，"有情况，准备作战！"

"唰"地日军警戒艇从礁石缝中冒了出来。

日军刚从礁石缝中冒出来，美军劳伦斯少尉就发现并发出了信号。当特兹克上尉赶到时，他将步话机调整好频率说："上尉先生，一艘敌警戒艇在我前进航道上出现，并向我悄悄逼近！"

"离攻击目标还有多少海里？"上尉问。

"我舰全部到达攻击位置！"

"好，离航空火力配合时间呢？"

"还有6分钟！"

"你马上对敌舰迎上去，迷惑住敌人！"

"是！"

"放心去，少尉先生，我在后面用火力保护你的安全！"

"劳伦斯明白！"

劳伦斯少尉指挥侦察快艇迎着敌艇冲过去时，一道雪亮的灯光突然射过来，但由于距离较远没有照到劳伦斯少尉的艇上，他立刻下令："开灯，打开灯！"

美艇打开灯向日艇射去。

"少尉，日艇挂太阳旗向我摇晃！"站在舰首用望远镜观察的士兵报告道。

"快，在艇首摇动太阳旗！"劳伦斯少尉说道。

一个身着日军服的美军站在艇首摇晃一面早就准备好的日军太阳旗。

“通话，他们是干什么的！”劳伦斯少尉大声问。

一位在吕宋岛激战中被捕的日本电台兵急忙打开电台，先发制人地问对面驶来的日军：“喂，你们是干什么的？”

海云南中尉愣了下回答：“我们是309防区一线警戒巡逻艇。你们是干什么的？”

“我们是仁牙因海战中被打溃散的几艘艇……”

两艇之间正对话时，劳伦斯听到一种激昂的“嗡嗡”声由远而近传来，劳伦斯顿时大喜，忙道：“上尉，开炮，开炮吧！”

特兹克上尉扭头望望海空：“不对，是日军巡逻机，”说完他对两艇命令道，“全速向敌逼近，后面的突击队全速跟进，不得开灯！保持无线电联系！”

“轰！”海空突然火光一闪，一架飞机凌空爆炸。

“水面艇，攻击！”电台中传来指挥部的命令。

“打掉正面这艘艇！”特兹克上尉大声命令。

劳伦斯少尉接到命令忙说道：“打！”

密集的炮弹向日舰倾泻，站在连中7炮的日艇艇首的海云南被弹片击中右腹部倒下，吉田少尉跑过来抱住他正要转身，艇右舷后方又中一弹，一炮手奔过来歇斯底里地叫喊着：“少尉，弹药舱被击中，引燃了炮弹，前后舱大量进水啦！”

“弃艇，快！”吉田少尉刚下达完命令，5发炮弹连中艇中央，巡逻艇眨眼间炸开了花，向大海沉去……

“快速前进，向右突进，快！”美军特兹克上尉一看敌艇沉没，日军洋面无火力反击，忙大声命令。同时他也看到，美军攻击机群正闪电般驰向庆良间群岛。

“向日军自杀艇锚泊地前进，炮火封锁日军通向舰艇的所有道路，制止日军上艇，快！”

“轰……”

430艘各类舰船同时向日军锚泊区开炮，攻击机的先头机群也开始轰炸了。

根据情报，日军自杀艇官兵晚上要上岸休息，有战情才跑步上艇，现在美军按事先侦察的目标攻击，欲将日军官兵击毙于睡梦之中。

“上尉，前面发现两艘自杀艇向我冲来！”劳伦斯大声说道。

“鱼雷攻击，快！”特兹克上尉命令着。

劳伦斯少尉忙命令道：“鱼雷，放！”两条鱼雷飞快地向两艘日艇冲去！

日军被炮火炸醒了，在庆良间群岛，美日海空军展开了一场厮杀，美第77师的官兵在奇袭的征途中血染庆良间群岛……

第五十九章　向第 54 特混舰队攻击

小引

日军自杀艇凶狠狠地冲向美军舰船，这种攻击让美军由 16 艘驱逐舰组成的战斗网被捣毁，美军损失惨重，美国人应该记住！1945 年 4 月 6 日，这是个令人悲伤的日子！

美军攻占提尼安岛

“6082号，6082号，左前目标出现，左前目标出现!”

听到这个无线电报告，日军攻击机群指挥官板垣少佐忙回答：“天野少尉，天野少尉，高度3 000米，高度3 000米，继续监视敌舰，继续监视敌舰!”

“天野明白！天野明白!”

代号6082的板垣少佐今天亲自驾驶“零式”战斗机，在4 000米高空指挥机群向冲绳岛外美军第54特混舰队飞去。此行，要么“一机换一舰，名传千秋”，要么大获全胜归来，绝不能失败。1945年4月6日，是决定板垣少佐前途命运的生死一战!

昨天（4月5日）晚上9点钟，板垣少佐由牛岛满中将的作战参谋友山木茨中佐请进了指挥部。友山木茨中佐是日第32军中有名的铁面人，不讲情面，只认军法。他原在海军中任中尉炮兵指挥官，牛岛满任第32军军长后，送他到日本海空参谋学校进修作战参谋专业。毕业后，牛岛满在209个毕业生中又选中了友山木茨，让他从通信参谋到作战参谋，走过了整个应该熟悉的参谋业务道路。牛岛满在给海军部的报告中称：“……友山木茨是参谋学校送给我的最优秀的毕业生……”每次有重大作战部署，都由友山木茨召见指挥官，传达牛岛满中将的全部战略战术。

今天，板垣少佐一听说友山木茨召见，就立即悟到必有艰巨的攻击任务交给他。这不仅是信任，也是晋升的好机会。

“少佐先生，你听说了我们在庆良间群岛的惨败吗?”不等板垣坐下，友山木茨阴沉着脸问。

板垣少佐只听说一些，但不完整，忙回答道：“总的情况知道一点，具体不是很清楚。”

“那你看看这个近日的战场通报吧。”友山递给他战时战场通报，“提出自己的见解!”

板垣愣了一下，从他手中接过战场通报，其中有一段最引板垣注意：

3月26日凌晨，美军430艘各类舰船，满载美第77陆战师官兵向庆良间群岛偷袭成功，我锚泊于庆良间洋面的250艘自杀艇全部被美军俘获，官兵死伤惨重，我们失去向美登陆部队攻击的精良式器。目前，美军特纳将军正在庆良间群岛日夜赶修战舰停泊场，维修、补给参加冲绳战役的各类舰船、物资……

4月1日，美军出动战舰、战船等艇761艘，掩护美海军陆战队第三两栖军、美陆军第24师总共兵力4个师，夜袭我冲绳岛蜂腰部西岸的白沙海滩，在那里平行登陆成功，我设防部队全部战死，美军已攻占白沙海滩……

"中佐阁下"，板垣读到这里，颤抖着涨红的脸，额上的青筋突突直跳，"我们把重兵布防于岛南，而将岛西岸空着，这不是引狼入室吗？这样的战略战术是将我冲绳岛上14万官兵置于死地！"

"不，这叫集中歼灭敌人！"友山木茨中佐马上回答，"登陆美军只要失去空中和舰队炮火支援，就等于走进死胡同。今天请你来，就是要你指挥攻击机群，配合我'樱花'自杀弹、'菊水特攻'，将美军登陆官兵赶下海活活淹死，明白吗？"

友山木茨所说的"菊水特攻"，是14世纪著名的武士楠木正成在所著文章中提出的战术。楠木在一次众寡悬殊的作战中大呼"七生报国"后与对手同归于尽。友山木茨在这里大呼歼灭美军于白沙海滩，意欲在大批战斗机的掩护下出动大批自杀机攻击美水面舰，同时出动称为"樱花"的自杀弹。这种自杀弹可载人，为机动炸弹，捣毁美军停泊于冲绳岛海岸外的舰队，这样在白沙海滩登陆的美军就失去舰炮火力支援。一旦守岛部队大举反攻，必定会将美军赶入大海淹死！

"什么时候发动攻击呢？"板垣少佐沉思一会儿问。

"明天，也就是4月6日黎明出击！"

"我指挥的机群有多少架？"

"根据将军（指牛岛满）的命令，由你指挥370架飞机，其中一半为自杀机，必须让美第54特混舰队覆灭！"友山木茨说着，一挥拳头，"有把握吗？"

板垣望着海区作战地图问："有些情报再次落实了吗？"

"什么情报？"

"前些时候作战情报部通报，美军在冲绳岛360度附近方向，一共设置了16个雷达驱逐舰警戒哨位，其目的是预警我低空偷袭飞机和自杀弹。我建议应有一支强大的攻击机群，配合水面自杀弹，干掉这些雷达驱逐舰警戒哨！"板垣说。

"这些力量都配备给你了。少佐先生，你的代号为6082。具体实施战术，作战部正等待你共同研究！你是将军阁下（指牛岛满）选定的空中指挥官，打好这一仗，你会破格晋升为大佐，这也是将军命令我向你转告的！"

"中佐先生，请转告将军，板垣会用显赫的战绩向他表示感谢！"板垣说完快步离去。

……

现在，板垣带着牛岛满中将对他的信心和希望赶到了战区，前锋战机已经发现目标，一种既紧张又兴奋的心情在交织着、矛盾着。他命令前锋搜索机在3 000米高空监视美国舰队后，又询问了一下左右战机是否发现异常。当各机报告无异动后，他将战机头猛一拉，跃上5 000米高空，加大油门赶到搜索机上

空，机群跟着他爬高、加油门、占位准备俯冲攻击。

“报告，报告 6082，报告 6082，敌‘纽康姆’号驱逐舰正在我火力控制区内！”

“6082 知道！”板垣少佐回答完，打开又一频率，“303，303，攻击！”

接到空中指挥官板垣少佐的命令，303 分队的指挥官南六少尉忙命令道：“303 分队跟着我，高度 1 000 米。”

丢掉副油箱的日军 303 航空攻击分队，在分队长南六少尉的指挥下直向美军“纽康姆”号驱逐舰扑去。

“南六，南六，敌机出现，敌机出现！左前，左前！”搜索机急促地报告。

南六一看，12 架美国“恶妇”式战斗机已经从左前方的云块中冒了出来，每两架一对地拉开了攻击队形。

“南六，敌机缠住我了！”飞在后面的日机三木少尉大声报告。

南六一看，果然 4 架美机咬住了飞在后部的三木少尉，他大吼一声：“左右增援，跟着我上！”说着他急速地转过机头爬高再高速俯冲下去，咬住一架美机就“咚咚”两炮打去。但是晚了，美机在他开炮之前的瞬间爬高，冲出他的攻击圈，而另一方向的美国飞机向三木少尉开火了，三木灵活地摆脱了，然而另一架日机冒出了一股黑色的浓烟，栽下去了。

“摆脱敌机，向敌水面舰发起攻击，607 分队把敌战斗机缠住！”板垣少佐命令。

日本“零式”战斗机飞行员接到作战命令冲过来了，跟美国“恶妇”式战斗机互相咬着，冲杀攻击。

板垣少佐摆脱美机阻击赶到 303 分队的攻击区时，南六分队长正在与美军“纽康姆”号厮杀。美舰火力很猛、很密集，几乎所有空中突袭航道都被炮火封闭了。板垣拉了下机头，大声道：“南六，南六，马上组织超低空攻击！”

“南六明白！”接到板坦的空中命令，南六拉起机头向西疾飞，这时 3 架自杀机紧跟着他来到美舰“纽康姆”号西侧。他对 3 架自杀机命令道：“从这里迁回攻击，高度 300 米！”

“是！”三个自杀机飞行员异口同声地回答。

3 架日本自杀机贴着洋面，悄悄地冲向美国“纽康姆”号驱逐舰上炮火的死角。

“航向右 5，航向右 5。”南六少尉在电台中校正 3 架自杀机的航向。

正在“纽康姆”号驱逐舰上观察的副舰长奎威姆中校，突然发现 3 架自杀机从离洋面 300 米的海空冲来，惊异地大呼：“开炮……”

迟了，只听到“轰”的一声巨大轰鸣，3 架自杀机冲上了“纽康姆”号，在烈焰中舰上的弹药引燃爆炸开了，整条舰如同一条火龙在大洋中挣扎！

“中校，舰长中弹阵亡！”一个中士跑过来报告。

奎威姆中校愣了下，忙道：“请求‘椰特兹’号火力保护！”

“中校先生，我们联络过了，‘椰特兹’号驱逐舰也被日自杀机撞中，失去炮火自卫能力，正处危急之中！”中士回答道。

“电台，电台能用吗？”

“报告中校，还有一部移动电台可用！”

“快，给我背过来，背过来！”

一个上士背着一部完整的电台从浓烟中奔跑过来，不等中士说话，那背电台的上士大声道：“中校先生，我16个雷达驱逐舰警戒哨全部被敌破坏！”

“各舰的情况怎么样，联络过了吗？”

“报告中校，已经联络过了……”

“他们怎么样？”

“‘布希’号驱逐舰遭到日军50架攻击机的轮番轰炸，该舰火力较猛，击落2架敌机，最终被3架自杀机撞中沉没了！”上士悲哀而气愤地回答道。

“嗨，”奎威姆中校一咬牙，“‘科尔杭’号呢？”

“‘科尔杭’号驱逐舰也被自杀机撞击炸沉。”

“沉没两艘啦？”

“中校先生，‘埃蒙斯’号一连击落6架敌机后，也被5架自杀机冲上去撞击炸沉了！”

“埃蒙斯”号快速扫雷舰是美军当时较先进的扫雷舰，听到它被击沉，奎威姆中校垂下了头。

“中校先生，我舰无动力了，怎么办？”有人跑过来报告。

伤亡太惨了，“纽康姆号”舰已经废了，一艘援救舰靠过来，勉强地拖着它向庆良间锚地游去……

激战到日落，奎威姆中校在残破的军舰上得到情报：

1945年4月6日从凌晨到傍晚，日军向我舰队发动500余架次的攻击，尽管我们击落大批日机，但我们也有6艘战舰沉没，伤毁10艘，特别是“胜利”级万吨军火轮，“洛根”号、“霍布斯”号都满载炮弹，在庆良间相继被炸沉。估计明天（4月7日）凌晨，日军的攻势将会比今天更猛烈……

第六十章　海空大进攻

小引

为天皇陛下战死、战死，这是日军统帅部的命令。但一批日军军官也胆寒了，所有战斗机、轰炸机装满弹药，油料只可单程，这是以死相拼、无路可返的决战！

美军攻占关岛

就在日军遭到美军狠狠打击被击落大批战斗机、自杀机，日军飞机也击沉、击伤多艘美舰时，在日本濑户内海德山港的巨型超级战列舰“大和”号上，日军统帅部责成联合舰队司令官小泽治三郎中将，将一道死令交给了攻击舰队司令官伊藤整一中将手中。读完这道来自统帅部的命令，伊藤中将立即召开少佐以上的军官会议。当军官们还没有完全坐定，伊藤中将的作战情报参谋大九三门中佐就怒气冲冲地走上主讲台：“现在我代表伊藤中将，宣读统帅部的命令！”说到这里，他环扫四周，看到所有的军官都双目注视着他时，才又一字一句地宣读：

今天，尽管我军击沉美舰6艘，击伤10艘，但我机群损失惨重，被击毁、击落的飞机达60余架，击伤更多。为与美军在冲绳海决一死战，伊藤中将应马上指挥舰队开赴冲绳决死特攻。舰队没有任何空中掩护，油料只够单程航行，弹药充足……

“不能执行这道命令！”

“油料只够单程，这是把我们推进大海！”

“统帅部的军官为什么不一同去！”

“小泽治三郎中将也应该同我舰队一起上战场！”

“我们是日本帝国海军的精英，不能朝敌人炮口里送！”

……

众军官议论纷纷，挥拳舞剑的愤怒声淹没了大九三门中佐的声音。

“谁敢违抗统帅部的命令，立即处死！”一个中佐突然跳出来大声吼叫道，握着手枪，指头钩住扳机。

“原田先生！”一个少佐也握着手枪走过去，盯住跳出来的中佐，“是我带头抗拒统帅部的命令的，你打吧，朝这儿打！”他指着脑门。

“砰砰”两声沉闷的枪声打破室内的混叫，“谁抗拒命令，这就是下场！”原田中佐握着枪口冒着淡淡青烟的手枪吼叫。

军官们惊住了。

“原田先生，你凭什么打死亮岛少佐？”一个少佐怒气冲冲地说道，“我友水的这个少佐军衔不要了，跟你拼了！”友水少佐扑上去。

几个军官冲上去一把扯住友水少佐：“友水，将军在这儿，应该跟伊藤将军报告你的想法！”

伊藤中将坐着，听着，看着，一言不发。他左右的卫兵个个都虎视着正闹得沸腾的军官们。

“‘大和’号是72 000多吨的超级战列舰，是日本帝国海军的精英，拿我们

去作特攻，这意味着什么！”友水少佐说着拔出佩剑，“只能这样了！死！”说完剖腹自杀。

血，从友水少佐的腹部流出来，他倒在血水中挣扎、号叫……

“安静，安静！”大九三门作战参谋大声道，“将军训令！”

伊藤中将阴沉着脸，环扫众军官，声音低沉：“本司令官跟诸君有共同之感，但军令如山。执行命令吧，日本帝国的生死存亡在此一战。我请诸君恪尽职守，与敌血战在冲绳海区！”

“执行将军命令。”众军官异口同声地说道。

“立即准备，下午 1 点准时出发。请诸君记住，今天是 1945 年 4 月 6 日，是一个特别的日子！”伊藤中将又说道，“没有时间了，散会，各自到作战位置后向我报告！”

“少校先生，少校先生，左前方出现敌舰队，左前方出现敌舰队！”

听到前锋搜索攻击机伊斯特少尉的报告，美军空中指挥官切司麦少校拉起机头向左前方注视，对着电台授话器大声道：“各梯队跟上，左前方发现敌机群。高度 2 800 米，投副油箱！”

“唰”地 280 架美国攻击机群分梯队向 2 800 米高度降去，一个个副油箱从空中坠进大海……

切司麦少校对敌情是有所了解的，昨天（4 月 6 日）深夜，他被急促的电话铃声催醒，赶到作战处时，几乎所有应该到的军官已全部进了作战指挥部。米切尔将军的作战参谋官蒙哥斯特中校已经站在作战地图前，当切司麦少校一出现在军官群中，他就大声道：“切司麦先生，请你进里面来，我正有紧急事找你呢！”说着，推开了背后小客厅的门。

切司麦少校快步走进大会议室里的小会客厅，蒙哥斯特中校迎着他说道：“米切尔将军要我代表他交给你一项艰巨的作战任务！”

“中校先生，什么任务，我能胜任吗？”

“将军阁下与作战参谋们共同研究后，认为只有你才能完成这一神圣使命！”

“啊，阁下这么信任，是什么任务呢？”

“日本人要在冲绳岛白沙海滩外，跟我们拼个鱼死网破，已经出发了！”蒙哥斯特中校说，“来者不善！”

切司麦少校眨了眨眼：“日军兵力呢，多少艘舰？是谁指挥？”

“据情报，日军统帅部已经指使日本联合舰队司令官小泽治三郎中将，调派以 72 000 多吨的‘大和’号巨型战列舰为主舰，另调配有‘矢矧’号轻巡洋舰 1 艘、驱逐舰 8 艘从濑户内海的德山港出发。他们的路线是从九州南端佐多岬驶过，再转向西北航向，企图走一条弧形航线，避开我空中打击，7 日黄昏赶到冲

绳岛的白沙海滩外与我决战!”

“这一情报可靠吗?”

“4月6日下午他们起航，入夜，在丰后水道巡逻的我潜艇‘线鳍鱼’号就发现了伊藤中将指挥的这支舰队。米切尔将军命令你，指挥第一波286架攻击机群捣毁敌这支舰队。有信心吗?”

“什么时候出发?”

“4月7日中午12点40分!”

“机密编队呢?”

“已经编队完毕，鱼雷机、战斗机、轰炸机、侦察机、水平攻击机队指挥官全部到位，他们正在情报指挥中心等待你。”

“中校先生，请转告米切尔将军，我切司麦少校在白沙海滩外，将创造太平洋战区的奇迹!”

“我们等待你天才的指挥艺术! ……”

现在，是切司麦少校执行实施米切尔中将命令的时刻了。

“报告少校，敌大型战列舰‘大和’号已经出现!”搜索机伊斯特少尉又报告。

“距离，快报告距离!”

“距离20海里!”

“好!”切司麦少校兴奋地大声回答。

远远的切司麦少校就发现了日本舰队，急忙用电台询问：“伊斯特少尉，日军‘大和’号怎么舰身中部有浓烟大火在朝上扩散呢?”

“报告切司麦少校，我们的克拉克将军、谢尔曼将军的特混大队上的舰载攻击机，已经对敌舰实施了第一波攻击!”

原来早在1小时之前，上述两个美军将领指挥的特混大队就对敌“大和”号实施了猛烈迅速的攻击。虽然“大和”号没有遭到致命的打击，但从其他美舰赶来的攻击机将日轻巡洋舰“矢矧”号舰尾部击中，使它的左舷部冒出大量燃油，犹如一条即将死去的大鲸鱼一般漂浮在大洋水面，但它舰上的炮火不减，还在拼命地封锁美攻击机航道，因此美机特别是鱼雷攻击机，只能在云层中回旋寻找战机。

“轰炸机注意，敌舰航节20，攻击!”切司麦少校大声命令。

轰炸机脱开编队出发了，大跨度地回旋攻击后，大洋面上冲天的浓烟烈火高达300米。切司麦担心自己的机群遭到日军舰炮火力的杀伤，急忙问：“攻击机报告战况，攻击机报告战况!”

“报告少校，敌‘大和’号已中我五条鱼雷攻击，航节降到13节左右，左倾达16度，斯特森上尉仍然在敌舰上空作避弹回旋，寻找机会再次攻击!”

“高度 1 350 米，高度 1 350 米，注意攻击，‘恶妇’式战斗机倾力掩护！”切司麦少校命令完，耳机中又传来一个报告声。

“我是斯特森上尉，我们马上实施投雷攻击！”斯特森大声道。

一群鱼雷攻击机（“复仇者”式）接到斯特森上尉的命令，立即爬进云层到达预定的高度后，从云层中冒出来，高速俯冲，进行轰炸式投雷攻击！

日舰“大和”号因受到重点围攻，此刻正拼命地左旋右转，企图避开美军的鱼雷攻击。但在向左转动时，美机指挥官在长空中捕捉到了这个最佳投弹时刻，只听到耳机中指挥员斩钉截铁地命令：“鱼雷攻击，鱼雷攻击！”

“攻击敌舰腹部，攻击敌舰腹部！”

“排横列攻击！……”

无论是什么语句，都在表示同一个意思：投雷！

战机雷达荧光屏上的攻击目标闪电般增大。

“瞄准左舷首部攻击！”

日舰再一次连中四条鱼雷后，不久又同时中六条鱼雷，只见偌大的舰身在大洋中猛地一个大翻身，紧接着一声震耳欲聋的巨大轰鸣声，一道火柱烟云直冲长空，高达近 1 000 米……

“击中了，击中了！”耳机中传来欢呼声。

切司麦少校注意到，爆炸处一个巨大的蘑菇云向空中升腾，舰上近 3 000 名日本官兵葬身海底。

“报告，日军‘矢矧’号和其他 4 艘驱逐舰同时被击沉，驱逐舰正冒着火，带着黑色的浓烟向九州逃去。”

“追击轰炸，追击轰炸！”

“少校，油料仅够返航！”

“胜利返航，先生们，勇士们！”

下午 4 点 28 分，切司麦少校返航了，机群在海空回旋后，依次降落在跑道上，历时近 6 小时的激烈攻击战结束了，战机的油箱中几乎都只剩 25 加仑左右的油料。

第六十一章　剖腹自杀的众军官

小引

冲绳岛上，14 万日军的死尸纵横交织在海滩、丛林之中，美军也死伤大批。日军牛岛满中将即将被美军包围时，命令众军官全部剖腹自杀！

日本在这次决战后，海空军已所余无几

1945年6月22日下午4点15分，冲绳岛上日军牛岛满中将手持佩剑，在众多卫队的护卫下走到司令部后面的院子内，一眼扫见岛上残存的军官都立于院内，绝望的目光失去往日不可一世的神采。他以阴云密布的面孔对着众军官大声说道："大森一雄大佐！"

"将军，大森一雄大佐到！"一个中等个子的日本军官迈着正步跨出队列，挺立于牛岛满中将面前。

"你自告奋勇指挥'菊水一号'到'菊水十号'的空中作战，相继出动1 400架自杀机和'樱花'自杀弹投入攻击，由于你指挥无能……"

"啊……"大森一雄听到这里，突然拔剑剖开自己的腹部。

大森一雄的死并不能平息牛岛满中将的怒火。4月7日的大海战，伊藤中将的舰队惨败，只有4艘舰溃逃到九州西岸佐世保港，海军和空军的最后努力都失败了，牛岛满只好在冲绳南部防线做文章，他对大森一雄说："凭借坚固的岛上工事，必须顽强地歼灭一切来犯之敌！"

"将军阁下，现在岛上风雨连绵，美军是无法攻占冲绳岛的。我到前线把您的命令传下去！"大森大佐讨好地说道，"让岛上的胜利洗去水上、空中失败的羞辱。美国人没有什么可怕的，无非是多几条军舰、多几架飞机……"

"你还小看这些军舰和飞机，苦头还没吃够？"牛岛满训斥道。

自从岛上两军在战防区内胶着血战以来，美军的进展是以尺寸计算的。大批支援作战的美军舰全部在冲绳岛附近洋面摆开，日军对这些军舰组织了一共2 600架次的航空火力攻击（其中自杀机攻击1 400架）。特别是自杀机的攻击，它们撞击舰艇的烟囱、主炮、战斗情报中心和军舰甲板上的一切建筑、轮机舱。只要命中任何一点，就足够美舰吃的，况且还有航空汽油的燃烧。面对日军的疯狂反击，美军的反应相当有力。4月14日晚上，大森一雄找到牛岛满中将报告称："将军，我冲绳岛的读谷、嘉手纳机场已被美军攻占，并已被修复为大批战斗机、轰炸机的陆基基地。"

"我知道了，16日拂晓，你必须向敌舰发起攻击！"

"是！"

4月16日，大森一雄指挥165架自杀机出击了。

清晨，美军中校贝克顿指挥的"拉菲"号驱逐舰，在大洋上用雷达搜索到了日军大批自杀机。正处于美舰1号哨位的"拉菲"号驱逐舰，遭到日自杀机的猛烈攻击。当这场海空厮杀持续到双方收兵后，大森一雄被牛岛满中将召进指挥部："今天有战绩吗？"

"报告将军，今天……今天……"

"今天是这样的吧？"牛岛满将一封战况递给他，"你自己看吧！"

一纸战况（当日）递到了大森一雄手中：

……美军舰队为防止我自杀机（帆布木质结构旧飞机，因无线电近炸引信对它们失去功能，击中率比“零式”战斗机大）攻击，全部重新设计安装了舰上攻击指挥部门。除舰载炮兵大批发射近炸引信炮弹外，舰艇按运筹学的方法，大舰航向与飞机航向垂直，多炮火力对空，小舰平行，并派出多艘预警雷达哨驱逐舰协同作战。由于采用这些措施，今天自杀机向“拉菲”号射出指挥仪、后主炮、高炮、对桅杆、舰尾发动攻击，在被击落 8 架自杀机、死伤 108 人的情况下仍然没有沉没……

“你连这样的情报都无法搜集到，大佐先生，我确实无法再信任你了！”牛岛满中将显然不满意大森大佐。

现在，大森一雄在牛岛满的逼迫下自杀身亡。众军官望着牛岛满中将冷如冰的面孔，都深感一股寒气袭上心头。

突然，牛岛满跳上早就备好的一张桌子上，血红的双眼瞪住众军官大吼：“解衣!”

“哗啦!”只听到一阵拉开衣扣的声音，牛岛满环扫众军官，全都亮出了肚皮。

“拔剑!”牛岛满再吼。

“唰”地军官们拔出闪着寒光的佩剑握在右手举起。

“诸君,”牛岛满抽动着满脸横肉，“我日本帝国第 32 军将士 14 万之众，在冲绳守备激战 83 天，打死打伤美国陆军、海军陆战队官兵 42 000 人，非作战人员伤亡近 30 000，击沉美舰 30 艘，击毁击伤 400 艘（实际只 368 艘，作者注），美海军伤亡约 17 000 人，美军指挥官布克纳尔中将已被我击毙!”

“好!”众官兵大声欢呼!

“现在，我 14 万官兵全部战死，我们也要尽忠!”

“嗨，尽忠天皇!”

“将军,”作战参谋长大声道，“美国人包围过来了!”

“快，一、二、三……”

牛岛满中将的“三”字刚出口，军官们已将右手的佩剑刺进腹部……

牛岛满和他的参谋长，还有 14 万日本官兵全部死在冲绳岛!

1945 年 6 月 22 日下午 5 点 46 分，冲绳岛血战终于落幕。这是继吕宋岛决战之后日本又一次走向灭亡、崩溃的战役，也是美国海军建军以来伤亡最大、最沉重的一次战役。冲绳岛四周的浪涛，至今还在诉说着这场残酷的血战!